Jack Vance Treasury

宇宙探偵
マグナス・リドルフ

ジャック・ヴァンス
浅倉久志・酒井昭伸⦿訳

Jack Vance *Magnus Ridolph*

国書刊行会

宇宙探偵マグナス・リドルフ　目次

宇宙探偵マグナス・リドルフ

" The Kokod Warriors " 1952
" The Unspeakable McInch " 1948
" The Howling Bounders " 1949
" The King of Thieves " 1949
" The Spa of the Stars " 1950
" Coup de Grace " 1958
" The Sub-standard Sardines " 1949
" To B or Not to C or to D " 1950
" Hard Luck Diggings " 1948
" Sanatoris Short-cut " 1948
by
Jack Vance

ココドの戦士

酒井昭伸訳

The Kokod Warriors

惑星プロヴィデンシアに滞在中のマグナス・リドルフは、名高い〈ガラスの防波堤〉に腰をおろし、ブルー・ルインを四分の一ほどついだグラスをゆっくりとまわしていた。背後にはグラナティー岬の山がそびえたち、目の前には〈千島海《ミル＝イル》〉が広がっている。多島海にひしめくおびただしい小島には、それぞれにちょっとした木立ちがそなわっており、ネオ・クラシック風の屋敷が一軒ずつ建っていることで名高い。前方にはどこまでも連なる壮大な青空が広がっていた。足元を覗きこめば、ガラスでできた防波堤をすかして珊瑚《サンゴ》海谷《かいこく》が見える。海中に舞う海の蛾《シー・モス》の大群は、まるで海の中に降りしきる金属の雪のようだ。

マグナス・リドルフは飲みものをすすりながら、銀行から届いた通知書のことを考えていた。その通知書によれば、もはや口座の現状は文なしと区別がつかない。

どうやら資産の運用先を信用しすぎていたようだ。莫大な額の資金を預けていた〈帝国外縁投資・不動産組合〉の破綻が明るみに出たのは、いまを去ること、数カ月前だった。同組合の取締役会長と総支配人——ミスター・シーなる男とミスター・ホルパーズなる男は相互に高額の給与を払いあっており、その出どころの大半がマグナス・リドルフの投資資本であったことも判明した。

マグナス・リドルフはためいきをつき、グラスに目を落とした。安物ジンの通称を商標に用いて、いまや銘酒の誉れ高き酒、ブルー・ルイン。こんなにも上等の酒は、これが最後の一杯になりそうだ。今後は並の酒《ヴァン・オルディネール》――地元産サボテンの堅皮を発酵させて造るタラゴン・ヴィネガーに似た安酒を飲んで過ごさなければならないだろう。

おりしも、ウェイターが近づいてきた。

「失礼いたします。お客さまにお会いになりたいとおっしゃって、ご婦人が訪ねてこられました」

マグナス・リドルフは、きちんと手入れされた白いあごひげをなでつけ、うなずいた。

「喜んでお会いしよう。ここへお連れしてくれるかね」

ほどなく、ウェイターはくだんの女性を案内してもどってきた。

女性の姿を見て、マグナス・リドルフは両の眉を吊りあげた。どうやら、命令しなれた立場にある女性のようだ。軍人的雰囲気をただよわせていて、いかにも堂々としている。マグナス・リドルフを見る目は明らかにプロフェッショナルのそれだった。

そばまでくると、女性はぴたりと立ちどまった。

「あなたがミスター・マグナス・リドルフ？」

マグナス・リドルフは会釈した。

「そうです。まあ、おすわりになりませんか」

女性はためらいがちに腰をおろした。

「てっきり、ミスター・リドルフ、あなたはもっと――なんというか……」

マグナス・リドルフは洗練された態度であとを受けた。

「若い男だと思っておられた……のですな？　腕は筋骨隆々と盛りあがり、腰には銃をぶらさげて、頭には宇宙用のヘルメットをかぶった男とでも？　あるいは、このあごひげがお気に召さない？」

「いえ、そういうわけでは。ただ、わたしの仕事からすると――」

「ほほう。では、わたしに仕事の相談をしたくて会いにいらした？」

「ええ、まあ、そういうことになります」

銀行から破産宣告にも等しい通知書が送られてきたというのに――通知書は、いまは折りたたんでポケットにつっこんである――マグナス・リドルフは挑戦的ともいえる言いかたをした。

「あなたの仕事が肉体的な力を必要とするものでしたら、ほかの人間を雇われたがよろしい。うちの玄関番など適任かもしれません。なにしろ、ひまさえあれば、架台から架台へとバーベルを動かしているような男ですからね」

「いえ、そういうことではなくて」女性は急いで否定した。「どうも誤解させてしまったようですわ。わたしがいいたかったのは、たんに思い描いていた人物像とはちがっていたというだけで……」

マグナス・リドルフは咳ばらいをした。

「では、相談なさりたいことがらとは？」

「はい――わたしの名はマーサ・チカリング、〈道徳的価値観保存機構〉の女性連盟委員会で書記を務める者です。わたしたちは現在、法的には廃止に追いこむことのできない、あるきわめて不道徳な状況と戦っています。関係者のうち、比較的道徳心のある者たちに対して廃止を訴えてきたのですが、残念なことに、当事者たちにとっては、経済的利益のほうが道徳心を上まわるようでして」

「ご相談の内容をお話しいただき、恐悦しごくです」

「耳にしたことがおありでしょうか、その不道徳者たちがいる惑星の名は――」女性は性病の名でも口にするような口調で惑星名を告げた。「――ココドといいます」

マグナス・リドルフは陰鬱にうなずき、ていねいにととのえた白鬚《はくしゅ》をなでた。

「ご依頼内容の性質が見えてきましたよ」

「では、力を貸していただけますのね？　まっとうな考えかたをする人間であれば、現地で起こっていることを見て憤りを感じないはずがありません──あれほどに野蛮で、生命の尊厳を踏みにじって恥じない、どうしようもなく吐き気をもよおさせる、あの……」

マグナス・リドルフはうなずいた。

「たしかに、ココド先住民の搾取、感心できることではありませんな」

「〝感心できることではない〟ですって！」マーサ・チカリングの声が一オクターブも高くなった。

「見さげはてた行ない、というべきですわ！　血で血を購《あがな》う蛮行を利用して、金儲けをするなんて！　わたしたちは断じて、野蛮な闘争の後援者であるサディスティックなけだものどもを許容しません！　にもかかわらず、ココドで行なわれている暴逆には目をつぶらざるをえないばかりか、推奨せざるをえないのが現状なんです。そのあいだにも、ホルパーズとシーはふところを肥やしていくばかりだというのに」

「ほほう！」マグナス・リドルフは驚きの声をあげた。「それはすなわち、ブルース・ホルパーズとジュリアス・シーのことですか？」

「ええ、そうですが」ミセス・チカリングはけげんな視線を向けた。「そうおっしゃるからには……お知りあいですか？」

マグナス・リドルフは椅子の背あてにもたれかかり、ブルー・ルインを一気に飲み干した。

「ある程度まではね。かつてはビジネス上の関係と呼ばれるものを築いていた──とわたしのほうで勝手に思いこんでいた者たちですよ。しかし、それはお気になさらず。先をつづけてください。ただ、いまのお話で、あなたの問題に新たなる要素が加わりました。現地の状況が悲惨であろうことには、たしかに疑問の余地がありません」

「では、〈ココド・シンジケート〉を撲滅すべきことに賛同してくださるのね？　わたしたちに手を貸してくださるのね？」

マグナス・リドルフは、流れるような動きで両手を広げてみせた。

「ミセス・チカリング。気持ち的には、喜んでお力になりたいと思っています。しかし、じっさいに撲滅運動に参画するかどうかとなると、また別の問題でしてね。あなたの組織が提供する用意のある報酬がいかほどか——要は、そこにつきます」

ミセス・チカリングは頑《かたくな》な口調で答えた。

「こういう場合、高潔な人物であれば、犠牲的精神を発揮して——」

マグナス・リドルフはためいきをついた。

「なかなか痛いところを突いてこられますな、ミセス・チカリング。よろしい、喜んで犠牲的精神を発揮しましょう。長い休暇をとろうと自分に誓った身ながら、このさい、その休暇を犠牲にしてでも、あなたの問題解決に一身を捧げようではありませんか。その場合の、わたしの報酬額ですが——いや、そのまえに、具体的なご依頼内容をおききしておきましょうか」

「〈影の谷の宿《イン》〉で行なわれている合戦賭博の中止。そして、ブルース・ホルパーズとジュリアス・シーを告発し、罪を償わせること。ココドの合戦を終息させること」

マグナス・リドルフはしばし遠い目になり、黙りこんだ。ややあって開いた口から出てきたのは、陰鬱な口調のこんなことばだった。

「あなたの要求は、あとにあげられたものほど、実現の見こみが小さくなっていきますな」

「おっしゃる意味がわかりませんが、ミスター・リドルフ」

「〈影の谷イン〉を営業停止に追いこむだけでよければ、爆弾を仕掛けるもよし、メイヤーハイム・ブロート産の凶悪な疫病のどれかを流行らせるもよし。しかしながら、ホルパーズとシーを処罰するためには、存在してもいない法を破った旨を証明しなくてはなりません。また、ココドの合戦習慣をやめさせるとなると、おびただしいココドの戦士ひとりひとりの、遺伝的に連綿と伝わってきた習性、腺構造、訓練、本能、総体的な死生観を変えさせねばならなくなります」

ミセス・チカリングは目をしばたたき、口をぱくぱくさせ、なにかをいいかけた。が、マグナス・リドルフは片手でそれを制して、

「とはいえ、なにごとも、やってみないことにはわからぬもの。ご期待に応えるべく、できるだけの手はつくしましょう。ときに、わたしの報酬ですが――利他的な目的に鑑みて、控えめに要求させていただきましょう。一週間につき一千ミュニット、プラス諸経費でけっこう。よろしければ、前金で支払っていただけるとありがたいのですがね」


マグナス・リドルフは防波堤をあとにし、グラナティー岬の山の斜面を這う階段を昇っていった。この階段は、緑色の条紋がある大理石を削りだしたものだ。頂上に出ると、いったん錬鉄の手すりの前で足をとめ、息をととのえながら、多島海を一望する景観を堪能する。ややあって、海に背を向け、青いレースと銀線細工の装いも美しい〈オテル・デ・ミル＝イル〉のロビーに入った。

フロント係のじろじろと遠慮のない視線に温顔を向け、悠然と歩いてライブラリーに入っていく。適当なブースを選び、情報端末《ムネメフォト》の前に腰を落ちつけた。適切なキーをいくつか押して、インデックスからココドの情報照会を選ぶ。

スクリーンがぱっと明るくなった。はじめに現われたのは、一連の図表だった。ざっと見てみると、ココドはきわめて小さいながら、図体のわりに重力が大きく、標準重力の惑星であることがわかった。つぎに、地表の写真が映しだされた。写真のそばを、ゆっくりと説明文のテロップが流れていく。

小型惑星ではあるが、その重力と大気の特異性により、ココドは人類の居住に適する。ただし、入植がなされたことはない。これは、すでに膨大な数の先住民が居住していることと、価値ある鉱物を産しないことに起因する。

観光客向けの宿泊施設には、〈影の谷〉のリゾート・ホテル、〈影の谷イン〉がある。同ホテルと宇宙港との連絡は週に一便。

ココドのもっとも興味深い特徴は、その住民にある。

写真と説明文が消え、代わって映像が出た。〝典型的なココドの戦士（〈岩の川の塁《とりで》〉所属）〟の、キャプションつき映像に映っているのは、身長が二フィートほどの、わりと人間に似た生物だった。頭部はほっそりとして頭頂部が鋭い。胴体はハチのそれにそっくりで、全体に長く、先端がとがっており、黄色い綿毛におおわれている。骨ばった細い腕が握りしめているのは、長さ四フィートの槍だ。ベルトには石の短剣をひとふり。脚はキチン質の外殻でおおわれていて、トゲがびっしり生えている。生物の顔には、どことなく撮影者を非難しているような表情が浮かんでいた。

ガイダンスの声がいった。

「ではここで、〈岩の川〉所属、サム192の声を聞いていただきます」

ココドの戦士は大きく深呼吸をした。あごの下の肉垂《にくすい》が震えだす。それに合わせてムネメフォトのスクリーンから聞こえてきたのは、キーキーというかんだかい声だった。右手のパネルに、その翻訳テロップが流れた。

「自分はサム192、〈岩の川の塁《とりで》〉前衛第十四中隊・士卒長である。われらが勇猛は万民の驚異の的であり、われらが荘厳なる央幹《おうかん》は深く根を張って、その胴まわりの太さたるや、この世に凌駕するものがない。例外は〈薔薇の坂の塁〉と技巧豊かな〈貝の浜の塁〉の央幹だけである。きょうのこの日、そこにいる〈小さな方形の塁〉の（翻訳不能）より招きを受け、自分はこの地を訪れた。訪問の目的は、われらが数々の勝利と、このうえなくすぐれた戦略を語ることにある」

別の声が加わった。人間の男が裏声を使い、ココドの言語で戦士に質問しようとしているらしい。その内容はこう訳されて字幕に表示された。

質問者（Q）：〈岩の川の塁〉の暮らしぶりを教えてください。
サム192（A）：とても住みよい。
Q：毎朝、最初になにをします？
A：塁母《るいぼ》さまの御前で行進し、われらの勇壮さと多産の結果をご観閲いただく。
Q：食べものは、どんなものを？
A：われらは畑で滋養を摂る（注：ココド先住民の代謝は完全には解明されていないが、穀物中の有機物を発酵させ、それで得られるアルコールを酸化させているものと思われる）。
Q：日々の暮らしをくわしく教えてください。
A：各種訓練を行ない、基本陣形を展開し、武器を投擲し、新兵に基礎訓練を施し、歴戦の勇士をいっそう精強に鍛えあげる。
Q：どのくらいの頻度で合戦するんですか？
A：戦うべきときがきたら戦う。すなわち、宣戦が布告され、適切な合戦協定が選ばれて、敵との合意がなったときだ。
Q：つまり、戦いにはいろいろなやりかたがあると？
A：現行では九十七の合戦協定がある。たとえば、第四十八協定に拠《よ》って戦うならば――われらはこの合戦協定を通じて強大な〈黒の硝子《ガラス》の塁〉勢を打ち破ったのだが――槍は左手で持つことしか許されず、足首の腱を短剣で切断することも許されぬ。いっぽう、第六十九協定に拠って戦うとき、相手を殺す前には、かならず足首の腱を切断しなければならず、槍は山なりに投擲せねばならぬ。
Q：なぜ戦うんです？　なぜ合戦があるんです？
A：合戦をし、勝利を得ねば、他の塁《とりで》の央幹《おうかん》がわれらの央幹を凌駕してしまうではないか。
（注：央幹とは、各塁で育成されている複合樹を指す。戦勝のつど、勝者は祝賀の若木を与えられ、それを央幹の周囲に植えて樹幹を補強する。〈岩の川の央幹〉は直径十七フィート、樹齢四千年と推定される。〈薔薇の坂の央幹〉は直径十八フィート、〈貝の浜の央幹〉は直径二十フィート近い）
Q：〈蛙の池の塁〉の戦士たちが〈岩の川の央幹〉を伐り倒したら、どんなことになりますか？

サム192はなんの音も出さなかった。かわりに、肉垂を膨らませ、頭をひょこひょこ上下させた。一瞬ののち、サム192はくるりと背を向け、画面外へ消え去った。
入れ替わりに現われたのは、連邦管理省の肩章をつけた男だった。男がサム192を見送る眼差しには、やれやれ、しかたがないなといわんばかりの、いかにも先住民を見くだした色が浮かんでおり、マグナス・リドルフにはそれが気にいらなかった。

「ココドの戦士がつとに知られるのは、地球で刊行されている膨大な数の研究書によるところ大です。なかでも、もっとも権威ある研究書は、ムネメフォト・コードAK−SK−RD−BPの、カーライル財団編著、『ココド――その軍事的社会』でしょう。

この本を要約すれば、ココドにはぜんぶで八十一の塁《タンブル》――つまり城があり、塁同士が高度に様式化された合戦を行ないます。この戦闘が進化にはたす役割は、小型惑星における人口過剰を防ぐことにあると見られます。各塁母は多産であり、少々毛色の変わったこの人口調整手段によって、かえってバランスのとれた生態系が維持されているわけですね。

たびたび訪問者に質問されるのは、〝ココドの戦士は死を恐れるのか〟ということです。わたしの見るところ、所属塁に対して各戦士が持つ帰属意識はきわめて強固であり、個々の戦士に個人という感覚は微塵もありません。戦士たちの望みは、合戦に勝ち、央幹の胴回りを太くし、所属塁の栄光を高めることにしかないのです」

男は連綿としゃべりつづけた。マグナス・リドルフは手を伸ばし、映像を早送りした。

まもなくスクリーンに〈影の谷イン〉が現われた。背が高い六本の〝日傘の樹〟の下に建てられた、豪華な建物だった。キャプションにはこうあった。

〈影の谷イン〉では、共同所有者ジュリアス・シーとブルース・ホルパーズが、宇宙じゅうから訪れる観光客を笑顔で迎えてくれる。

つづいて二枚のスチール写真が映しだされた。一枚に写っているのは、浅黒い肌を持ち、いかにもさもしげな顔つきの、顔が横に広い男で、不快そうに口をゆがめていた。もう一枚に写っているのは、ひどく痩せていて、長い頭にまばらな赤毛の生えた男だった。それぞれに付されたキャプションには、〝シー〟および〝ホルパーズ〟とある。

マグナス・リドルフはガイド・プログラムを一時停止させ、ふたりの顔を数秒ほどまじまじと凝視してから、通常再生にもどした。

ミスター・シーとミスター・ホルパーズは、その独創的な発想から、ココドの絶えざる合戦で滞在客を娯しませる仕組みを作りあげた。その日その日の戦いについて、賭け率《オッズ》を設定したのだ。射幸心をかきたてられた観光客にとって、これは人気の娯楽となっている。

マグナス・リドルフはムネメフォトを切り、椅子の背にもたれかかると、あごひげをしごきながら考えこんだ。ややあって、こうつぶやいた。

「オッズのあるところ――オッズをひっくりかえせる見こみはつねにある……幸いにして、ミセス・チカリングに対する義務の履行は、余禄確保の算段をなんら妨げるものではないし。うまくすれば、ふむ……刑事罰にも持ちこめるかもしれないな」

II

フェニックス航宙《ライン》の定期貨物船〈西部の鳥《ヘスペロルニス》〉から大地に降り立ったリドルフは、なによりもまず、ココドの地平線があまりにも近いことに驚いた。すぐ足もとから空がはじまっている錯覚をおぼえるほど近いのだ。

観光客を〈影の谷イン〉へ運ぶために待機していたのは、装飾過多の遊覧バスだった。マグナス・リドルフは用心深く車内に乗りこんだ。座席は左右の窓に面して一列ずつ、長く連なっていたので、その適当な位置に腰を降ろす。ほどなく、バスは発進した。が、発進時の反動で、となりにすわっている太った女が勢いよくこちらにもたれかかってきた。

「ちょっと、なんなのよ！」女が文句をいった。

「これは失礼」すわる位置を変えながら、マグナス・リドルフは答えた。「つぎに倒れてこられたら、すかさずよけるとしましょう」

女は蔑みの目でちらりとリドルフを見てから、連れの女に視線を向けた。こちらは頭が小さくて、クジャクのような体形の女だ。

「ねえ、ガイド！」ややあって、クジャク女がガイドの男に呼びかけた。

「はい、マダム」

「原住民の戦争のことを教えなさい。話にはいろいろ聞いているけど」

「それはもう、たいへんにおもしろい見ものです、マダム。現地のチビどもときたら、どうしようもなく野蛮な連中なんですよ」

「観光客に危険はないんでしょうね？」

「これっぱかりも。連中は同族にしか敵意を向けませんから」

「観戦便の発車時刻は？」

「つぎの合戦は明日、〈象牙色の砂丘の塁《とりで》〉と〈東の楯の塁〉の軍勢のあいだで行なわれる予定です。主戦場は十中八九、〈萌葱《もえぎ》ケ原〉になるはずですから、観戦ゴンドラは締めて三回、出発することになるでしょう。布陣の段階からごらんになりたいのでしたら、午前五時に〈影の谷イン〉を出発していただきます。緒戦からごらんになる場合は午前六時。主力同士の決戦からでよろしければ、七時か八時の出発になります」

「ずいぶん早朝なのね」クジャク女がいった。「ほかに合戦の予定はないの?」

「いまのところは、とくに、マダム。〈翠《みどり》の球の塁〉と〈貝の浜の塁〉があす合戦を行なう可能性はありますが、その場合、第四合戦協定に則って行なわれるはずですから、あまりたいした見ものにはなりません」

「〈イン〉に近い場所では、合戦は?」

「ありません、マダム。〈影の谷の塁〉は〈大理石の迫持《アーチ》の塁〉を相手どって合戦をおえたばかりで、いまは武器の修理に追われている状況なんです」

「明朝の合戦、オッズはどうなの? 〈象牙色の砂丘〉対〈東の楯〉戦のオッズは?」

「〈象牙色の砂丘〉に賭ければオッズ8対13で配当一・六一倍、〈東の楯〉に賭ければオッズ5対4で配当二・二五倍、だったと思います」

「妙ね。なんでオッズがそう極端なの?」

ガイドはそれにには答えず、賭け《ベット》のルールを説明した。

「ベットはすべて〈イン〉のマネージメントを通して行なっていただきます、マダム」

遊覧バスはゴトゴトと〈イン〉の中庭に入っていった。マグナス・リドルフは横に身を乗りだし、太った女に声をかけた。

「しっかり踏んばっていてくださいよ、マダム。じきにバスが停まりますから。もういちど不愉快な事故が起こって、なじられたくはありませんのでね」

太った女は返事をしなかった。やがてバスは停止した。マグナス・リドルフはバスを降り、地面に立った。目の前には〈イン〉が、背後には山がそびえている。山腹にはスミレ色の茂みが生い茂り、みずみずしい緑色の花々が咲き誇っていた。尾根ぞいには背が高くほっそりとした樹々が連なって、形はポプラのようだが、色は鮮やかな黒と赤だ。なんとまあ彩り豊かな世界だろうと感心しながら、マグナス・リドルフは横に向きなおり、こんどは谷の側の眺望を見おろした。ピンク色、スミレ色、黄色、緑色と、さまざまな色の帯や層が連なっている。が、はるか遠くでは彩度が落ち、淡紅灰色《ダブカラー》にかすんでよく見えない。谷の入口から外へ広がるのは川をはさんだ準平原だ。そこにそびえる丈高い円錐形の大型構造物を見て、マグナス・リドルフはガイドにたずねた。

「あれは塁《とりで》のひとつですね？」

「ええ、そうです。〈草原望《そうげんぼう》の塁〉といいましてね。〈影の谷の塁〉があるのは谷のもっと奥のほう、〈イン〉の裏手です」

マグナス・リドルフは向きを変え、〈イン〉に入っていった。入るなり、地味な黒のスーツを着た男と目が合った。背が低く、万力で前後に締めあげたかのような、横に平たい醜悪な顔の男だった。まぎれもなく、ジュリアス・シーだ。

リドルフは声をかけた。

「これはこれは、意外なところで出くわすものですな」

シーは陰気な顔でうなずいた。

「これはまた、なんと奇遇な……」

「〈帝国外縁投資・不動産組合〉が運悪く破綻を迎えて以来、あなたにはもう二度と会えないのではないかと心配していたんですよ——心の底からね」

そういって、ジュリアス・シーの顔をじっと見つめた。マグナス・リドルフの冷徹な青い目には、トカゲのそれと同じく、まったく表情がない。

「あれはどうしようもなく運の悪いできごとだったんだ」とシーは答えた。「じつは、ここはおれが経営していてな。その……ちょっと奥で話せないか？」

「いいですとも、喜んで」

マグナス・リドルフはシーのあとにつづき、設備のととのったロビーを通りぬけ、奥のオフィスに入っていった。オフィスには、頭にまばらな赤毛を生やし、リスのような前歯を持った細い顔の男がすわっていたが、マグナス・リドルフを見るなり、あわてて立ちあがった。

「共同所有者のブルース・ホルパーズだ。憶えているな？」

シーがいった。その声からは、いっさいの感情が欠け落ちている。

「もちろんですとも」マグナス・リドルフは答えた。「わざわざ奥に呼んで旧交を温めさせてくれるとは、光栄のいたりです」

鋭い動きで、シーはさっと横に手をひと薙ぎした。いらだちのしぐさだった。

「とぼけるのはやめろ、リドルフ……なにをたくらんでる？」

マグナス・リドルフは快活な笑い声をあげた。

「もし、おふたかた。紳士たるもの――」

「なにが紳士だ！　単刀直入にいうぞ。〈帝国外縁組合〉の件を根に持ってるんなら、あきらめろ」

「いやいや、そんなつもりは――」

「おまえのうわさはいろいろ聞いている、リドルフ。おまえをオフィスに連れこんだのは、ひとこと釘を刺しておくためだ。ここはおれたちふたりが経営する、心地よくて静かな場所であり、ひっかきまわされるのはごめんこうむる」

「うんうん、そうでしょうとも」

「もしかすると、ささやかな娯しみをもとめて、原住のシマリスどもの喧嘩にカネを賭けにきただけかもしれんがな。おれたちを陥れようと、なにかよからぬことをたくらんで乗りこんできた可能性も否定できん」

悪だくみなどしていないといわんばかりのしぐさで、リドルフは両手をつきだしてみせた。

「そういう言いかたはないでしょう。わたしはただ、まっとうな客として、あなたがたの〈イン〉を訪ねてきただけです。それなのに、顔を合わせるなり、奥へ引きずりこまれたあげく、こんな文句をいわれる筋合いはありません」

「リドルフ――」シーがいった。「おまえのふざけた評判は聞いている。刺客というやつはふつう、雇い主がだれかなんて気にしないものだ」

「いいかげんにしてもらいましょうか」リドルフはきつい声を出した。「ただちにドアをあけなさい。さもないと、厳重な抗議が行なわれることになりますよ」

「いっておくぞ」シーは険悪な声でいった。「このホテルの所有者はおれたちだ。おれたちの機嫌をそこねれば、おまえはつぎの定期便まで野宿するはめになる。つまり、まる一週間先までだ」

マグナス・リドルフは冷たい声で応じた。

「その脅しを実行に移せば、かえって甚大な損害をこうむることになるでしょうな。そもそも、追いだすといわれても、断固拒否します。追いだせるものなら、やってみるがよろしい！」

ひょろひょろに痩せた赤毛のホルパーズが、シーの腕を神経質そうにつかんだ。

「この男のいうとおりだ、ジュリー。サービスを拒否することはできない。でないと管理省に免許を剝奪されてしまう」

「品行の悪いやつは、追いだしたって問題ないはずだろうが」

「その場合、証拠がないとむりですな」リドルフは口をはさんだ。「わたしが迷惑の元であるという証拠なくして、そのような横暴は通用しますまい」

シーはあとずさり、両手をうしろで組んだ。

「いまのささやかなやりとりを、警告として肝に銘じておくことだ、リドルフ。いいな？　警告したからな」

オフィスをあとにし、ロビーにもどったマグナス・リドルフは、ボーイに荷物を部屋まで運ぶようたのむと、ついでに連邦管理官の居場所をたずねた。

「管理官なら、〈黒の沼の塁〉からややはずれた場所にキャンプを設営しています。あそこでしたら、エアカーに乗っていかれたほうがいいでしょう。夜通し歩くのが苦にならないのならべつですが」

「では、エアカーの手配をおねがいしましょうか」とマグナス・リドルフはいった。


クッションの効いた座席に収まって、マグナス・リドルフは眼下を見おろした。〈影の谷イン〉がどんどん小さくなっていく。この惑星の太陽である射手座のπ星はすでに沈んでいたが、エアカーが〈玄武岩の山〉を飛び越えるとふたたび見えるようになり、さらに先へと進むうちに、紫と緑と赤の色彩が入りまじる地平の彼方に向かって、夕陽はまたもや沈みはじめた。その姿はまるで、極彩色の血にまみれて死んでゆく不死鳥のようだった。ほどなく、地表にココドの黄昏がたれこめた。

眼下を流れ去っていくのは、驚くほど多種多様な地形だ。湖、高原平野、草原、崖、ごつごつした岩山、なだらかに起伏する丘の斜面、川谷。そんな多彩の地形のそこここに、薄れゆく残照のもと、マグナス・リドルフは何棟もの構造物をかいま見た。いずれもハチの巣を思わせる構造の塁《とりで》だった。宵闇が深まり、あたりが淡紅灰色《ダブカラー》の夜に呑まれていくなかで、各地の塁には橙《だいだい》色の灯火がちらちらと躍っていた。

　ほどなくエアカーは降下に移り、羽ぼうきのような形をした低木が作る林の樹下にすべりこんだ。マグナス・リドルフは地上に降りて車体をまわりこみ、操縦席の横に立った。

「管理官はなんという人物です？」

「クラークです。エヴァリー・クラーク」

　マグナス・リドルフはうなずいた。

「二十分とはかからないでしょう。ここで待っていてもらえますか」

「わかりました。お待ちします」

マグナス・リドルフはパイロットを鋭い目で値踏みした。表面上こそ丁重な態度をとっているが、その裏には傲慢さが透けて見えていないか？

　ともあれ、リドルフはエアカーをあとにし、骨組構造の建物へ向かってゆっくりと歩いていった。建物のドアは上側半分が大きく開かれており、ココドの夜に心安らぐ黄色い光をあふれさせている。そのドアごしに、ピンク色の肌を持ち、こざっぱりとした黄褐色の服を着た、背の高い男が見えた。どこかで見たような人物だ。あのピンク色の丸顔は、はて、どこで見かけたのだろう？　その人相のなにかから、男が何者であるのかを思いだし、リドルフは気が重くなった。たしか、ムネメフォトでココドのことを調べたときに出てきた男——戦士サム１９２にインタビューしていたあの男だ。

　エヴァリー・クラークが戸口までやってきた。

「はい？　なんのご用です？」

「少々お話をさせていただければと思いましてね」とマグナス・リドルフはいった。

クラークは両の頬をふくらませ、ドアの鍵をはずしながら、気乗りしない口調で答えた。

「いいですよ――まあ、中へ」それから、マグナス・リドルフに椅子を勧めて、「すわってください。わたしはエヴァリー・クラークといいます」

「わたしはマグナス・リドルフ」

名前を告げても、こちらがだれなのかわかったようすを見せない。なにをしにきたのかという顔で、クラークはまじまじと見つめるばかりだ。

リドルフはすこし冷たい口調でつづけた。

「ここでの会話は、他言されないものと思ってよろしいかな？」

「もちろんですよ、だれにもいったりはしません」

クラークはやや動揺したようすで暖炉の前にいき、燃えてもいない炎に手をかざすしぐさをした。できるだけ深刻な事態に聞こえるよう、ことばを選びながら、マグナス・リドルフは話しはじめた。

「わたしがここへやってきたのは、さる重要機関の依頼を受けてのことです。その機関の名を明かす自由は与えられていません。ただ、その機関の中枢人物たちは――いまのところは、〝すくなからぬ政治的影響力を持つ人物たち〟とだけ申しあげておきましょう――ココドの事業に対して、管理省の取り締まりが非常に手ぬるく、かつ不適切なものであると考えています」

「冗談じゃない！」

クラークの表面的な愛想のよさが一瞬にして消え失せた。ピンクのスポットライトが、急にふっと消されたかのようだった。

マグナス・リドルフは厳粛な面持ちでつづけた。

「今回の告発に鑑みて、なにはともあれ、あなたからお話をうかがい、お考えを知っておくことが、わたしの務めだろうと思いましてね」

クラークは陰気な声でたずねた。

「どういう内容です？　その〝告発〟というのは？」

「第一に、〈影の谷イン〉における賭博行為は――違法とはいいきれないにしても――あからさまに不道徳であり、破廉恥、極悪非道のそしりをまぬがれないというものです」

「はあ？」クラークは険のある声を出した。「だけど、わたしにどうしろっていうんです？　聖書をふりかざして、説法でもしてまわれと？　そもそも、観光客のモラルになんて、干渉できるもんじゃありませんよ。こちらとしては、連中がはだかで駆けまわろうと、連れてきたイヌを虐待しようと、小切手を偽造しようと、やりたい放題、好き勝手にやってくれてかまいません。現地の先住民に手を出しさえしなければ、管理省の関知するところじゃないんです」

マグナス・リドルフは謹厳な面持ちでうなずいた。

「あなたの立場はよくわかります。しかし、さらに第二の、もっと深刻な申し立てがありましてね。それはどういうものかというと――管理省は、日々、連綿とつづくココドの合戦を黙認することで、連邦に所属する他惑星ではけっして許容されない種類の蛮行を宥恕《ゆうじょ》し、それどころか、暗黙のうちに奨励している――とまあ、こういう主旨のものです」

クラークは椅子に腰を落とし、深々とためいきをついた。

「こういってはなんだが、いまあなたが口にした主旨は、ある団体の論調にそっくりだ。毎日毎日、あちこちの女性団体、宗教団体、反生体解剖団体が送りつけてくる大量印刷の成文レターのなかに、まったく同じ主旨をつづったものがあるんです」

クラークは真顔になり、丸っこいピンクの顔を左右にふった。

「ミスター・リドルフ。あなたは実態をごぞんじない。あなた自身は、義憤に駆られてこの星へ乗りこんできたのかもしれません。一方的に正義をふりかざして、いいたいことだけいってしまったら、あとは満足顔で椅子にもたれかかって――本日の善行を積んだ気分になるのかもしれません。しかし、それは不当というものだ！　ここの小柄な先住民たちがたがいに斬り刻みあうのを、わたしが喜んで見ているとでも思うんですか？　そんなはずはないに決まってるじゃありませんか！　しかし、この点は認めましょう。たしかに、殺し合いにはもう慣れました。そりゃあね、ココドを発見した当初は、管理省も戦いをやめさせようとしたものですよ。ところが先住民は、われわれを度しがたい愚か者と見なして、省の調停を歯牙にもかけず、自分たち同士の戦いをつづけるばかりだ。そこでわれわれは平和を強制することにしたんです。各塁の央幹《おうかん》を伐《と》り倒すぞと脅したんですよ。これは効果覿面《てきめん》で、先住民はただちに戦いを中止しました。しかし――あれほど悲惨な生きものには――戦いを奪われた先住民ほど哀れをさそう生きものには――そうそうお目にかかれるものじゃありません。なにをする気力もなくした彼らは、みんな地べたにへたりこんでしまったんです。じきにウイルス性の伝染病が発生して、先住民はばたばた死にはじめました。なのに、倒れた仲間の死体をその場に放置したまま、だれもかたづけようとしない。その結果、四つの塁が消滅しました。〈衝天の岩〉、〈黄色の叢林《そうりん》〉、〈落日の尾根〉、〈蔦《つた》の葛《かずら》〉の四つです。塁の残骸はいまでも残っていますよ。何千年もの歴史を持つコロニーが、たった数カ月で滅亡してしまったんです。そのうえ、滅亡の過程にありながら、各塁の塁母たちはつぎつぎに子供を産みつづける。だれにも子供の面倒を見る気力がないから、子供たちは餓死するまで泣きわめきつつ、惑星じゅうをあてどなく走りまわるしかない――はだかの子ネズミのようにね」

「ふむ……」とマグナス・リドルフはいった。「それはまた気の毒に……」

「当時、管理省の当地出張所長は、フレッド・エクスマンという人物でした。見かねたエクスマンは、所長権限によって合戦禁止令を解除し、精根つきるまで戦うようにと先住民に通達しました。各地で戦争がはじまったのは、通達から三十分後のことです。以来、先住民はすっかり満ちたりて、健康に暮らしています」

「その話がほんとうであれば――」マグナス・リドルフはおだやかにいった。「――あなたがたは、その性質上、まったく異質な死生観を持った種属に主観的な死生観を押しつけるという、ありがちなミスを犯してしまったことになりますな」

　クラークはわが意を得たりという声で答えた。

「あのホテルのサディスティックな外道どもが、先住民の戦争を賭けのネタにして儲けていることを、わたしとてけっして快く思ってはいません。しかし、わたしになにができます？　観光客にしても、連中よりましなわけじゃない。どいつもこいつも、品性が下劣でろくでもない下種どもだ。だいたい、生物が死ぬところを見て喜ぶなんて……」

　マグナス・リドルフは用心深く探りを入れた。

「では、このように想定してもだいじょうぶそうですな？　私人としてのあなたは〈影の谷イン〉のギャンブルを中止させることになんら異存がないと？」

「まったくありません」エヴァリー・クラークはきっぱりといった。「私人として、一市民として、わたしはつねづね、ジュリアス・シー、およびブルース・ホルパーズ、そしてあのホテルに滞在する客たちを、人類最低のクズ野郎だと思っていました」

「なるほどなるほど。では、もう一点、こまかいことをおたずねしたい。あなたはココドのことばを話し、理解できますな？」

「ある程度までは――はい」クラークは心配そうに眉根を寄せた。「わたしとしては、公に管理省の立場を悪くさせるようなまねはできません。その点はおわかりですね？」

「それはもう、充分に」

「だったら、なにをするつもりです？」

「その方策を固めるためにも、まずは一、二回、合戦を見てみなくてはならないでしょう」

III

やわらかなチャイムの音で、マグナス・リドルフは目を覚ました。目をあけると、暗かった室内はほんのりとスミレ色に明るんでいる。ココドの夜が明けようとしているのだ。

マグナス・リドルフは空中に呼びかけた。

「はい？」

ホテルの案内システムが応答したので、時刻をたずねる。システムはこう答えた。

「午前五時でございます、ミスター・リドルフ。本日の合戦見物第一便は、一時間後の出発となっております」

「そうか、すまんな」

マグナス・リドルフは上体を起こし、骨ばった両脚をエアクッションの縁から降ろすと、ベッドにすわったまま、しばしのあいだ考えた。ついで、よっこらせと立ちあがり、無理をしないように気をつけながら、柔軟体操をした。

つづいてバスルームに入り、マウスウォッシュで歯と口の洗浄をすませ、頬に脱毛剤をすりこみ、冷たい水で顔を洗って、ていねいに手入れした白鬚《はくしゅ》にトニックをつける。

ベッドルームにもどり、控えめなグレイと青の服を身につけ、比較的派手な帽子をかぶった。部屋はテラスつきで、窓が山の斜面側に面している。テラスに出てみると、散歩中のふたりの女に出くわした。きのう遊覧バスに乗りあわせたふたり組だった。マグナス・リドルフは会釈をしたが、ふたりは横目で見ようとすらせず、そのまま無言で歩み去っていった。

「やれやれ、完全無視ですか」マグナス・リドルフはつぶやいた。「まいりましたな」

それから、帽子に手をかけ、もっと小粋な角度にかぶりなおした。

ロビーには、きょうの合戦予定表が張りだしてあった。

本日の合戦

〈象牙色の砂丘の塁《とりで》〉
対
〈東の楯の塁〉
於：〈萌葱《もえぎ》ケ原〉

賭け《ベット》のお申し込みは、かならず係員まで

〈象牙色の砂丘の塁〉へのオッズ　8対13
〈東の楯の塁〉へのオッズ　5対4

過去百戦における両塁の対戦戦績は、〈象牙色の砂丘〉四十一勝、〈東の楯〉五十九勝。

観戦ゴンドラ出発時刻
布陣から観戦コース　午前六時
緒戦から観戦コース　午前七時
決戦から観戦コース　午前八時

合戦場付近では先住民にいっさい干渉をなさいませんよう。この決まりを守っていただけないお客さまには、発覚の時点でベットへの参加をご遠慮いただきます。例外はありません。

そばのブースには美人の受付嬢がふたりいて、勝組投票券を発行していた。マグナス・リドルフは物静かにふたりの前を通りすぎ、レストランに入ると、フルーツジュース、ロールパン、コーヒーの軽い朝食をとってから、時間の余裕を持って本日最初の観戦ゴンドラに席を確保した。
観戦ゴンドラは、高低差のはげしい地形でも大人数を運ぶことのできる特殊仕様だった。ゴンドラ自体は、二本のケーブルを使って上空から吊りさげられている。空中からゴンドラを吊っているのは、地上五百フィートの高さに浮かぶ凧《カイト》コプターだ。ゴンドラの船首にすわるオペレーターが、リモートコントロールで上空のカイトコプターを操縦することにより、ゴンドラはいつでも地上五フィートの高さを維持したまま、音もなく、すべるように一帯を移動して、駆動音や空気の乱れで観光客の興を削ぐことなく、滝、尾根、池、その他、この風光明媚な惑星のさまざまな地形の上を乗り越えられる仕組みになっていた。

〈萌葱《もえぎ》ケ原〉は、さほど〈イン〉の近くにあるわけではない。オペレーターの操縦は少々荒っぽく、ゴンドラは急な動きで〈玄武岩の山〉を乗り越え、北東へ向かって長い山腹をすべりおりはじめた。ほどなく、夜明けの空に射手座のπ星がメロンのような顔を出し、それにともなって眼下の大地には、ココドの豊かな大自然をあでやかに彩る色彩が浮かびあがってきた。グレイ、緑、赤、紫——まるでチェルケス産のタペストリーのような、絢爛たる彩りの豊かさだ。

「じきに〈東の楯〉が見えてきます」ガイドが甘美なバリトンで説明した。「塁《とりで》がそびえているのは、やや右手、花崗岩の絶壁の手前あたりです。ここの塁の名前は、その絶壁に由来するものでしてね。さあ、目をこらして見てください、〈東の楯〉の軍勢は、すでに進軍を開始していますよ」

興味津々で右に身を乗りだしたマグナス・リドルフは、山腹のつづら折りの道づたいに降りてくる茶色と黒の縦列に気がついた。縦列の後方に目をやれば、まず目につくのは、高くそそりたつ央幹だ。高さは二百フィートほどで、樹冠は噴水のように大きく広がり、ピンク、黒、ライトグリーンの葉を茂らせている。その根元を円錐形の塁が取りかこんでいた。

ゴンドラはゆっくりと高度を下げ、荒涼たる地形の樹林地帯を通過したのち、緑野の上に浮かんで停止した。緑野からの高さは十フィートだ。

「これが〈萌葱《もえぎ》ケ原〉です」ガイドが説明した。「この草原の向こう端に見えるのが、〈萌葱の塁〉とその央幹。いまは〈蛋白石《オパール》の洞窟〉勢と交戦中で、オッズは双方とも9対7ですね。竹木《チクボク》林の林縁に目を向ければ、緑帽子の軍勢が見えますが、あれは〈象牙色の砂丘〉の戦士たちです。どんな戦略を立てているかは読めません。が、なにやら複雑な攻撃陣形を構築しているようで――」

女の声が不満そうにいった。

「もうすこしゴンドラを高くできないの？　全体を見わたしたいわ」

「かしこまりました、そのようにご希望でしたら、ミセス・チェイム」

五百フィート上空で、コプターの回転翼がいっそうはげしく空気を切り、ゴンドラは冠毛のようにふわりと浮きあがった。ガイドはつづけた。

「〈東の楯〉の軍勢が丘を越えて進軍してくるのが見えます……どうやら、〈象牙色の砂丘〉の戦略を見ぬき、側面を突くものと……あ、あそこ！」ガイドの声が興奮の響きを帯びた。「見てください、あの青銅の樹のそばを！　物見勢同士の小競り合いだ……〈東の楯〉が〈象牙色〉の物見を待ち伏せ地点におびきだしたもようで……〈象牙色〉の物見、全滅しました。どうやら、きょうの合戦協定は第四か第三十六のようです。なんの制約もなく、あらゆる武器を使用していいみたいですから」

キイチゴのような鼻の老人がいった。

「もっと低く飛んでくれんか、運転手。この高さでは〈イン〉から見物しているのと変わらん」

「かしこまりました、ミスター・ピルビー」

ゴンドラは高度を落とした。ミセス・チェイムは鼻を鳴らし、ガイドをにらみつけた。

草原が下からせりあがってくる。ほどなくゴンドラは、光沢のあるダークグリーンの蔓植物の上にそっと着地した。ガイドがいった。

「もっと近くでごらんになりたい方は、ここから先へは徒歩でどうぞ。ただし、安全のため、戦場の三百フィート以内には近づかないようにしてください。なにがあっても、〈イン〉はいっさい責任を負いかねます」

「早く降ろさんか」ミスタ・ピルビーがきつい声を出した。「ぐずぐずしておったら、戦場のそばにたどりつかんうちに、殺しあいがおわってしまうではないか」

ガイドは愛想よい顔でかぶりをふった。

「まだまだですとも、いまは布陣前の小競り合いの段階ですから。もう三十分ほどは、牽制と陽動がつづきます。それがここの戦士たちの戦略なんです。どちらの陣営も、より有利な位置に布陣したと得心がいくまでは、けっして合戦をはじめません」

ガイドはことばを切り、ドアをあけた。ピルビーを先頭に、数十人の見物客が〈萌葱ケ原〉に降り立った。そのなかには、マグナス・リドルフ、ミセス・チェイム、そしてその友人の、あのクジャク体形をした女性――〝ミセス・ボアゲージ〟と呼ばれる女性もふくまれていた。

「気をつけてください、淑女ならびに紳士のみなさん」ガイドが呼びかけた。「くれぐれも戦場には近づきすぎないように」

「わたし、〈東の楯〉に賭けたの」ミセス・ボアゲージがいった。いかにも小ずるそうな声だった。「インチキなんてされないように、しっかりと目を光らせておかなくてはね」

マグナス・リドルフは戦場を検分した。

「失望させるのは本意ではありませんが、ミセス・ボアゲージ、わたしの見るところ、有利な地歩を固めたのは〈象牙色の砂丘〉側のようですよ。中央の布陣を薄くして、右翼の戦列を厚くしておけば、近づいてきた〈東の楯〉を挟撃できる。本日の合戦の結果は、火を見るよりも明らかです」

ミセス・ボアゲージがミセス・チェイムにいった。皮肉たっぷりの口調だった。

「うらやましいわねえ、こんな不粋なことを平気でいえる神経があるなんて」

こんどはミスター・ピルビーが、マグナス・リドルフの見解に異論を唱えた。

「あんたは戦場全体への目配りが欠けているようだ。〈東の楯〉勢としては、それ、あそこの樹々の列を迂回しさえすれば、〈象牙色〉陣の裏手を突けるから――」

「しかし、迂回してきた場合は――」とマグナス・リドルフは指摘した。「後衛の防備が薄くなってしまいます。やはり用兵上の利があるのは、〈象牙色の砂丘〉勢のほうでしょうな」

そのとき、一同の後方に二台めの観戦ゴンドラが着陸し、すぐにドアが開いておおぜいの見物人がどやどやと降りてきた。「なにか動きはあったのか?」「どっちが勝ってる?」などと、口々に戦況をたずねている。

マグナス・リドルフに目をもどして、ピルビーが断言した。

「いいや、状況は流動的だ」

「お、見ろ、両軍が近づきだしたぞ!」だれかが叫んだ。「殺しあいのはじまりだ!」

おりしも、ココドの戦士たちが軍歌《いくさうた》を歌いはじめた。まず〈象牙色の砂丘〉勢が、自分たちの塁で遠いむかしから愛唱されてきた聖なる歌を唱和しだす。それに応えて〈東の楯〉勢からも、伝統ある軍歌があがった。

ややあって、〈東の楯〉陣営の戦士たちが武器をかまえ、わずかに上体を前屈させた姿勢をとり、ものものしく丘の斜面を下ってきた。

ほどなく、前衛同士が激突した。肉弾合い打つ音、それに重なる剣戟の響き――合戦の始まりだ。小柄な肉体同士が衝突しあう鈍い音に混じって、短剣が槍の穂を払う乾いた金属音が響き、脚卒長や士卒長たちが怒鳴る号令の声が轟く。

緑に黒の軍勢と橙に白の軍勢が揉みあい、一進一退の攻防をくりひろげるなかで、小柄なからだが容赦なく斬り刻まれ、腕や脚が宙に舞い、生気をなくした小さな黒い目からつぎつぎに光が失われた。

乱戦のさなかに斃《たお》れ、〈天の彼方の塁〉めざして駆け去っていった魂は、またたく間に百を数えた。

双方一名ずつの旗手は、戦況に合わせ、前進と後退をくりかえしている。両者が掲げているのは、各塁の聖なる央幹からとってきた若芽だ。これを奪われることはすなわち敗北を意味し、奪った側が合戦の勝者となる。


〈イン〉への帰途――。ミセス・チェイムとミセス・ボアゲージがむっつりとふさぎこむいっぽうで、ミスター・ピルビーは窓ぎわからこちらをにらみつけていた。

そんなピルビーに、マグナス・リドルフは愛想よく話しかけた。

「アマチュアながら戦略家であるわたしには、ある意味、ここの戦いは退屈きわまりないものですな。布陣をひと目見れば、戦略に関する訓練と知識により、戦いの論理的帰結が見えてしまう。もちろん、絶対確実に結果がわかるとはいいきれません。しかし、戦力、指揮能力、ともに同等であるならば、より有利な位置に布陣したほうが勝つのは理の当然というものでしょう」

ピルビーはうつむき、口ひげの端をかんだ。ミセス・チェイムとミセス・ボアゲージは、なにかに魅いられたように、眼下の大地をじっと見つめている。

「わたし自身は――」とマグナス・リドルフはつづけた。「――賭《ギャンブル》けごとはしませんが、みなさんは運命に対して果敢に挑戦なさった。その積極的な姿勢は高く評価します。典型的なギャンブラーの、運を天にまかせた受け身の姿勢などよりも、よほど望ましい。もっとも、みなさん、果敢な賭けには敗れたごようすで――わたしとしては、痛手があまり大きくなかったことを願うばかりです」

返事はなかった。空気を相手にしゃべっているのも同然の手ごたえだった。ややあって、ミセス・チェイムがクジャク体形のミセス・ボアゲージになにごとかをささやきかけ、ミスター・ピルビーはシートにすわったまま、いっそう深くうつむいた。以後は〈イン〉まで終始無言の旅がつづいた。
バイランディア産の精製タンパク質、グリーンサラダ、チーズというつましい夕食をとったあと、マグナス・リドルフはロビーに立ちより、明日の対戦表を眺めた。
対戦表にはこう記されていた。

明日の合戦

〈蔓《つる》ケ丘の塁《とりで》〉　対　〈哮《たけ》り岬の塁〉

於：〈薄紅色の岩石台地〉

〈蔓ケ丘の塁〉へのオッズ　1対3
〈哮り岬の塁〉へのオッズ　4対1

賭《ベット》けのお申しこみは、かならず係員まで
過去百戦における両者の対戦戦績は、〈蔓ケ丘の塁〉七十七勝、〈哮り岬〉二十三勝。
〈蔓ケ丘の塁〉の配当が一・三三倍、〈哮り岬の塁〉の配当が五倍か……。

マグナス・リドルフは対戦表に背を向けた。そのとたん、ジュリアス・シーと顔を合わせる格好になった。いつのまにかシーが、うしろ手を組み、かかとを中心にして身をゆすりながら、すぐ背後に立っていたのだ。

「どうやら、リドルフ――一発、大穴を当てたくなったようだな？」

マグナス・リドルフはうなずいた。

「〈哮り岬の塁〉に賭けて当たれば、なかなかに儲かりそうですな」

「そのとおりだ」

「いっぽうの〈蔓ケ丘〉勢は、圧倒的に優勢らしい」

「ふつうはそう見る」

「あなた自身は、どちらが贔屓《ひいき》です、ミスター・シー？」マグナス・リドルフは率直にたずねた。

「おれはいっさい、贔屓などせん。二十三勝対七十七勝という事実のみに基づいて判断する」

「ほほう。するとあなたは、ギャンブルをやらない人間ですか」

「おまえが思っているたぐいのギャンブルはな」

リドルフはあごひげをしごき、考え深げな顔で天井をふりあおいだ。

「ふだんなら、わたしもギャンブルはしないと言いきるところですが……当地の合戦は、アマチュア戦略家が自分の実力をためすという、かつてない機会を与えてくれるもの。このさい、ギャンブルはしないという生涯の鉄則を棚上げにして、自分の戦略理論をたしかめてみようと思うのですよ」

ジュリアス・シーはくるりと背を向けた。

「好きにしろ。おれたちは賭けをしてもらうためにここで営業しているんだ」

「ベットの額に上限は？」

シーは立ちどまり、肩ごしにふりかえった。

「配当の上限は十万ミュニットと決まっている」

マグナス・リドルフは会釈した。

「ご教示、どうも」

シーとのやりとりがすむと、マグナス・リドルフはロビーを横切り、ライブラリーに入っていった。壁の一面に張ってあるのは、この惑星の地図だった。各地の赤い丸は、個々の塁の所在地を示すものらしい。

ひとまず、〈蔓ケ丘〉と〈哮り岬〉の両塁、および〈薄紅色の岩石台地〉の所在地をたしかめる。岩石台地はドラゴ湾に面する入江のひとつのそばにあった。マグナス・リドルフは書棚に歩みより、当該地域が載っている大縮尺の地形図帳を見つけだすと、それをテーブルに運んでいって、三十分を費やし、一帯の地形を徹底的に調べあげた。

そののち、立ちあがり、地形図帳をもとの場所にもどした。ゆっくりとロビーを横切って、横手の出口から外に出る。出口のそばには、昨夕、連邦管理官のところへ飛んでくれたパイロットがいて、さっと立ちあがった。

「こんばんは、ミスター・リドルフ。またエアカーの旅をご所望ですか?」

「じつは、そのとおりでしてね」マグナス・リドルフはうなずいた。「いま、あいていますか?」

「もうじき、ひまになります。きょうの日報を出してきたら、すぐにでも」

リドルフは考え深げな顔になり、いそいそと駆けていくパイロットの後ろ姿を見送った。ついで、足音を忍ばせ、こっそりと正面玄関の外にまわった。開いたままの玄関ドアを通して、パイロットがブルース・ホルパーズに近づいていき、口早に話しかけるのが見えた。

ホルパーズは枯れ枝のような白い手で赤毛をすきあげ、神経質そうなようすで一連の指示を出した。パイロットは真顔でうなずき、横手の出口に引き返しだした。マグナス・リドルフはきた道をたどり、ゆっくりとエアカーのもとに向かった。

もどってみると、パイロットはエアカーのそばで待っていた。

「これからいく旨、あらかじめクラークに伝えておいたほうがいいと思って、連絡してきたんです」

マグナス・リドルフはさりげない口調でいった。これには釘を刺す意味もある。「ほら、エアカーが途中で故障するかもしれないし、どんな事故が起こるかもわからないでしょう。一報さえしておけば、クラークも状況を察してくれて、どのあたりを捜索すればいいかわかるというものです」

コントロール装置にかけたパイロットの両手が、ぴくっと動いた。

マグナス・リドルフはさらにことばを重ねた。

「ココドには狩猟の対象になる動物がいますか?」

「いえ、いません。まったくいません」

「それは残念。せっかく照準装置つきの拳銃を持ってきたというのに。一、二頭、獲物を仕留められないものかと期待していたのですがね……。ま、これを突きつければ、先住民の武器を一挺か二挺、手に入れるくらいのことはできるでしょう」

「それはちょっと、むりでは……」

「いずれにしても」と、マグナス・リドルフは快活な口調でいった。「勘ちがいされてもこまるので、先にいっておきますよ。万一にそなえて、いつでも撃てるよう、武器はこうして手に持っています。いいですね?」

「は、はい」

パイロットはまっすぐに前を見た。

マグナス・リドルフは後部シートに乗りこんだ。

「では、管理官の事務所へ」

「かしこまりました、ミスター・リドルフ」

IV

エヴァリー・クラークは用心深い態度で訪問者を迎えた。マグナス・リドルフが小枝細工の椅子に収まっても、室内に目を泳がせるばかりで、なかなか客に目を向けようとしない。

マグナス・リドルフは芳香煙草に火をつけ、たずねた。

「あの壁にならぶ楯——あれは先住民の手になるものですか?」

「そうです」クラークは即座に答えた。「各塁には、それぞれ独自の色と紋章があるんです」

「地球人の目には、あの紋様が偶然の産物に見えるが、当然かつ必然的に、ココドの表象学は独自のものであるはず……。いや、まことにみごとな展示だ。このコレクション、売っていただけるものでしょうか?」

クラークは疑わしげな目を楯に向けた。

「ここにならぶ楯を手放す気にはなれません。ただ、新たに楯を入手することはできると思います。といっても、この種の楯は、おいそれと造れるものではないですが。一枚仕あげるのに、何千時間もかかるんですよ。なにしろ、塗料を作るだけでも、かなり手間ひまをかけていましてね。顔料を粉に碾《ひ》いたあと、死体を煮詰めて取った媒剤に練りこむんです」

リドルフはうなずいた。

「すると先住民は、亡骸《なきがら》をそうやって処理していると？」

「そうです。きわめて儀式的な処置です」

「あの楯一式――一万ミュニットなら手放す気になりますか？」

クラークの顔に迷いが浮かんだ。唐突に、煙草に火をつけて、クラークは答えた。

「ええ――一万ミュニットなら、手放すといわざるをえないでしょう。とても断わりきれる金額じゃありません」

「それほど大事にしておられるものを、金を積んでむりやり奪いとるようなまねはできませんな」とマグナス・リドルフはいった。それから、自分の手の甲をじっと見て、「しかし、一万ミュニットをほしいと思う気持ちがあるのなら――いっそ〈イン〉で賭けてみてはどうです？　ココドの合戦術に関するあなたならではの知識と、管理官の立場でのみ手に入る特殊な情報をもってすれば……」

クラークはかぶりをふった。

「連中のオッズに乗ったって、うまうまと生き血を吸われるだけですよ。〈イン〉のギャンブルは、観光客をカモるのが目的なんですから」

「ふむ」マグナス・リドルフは眉をひそめた。「すると、合戦の流れに影響をおよぼす方法があるということですな。たとえば、あす、〈蔓《つる》ケ丘〉と〈哮《たけ》り岬〉の両塁《とりで》が、〈薄紅色の岩石台地〉にて交戦しますが、〈哮り岬〉に対するオッズは、とても魅力的に見えます……」

クラークはかぶりをふった。

「〈哮り岬〉になんて賭けたら、確実に大損しますよ。あそこの古参兵は、〈黄鉄鉱の塁〉との合戦で壊滅状態なんです」

マグナス・リドルフは考え深げな口調でいった。

「しかし、〈哮り岬〉が勝つ見こみもあるわけだ――ほんのちょっとした助力がありさえすれば」

驚きのあまり、クラークのピンクの顔がぐっと膨らんだ。まるで仕掛けつき仮面でもかぶっているような反応だった。

「こう見えても、わたしはれっきとした連邦職員なんだ！　八百長に加担するわけにはいきません！考えられません！」

マグナス・リドルフは分別くさい顔になって、

「たしかに、いまの申し出は、軽々《けいけい》に乗るべきものではありません。じっくりと検討すべき問題です。ただし、ある意味、〈影の谷イン〉をこの惑星からなくしてしまうことは――そこまでいかなくとも、せめて現在の経営者を追いだすことは――連邦にとっても有益な結果になるのではありますまいか。連中を破滅状態に追いこむうえで強力な武器となるのは、経済的窮乏、これに尽きます。その過程において、たまたまわれわれが利益をあげたとしても、後ろ指を指す者はこの宇宙にいないでしょう。とくに、あなたが演ずる役割を巧妙に隠蔽しておきさえすれば……」

クラークは両手をポケット深くつっこみ、長々とマグナス・リドルフを凝視してから、こう答えた。

「……いっぽうの塁に加勢して、相手の塁が負けるようにしむける……そんな立場に身を置くことは考えられません。そんなことをしたら、ココドにおけるわたしの影響力は――ただでさえ小さいのに――完全に無になってしまいます」

マグナス・リドルフは寛大な態度でかぶりをふった。

「どうやら、われわれふたりが槍を携え、戦士たちと肩をならべて、最前線で合戦するものと思っておられるようですな。ちがいます、わが友よ、そんなだいそれたまねをする気は毛頭ありません」

「でしたら」クラークは嚙みつかんばかりの口調でたずねた。「どうするというんです」

「たまたま思いついたのですがね。衝撃感度の高い爆発物——たとえば、雷酸水銀のペレットを少量、戦場にばらまいておいたとしましょう。明日、そこにさしかかった〈蔓ケ丘〉勢が大混乱に陥ったとしても、われわれに責任を問える者はいない——そうではありませんか？」

「しかし、どうすればペレットをばらまくべき地点がわかるんです？　思うに——」

マグナス・リドルフは、そこはまかせておきなさいといわんばかりのしぐさをした。

「じつをいうと、アマチュアながら、わたしは軍事戦略をかじっておりましてね。計画のその部分については、わたしが責任をもってお引き受けしましょう」

「だけど、雷酸水銀なんて、わたしは持ってませんよ！」クラークの声は、もはや叫び声に近かった。

「それどころか、どんな爆発物だって持ってません！」

「ですが、化学実験の設備はあるのでしょう？」

クラークはしぶしぶのていで認めた。

「急造りの簡単なものなら」

「試薬のなかに、発煙硝酸とヨウ素はありますか？」

「それなら——あります」

「それでは、さっそく作業にかかるとしましょう。われわれの目的にいちばんぴったりなのはね——ヨウ化窒素なんですよ」

あくる日の夕べ、マグナス・リドルフは屋外カフェにすわり、〈影の谷〉の眺望を満喫していた。

右手に持っているのはメサディオン産ワインを満たした極薄ゴブレット、左手にくゆらせているのは刺激の控えめな葉巻だ。後方にふと人の気配を感じとり、背後をふりかえると、ジュリアス・シーが近づいてくるのが見えた。その数歩うしろには、ひょろりと瘦せた赤毛の亡霊のごとく、共同経営者、ブルース・ホルパーズもくっついてきている。

シーの顔はいくつかのパーツにくっきりと分かれていた。なでつけた黒い髪に、皺の刻まれた額、ひとつながりの太い眉、黒いスリットに似た細い目、血の気のない唇、横に広くて血色の悪いあご。

マグナス・リドルフは愛想よく会釈した。

「おお、こんばんは、おふたかた」

シーが立ちどまった。二歩うしろで、ブルース・ホルパーズもそれに倣《なら》った。

「本日の合戦の結果を聞かせていただいてもよろしいかな?」と、マグナス・リドルフはたずねた。

「長年の習慣を破って、少額ながら賭けをしてみたのですがね。運命の神々がわたしに味方したのかどうか、まだたしかめていないのですよ」

「そうかそうか」シーがだみ声でいった。「おまえは自分のことを〝運命の神々〟と呼ぶのか」

マグナス・リドルフはけげんな視線を相手に向けた。

「ミスター・シー――どうも顔色がすぐれないごようすですな。なにかよくないことでもあったのでなければいいのですが……」

「ふん、べつにたいしたことじゃない、リドルフ。きょうはホテル側がちょっとした額の支出を余儀なくされただけだ。せいぜい儲けが帳消しになる程度の損害ですんだ」

「おお、それはお気の毒に……ということは、人気のある側が勝ったわけですね? もしそうなら、わたしが賭けたささやかな額は吹きとんでしまったことになる」

「おまえが賭けたささやかな額? わずか二万五千ミュニットの? おまえだけじゃない、おまえの口車に乗ったもう六人が二万五千ミュニットずつ賭けているのにか」

マグナス・リドルフは厳粛な面持ちであごひげをなでた。

「たしかに、〈哮り岬〉勢へのオッズが興味深い率だと進言はしましたが……結局のところ、合戦を制したのは〈蔓ケ丘〉勢なのでしょう？」

ブルース・ホルパーズがくっくっと乾いた笑い声をあげた。

「とぼけるのはよせ、リドルフ。あくまでも知らないといいはるんなら教えてやろう。戦場で一連の不可解な爆発が起こって――」

「地雷だ」ホルパーズが口をはさんだ。「あれはまちがいなく地雷だった」

「〈蔓ケ丘〉勢が浮き足だった結果、〈薄紅色の岩石台地〉の合戦は〈哮り岬〉勢が制した」

マグナス・リドルフは背筋を伸ばした。

「ほんとうに？　それでは、結局、わたしは勝ったわけだ！」

ジュリアス・シーがふと、おだやかな口調になり――ブルース・ホルパーズは、つま先とかかとを交互に地につけ、からだをゆすりながら天をあおいでいる――こういった。

「残念ながら、ミスター・リドルフ、〈哮り岬〉陣営に多額の賭け金を投じた客が何人も出たため、ホテル側はキャッシュ不足に陥った。おまえに渡すべき配当金は、宿泊料に充当してもらうよう要求せざるをえん」

「ちょっとお待ちなさい！」マグナス・リドルフは抗議した。「配当金は十万ミュニットでしょう！審判の日まででも泊まれる額だ！」

シーはかぶりをふった。

「リドルフさま専用料金は特別なのさ。つぎの便は五日後にくる。おまえの特別料金は、一日につき二万ミュニット。五日分で、ちょうど十万ミュニットだ」

マグナス・リドルフは冷ややかに答えた。

「あなたのユーモア感覚は、特殊すぎて笑えませんな」

「だれもおまえを笑わすつもりなんかない」とシーは答えた。「笑うのはおれたちだ。おれとしては、腹をかかえて大笑いしてやりたいところだよ。おまえはどうだ、ブルース？」

「なははははは」ホルパーズが笑った。

マグナス・リドルフは立ちあがった。

「そうなると、わたしに残されているのは古典的手段だけということになる。つまり、法外な請求をされないよう、ホテルを出ていくことです」

シーは唇を横に広げ、にたりと笑った。

「ここを出て、どこへいくというんだ？」

「〈哮り岬の塁〉にでもいくんだろうさ」にやにやしながら、ホルパーズがいった。「連中、この男に大きな借りがあるみたいだからな」

「わたしの取り分である十万ミュニットについては、略式の借用書をしたためてもらいましょうか。そういえば、なんとも奇遇なことに――十万ミュニットといえば、〈帝国外縁投資・不動産組合〉の破綻でわたしが失った額にほぼ等しい額ですな」

シーは辛辣な笑みを浮かべた。

「あの件は忘れてしまえ、リドルフ。もうあきらめろ。どうあがいても回収はできん」

マグナス・リドルフは無言で一礼し、悠然と歩み去った。シーとホルパーズはその場に立ったまま、リドルフの後ろ姿を見送った。ひとつ鼻をすするような音を発してから、ホルパーズは共同経営者に問いかけた。

「あの男、出ていくと思うか?」

シーはのどの奥でうめき、答えた。

「出ていく理由はない。ここにいようといまいと、どのみち、十万ミュニットはやつの手に入らん。だったら、ここでおとなしくしていたほうが賢いというものだ」

「おれとしては、出ていってくれたほうが助かるんだがな。あの男がいると、どうも落ちつかなくていけない。もう一回、きょうみたいな結果にでもなったら、おれたちは破産だぞ。なんといっても、六十万ミュニットだ。たった十分でパアにするには、とんでもなく大きすぎる」

「かならず取りもどしてみせるさ……一戦か二戦、おれたちのほうで工作してもいい」

ホルパーズのあごががくんと落ち——長い顔がそれでいっそう長くなって——歯があらわになった。

「そいつはあまりいい考えとは思えんな。だいいち、連邦管理省が——」

「ははん!」シーはぺっ、とつばを吐いた。「管理省の小役人ごときになにができる! クラークはしょせん、肝っ玉の小さいけちな男だ」

「それはそうだが、しかし——」

「この件はおれにまかせておけ」

ふたりはロビーにもどった。が、ふたりの姿を見たとたん、フロント係があわただしく報告した。

「たったいま、ミスター・リドルフがチェックアウトを。いったいどこへ——」

シーは荒々しく手を横に薙ぎ、フロント係をだまらせた。

「出ていったか。どうせ央幹の下にキャンプでも張るのが落ちだ。ほうっておけ」

エヴァリー・クラークのアームチェアに腰をすえたマグナス・リドルフは、背もたれにゆったりと背をあずけ、煙草に火をつけた。クラークは用心深くもあると同時に、断固とした表情をたもって、客のようすを見つめている。

「かくしてわれわれは、戦術的には勝利したものの」とマグナス・リドルフはいった。「戦略的には敗北したわけです」

エヴァリー・クラークは不安そうに眉根を寄せた。

「なにをいおうとしているのか、よくわかりません。わたしとしては――」

「われわれは〈影の谷イン〉の財力を著しく減少させ、それによって深刻なダメージを与えることができました。しかしそれは、致命傷にはいたらず、シンジケートはまだ機能している。わたし個人は、自分の配当である十万ミュニットを回収できず、華々しい交戦の現場からも締めだされてしまった。以上から、われわれの最小限の目的は、いまだ達成されていないと考えるべきでしょうな」

「たしかにそのとおりです。しかし、敗北を認めざるをえないのはつらいところですが、われわれとしてもできるだけのことはやりました。だれがやっても、これ以上のことはできなかったでしょう。立場を考えれば、わたしはそろそろ、このへんで――」

「ホテルでのギャンブルが今後も現状のまま推移するのであれば」とマグナス・リドルフはいった。「ここでいったん、締めつけの手をゆるめるのも手でしょう。しかし、シーとホルパーズは、今回の損失でかなり頭に血を上《のぼ》らせています。損失を取りもどすべく、なんらかの手を打たずにはおれないはずだ」

エヴァリー・クラークは不安の面持ちでマグナス・リドルフを見つめた。

「しかし、あのふたりになにができます？　わたしはもう――」

マグナス・リドルフは重々しくかぶりをふった。

「わたしが戦場に爆発物を撒き、〈哮り岬の塁〉を勝利に導いた――シーとホルパーズがそういってわたしを難詰したことは事実です。しかし、ただ罪を認めるのは、あまりにも純真すぎるというもの。わたしは当然、そのような行為はいっさい働いていないとの態度を貫き、そもそもそんなことをする機会はなかったと主張しました。さらに、わたしの荷物の中にいかなる化学物質もなかったことは、この星へくるときに乗ってきた貨物船〈西部の鳥《ヘスペロルニス》〉の環境審査官が誓言してくれるはずであること、これも主張しました。わたしの抗議は充分に説得力あるものだったと思いますよ」

エヴァリー・クラークは警戒もあらわに両手をぐっと握りしめ、歯のあいだからシュッと鋭く息を吐きだした。

考え深げな顔で室内を見まわしながら、マグナス・リドルフは先をつづけた。

「心配なのは、あの者たちが、いだいて当然の疑問をいだきはしないかということです。すなわち、

〝ココドに来訪して以来、マグナス・リドルフがもっとも親しくしているのはだれか?〟

〝〈影の谷イン〉に不快感を表明している者は、リドルフを除いて、ほかにだれがいる?〟」

エヴァリー・クラークは立ちあがり、部屋の中をいったりきたりしだした。リドルフは冷静な声で淡々と語をついだ。

「心配なのは、あの者たちがメサディオンの検事総長へ提出しようとしている訴状のなかに、以上の疑問と、その疑問に対してあの者たちが考えついた答えを盛りこむのではないかということです」

クラークは椅子にどすんとすわりこみ、生気を失った目でマグナス・リドルフを見つめ、うつろな声で問いかけた。

「わたしはなぜ、あなたにこんな話をさせているんだろう……」

こんどはマグナス・リドルフが立ちあがり、あごひげをなでながら、ゆっくりと歩きまわりだした。

「たしかに事態は、われわれが企図した方向には進んでいません。とはいえ、戦略家というものは、アマチュアであれプロであれ、はなから一定の逆境を想定しているものでしてね」

「逆境ですって！」クラークは叫んだ。「わたしは破滅してしまうんですよ！　不名誉にまみれて！　管理省から懲戒免職を食らってしまう！」

「優秀な戦略家とは、必然的に柔軟なものです」マグナス・リドルフは思慮に富んだ口調でいった。「明白なことながら、以後、われわれとしては考えかたを切り替えねばなりません。今後の主目的は、あなたが不名誉をこうむらないよう、また懲戒免職になどされぬよう、起こりうる訴追をまぬがれるべく、これ努めることに移ります」

クラークは両手で顔をおおい、ごしごしとこすった。

「ですが――われわれになにができます？」

「できることはごくかぎられています、残念ながらね」マグナス・リドルフは正直に答えた。ついで、ふーっと煙草の煙を吐き、疑わしげにかぶりをふった。「ただし、実りのありそうな逆襲の手だてがなくもない……かぼそいながら、わたしにはそこに、ひとすじの光明が見える気がするのです」

「どうするんです？　どんな手を？　まさか、当局にすべてを洗いざらい打ち明けるつもりじゃないでしょうね？」

「いやいや、そんなことはしませんとも」マグナス・リドルフは否定した。「そんなまねをしたとて、得られる利などたかが知れています。われわれの唯一の希望は、〈影の谷イン〉の信用を失墜させることにあるのですよ。あの者たちが、ココド先住民の利益を真剣に考えてはいないこと――それさえ立証できれば、先方の主張の信憑性を大きく削ぐことができるでしょう」

「かもしれませんが、しかし――」

「たとえば、ホルパーズとシーがみずからの立場を悪用し、冷酷にも先住民に迫害を加えている――そんな動かぬ証拠が手に入ったら、あなたの嫌疑は晴れるのではありませんか？」

「たしかに晴れるでしょうが、あの連中が実害を加える現場を押さえるというのは――現実的な発想ではないのでは？　そんな危険を避けて黒幕に徹するのがシーとホルパーズのやりくちですから」

「いかにも、そうでしょう。ところで、〈影の谷イン〉のことを、先住民はなんと呼んでいます？」

「〈大きな方形の塁〉と」

「いま思いついたのですが――連中に実害を加えさせるという発想を活かすため、〈影の谷イン〉に対し、先住民が攻撃を仕掛けるようにしむけてはどうでしょう。そんな事態になれば、ホルパーズとシーといえども、ココドの戦士に実力行使せざるをえなくなる道理です！」

V

エヴァレット・クラークはかぶりをふった。

「それはどう逆立ちしても不可能ですよ。あなたにはここの民族の考えかたがまるでわかっていない。ココドの戦士は、敵の塁にある軍旗を奪取するためなら――軍旗というのはもちろん、央幹の若芽のことですが――みずからをばらばらに斬り刻まれるのもいとわずに奮戦します。しかし部外者には、彼らにいうことを聞かせたり、誘導したり、なんらかの形で影響を与えたりすることが、どうしてもできないんです」

「やれやれ……その場合、あなたの立場は絶望的ということになりますな」マグナス・リドルフは、クラークが集めた楯のコレクションの前で足をとめた。「それでは、いっとき、もっと楽しい話題に切り替えるとしましょうか」

エヴァリー・クラークは聞いているそぶりをまったく見せていない。

マグナス・リドルフは楯の一枚にかがみこみ、指先でそっと楯の表面をなでた。

「驚くべき技法だ。いまだかつて、これほど独特の着彩は見たことがない。この赤錆びたオレンジ色――黄土の一種ですな?」

エヴァリー・クラークはあいまいな返事をした。

「たいへんすばらしい芸術です」マグナス・リドルフは感に堪えないという声でいった。「思うに、たとえわれわれのささやかな計画が最悪の局面を迎えるにせよ、この芸術を好きなように飾ることはゆるされるでしょうね――あなたが収監された星域刑務所の独房の中であっても」

エヴァリー・クラークは深刻な声を出した。

「そこまでの事態に追いこまれるというんですか?」

「そうならないことを心から願うばかりではありますが、いかにすれば収監の事態を回避できるのか、わたしには見当もつきません。ただし――」といって、マグナス・リドルフは指を一本立ててみせた。

「――ただし――」

「ただし、なんです?」うわずった声で、クラークは先をうながした。

「ひとつ、ばかばかしいほどに単純な手があります。どうしてもっと早く考えつかなかったのかと、みずからの不明が恥ずかしくなるような手がね」

「それはなんです? どんな手です? もったいぶらないで、さっさと――」

「戦士たちに〈影の谷イン〉を攻撃させる、確実な方法を思いついたのです」

エヴァリー・クラークは愕然とした表情になった。

「そんなことができるんですか？　しかし……いったい、どうやって？」

「そのためには、まず〈影の谷イン〉が――こちらの呼び名がよければ、〈大きな方形の塁〉が――ココドの戦士に宣戦布告をしなければなりません」

エヴァリー・クラークの表情に、かつてない当惑が広がった。

「そんなのは無理だ。ホルパーズとシーがそんなことをするはずが……」

マグナス・リドルフは立ちあがり、

「さ、出かけましょう」と、決然とした口調でいった。「あのふたりの代理として行動するのですよ。われわれがね」


クラークとマグナス・リドルフは〈貝の浜〉を歩いていた。ふたりの右手には、おだやかなブルーブラックの海が広がっている。おだやかといっても、波打ち際では白波が立ち、メレンゲとホイップクリームを混ぜたような状態だ。左手には〈隠れケ丘〉が高く連なっており、〈貝の浜の塁《とりで》〉はその向こうにある。丘陵の頂に頭をつきだした〈塁〉の巨大な央幹は、いまの位置からでもよく見えた。

行く手に視線を向ければ、その〈貝の浜の央幹〉に匹敵するほど立派な央幹がそそりたっている。ふたりはいま、その央幹をいただく〈海の石の塁〉に向かっていた。浜では若い戦士の一団が訓練に励んでおり、森からは百戦練磨の古参兵たちが、槍の柄に使う木材の束をぞくぞくと運びだしてくるところだ。〈塁〉の門を取りまく土の上で、ネズミのようにちょろちょろと走りまわっているのは、まだ幼齢の戦士たちだった。

クラークが深刻な声でいった。

「こんなまねはしたくない……こんなまねはこれっぱかりもしたくない……もしもこの行為が外部に漏れたら……」

「いまさらそんなことをいわれてもこまりますな。ここはどうあってもあなたの協力が欠かせないのだから」マグナス・リドルフはいった。「なにしろあなたは、ココドのことばを話せるただひとりの人間なのですからね」

「しかし、もしも殺戮戦になったら——一方的な虐殺になったら？」

「そうなるとは思えません」

「虐殺にならないとはいいきれないでしょう。それに、ごらんなさい——この塁の小さな戦士たちが攻撃を受けてバタバタと死んでいくかと思うと——」

マグナス・リドルフは辛抱づよい口調でいった。

「その点は、もう詳細に話しあったではありませんか」

クラークはつぶやくようにいった。

「わかってます。やりますよ、やりますとも……しかし、神よ、なにとぞわれらふたりを赦《ゆる》したまえ、もしも——」

「いいかげんになさい」マグナス・リドルフはぴしりといった。「いまは自信を持って臨むことです。ことをなす前から自分の神に詫びるなど、士気があがらないことおびただしい……さあ、宣戦を布告する手順は？」

クラークは一カ所にぶらさがる木の板を指さした。そこには伝統的なココドの紋様が描かれていた。

「あれが〈宣戦板〉です。しなくてはならないのは——まあ、見ていてください」

クラークは板に歩みより、驚いている戦士のひとりから槍を取りあげると、鮮やかな手つきで板をつついた。板は鈍い音楽的な共鳴音を発した。

クラークはあとずさり、鼻を使って、ココドの言語に特有の、バグパイプを思わせる音節群を連ねはじめた。

〈塁〉の門から十名あまりの戦士たちが歩み出てきた。いずれも無表情だが、クラークのことばには注意深く聞き耳を立てている。

クラークは宣戦布告を締めくくり、〈塁〉の中央へ向きなおると、荘厳な〈海の石の央幹〉方向へ砂を蹴りつけた。

戦士たちは淡々とした態度をたもち、クラークを凝視している。と、央幹の中から、一連の音節が流れ出てきた。クラークは長々とその音に応えてから、きびすを返し、マグナス・リドルフのもとへもどってきた。額が汗でびっしょり濡れている。

「これで終わりです。宣戦は布告されました。明朝、〈大きな方形の塁〉で合戦が行なわれます」

「すばらしい」マグナス・リドルフはひとこと労をねぎらっただけで、先をつづけた。「それでは、つぎに〈貝の浜の塁〉へ——つづいて〈岩の川〉、〈虹の割れ目〉とまわりましょう」

クラークはうめくようにいった。

「惑星じゅうの塁という塁をオッズの対象に巻きこむ気ですか」

「そのとおり。〈虹の割れ目〉を訪ねたあとは、〈影の谷イン〉のそばでわたしを降ろしてください。あそこにはちょっとした野暮用がありますので」

クラークは横目で疑わしげな一瞥をくれた。

「その野暮用とは?」

「われわれは実際的であらねばなりません。ココドで合戦をするうえで必要不可欠な道具のひとつは軍旗です。聖なる若芽――軍勢が奪取に血道をあげる最重要攻略対象です。ホルパーズにもシーにもそのようなものを提供させることが期待できない以上、自力で手配せねばなりますまい？」

リドルフは〈影の谷〉にもどり、〈イン〉の所有する飛行車両がならんだ格納庫へ近づいていった。風変わりなココドの樹々の陰からようすをうかがう。格納してあるのは締めて六台。観戦ゴンドラが三台に、エアカーが二台――これは最初に管理省の出張所へ乗っていったタイプとよく似ている――それと、流線形の真っ赤なスポーツカーが一台だ。あれはシーかホルパーズ個人の所有物と見ていい。

格納庫には整備員の姿もパイロットの姿も見当たらなかった。夕食の時間なのだろう。マグナス・リドルフはさりげない態度で格納庫に近づいていった。口笛を吹いているのは、遠くの並木路にいる関係者の注意をわざと引くためだ。

格納庫に入ると、ただちに口笛をやめ、すばやく動きはじめた。布きれを用心深く手に巻きつけ、三台の観戦ゴンドラの整備用パネルをすべてはずし、それぞれから手早くプラグを引き抜いていく。ついで、エアカー二台にも同じことをした。最後に、スマートなエアカーの前で足をとめ、流線形のラインをしげしげと見つめながら、

「なかなか魅力的な乗り物だな」とつぶやいた。「これなら軍旗を運ぶのに使えそうだ」

スライド式のドアをあけ、内部を覗きこむ。残念なことに、スターター・キーがついていなかった。

そのとき、背後で足音がして、険のある声がいった。

「おい――それはミスター・シーの車だぞ。なにをしてる？」

あわてず騒がず、マグナス・リドルフは平然と車からあとずさり、現われた整備員にたずねた。

「だいたいの見当でいいのですがね……この乗り物、いくらすると思います？」

整備員は立ちどまり、うろんな者を見る目でリドルフをにらんだまま、うなるように答えた。

「高すぎて、見当をつける気にもなれん」

マグナス・リドルフはうなずいた。

「三万ミュニット——というところでしょうか」

「三万は地球で買った場合の金額だろう。ここはココドだぞ。そんなんですむものか」

「ミスター・シーにはこう持ちかけてみるつもりなんです、十万ミュニットで売らないかと」

整備員は目をしばたたいた。

「よっぽど血迷ってなけりゃ、その話、乗るわな、ふつう」

「でしょうね」マグナス・リドルフはためいきをついた。「しかしそのまえに、この車の整備状態が満足のいくものかどうか、たしかめておきたいのですが。どうもこう、整備がおざなりになっているようじゃありませんか」

整備員は憤然と鼻を鳴らした。

「そんなことはない」

マグナス・リドルフは眉をひそめた。

「たとえばこのパイプ、詰まりぎみで、液を噴いているようだ。エナメル塗装にしみがついている」

「そんなばかな！」整備員は声を荒《あら》らげた。「そこのパイプが詰まってるはずがない！」

リドルフはかぶりをふった。

「整備不良車では、シーに十万ドルを払う気にはなれません。しかし……こんな機会を棒にふったと知ったら、ミスター・シーはかんかんに怒るでしょうな」

整備員の口調が変わった。

「だから、いってるだろ、そのパイプはきちんと整備してあるって……待ってろ、いま見せてやる」

整備員はポケットからキー・リングを取りだし、スターター・キーをソケットに挿しこんだ。車はぶるんと震えたのち、床から浮かびあがった。いまにも空に舞いあがりたくてうずうずしているかのようだ。

「そらな？　いったとおりだろ？」

マグナス・リドルフは疑わしげな声を出した。

「たしかに、いまはちゃんと動いているようだが……よろしい、ちょっとミスター・シーに電話して、わたしがこの車に試乗したがっていると伝えてくれませんか。最終チェックをしたいからと……」

整備員はまぬけ面でマグナス・リドルフを見つめてから、ゆっくりと背を向けて、壁のスピーカーフォンに歩いていった。

その隙に、マグナス・リドルフは運転席に飛び乗った。

電話にたどりついた整備員がばかでかい声で話しだす。

「ああ、ミスター・シー？　どこやらの紳士が、例のスポーツカーを買いたいといって、試乗を申し入れてきたんですがね。パイプのことでけちをつけられても、値引きに応じちゃいけませんよ。あのスポーツカーは完璧に整備してあって、それはもう、なめらかに飛ぶんですから。言いがかりを真に受けちゃ……え？　……はい、いま、ここにいますが……ええ、自分でそういってます……背の低い、学校の教師みたいな男で、ヤギみたいに真っ白なあごひげを……」

電話の向こうから聞こえてきた鋭い罵声に、整備員はぎょっとして飛びすさった。おそるおそる、ふりかえり、背後にあるはずのものを目でさがす。

だが、マグナス・リドルフの姿も、ジュリアス・シーの赤い流線形のエアカーも、そこにはもう、影も形もなくなっていた。

　ミセス・チェイムは、いつもよりも早い時刻にクジャク体形のミセス・ボアゲージを起こした。

「急いでよ、アルタミラ。ここ二、三日、起きるのが遅かったものだから、観戦ゴンドラのいい席を取りそこねたでしょう」

　友人に急《せ》かされて、朝の身支度をしていたミセス・ボアゲージは、適当なところで切りあげざるをえなくなった。まもなく、ふたりの淑女はロビーに赴いた。まったくの偶然で、きょうはふたりとも、着ている服の色がダークグリーンだ。内心ではおたがい、こんな色の服なんか着ちゃって、ちっとも似あわないくせにと思っているのだが、それはけっして口に出さない。ふたりは本日の合戦予定表の前で足をとめ、オッズをたしかめてから、ダイニングルームへ向かった。

　急いで朝食をしたためて、乗車プラットフォームに向かう。ミセス・ボアゲージは途中で息が切れ、足をとめて、呼吸をととのえねばならなかった。そのさいに、朝の新鮮な空気を堪能しながら、ふと〈イン〉の屋上に目を向けて——それっきり、目を離せなくなった。ミセス・チェイムが立ちどまり、じれったそうにふりかえる。

「なにを見てるのよ、アルタミラ」

　ミセス・ボアゲージが屋上を指さした。

「あそこ……あの不愉快な小男、リドルフが……。いったいなにをしようとしてるのかしら。屋上に枝かなにか立てようとしてるみたいなんだけど」

　ミセス・チェイムは鼻を鳴らした。

「あの男、ホテルを追いだされたんじゃなかったの?」

「屋上のあそこ――あの男のうしろにあるの――あれ、ミスター・シーのエアカーじゃない？」

「さあ、わたしには……こういうことには疎《うと》いから」

ミセス・チェイムはそう答えて前に向きなおり、ふたたび乗車プラットフォームへ向かいだした。ミセス・ボアゲージもあとにつづく。

だが、ふたりはふたたび立ちどまることを余儀なくされた。こんどはゴンドラのパイロットが原因だった。服装をひどく乱れさせ、パイロットが駆けてくる。その顔は切り傷と打ち身だらけだ。目を血走らせ、必死の形相で走ってきたパイロットは、ダークグリーンの装いに身を包むふたりの淑女に正面からぶつかると、すぐに身を引きはがし、詫びもいわずに走り去った。

ミセス・チェイムは憤然と上体をそりかえらせた。

「なんなのよ、いったい！」うしろをふりかえり、駆けていくパイロットの後ろ姿をにらみつける。

「気でもちがったの、あの男？」

そのとき、パイロットがなにから逃げてきたのだろうと、ミセス・ボアゲージが前方に目をこらし――鋭く悲鳴をあげた。

「どうしたのよ？」ミセス・チェイムがいらだたしげにたずねた。

ミセス・ボアゲージは骨の浮いた指で友人の腕をつかんで、

「あ、あれ、あれ――」

VI

事件後に行なわれた公式調査において、連邦管理官エヴァリー・クラークは、証人の証言をつぎのように筆記した。

「自分はジョー234、負けを知らぬ〈貝の浜の塁《とりで》〉所属、狂信第十五旅団・脚卒長である。

われわれは〈黄玉《トパーズ》の塁〉の謀略にも、〈星の玉座の塁〉の狡猾きわまりない機略にも慣れている。

それゆえ、〈大きな方形の塁〉の大柄な戦士たちの待ち伏せを受けたときも、まったく虚をつかれることはなかった。

第十七主攻撃隊形をとって接近したわが勢は、いくつかの飛行道具が占める平らな空間を包囲し、そこに潜んでいた物見一名を追いたてた。われわれの槍でさんざんにつつかれた物見は、ほうほうのていで自陣に逃げ帰っていった。

進軍をつづけたわが勢は、やがて敵の第一防衛線に遭遇した。防衛線を構成していたのは、緑布の軍装を着用した、はなはだ戦闘力の低い戦士二名であった。当日の合戦協定であった第二十二協定にのっとり、われわれはこの二名を攻撃した。二名の戦士はすさまじい悲鳴を発して撤退し、〈塁〉に逃げこんでいった。その目的は、わが勢を敵〈塁〉内の防御拠点に誘いこむことにあったと思われる。ただし、屋根の上には〈大きな方形の塁〉の軍旗がはっきりと見えていた。すくなくとも、この点にかぎっては欺瞞がない！　そうと知ったことで、ここにおいて、われわれの戦略的課題は、ひとつの明確な形に集約された。〝抵抗を排除しつつ屋根の上にあがるうえで、最良の戦術はなにか〟ということだ。

採用されたのは正面攻撃であった。突撃の号令が発せられた。外部防壁を真っ先に突破したのは、われら第十五旅団である。防壁は部厚い硝子《ガラス》の二枚板であったが、われわれは石をもってこれを打ち破った。しかし、〈塁〉に突入したわれわれは熾烈《しれつ》な抵抗にあい、一時、後退を余儀なくされた。

この危急のときにあって、搦手《からめて》から押し寄せてきた〈岩の川の塁〉勢により、守備勢は牽制されることになる。われわれもあとになって知ったことだが、〈大きな方形の塁〉の戦士たちは、無謀にも、〈岩の川〉にまで同日の合戦を申し入れていたのである。〈岩の川〉勢は、山腹に面する一連の貧弱な扉を打ち破り、敵の〈塁〉に侵入した。ここにおいて、〈大きな方形〉の守兵たちは第二十二協定に違反する行動に出た。同協定にしたがうならば、敵勢を制圧するには、槍のみでなさねばならない。にもかかわらず、〈大きな方形〉勢は硝子の器や酒杯を投げつけてきたのである。太古からの慣行に基づき、協定違反に対しては、同じ違反をもって返報することが許される。

　この戦術的失策によって、防ぎ手の戦士たちは雄叫びをあげつつ内側の堡塁に逃げこみ、籠城した。以後、激烈な攻城戦がはじまる。ここにいたって、〈大きな方形〉勢は、みずからの傲慢の代償を払わされた。〈方形〉勢は〈貝の浜〉と〈岩の川〉のみならず、精強をもって鳴る〈虹の割れ目〉と〈海の石〉両〈塁〉にも——かの〈薔薇の坂〉と〈黒の裂け目〉を討ち平らげた両陣営にも、宣戦を布告していたのである。〈海の石〉勢は、死人《しびと》部隊を先頭に立て、秘密の裏口からなだれこんできた。〈虹の割れ目〉勢の特殊先鋒隊は、〈大きな方形の塁〉の主評議場を占領した。

　それからの数分間は、滋養物の準備のために造られた部屋をめぐり、すさまじい激戦が展開された。ここで、〈大きな方形〉勢はまたも協定を破り、液体、練り物、粉体を投擲してきた。これを受けて、〈貝の浜〉勢はただちに同様の手段を用い、反撃を行なった。

　その間に、自分は狂信第十五旅団を率いて〈塁〉の外に出た。屋根にあがる屋外の経路を見いだし、〈大きな方形〉の軍旗を奪取せんと考えたからだ。ここにおいて、〈貝の浜〉、〈海の石〉、〈岩の川〉、〈虹の割れ目〉の各軍勢は、〈大きな方形の塁〉を完全に包囲していた。あの壮観は、自分がとうとう槍を地に置くそのときまで、絶えてこの脳裏から消えることはないであろう。

　わが旅団の懸命の努力にもかかわらず、敵の軍旗を奪取する栄誉は、〈海の石〉勢に属する、ある命知らずの分隊のものとなった。この分隊は、一本の樹木を梯子《はしご》がわりに屋根へ立てかけ、その幹を伝って軍旗を奪いとったのだ。守兵側は、軍旗が奪われたことを無視したのか、それともその事実に気づかなかったのか、またしても協定を破り、こんどは大量の水を浴びせかけてきた。つぎにわれら〈貝の浜〉が〈大きな方形〉と一戦まじえるさいには、ありとあらゆる武器の使用を許容する協定のひとつを採用すべしと主張するであろう。さもなくば、自軍が不利のまま戦わざるをえなくなる。

勝ち誇るわが勢は、〈海の石〉、〈岩の川〉、〈虹の割れ目〉の各勢とともに、しかるべき行軍隊形をとり、それぞれの〈塁〉めざして帰途についた。帰途についてまもなく、巨大な〈黒の箒星《ほうき》の塁〉が天から舞いおりてきて、〈大きな方形〉の援兵たちを吐きだした。が、その援兵がわれらを追撃してくることはついになく、各勢はそれぞれに帰還し、勝利の儀式を執り行なった」

フェニックス航宙《ライン》所属定期貨物船〈始祖鳥《アルカエオルニス》〉のバッシー船長は、ココドの戦士たちが意気揚々と去っていくさなかに到着し、愕然としてホテルの惨状を見まわした。

「いったいぜんたい――なにが起こったんだ？」

屋外に立ったジュリアス・シーは肩で息をしていた。額はもう汗みずくだ。

「銃をよこせ」船長に向かって、シーはしゃがれ声でいった。「ブラスターをくれ。あいつらのクソいまいましいハチの巣をこの惑星から一掃してやる」

屋内から、両手をばたつかせ、ホルパーズがとびだしてきた。

「すっかりめちゃくちゃだ！　中を見てくれ。ロビーも、キッチンも、娯楽室も！　どこもかしこも、完全に――」

バッシー船長は当惑し、かぶりをふった。

「いったいなぜ連中が襲ってきたんだ？　連中は平和的種属のはずだぞ？　もちろん、同属以外には、ということだが」

「なにかで血迷ったんだ」なおも荒い息をしながら、シーは答えた。「やつら、まるでトラのように襲ってきて――あのちっぽけな棒きれでおれたちをたたきやがった……最後には、消火ホースで放水して追っぱらってやったが」

「宿泊客はどうした？」急に気になって、バッシー船長はたずねた。

　シーは肩をすくめて、

「客がどうなったかなど知らん。何人かが固まって谷の奥へ逃げていったが、そこでまた別の軍勢に出くわした。ホテルに残った者と同じで、さんざんな目に遭っただろう」

「エアカーで逃げることもできなかった」ホルパーズがこぼした。「どのエアカーも、どうしてだか、エンジンがかからなくて……」

　ことばの途中で、背後からおだやかな声がいった。

「ミスター・シー、やはりスポーツカーを買うのはやめにしましたよ。格納庫にもどしておきましたからね」

　シーはゆっくりとふりかえった。全身から立ち昇る怒気は、手で触れられそうなほどに濃密だった。

「きさまか、リドルフ……そうか、読めてきたぞ……」

「はい？　なんのことでしょう」

「とぼけるな、吐けっ！」すさまじい形相で、シーは一歩、詰めよった。

　すかさず、バッシー船長がなだめにかかった。

「おい、おちつけ、シー。癇癪を起こすな」

シーは船長を無視した。

「いったいどんな仕掛けをしたんだ、リドルフ」

マグナス・リドルフは当惑顔でかぶりをふりふり、

「はてさて、なんのことやら、わたしにはさっぱりで。察するに先住民は、自分たちの聖なる戦いがギャンブルの対象にされていると知って、懲らしめにやってきたのではないでしょうか」

このとき、装飾的な遊覧バスが到着した。〈始祖鳥《アルカエオルニス》〉が宇宙港で降ろした乗客を運んできたのだ。そのなかにひとり、人目を引く女性が混じっていた。大きな胸、適度な化粧、手入れのいきとどいた全身、きちんと整えられた髪、香り豊かな香水、多彩な装飾品——。

「おお!」マグナス・リドルフはいった。「ミセス・チカリング! いつもながらお美しい!」

「待ちきれずに出向いてきました」とミセス・チカリングはいった。「そろそろ、把握しておかねばなりませんのでね——仕事の進捗状況を」

ジュリアス・シーが身を乗りだした。

「仕事だと? なんの仕事だ?」

ミセス・チカリングは軽蔑に満ちた一瞥をシーに投げかけた。が、そのとき、悲惨な姿で〈イン〉から出てきたふたりの女性に目を吸いよせられ——愕然とした顔になった。

「オルガ・チェイム! アルタミラ・ボアゲージ! あなたたち、ここでなにを——」

「そんなところで、馬鹿みたいに口をあけてつっ立ってないで」ミセス・チェイムが答えた。「服を持ってきてちょうだい。あの身の毛もよだつ蛮族どもにずたずたにされて、見てよ、このありさま」

ミセス・チカリングはすっかり混乱し、マグナス・リドルフに向きなおった。

「いったいなにがあったの! まさか、あなたがこんな——」

マグナス・リドルフは咳ばらいし、

「ミセス・チカリング――内密にお話が」といって、ほかの者には声が聞こえないところまで彼女を引っぱっていった。「ミセス・チェイムとミセス・ボアゲージですが――あの女性ふたり、あなたのお友だちですか?」

ミセス・チカリングは、肩ごしにふたりのほうへ不安そうな目を向けて、

「状況がまったくわからないわ」と、興奮した口調でいった。「ミセス・チェイムは〈道徳的価値観保存機構〉女性連盟委員会の委員長で、ミセス・ボアゲージはその会計担当なのよ。そのふたりが、なぜあんなボロボロの格好でここをうろついているのか、さっぱり……」

マグナス・リドルフは事実を率直に答えようとした。

「じつは、ミセス・チカリング、あなたの指示を実行するにあたって、わたしは先住民らの闘争性を利用したのです。おそらく、あのふたりは――」

ことばの途中で、すぐそばから、ミセス・チェイムの耳ざわりな声がわめいた。

「マーサ――あなた、この男とどういう関係なの? きょうの恐ろしい襲撃はね、この男が画策したふしが濃厚なのよ。見なさい、この男を!」ミセス・チェイムは憤然と声を張りあげた。「原住民はこの男に指一本触れてないじゃないの! それなのに、この男以外、みんなこのありさまで――」

マーサ・チカリングは唇をなめた。

「オルガ。このひとはマグナス・リドルフといってね。先月の会議で人を雇うことに決めたでしょう――〈イン〉の賭博行為を中止に追いこむために。その依頼先がこのひとなの」

マグナス・リドルフはきわめて人あたりのいい声でいった。

「察するに、ミセス・チェイムとミセス・ボアゲージは、現地の状況をじかに視察しておくべきだと

お考えになった――そうではありませんかな?」

ミセス・チェイムとミセス・ボアゲージは、マグナス・リドルフをきっとにらみつけた。先に口を開いたのはミセス・チェイムのほうだった。

「いいこと、マーサ・チカリング――女性連盟委員会がこんなゴロツキへの依頼を承認すると思っているのなら――」

「それはあんまりです、ミセス・チェイム」マグナス・リドルフは抗議した。

「でも、オルガ――すでにもう、週に一千ミュニットで契約してしまったのよ!」

マグナス・リドルフは片手を左右にふった。

「ああ、いや、親愛なるミセス・チカリング。わたしに支払う報酬はしかるべきチャリティーにでもまわしてください。というのも、ここでの短い滞在中に、わたしは充分な利益を回収しましたから、もうこれ以上は――」

「待て、シー!」バッシー船長の怒鳴り声が聞こえた。「おちつけ、シー、やけを起こすな!」

マグナス・リドルフは声がしたほうにふりむいた。シーがバッシー船長にうしろから抱きとめられ、手をふりほどこうともがいていた。

「できるもんなら、回収してみろ!」マグナス・リドルフに向かって、シーは叫び、バッシー船長の手を荒々しくふりはらった。そして、両手をわなわなと握りしめては開きながら、もういちど叫んだ。

「やってみるがいい、できるもんならな!」

「親愛なるミスター・シー。わたしはもう、自分の取り分は回収ずみですよ」

「回収などしてないじゃないか。それに、こんどおれのスポーツカーに乗っているところを見たら、その貧弱な細っ首をへし折ってやる!」

マグナス・リドルフは片手をかかげた。

「あの十万ミュニットについては、早々に、もうないものとあきらめました。しかし、六人の代理に行なわせた賭けの配当は、すでに彼らを通じて受けとっています。配当のうち、代理たちに支払った分け前を差し引いても、わたしの取り分はゆうに三十万ミュニット以上になる。この額は、わたしが〈帝国外縁投資・不動産組合〉に投資した元本および、その元本に対する妥当な利益と見なすことにしようじゃありませんか。総じてあの投資は、大きな教訓を与えてくれただけでなく、とてもお得な投資だったようです」

「リ、リドルフ――」シーは押し殺した声でいった。「いつか、いつかきっと――」

ことばの途中で、ミセス・チェイムがずいと進み出てきた。

「いま、〈帝国外縁投資・不動産組合〉といったわね？」

マグナス・リドルフはうなずいた。

「ミスター・シーとミスター・ホルパーズは、その責任者であった人物なんですよ」

ミセス・チェイムは、二歩、シーに詰めよった。シーが居心地の悪そうな態度で仏頂面を作った。

ブルース・ホルパーズはじりじりとあとずさりをはじめている。

「もどってきなさい！」ミセス・チェイムが叫んだ。「あんたたちには、ひとこと、いっておきたいことがあるの――当局に逮捕させるその前に」

マグナス・リドルフはバッシー船長に向きなおった。

「あなたの船、予定どおり、メサディオンへ出航するのでしょう？」

「するよ」バッシー船長はそっけなく答えた。

マグナス・リドルフはうなずいて、

「では、ただちに乗船させてもらったほうがよさそうだ。われもわれもと、乗船希望者が押しかけてくるでしょうからね」

「好きにするがいい」

「いちばん上等の部屋は十二号室でしたか？」

「そのとおり」

「では、十二号室を予約しましょう。手配をお願いできますか」

「いいとも、ミスター・リドルフ」

マグナス・リドルフは山腹を見あげた。

「ところで、二、三分前、尾根を必死に駆けていくミスター・ピルビーを見かけましたが。この場合、〝合戦はもうおわった〟と教えてあげるのが親切というものではないでしょうかね」

「おれもそう思う」とバッシー船長は答えた。

ふたりは周囲を見まわした。ミセス・チェイムはまだジュリアス・シーとブルース・ホルパーズに食ってかかっている。ミセス・ボアゲージは、ミセス・チカリングに全身の打ち身を見せつけていた。ミスター・ピルピーに教えてやろうという提案を実行に移す者はだれもいないようだ。

マグナス・リドルフは肩をすくめ、舷門を通って、〈始祖鳥《アルカエオルニス》〉の船内に入った。

「ま、ほうっておきますか。そのうち自分で気づくでしょう」

禁断のマッキンチ

酒井昭伸訳

The Unspeakable McInch

〝謎《ミステリー》〟ということばについては客観的な定義ができない。これはたんに、精神の限界を示すことばでしかないからである。じっさい、精神の類型を分類するにあたっては、〝なんらかの事象をどこまで神秘的と見なすか〟という尺度があてはめられる。（中略）ミステリーが解明され、ことの真相が明らかになったとする。すると人々は、とたんにこういいだす。〝当然だ、そんなのはわかりきっていたことじゃないか〟。この〝当然〟なることばについて、ひとことといわせてもらうならば、わかってしまえば、どんなことであろうと、つねに当然だったように思えるのである。（中略）平均的な精神は、因果の順番を入れ替え、まずミステリーありきで、それに真相を従属させてしまう。これでは論理があべこべだ。じっさいには、ミステリーとは、真相が先にあってこそ生まれる。ちょうど、ビールの泡がビールそのものから生まれるように……。

――マグナス・リドルフ

ユニ・カルチャー伝道団の依頼人たちは、事前にひとこと、こう説明しただけだった。

「彼の名はマッキンチ。知性体《ひと》殺しです。それ以上のことはわかりません」

口座にふだんの残高さえあれば、マグナス・リドルフもさっさとこんな依頼は断わっていただろう。それなのに、こうして現地へ出向いてくるはめになったのは、投資した広告ベンチャーが――これは発光ガスを使って惑星間宇宙に看板をかかげるという事業だったのだが――破綻してしまい、白鬚《はくしゅ》の哲学者の懐具合が寒くなっていたからである。

ここスクレロット・プラネットの第一印象も、今回の仕事を遠慮したい思いをいっそう強めるものだった。この惑星の名は、その荒涼とした地形に由来するものであり、硬化症《スクレロシス》を語源とするらしい。ふたつの太陽が放つ光はひどく不調和で――色はそれぞれ赤と青だ――なんとも目によろしくない。海は淀《よど》み、あちこちに周囲の切りたった岩島が無数に突きだしている。そのさまは、岩塊を無秩序にばらまいたかのごとくで、見るからに安息とは縁のない場所だった。このスクレロット・シティも、小屋とバラックが織りなすみじめな迷宮でしかなく、訪ねて楽しそうな場所にはまったく見えない。かてて加えて、案内役の担当伝道師、クレマー・ボーイクという男が、愛想悪いことこのうえなく、ことあるごとに、なにをしにきたのかと怒っているような態度をとる。これではまるで、マグナス・リドルフが頼まれもしないのに勝手に押しかけてきたみたいではないか。

　ともあれふたりは、ガタのきたポンコツ車に乗り、宇宙港をあとにして、伝道団の本部へ向かった。本部は荒涼たる岩山の高みにあり、崖っぷちに建てられた建物の構内は薄暗くてひんやりと涼しく、目を刺す陽光のもとで粉塵をかぶりながら、ごとごとと揺られつづけて山道を登ってきたあとでは、ずいぶんと心地よく感じられた。

　マグナス・リドルフは、きちんと折りたたんだハンカチーフをポケットから出すと、軽く押さえるようにして顔の汗をぬぐった。額、特徴的な鼻、ていねいに刈りそろえた白鬚《はくしゅ》、これを順番に拭いていく。それから、やおら案内役に向きなおり、物問いたげな視線を送って、こういった。

「いやはや、ここの外光は目がちかちかしていけません。青に赤ですからね。どの棒杭にも岩にも、それぞれふたつずつ、影ができているではありませんか」

「もう慣れた」案内役のクレマー・ボーイクは、ぶっきらぼうに答えた。ボーイクは背の低い男で、上着の腹の部分がぽこんとメロン大につきだしており、ピンクの顔のてかりぐあいは、まるで安物の陶器のようだ。目は丸くてブルー、鼻は低くてずんぐりとしている。「地球がどんなふうだったか、もう憶えてもいない」

「旅行ガイドには──」別のハンカチーフを出して汗を拭きながら、マグナス・リドルフはいった。「この地は〝刺激的でエキゾチック〟とありますよ。わたしはどうやら感性が鈍いらしい」

　ボーイクは鼻を鳴らした。

「旅行ガイド？　あれにはな、このスクレロット・シティが〝彩り豊かで魅力的、小規模だが調和のとれた社会で、惑星間デモクラシーがみごとに機能していることの好例〟などと書いてあるんだぞ。

あんなダボラを書いたやつは、わたしと同じだけここに住んでみればいいんだ!」

ボーイクは、マグナス・リドルフのために籐細工の椅子を引きだしてから、グラスに冷水をつぎ、客人がテーブルにつくのを待って、自分も向かいの席にすわった。

「さて、さっそくですが」マグナス・リドルフは質問した。「マッキンチとは何者です? あるいは、何です?」

ボーイクは辛辣な笑みを浮かべてみせた。

「それを調べてもらうために、あんたを呼んだんじゃないか」

マグナス・リドルフは悠然と室内を見まわし、葉巻に火をつけ、無言で相手のことばを待った。

ややあって、ボーイクは根負けしてつづけた。

「ここにきて六年になるがな。わたしがマッキンチについて知っていることは、六秒もあればぜんぶいえる。その一――マッキンチが下の悪臭ふんぷんたる汚濁を仕切るボスであること」

いいながら、ボーイクはふもとの市街を指さした。

「その二――マッキンチが知性体《ひと》殺しであり、身勝手な悪党であること。その三――マッキンチ以外、だれもマッキンチの正体を知らないこと」

マグナス・リドルフはおもむろに立ちあがり、窓辺に歩みよると、偏光モードを解除して、眼下に見たところ、ボロボロのペルシア絨毯のような様相を呈している。マグネティック湾まで連なる多数のあばら家は、ごちゃごちゃと連なるあばら家の屋根を見わたした。マグナス・リドルフは、いったん湾の反対側の、空に咬みつくサメの歯のように鋭い鋸歯状の岩山に視線を転じてから、湾の外へ目を向けた。湾の外には油を流したように凪《な》いだ海が広がって、ラベンダー色の靄《もや》がけぶる水平線の彼方までつづいていた。

「無味乾燥のきわみですな。なぜここに観光客が魅かれるのか、理解に苦しみます」

ボーイクも窓辺にやってきた。

「まあ――たしかに、妙な惑星ではあるわな」眼下にならぶ屋根にあごをしゃくった。「あの混沌の街には、すくなくとも十二種の知性種属がひじつきあわせて住んでいる。それも、追放者、放浪者、逃亡者ばかりがだ。そんな連中がたがいに折り合いをつけて暮らしている状況自体、驚くべきことといわざるをえない」

「ほう……」マグナス・リドルフはあいまいに答えた。つづいて、「そのマッキンチというのは――人類ですか？」

ボーイクは肩をすくめた。

「だれも知らんよ。知った者はすぐに死んでしまう。警察本部が二度、捜査員に内偵を行なわせたが、ふたりとも死体で発見された。街のどまんなかでだ。ひとりは輸出品の倉庫のそばで、もうひとりは市庁舎内で死んでいた」

マグナス・リドルフは軽く咳ばらいをした。

「死因はなんです？」

「未知の病気さ」ボーイクは眼下に連なる屋根、壁、街路、路地を見おろした。「伝道団は、現地の政治にはできるかぎり関与しない方針だが、異種属を地球の文化になじませるという布教の性質上、人類の持つ悪徳までも伝えることになる。そして、ときどき――」といって、ボーイクは苦笑した。「――マッキンチのような事例が発生する」

「でしょうな」マグナス・リドルフはうなずいた。「で、マッキンチが取り入れたその悪徳とは？」

「横領だ」ボーイクは答えた。「単純明快にして純然たる横領だよ。古くから地球に伝わる公務員の腐敗さ。ああ、これはいっておくべきだったかもしれないが——」

　ボーイクはふたたび、マグナス・リドルフに向かって苦笑を浮かべた。

「——スクレロット・シティにも、ちゃんとした選挙で選ばれた市長はいるし、その下には何人かの局長がいる。市には消防局もあれば、郵便局もあるし、清掃局もある。警察局もな。ただし——当の局長たちを見たら、きっと驚くぞ！」

　ボーイクはのどで笑った。石畳の上にバケツを引きずるような笑い声だった。

「観光客はあの街を見にくるのさ。いろいろな異種属たちが、地球式の暮らしを送るようすをな」

　マグナス・リドルフはわずかに窓へ身を乗りだし、眉根を寄せて眼下の市街に目をこらした。

「しかし、それらしい活動は見当たりませんが。それらしい建物もです——例外は、湾のそばにあるあの建物だけで」

「あれは観光客向けのホテルだよ。ポンディシェリー・ハウスという」

「ほほう、なるほど」マグナス・リドルフはうわのそらのようすで答えた。「正直にいいますとね。スクレロット・シティの政治形態は、いまうかがったお話からして、とても存立などしえないように思えるのですが」

「あの街の歴史を聞けば、納得もいくだろうさ。この惑星には、五十年前、普通民族派のコロニーが設立された。この惑星全体で唯一の平地を持つ、この島にだ。以来、すこしずつ——スクレロットは連邦圏のすぐ外にあって、どこの法の目もおよばないことも手伝ってか——星団のいたるところから、はみだし者どもが集まってきてな。なんらかの形で適応できる者は、どうにか生きぬいていく。だが、適応できない者は——」そこで手を横にひと薙ぎして、「——死ぬだけだ」

　ボーイクはいったん、ことばを切った。

「わたしも、ここにきた当初、観光客の目でこの地を見たときには、いろいろと驚愕したものだよ。はじめて目抜き通りを歩いたときは、悪夢を見ているのかと思ったほどだ。なにしろ、砂嚢で真珠を分泌するクモーシュが気密タンクで歩いているんだぞ。それに、ポートマール・プラネットからきたムカデ種属もいる。加えて、双子座τ《タウ》星の先住民に、カーネギー第十二《XII》惑星からきたアルマジロ……さらには、イエローバードにジーク……おまけに、アルデバラン属でさえ、何名か見たことがある。何系統かの類人種はいうにおよばずだ。あんなに多様な異種属同士が、どうやって引き裂きあわずにやっていけているのか、たまに不思議でたまらなくなるよ、わたしは」

「表面的には殺伐として見えても、じっさいにはなごやかなのかもしれませんよ」

マグナス・リドルフの声には、からかっているような響きがあった。

ボーイクは横目でマグナス・リドルフをにらみ、唇をとがらせて、

「あんたはわたしほど長くここに住んでないからな」というと、眼下のスクレロット・シティに目をもどした。「ああ、あの粉塵、あの悪臭、それにあの……」

いいよどんだのは、適切な形容が出てこなかったためだ。

「いずれにしても」とマグナス・リドルフはいった。「あそこにいるのは、みな知性種属というわけですな……。さて、もういくつか質問があります。ひとつめは、マッキンチがどうやって横領をしているかということです」

ボーイクは自分の椅子にもどり、背もたれにどすんと背中をあずけた。

「どうも、市庫から直接くすねているらしい。市民税はキャッシュで納められて、市役所に集められ、金庫に保管される。マッキンチは、資金がショートするたびにその金庫を開いて、必要な額を勝手に取りだしては、また閉めているようだ」

「市民は抗議しないんですか？　ふつう、怒りそうなものですが」

「怒りは感情だよ」ボーイクは皮肉たっぷりに答えた。「市民の大半は非人類だ。感情の持ち合わせなどありはしない」

「それでは、市民のうち、人類は？　怒りを知っている者たちはどうです？」

「人類市民については――正体不明のマッキンチに恐れをなしているというのが実情だな」

マグナス・リドルフはそっとあごひげをしごいた。

「それでは、こう質問させてもらいましょう。税金を払うことに対して、市民は多少とも不服そうな態度を見せていますか？」

「いやでも払わざるをえないんだよ。輸入品も輸出品も、すべて市営の協同組合を経由する。税金はそこで自動的に徴収される仕組みだ」

「なぜ金庫をよそに移さないんです？　あるいは、警備の者をつけないんです？」

「警備員なら、ちゃんと用意されたさ――死んだ先代市長の指示でな。だが、彼が配した警備員は、全員、死体で発見された。死因は未知の病気だった」

「さまざまな可能性を考察するに――マッキンチなる者は、おそらく局長のうちのだれかでしょうね。真っ先に誘惑に駆られる立場にいるのは彼らですから」

「その点は同感だが――しかし、どの局長だ？」

「局長は何人います？」

「局長の数は――まず、郵便局長がいる。これはポートマールのムカデ種属だ。それから、消防局長――これは人間。警察局長――シリウス第五《V》惑星の住民。〈ゴミ蒐集者〉こと清掃局長は――あれは――なんというんだったか、種属名が思いだせない。駅者座１０１２の種属なんだが……」

「ゴーレスポッド？」

「そうそう、それそれ。あの種属は、この街にはひとりしかいない。それから、市営倉庫を管理する流通局長。これは双子座τ《タウ》星系の、アリに似た種属で、税務局長も兼任している。それから最後に、いちばんの大物、市長。名前はジュジュ・ジージーといって——すくなくとも、わたしの耳にはそう聞こえる——イエローバードのひとりだ」

「なるほど……」マグナス・リドルフはつぶやくようにいった。

すこし間を置いて、ボーイクはたずねた。

「で、どうする？」

「この件にはいろいろ興味深い点があります」マグナス・リドルフは答えた。「ひとまず、街を見てまわるとしましょうか」

ボーイクは腕時計を見た。

「いつ出かけるね？」

「とりあえず、旅の汚れを落としてきますので」立ちあがりながら、マグナス・リドルフは答えた。

「それがすみしだい、すぐにでも出かけましょう——そちらさえよろしければ」

「もうわかっていると思うが」ボーイクはぶっきらぼうにいった。「マッキンチのことを嗅ぎまわりだしたとたん、やつはすぐにそれを察知して、あんたを殺しにかかるぞ」

「ユニ・カルチャー伝道団からは、潤沢な報酬をいただいていますのでね。わたしはいわば、現代の剣闘士。論理はわが剣《つるぎ》、用心はわが楯。ですので——」マグナス・リドルフは、きちんと整えた短いあごひげを軽くひとなでするると、「——鼻孔にはエアフィルターを装着していくことにしましょう。殺菌スプレーもかけていきましょうか。用心の仕上げとして、小型の殺菌波放射装置も携えていく。

それでどうです?」

「剣闘士だと?」ボーイクは鼻を鳴らした。「むしろわたしには、ドン亀のように見えるがな。ま、いい、準備ができるのはいつだ?」

「部屋に案内していただいてから」とマグナス・リドルフは答えた。「三十分後に、あなたのもとへ出向きましょう」


抑えぎみであるが、明らかにせいせいしていることがわかる声で、ボーイクはいった。

「普通民族派がここにいたことを示すものは、もはやあれしか残っていない」

マグナス・リドルフは、立方体の形をした石積みの建物を眺めやった。外壁には灰色の粉塵が吹きよせて、周囲に小さな砂丘を形作っている。開かれたままの扉の中は真っ暗だ。

「そしてあれは、スクレロットでもっとも堅牢な建物でもある」

「マッキンチが住みついていないのが不思議なくらいですな」マグナス・リドルフは感想を述べた。

「いまでは市のゴミ集積所さ。〈ゴミ蒐集者〉のオフィスはあの奥にある。見たいんなら案内するが。あそこは死体が見つかった現場のひとつでもあるんだ。それだけに——あんた、名前と身元を伏せておきたくはないか?」

「いえ、べつに。身元を隠す必然はとくに感じません」

「ま、好きにするといい」

ボーイクは車を降りた。そして、いらいらと下唇をかみつつ、マグナス・リドルフが悠然と日よけヘルメットをかぶり、鼻孔エアフィルターを装着し、黒いサングラスをかけるさまを見まもった。

準備がすむと、ふたりは建物へ歩きだした。足もとには微細な灰色の粉塵が降り積もっているため、歩きにくいことおびただしい。一歩地を踏むごとに粉塵が舞いあがり、それが赤と青の陽光のもと、百もの中間色を帯びて宙にたゆたう。

途中、マグナス・リドルフは眉根を寄せ、小首をかしげた。

にやりと笑って、ボーイクがいった。

「すさまじいにおいだろう？　だれだって悪臭と呼びたくなるというものだ」

「まさしく、おっしゃるとおりですな」マグナス・リドルフはうなずいた。「冥王星《いったいぜんたい》の名において、この先にはなにが待っているんです？」

「〈ゴミ蒐集者〉だよ。例のゴーレスポッド——清掃局長だ。じっさいには、彼がゴミを集めにいくわけじゃない。市民のほうがゴミを持ってきて、彼に投げつけるんだ。それを彼が取りこむのさ」

ふたりはまず、普通民族派の名残の、古びた教会のまわりをひとめぐりした。おかげでマグナス・リドルフにも、だいたいの構成が把握できた。裏手の外壁は一部が破壊されて、そこそこの大きさの穴があいている。中の者が外光と外気には触れられるが、ふたつの太陽の直射は浴びずにすむ程度の穴だ。

穴の奥にはゴーレスポッドの姿が見えた。これは横幅の大きな生物で、体表はゴムのような質感があり、形状は巨大なエイにすこし似ているが、断面の形はずっと角張っていて、ずっと部厚いらしい。からだの下には短くて白っぽい脚が何本も生えており、前部には全体が乳青色をした眼がひとつある。その眼の下には、しなやかな触手が何本もたれさがっていた。

ゴーレスポッドの巨体はなかば固体化した生ゴミの山に半分がた埋もれていた。生ゴミを構成するのは、残飯や魚のはらわたをはじめ、ありとあらゆる種類の有機廃棄物だ。

「あれが彼の仕事なんだ」ボーイクが説明した。「実入りはそうとういい。ああして〝賄《まかな》い〟つきの部屋をロハであてがわれて、そのうえ高額の俸給が出ているんだからな」

そのとき、建物の横手から独特の音が聞こえてきた。リズミカルで小刻みな、すり足のような音だ。

ややあって、古い石積み教会の角をまわりこみ、一見、ヘビを思わせる、細長い生物が姿を現わした。

ただし、からだは多数の体節で構成されていて、胴体の下には細い多関節の歩肢《ほし》が三十本ほど生えている。

「あれは郵便配達員のひとりでな」とボーイクが説明した。「配達員はみんな、ムカデ種属なのさ。連中にぴったりの仕事といっていい」

ムカデ形の生物は細長く、からだ全体が磨きあげた赤銅色に輝いていた。頭部は平坦なイモムシの顔のようで、光沢のある黒い眼が四つと、小さな角質の嘴《くちばし》がそなわっている。胴体の下にはひとつのトレイがぶらさがり、そこに手紙や小包が収めてあった。巨大ムカデはそのトレイから歩肢の一本で小包のひとつを取りだし、かんだかい鳴き声を発した。それに応えて、ゴーレスポッドは低く唸り、からだの前半分を勢いよく持ちあげ、例の触手を上に振りあげて、下面の黒い口を露出させた。

その口に、ムカデは小包を放りこんだ。ついで、感情のないつややかな眼でボーイクとマグナス・リドルフをじっと見すえてから、しなやかに身を翻《ひるがえ》し、建物の角をまわりこんで歩み去った。

ゴーレスポッドはふたたび唸り、大きく吠え、生ゴミの山にいっそう深く潜りこむと、ボーイクとマグナス・リドルフをまじまじと凝視した。まるで無関心なようでありながら、どこか侮蔑まじりの好奇心をも感じさせる、独特の視線だった。

ふたりの人間もそれと同じ視線を返し、ゴーレスポッドを観察した。

「彼、人語は解するのですか？」マグナス・リドルフはたずねた。

ボーイクはうなずいた。

「ただし、あまり近づきすぎないほうがいいぞ。かなり短気で乱暴なやつだからな」

マグナス・リドルフは用心深く、一歩、二歩、そばに近づくと、乳青色の一つ眼を覗きこんだ。

「わたしはマッキンチという犯罪者を見つけようとしている者です。協力をお願いできますか？」

そのとたん、黒い巨体が興奮したようにびくっと動き、白っぽい下面に開いた口から怒りのにじむ咆哮をほとばしらせた。一つ眼が膨張し、ぐっと膨れあがる。

耳をかたむけていたボーイクが通訳した。

「こういっている――〝帰れ、帰れ〟と」

「つまり、協力はできないということですね？」

ゴーレスポッドはますますいきりたち、勢いよくからだを跳ねあげ、頭を高々とそそりたたせて、猛烈に臭い液体を吐きかけてきた。マグナス・リドルフはすばやく飛びすさったものの、液体が数滴、上着に付着してしまった。たちまち吐き気をもよおす悪臭にさいなまれ、息が詰まりそうになった。急いでハンカチーフを取りだし、服のしみをぬぐいにかかる。

にやにや笑いを隠そうともせず、リドルフのようすを眺めながら、ボーイクがいった。

「だいじょうぶだよ、そのうち悪臭は消える」

「いやはや、なんとも」

ふたりは粉塵を踏みしめて車に引き返した。

「つぎにいくのは輸出産品の倉庫だ」ボーイクがいった。「倉庫は街の中央にある。倉庫までは車でいって、ほかの目的地へは徒歩でまわろう。どこも倉庫から歩いていける距離にあるからな。徒歩のほうがいろいろと街のようすを見られていい」

ボーイクの運転する車は倉庫をめざし、通りを徐行していった。通りの両側にずらりとならぶのは、バラックや小さな店だ。建材にはおもに、石板や乾し海草の茎を剝《は》いで作った薄膜が使われている。小屋同士は隙間なくびっしりと建ちならび、そばにはおおぜいの知性生物がひしめいていた。路上のあちこちには、薄汚れてボロを着た人類の子供たちが、なんの表情もないカペラ星系類人種の子供をはじめ、カーネギー第十二《XII》惑星からきたアルマジロ属の幼体や、火星からきたカエル属《フロッグマン》の子供たちと遊ぶ姿が見受けられた。

ポートマールからきたムカデ属の幼体たちは、胴節の下の多関節歩肢をすばやく動かし、トカゲのようにちょろちょろと走りまわっている。見たところ、何百体という数がいるが、そのほとんどは、人間には不可解な理由で親たちに殺されてしまうそうだ。往来にはイエローバードたちの姿もあった。これはダチョウに似た二足歩行生物で、全身をやわらかな黄色いウロコにおおわれており、こうべを高くかかげ、一つ眼をぎょろりと上に向けて、音もなく歩いていく。スクレロット・シティの雑踏は、まさにアル中の幻覚に出てくる怪物のパレードも同然のありさまだった。

通りの両脇にならぶ露店には素朴な商品が陳列されており、籠や鍋のほかは、売り手と買い手しか用途のわからない奇妙な日用品がたくさん売られていた。大きく分類すれば〝食品〟と呼べるものを売っている店もあった。たとえば、人間向けのフルーツや缶詰、イエローバード向けの堅くて茶色のカプセル、アルデバラン属向けのくねくねと蠢《うごめ》く赤い地虫のような生きものなどだ。そこここには、小人数の観光客グループもいた。そのほとんどは地球からきた人類で、露店を覗きながら、なにかを指さし、おしゃべりをしては笑いあっていた。

やがてボーイクは、金属のなまこ板でできた細長いバラックに車を寄せ、駐めた。ここが倉庫だ。ふたりはふたたび粉塵を踏みしめて、倉庫の入口へと歩いていった。

倉庫の中は控えめな話し声であふれていた。構内の入口側には土産物の販売所があり、何十人もの観光客が歩きまわって、手ごろな土産を物色している。販売しているのは、石の彫刻、繊細な模様の織物、クモーシュの砂嚢内で分泌物から作られる真珠に似た宝玉、海草を絞って採った香油、小像、密封されたミニチュア・ガラス球に収めてあるバランスト・アクアリウムなどだ。このアクアリウムには拡大レンズがついており、滴虫類、微小な海綿、微小な珊瑚、高速で行きかう微小イカ、極小魚などが棲息する、驚くほど美しい海中の光景を観察できるようになっていた。販売所の奥のほうには、この惑星の主要輸出品を詰めた梱《こり》が山と積んであった。その中身は、海草樹脂、化粧板に張る薄膜——これは乾し海草の茎を剝いで作ったものだ——稀少金属塩の袋などが大半を占める。

「あそこにいるのが、この倉庫を管理している流通局長だ」ボーイクが奥にいるアリのような生物にあごをしゃくってみせた。生物は六本脚で立っており、体高は人の腰ほどまでしかない。眼はイヌのそれのようで、からだ全体を灰色のつややかな体毛でおおわれており、胸郭は比較的短くて、部厚く見える。「話をしてみるかね？　あいつは人語を話すし、理解もできるぞ。精神構造はレジスターと変わらんがな」

マグナス・リドルフの沈黙をイエスだと解釈して、ボーイクは細い通路を通り、双子座τ《タウ》星出身の、アリに似た生物のもとへ導いていった。

「流通局長の名前は教えてやれない」生物のそばまでいくと、ボーイクは一転してにこやかになった。それを見て、そろそろマグナス・リドルフにもわかってきた。この人物、市民の見ている前では愛想よくふるまう方針らしい。「なぜかというと、局長には名前がないからだ」

「ワタシノ惑星デハ」アリ形の生物は、抑揚のない、単調な声でいった。「各個体ハ、アナタガタノイウ和音デモッテ識別サレル。ワタシノ固有和音ハ——」

アリ形生物の頭の基部付近にある一対の振膜から、一連の短い和音が発せられた。

ボーイクが生物に紹介した。

「こちらはマグナス・リドルフ。伝道団本部を代表してやってきた」

「わたしの関心は」マグナス・リドルフは巨大アリにいった。「マッキンチとして知られる犯罪者の正体をつきとめることにあります。協力をおねがいできますか？」

「スマナイ」アリ形生物は単調な振動音で答えた。「ソノ名ハ聞イテイル。彼ノ横領ニモ気ガツイテイル。シカシ、彼ガ何者カハ知ラナイ」

マグナス・リドルフは一礼した。ここも脈はなさそうだ。

「おつぎは消防局長のところへいこうか」とボーイクがいった。


消防局長は人間の黒人種だった。長身で目はブルー、髪はくすんだブロンズ色で、身につけているのはひざ丈の真紅のズボンのみ。ふたりが見つけたとき、局長は中央広場の付近にそびえる望火楼の真下にいて、火の見梯子の最下段に片足をかけ、望楼に昇ろうとしているところだった。ボーイクの姿を認めて、局長は会釈した。

「やあ、ジョー。地球《ふるさと》からの友人をお連れしたぞ」ボーイクは両人を相互に紹介した。「ミスター・マグナス・リドルフ、こちらはミスター・ジョー・バートランド――この街の消防局長だ」

消防局長は一瞬、驚きの目をマグナス・リドルフに向け、ボーイクを見やり、また視線をもどした。

「ようこそ」握手をしながら、局長はいった。「お名前は耳にしたことがあります」

「たしかに、さほどありふれた名前ではありませんが――連邦には、ほかにもおおぜいのリドルフがいることですし」

ボーイクはけげんな顔になり、左右の短い脚に体重をかけかえつつ、局長とマグナス・リドルフを交互に見やってから、ひとつためいきをつき、通りの先に漫然と目を向けた。

「しかし、〝マグナス・リドルフ〟となると、そう多くはない」消防局長がいった。

「きわめて少数でしょうな」白鬚《はくしゅ》の哲学者は答えた。

「マッキンチを追っているんですね？」

「ご明察です。協力をおねがいできますか？」

「彼のことはなにも知りません。知りたくもない。知らないほうが、あなたの身のためです」

マグナス・リドルフは会釈した。

「そうですか。ともあれ、会っていただいて、お礼を申しあげます」


太い親指を使って、ボーイクが縦にひょろ長い建物を指し示した。骨白《こっぱく》という形容がぴったりの、漂白されたように白い柱と柱のあいだには、海草を編みあげたパネルが張ってあった。

「あれが市庁舎だ。上階は市長の住居になっている。もっぱら市庫を守るのがやっこさんの仕事だよ、はははは」

上着の前についた粉塵をそっとはたきながら、マグナス・リドルフはたずねた。

「市長にはほかに、どんな役目が？」

「観光宇宙船の到着には、かならず立ちあう。赤いトルコ帽をかぶって、街を見まわったりもする。この街の治安判事も兼ねているな。それと、市庫を管理して、公務員の給与を払うのも市長の仕事だ。個人的には、あの男にマッキンチ役を務められるほどの脳ミソがあるとは思えんがね」

「マッキンチが自由に資金を引きだせる金庫というのを、いよいよ拝めるわけですな」

蝶番《ちょうつがい》をきしませて、ふたりは薄っぺらい扉を押しあけ、細長くて天井の低い部屋に入っていった。海草を編みあげた壁面のパネルは年月を経て擦り切れ、あちこちにひびが入り、そのひびから二色の陽光が射しこんで、床に赤と青の模様を描きだしている。巨大な金庫は部屋のつきあたりにあった。アンティークな鋼鉄製の金庫で、ボタンの組みあわせで解錠するタイプだ。

だしぬけに、天井にあいた穴からにゅっと、ひとつの頭がさかさまにつきだされてきた。頸《くび》は長く、黄色いウロコにおおわれており、頸の先についた平たい頭は小さな赤のトルコ帽をかぶっているため、ばかばかしいほど滑稽に見える。と、ひとつしかない紫色の眼が、ぎょろりとふたりに向けられた。ついで、頸のあとから、ほっそりした黄色いからだが穴の外にせりだし、下へ落っこちるようにして降りてくると、くるりと一回転し、細くしなやかな二本の脚で一階の床に着地した。

「やあ、おじゃまするよ、市長」ボーイクが愛想よくいった。「伝道団本部からお客を連れてきた。ミスター・リドルフ、こちらはこの市の市長、ジュジュ・ジージーだ」

「会えてうれしい!」市長がかんだかい声でいった。「サイン、いるか?」

「ぜひとも」マグナス・リドルフは答えた。「喜んでちょうだいします」

市長は両脚のあいだに長い頸をつっこみ、股間のポーチから一枚のカードを取りだした。書かれている文字は、マグナス・リドルフには読めないものだった。

「わたしの出身星の文字で書きますところのわたしの名前ね――大まかに翻訳すれば〝魅惑の振動〟という意味よ」

「ありがとうございます。スクレロットの記念に、たいせつに保管しておきます。ところで、ここへうかがったのは、マッキンチとして知られる生物の正体をつきとめるためなのですが――」

マグナス・リドルフがそこまでいったとたん、市長はクエーッと鋭い声を発し、頭を小さく前後に揺らしだした。

「――市長になら、ご助力を仰げるのではないかと思いましてね」

市長はSの字を描くように頸をふりまわし、

「だめ、だめ、だめね」とかんだかい声で拒否した。「わたしなにも知らないよ。わたし市長」

ボーイクがちらちらと視線を向けてきた。マグナス・リドルフはうなずいた。

「それでは、きょうのところは、これでおいとまするよ、市長」ボーイクがいった。「今回は友人を引き合わせたかっただけなのでね」

「会えてよかった！」

市長はかんだかい声でそれだけ答えると、両脚をぐっとたわめ、勢いよくジャンプし、天井の穴に消えた。


赤と青の陽光に照りつけられながら百ヤードほども進んだところに、目的の監獄が見えた。石板で建てた、細長いバラックがそれだ。それぞれの独房は道路に面していて、鉄格子のはまった窓ごしに、悄然とうなだれるイエローバードの頭や、カペラ星系類人種の、表情をいっさい欠いた顔が見える。人間の囚人のひとりは、通りかかったボーイクとマグナス・リドルフをじっと見つめてから、地面の粉塵にぺっとつばを吐いた。

「この囚人たち、どんな罪を犯したのでしょう？」マグナス・リドルフはたずねた。

「あの人間は屋根葺《ふ》き材を盗んだ。あそこのイエローバードはポートマール系のムカデの幼体を虐待。カペランについては罪状を知らん。警察局長は――これはシリウス第五《V》惑星の住民なんだが――この監獄の裏にオフィスをかまえている」

オフィスといっても、実態は差し掛け屋根にテントを張っただけの粗末なしろもので、そこにいた警察局長は、ばかでかい魚雷形の両生類だった。長い指のあいだには水かきをそなえ、皮膚は黒くて光沢があり、からだじゅうから胸の悪くなるような甘ったるいにおいをただよわせている。頭部には、頭頂部をリング状にぐるりと取り巻く形で、ビーズ状の奥まった眼がならんでいた。

ボーイクとマグナス・リドルフが――すでにふたりとも汗みずくになり、全身を粉塵におおわれ、疲れも蓄積してきている――差し掛け小屋の角をまわりこんで姿を見せると、警察局長はすぐさま、水かきのついた足でよたよたと立ちあがり、これも水かきのついた手指の一本で自分の腹を掻いた。黒い地膚に、驚くほど白い色でこんな文字が浮きあがった。

〝ごきげんよう、ミスター・ベック。ごきげんよう、そちらの人〟

「やあ、フリッツ」ボーイクがあいさつをした。「ちょっと通りかかったものでな、寄ってみたんだ。友人に街を案内している途中でね」

両生類は飼葉桶《かいばおけ》に似た箱形椅子の背にもたれかかり、ふたたび自分の腹を掻いた。消えかけていた最初のメッセージのあとに、こんな文字が現われた。

〝なにか役にたてることがあるか？〟

「わたしはマッキンチの正体を探っていましてね」マグナス・リドルフは答えた。「協力をおねがいできますか？」

水かきのついた両手が腹の上でためらったのち、こんな文字を描きだした。

〝わたしはなにも知らない。警察局長として最大限の協力はするが〟

マグナス・リドルフはうなずき、ゆっくりと背を向けると、肩ごしにいった。

「それでは、なにかわかったら、お知らせしますので」

粉塵がのどにひっかかるのだろう、ボーイクは軽く咳ばらいをした。

「さて、つぎは――郵便局だ」ここでボーイクは、輸出物資の倉庫を眺めやった。「車のところまでもどるのと、だいたい同じくらいの距離を歩けば着く」

マグナス・リドルフは海緑色《シーグリーン》の空に浮かぶふたつの太陽を見あげた。「陽が沈めば涼しくなるのでしょうか？」

「多少はな」辛抱強く歩を進めながら、ボーイクは答えた。「日暮れには伝道団本部に帰りつきたい。暗くなってからも街にいると、どうも落ちつかないんだ。マッキンチ問題をかかえたいまは、とくに不穏なものを感じる」

いいながら、ボーイクはふっくらとした唇をすぼめてみせた。

左右にみすぼらしいボロ小屋が連なる通りは、海のほうへ向かっていた。通りにはさまざまな知性種属がひしめいており、その種類の多さたるや、まさに多種多様という形容がふさわしいものだった。小屋の窓や戸口の向こうには、形状のはっきりしない巨体がじっとうずくまっている。かと思うと、敏捷に動きまわっている生物もいる。小屋から覗く眼の形状はゆうに十種類を数えた。耳に聞こえるのは、地球ではけして聞かれることのない奇妙な話し声だし、道の向こうからただよってきて鼻孔を刺激するのは、本来なら地球人が嗅ぐはずのないにおいだ。

進むうちに、あたりの光景がだんだん赤みを帯びてきた。青い太陽が地平線に近づいたせいだろう。郵便局にたどりつくころには――郵便局は宇宙港に接して建つスレート葺《ぶ》きの建物なのだが――青い太陽はすっかり地平線の向こうへ沈んで、完全に見えなくなっていた。

もしも郵便局長の協力的な態度を期待していたなら、マグナス・リドルフは失望していただろう。

ふたりが局舎に入っていったとき、ポートマールのムカデ種に属する局長は、細長いからだの前半を垂直にもたげて棹立ちになり、うしろ半分の歩肢でからだ全体を支え、前半分の歩肢をすべて使って、リズミカルに郵便の仕分けをしているところだった。

ボーイクがマグナス・リドルフを紹介すると、局長は作業の途中でぴたりと動きをとめ、まったく感情の読めない眼をこちらに向けて、無関心そうな視線をじっとそそいできた。局長連の反応は判で押したように決まっている。こんどもまた、マッキンチのことはなにも知らないというのだろう。

マグナス・リドルフはボーイクに目を向けた。

「ミスター・ボーイク。すこしのあいだ、郵便局長とふたりきりになりたいのですが。ひとつふたつ、内密でたずねたいことがありましてね」

「好きにするがいい」ボーイクは鼻を鳴らし、さっさと外に出ていった。

しばらくして、マグナス・リドルフも局の外に出ていき、待っていたボーイクと合流した。

「知りたかったのは、各局長が受けとる郵便の種類です。それと、そのほかにも役だちそうな情報がありましたら教えてください、とおねがいしてみました」

「で、役にたつことはわかったのか？」

「ええ、おおいに」

ふたりは海岸を迂回して——桟橋には大型の海草採取船が何隻も舫《もや》われており、黒いシルエットをそそりたたせている——輸出物資の倉庫へと引き返しだした。ようやく車にたどりついたときには、赤い太陽も地平線にぐっと近づいて、血の色の夕陽は街に古色蒼然たる幻想的な雰囲気をもたらし、ごちゃごちゃとした街並みのみすぼらしさをやわらげていた。沈黙するふたりを乗せた車は、やがてでこぼこ道を登りつめ、尾根の上の伝道団本部に到着した。

車を降りるまぎわ、マグナス・リドルフはボーイクに顔を向けてたずねた。

「ここに顕微鏡はありますか？」

「三台ある」ボーイクは簡潔に答えた。「光学式、電子式、ガンマ＝ベータ式の三種類だ」

「そのうちの一台を、今夜、使いたいのですが」

「好きにするがいい」

「あすになれば、事件はなんらかの形で解決するでしょう」

ボーイクは好奇心もあらわな目でマグナス・リドルフを見つめた。

「まさか、マッキンチがだれか……わかったというのか？」

「たちどころにわかりましたよ。わたしの特殊な知識をもってすればね」

ボーイクは険しい顔になった。

「今夜は厳重に部屋の鍵をかけておいたほうがいい。わたしがあんたなら、そうする。マッキンチがだれであるにせよ——相手は人を殺すことなど、なんとも思っていないやつなんだからな」

マグナス・リドルフはこくりとうなずいてみせた。

「おっしゃるとおりでしょうね」


この季節、スクレロットの夜は長く、十四時間つづく。マグナス・リドルフは夜明け前に起きだし、シャワーを浴びて、清潔な白と青の上着を身につけた。

身支度をすませたあとは、部屋を出て玄関ホールの窓辺に立ち、外を眺めながら日の出を待った。

やがて空がほんのりとエレクトリック・ブルーの輝きを帯びはじめるころ、背後から足音が聞こえてきた。

ふりかえると、クレマー・ボーイクがこちらを見つめていた。丸顔を横にかしげ、ブルーの目には不安で憔悴しきった色を浮かべている。

「よく眠れたか？」ボーイクがたずねた。

「眠れましたとも、ぐっすりと」マグナス・リドルフは答えた。「あなたもゆっくりと寝《やす》めたのならいいのですがね」

ボーイクはうめき声で返事をし、たずねた。

「朝食はどうだ？」

「ええ、いつでも喜んで」

ふたりはダイニングルームに移動した。ひとりだけ待機していた給仕に、ボーイクがふたりぶんの朝食を注文した。

黙々と食事をとるうちに、夜明け前の空はしだいに青く明るんでいった。食後のコーヒーが出ると、マグナス・リドルフは椅子の背もたれに背中をあずけ、小ぶりの葉巻に悠然と火をつけた。

ボーイクがたずねた。

「きょうのうちに事件を解決できるという見こみ、やっぱり変わらないか？」

「はい」マグナス・リドルフはうなずいた。「十二分に見こみがあると思っています」

「すると――マッキンチがだれか、もうわかっている？」

「疑いの余地はありません」

「証明できるんだな？」

マグナス・リドルフは、指のあいだからふうっと葉巻の煙を吐きだした。おりしも、サファイア・ブルーの曙光が窓から射しこんできて、水中にいるような質感を室内にもたらした。その〝水中〟に、紫煙が渦を巻いて立ち昇っていく。

「ある意味で――イエスです」

「あまり自信がなさそうに聞こえるが」

「なにはともあれ、おおいに時間を節約できる妙案がひとつあるのですがね」

「ほう、それは？」ボーイクは指先でテーブルをたたきながら、皮肉たっぷりの声で先をうながした。

「市長に――名前はたしか……ジュージューでしたか――要請していただけませんか。本日の午後、全局長を一カ所に集めて会議を開いてほしいと。場所は市庁舎がベストでしょう。その会議の席上で、マッキンチのことを議題にのぼせます」


粉塵を踏んで市庁舎へ歩いていきながら、ボーイクは嚙みつかんばかりの口調でいった。

「少々、芝居がかりすぎてはいないか？」

「そうかもしれません、そうかもしれません」マグナス・リドルフはうなずいた。「それに、危険を招く可能性もあります」

ボーイクは歩みの途中でためらい、立ちどまった。

「ほんとうに、たしかなんだろうな――」

「たしかなことなど、世の中にはひとつとしてありませんよ」マグナス・リドルフは答えた。「この惑星が今後も自転しつづけるかどうか、それすら定かではないのですからね。そして、わたしが知るなかでもっとも予測しがたいのは、〝生けるものの寿命〟というやつです」

ボーイクはまっすぐ前を向いたまま、無言で歩みを再開した。

ふたりは市庁舎に入り、しばらく玄関ホールに立って、目が薄闇に慣れるのを待った。ほどなく、奥にある市長室内の右手と左手に、それぞれ形状の異なったいくつかの姿がぼんやりと見えてきた。なかには巨体も混じっている。そしてどの姿も、壁面パネルから忍びこんでくる陽光の条《すじ》を受けて、全身のあちこちが赤と青の光の斑点で照らされていた。

「〈ゴミ蒐集者〉がきていますね」額に手をかざしながら、マグナス・リドルフがボーイクにいった。

「においでわかります」

ふたりは市長室に足を踏みいれた。市長は例の赤いトルコ帽をななめにかぶり、部屋のまんなかをいったりきたりしていた。その市長を、おおまかに円陣をなすように囲んで、局長連がならんでいる。ゴーレスポッドの清掃局長、ムカデ属の郵便局長、人間のジョー・バートランドが務める消防局長、双子座τ《タウ》星出身のアリに似た流通局長、両生類系の警察局長だ。

「お集まりのみなさん」マグナス・リドルフはいった。「あまりみなさんのお時間をとらせることはいたしますまい。みなさんも先刻ご承知のように、わたしはマッキンチとして知られる存在について調査を行なってきました」

室内の者たちが身じろぎした。ムカデ属の郵便局長は多数の脚をざわつかせ、警察局長はゴム質の皮膚をぶるぶるふるわせ、市長は長い頸を左右にひねっている。神経質そうな音もかすかに聞こえた。ひとつはエイ似のゴーレスポッドが放つ静かなヒス音で、もうひとつは黒人の消防局長が咳ばらいをする音だ。

流通局長――双子座τ星のアリ生物が、抑揚のない声でいった。

「イッタイ、ナンノ目的デ、ワレワレヲココニ集メタノカ。目的ヲ明確ニサレタイ」

マグナス・リドルフは静かにあごひげをしごき、局長から局長へと視線を動かした。

「マッキンチの正体は、すでにもうつきとめました。彼が日々、スクレロット・シティからくすねてきた横領金の総額も見当がついています。その生物が殺しを好むことも証明できます。すくなくとも、わたしを殺そうとしたことはまちがいありません。さよう、このわたしを――マグナス・リドルフをです！」

マグナス・リドルフはその場に毅然と立ったまま、断固とした口調でいいきった。

ふたたび、局長たちがもぞもぞと身じろぎをし、かすかな音を立てた。各自、いまの発言を冷静に受けとめ、平静を取りもどそうとしているらしい。

マグナス・リドルフは重々しい声でつづけた。

「まずは、このコミュニティの統治者である市長に、わたしがいまからとるべき行動について助言を仰ぎたいと思います。市長閣下、ご意見は？」

イエローバードは、長い頸をせっせと前後に動かし、興奮したようすで一連の意味不明な鳴き声を発した。ついで、しきりに動かしていた頭をぴたりととめ、紫色の眼をじっとマグナス・リドルフにすえて、こういった。

「われわれはマッキンチに皆殺しにされてしまうかもしれない」

ボーイクが咳ばらいをし、うんざりした口調でいいかけた。

「しかし、このさい、われわれにとっていちばんいいのは……」

消防局長のジョー・バートランドが口をはさんだ。

「もうびくびくして暮らすのはうんざりだ。ここには監獄もある。法律もある。その法に照らして、マッキンチがしてきたことを裁こうじゃないか。やつが盗っ人なら、監獄にぶちこめばいい。やつが知性体《ひと》殺しなら、矯正手術が可能な場合は受けさせろ。無理な場合は処刑してしまえ！」

マグナス・リドルフはうなずいた。

「マッキンチが盗っ人であることは証明可能です。監獄に何年間かぶちこんでおけば、彼にとっても健康面でプラスになるでしょう。ここには衛生的な監獄があります。殺菌エアフィルターを強制し、入浴も強制して、不純物のない衛生的な食事を与えつづければ――」

「ナゼ監獄暮ラシノ健康的側面ヲ強調スルノカ?」流通局長がきつい口調でたずねた。

「なぜなら――監獄に入ってもらうからですよ、マッキンチにね」

マグナス・リドルフは真顔で答え、語をついだ。

「彼にはワクチンを投与し、免疫処置を講じたうえで、完全なる無菌環境下で暮らしてもらいます。マッキンチにとって、これは死よりもつらい苦しみになることでしょう。さあ、ここまでいえばもうおわかりですね」周囲で身をこわばらせている局長たちを見まわして、マグナス・リドルフはいった。「マッキンチは――あなただ」

突如として、〈ゴミ蒐集者〉がエイのような巨体を大きくのけぞらせ、高々と棹立ちになり、白い下面全体と、白くて短い二列の脚をあらわにした。ついで、大きく身をよじり、そそりたたせていたからだをぐっと前傾させた。

「伏せろっ!」ボーイクが叫ぶ。

そのことばと同時に、ゴーレスポッドが悪臭ふんぷんたる液体を部屋じゅうにぶちまけた。ついで、その巨体の腹部深くから、低く轟く不気味な音を発した。

市長が悲鳴をあげ、あわれっぽくくりかえしだす。

「みんな死ぬみんな死ぬみんな死んでしまう……」

「お静かに!」マグナス・リドルフの勁烈《けいれつ》の声が室内に飛んだ。「みなさん、お静かに! 市長も、どうかそのへんで!」

狂ったようにくりかえされていたイエローバードのかんだかい鳴き声が、しだいに収まっていった。

「どなたにとっても危険はありません」顔をぬぐいながら、マグナス・リドルフは冷静な声でいった。その目はなおも、棹立ちになったままのゴーレスポッドにそそがれている。「あらかじめ、床下には超音波バイブレーターを、天井にはヘクスマン線照射装置をセットしてあり、われわれがこの部屋に入室してからこちら、両方ともずっと稼動しています。マッキンチの体液に含まれるバクテリアは、たとえまだ死滅していなかったとしても、その口から出たとたん、即座に死滅したことでしょう」

ゴーレスポッドはシャーッと怒声をあげ、腹這いの姿勢にもどると、小さな多数の脚をピストンのように動かし、戸口をめざして猛然とダッシュした。

すぐさま、両生類系の警察局長が海面から飛びだすイルカのようにジャンプし、ゴーレスポッドの平たいからだに飛び乗って、もがく巨体を床に押しつけ、水かきのついた両手をふりかぶり、鉤爪でざっくりと背面の肉を切り裂いた。ゴーレスポッドは叫び声をあげ、荒々しくひっくり返り、腹側を上にするなり、多数の脚で両生類を押さえつつ、平たい巨体をふたつに折って両側からはさみこみ、ぐいぐい締めつけにかかった。

すぐさま、ジョー・バートランド消防局長がゴーレスポッドに飛びつき、乳青色の眼を蹴りつけた。

そこへ、ポートマールのムカデも乱闘に加わって、多数の歩肢の一本一本をゴーレスポッドの脚の一本一本にかけ、ふたつ折りになっている平たい巨体を強引に開かせて、警察局長を助けだした。

この間に、天井の穴に飛びあがって姿を消していた市長が、ひとふりの剣を手に飛びおりてくると、ゴーレスポッドのからだに思いきり斬りつけ、ザクザクザクと……。

ボーイクはまろぶように市庁舎をあとにし、よろよろと車へ歩いていった。マグナス・リドルフも市庁舎を出て、悪臭にまみれた白と青の上着を溝に投げ捨て、車のもとに歩みよった。

ボーイクがすがりつくようにしてハンドルを握る。ピンクの顔はひどくこわばっていた。

「あいつら――あいつら、清掃局長をズタズタにしやがった」

「いやはや、胸の悪くなる光景もあったものです」きちんと刈りこんだあごひげを軽くしごきながら、マグナス・リドルフは答えた。「あらゆる点において、おぞましいできごとでした」

ボーイクは丸い目を吊りあげ、マグナス・リドルフをにらんだ。

「あんたが招いた結果だろうが！」

マグナス・リドルフはおだやかに答えた。

「わが友よ――ひとまず伝道団本部にもどり、シャワーを浴びることを提案してもよろしいかな？清潔な服に着替えれば、事態を客観的に見なおす余裕も生まれてこようというものです」


とりあえず人心地がついたクレマー・ボーイクは、マグナス・リドルフと向かいあう形でディナーテーブルの席についた。だが、目の前にならぶ料理にはほとんど目を向けようとしない。マグナス・リドルフはといえば、几帳面な態度を崩すことなく、たっぷりと夕食をしたためた。いまはきれいに洗濯したリネンに身を包み、白いあごひげの汚れも落として、きちんと刈りととのえてある。

「それにしても――」と、ボーイクが唐突にたずねた。「清掃局長がマッキンチだったと、どうしてわかった？」

「なに、簡単な推論ですよ」フォークを軽くふりながら、マグナス・リドルフは答えた。「ごくごく単純な論理の連鎖です。関連するできごとを相関させた理論の構造を見るに――」

「講釈はいい。抽象的な理屈なんてどうでもいいから」ボーイクは小声で口をはさんだ。「それより、その論理の道筋とやらを……」

マグナス・リドルフは、ちょっぴりむっとした顔になった。

「よろしい、では、具体的な思考の連鎖を説明するとしましょう。マッキンチは横領を働いている。盗っ人です。くすねた金は莫大な額になる。それでは、そうやって横領した金でマッキンチはなにをするのか？　派手な使いかたはできません。そんなことしたら、自分の正体を知られてしまいます。そこでわたしは、マッキンチが横領した金の一部、またはぜんぶを使ったものと仮定して――これはけっして確実な仮定ではありませんが――おもに金使いの観点から、局長のひとりひとりについて、だれがいちばん怪しいか検討し、背景を洗ってみたのです。そのさいには、それぞれが属する種属の視点でものごとを見るように心がけました。

まず、消防局長のジョー・バートランドはどうか。いまいった観点からするなら、彼はシロです。調査の結果、地球人の嗜好には合わないここの環境で、質素に暮らしていることがわかりましたから。では、市長はどうか。イエローバードなる種属が愛してやまないものとはなんでしょう？　とくに好むのが、ある種の花です。その花の香りには、イエローバードの気分を高揚させる働きがあるのだとか。しかし、スクレロットにそれらしい花畑は存在しません。また、市長自身、ご自分の基準では、質素な暮らしを送っているおつもりらしい。

つぎに、流通局長はどうか。あの双子座τ星のアリ形生物です。あの種属の個体は、どれも非常に質素な暮らしを送ります。彼らの言語には〝贅沢〟や〝娯楽〟に相当する語彙がないのですよ。この理由ひとつをとっても、容疑者からはずしてよさそうに思えました。ところが、郵便局長によると、流通局長は毎月、大量の本を買っているという。これは彼が支払う唯一の大きな出費です。さっそく調べてみたところ、本の購入費用は、月々の俸給で充分にまかなえる額であることがわかりました。

そこで、流通局長についても、一時的に候補からはずしてよかろうと判断したわけです。

いっぽう、警察局長はどうか。彼の場合、調査の必要さえありませんでした。彼は両性類系であり、日常的に軟体動物を食します。彼の出身惑星は、全体にじめじめとした湿原にほかなりません。では、当地の乾ききった環境における彼の暮らしぶりはいかに？　横領した金があるなら、もっと潤いある生活を送りそうなものではありませんか。現状では、彼が生存できていること自体が不思議に思えるほどの、ひどく乾いた暮らしぶりです。

郵便局長についても検討してみました。ポートマール・プラネットからきたムカデ系種属にとって、贅沢の概念とは、温かいオイルをたっぷり張ったタンクに全身をひたし、身体ケア用に捕獲して訓練した小動物に全身をマッサージさせることです。このマッサージによって、彼らの皮膚は研磨され、すべすべした淡いベージュになります。しかるに、郵便局長の皮膚はでこぼこだらけで、色も煉瓦色。これは貧しいこと、ケアをないがしろにしていることの証拠にほかなりません。

それでは最後に、清掃局長について考えてみましょう。彼の生活様式に対する人類の反応は、通常、軽蔑をともなうものです。生ゴミの山に埋もれて喜ぶ生物に狡猾な企みが持てるなど、われわれにはとても信じられません。しかしながらわたしは、ゴーレスポッドがきわめて繊細このうえない内覚を持っていることを知っていましてね。彼らは有機物を摂取して生きていますが、その摂取過程で重要なのは醱酵です。いくつも持っている胃の中に宿したバクテリアの働きで有機物を醱酵させ、それによって生成されるアルコールをエネルギー源としているのです。

醱酵の原材料となる有機物の構成内容や質自体は、ゴーレスポッドには関係ありません。生ゴミ、タンパク質廃棄物、動物の死体――これらはみな、あの種属には区別がつかないといってよろしい。人類の場合、呼吸する空気の成分が多少異なっても気づかないでしょう？　それと同じ理屈ですよ。

ゴーレスポッドが堪能するのは、原材料そのものではなく、体内で生産される物質自体のほうです。そして、その物質に変化をつけるため多数の胃の中に宿すバクテリアの豊富さとブレンドの多彩さが、彼らにとってはなによりも重要なものとなります。

　何千年もの期間を経て、ゴーレスポッドという種属は、このうえなく優秀な細菌学者となりました。そして、体内で何千万種というバクテリアを分離・培養し、新しい菌種をつぎつぎに創りだし、そのそれぞれに対して異なる感覚反応を引き起こす働きを与えるようになりました。ひときわ珍重される菌種ともなると、培養することがむずかしく、したがって、とびきり高価になります。

　そうとわかった時点で、マッキンチの正体は清掃局長だな、とピンときました。ゴーレスポッドの視点からすれば、彼は同属から最高にうらやまれる立場にいたのです。尽きることなき大量の有機物原材料に恵まれ、最高に稀少でこのうえなく魅力的なバクテリアのブレンドを享受できたのですから。

　郵便局長からは、郵便船がくるたびに、ゴーレスポッドが小包を受領していたとの証言を得ました。これはむろん、母星から輸入した珍奇なバクテリアの菌種に相違ありません。なかにはとてつもなく高価な小包もあったといいます」

　マグナス・リドルフは椅子の背あてにもたれかかり、コーヒーをすすりながら、カップの縁ごしに、呆然としている案内役を見つめた。

　ボーイクは椅子の上で落ちつかなげに身じろぎしてから、こうたずねた。

「では、彼はいったい――いったいどうやって、ふたりの捜査員を殺したんだ？　それに、あんたも殺されそうになった、とあの場でいっていたな」

「きのう、彼がわたしにつばを吐きかけたことを憶えておいでかな？　この本部にもどってきたあと、つばが残したあのしみを顕微鏡で見てみたのです。死んだバクテリアが部厚く層をなしていました。

種類を同定するところまではいきませんでしたが、予防措置が効を奏して、バクテリアを死滅させてくれたのは幸いでした」

マグナス・リドルフはふたたびコーヒーをすすり、葉巻をふかした。

「ときに……わたしの手数料について、上層部から指示を受けておられると思いますが？」

ボーイクはゆっくりと立ちあがり、自分のデスクに歩いていくと、小切手を持ってもどってきた。

「これはどうも」

金額を眺めて、マグナス・リドルフは礼をいった。それから、指先で軽くテーブルをたたきながら、

「さて……かくして、スクレロット・シティにはゴミ処理係がいなくなったわけですが……」

ボーイクは渋面を作った。

「新たな成り手は見つかりそうにない。街にはいっそう悪臭がただようことになるだろう」

マグナス・リドルフは思案のていで虚空を見つめ、漫然とあごひげをしごいていたが、ややあって、こうつぶやいた。

「いや、だめだな……一回程度では労力に見あわない……」

「なんのことだね？」目をしばたたきながら、ボーイクがたずねた。

マグナス・リドルフは物思いからはっとわれに返り、冷めた目でボーイクを見つめた。ボーイクは爪をかんでいる。

「いやなに、ゴミ処理係の後継者問題で、ひとしきり考えにふけっていただけのことですよ」

「で？」

「代価を得るためには――相手が喜んでその代価を支払う財やサービスを提供しなくてはなりません。なにを自明なことをいうんだ、と思われますか？　いや、これがそう自明なことでもなくてですね。

だれも望まない財やサービスを売ろうと腐心する者は、驚くほどたくさんいるものです。ところが、それでうまくいく者はめったにいません」

「それはわかるが」ボーイクは辛抱づよくいった。「その話とゴミ収集と、どういう関係があるんだ？あんたがあの仕事につきたいとでもいうのか？　やる気があるんなら、そういってくれ。市長に口をきくから」

マグナス・リドルフは、やんわりと非難の視線を送った。

「いやいや、まさか。わたしはこう思っただけですよ。駅者座１０１２にいけば、ここの仕事という特権を得るために、勇んで高い斡旋料を支払うゴーレスポッドがいくらでもいるだろう、とね」

ためいきをつき、かぶりをふった。

「しかし、一回の斡旋料程度では、とても現地まで出向く労力には見あわない……。このさい、連邦全域を対象にして、口入れ事業でも立ちあげてみますか。そうすれば、なかなかの実入りが見こめるかもしれません」

蛩鬼《キヨウキ》乱舞

酒井昭伸訳

The Howling Bounders

わたしの脳はごく信用のおける道具だが、ひとつ深刻な欠陥がある。いわば〝好奇心葉〟が異常に発達しているのである。

――マグナス・リドルフ

午後の風が〈還らずの海〉を吹きわたり、マグナス・リドルフの白鬚《はくしゅ》をそよがせている。そうして風に吹かれながら、老哲学者は顔の半面に恒星〈神殿《ネイアス》〉の黄色い夕陽を受け、険しい表情を浮かべたまま、入手したばかりの広大な農地を眺めていた。いまのところ、問題はない。むしろ、なさすぎるほどだ。

眉根を寄せ、かぶりをふる。ブランサムの説明がすべて事実であることは、このとおり自分の目でたしかめた。最上質のティコラマが収穫を待つばかりに育った、面積三千エーカーもの広大な農地。現地風の、小さいが充分に設備のととのった一軒の農家。農家の表側には戸口付近まで海がせまり、裏手に目を転じれば、遠く畑の北方に、高くそびえる岩山の連なりが見える。

これほどの土地が、なぜこうも格安なのだろう？

「さあて」マグナス・リドルフはつぶやいた。「その行動がほのめかしているとおり、ブランサムが慈善家である――そんな可能性があるものだろうか。それともこれには、なにか裏があるのかな？」

すっきりしない思いのまま、あごひげをしごいた。

農地の北に広がるのは、荒涼たる悪地だ。夕暮れを迎えて、ネイアスが〈還らずの海〉に沈もうとしているいま、彼方の悪地にもライムグリーンの黄昏《たそがれ》が忍びよりつつある。

農家の戸口に立っていたマグナス・リドルフは、おもむろに身をひねり、家屋の中を覗きこんだ。ドワーフのように小柄な使用人のチュークが、ホウキでのそのそとキッチンを掃いていた。ホウキを動かすたびに、小さく呻く声が聞こえる。

マグナス・リドルフは萌黄《もえぎ》色の薄暮に歩みだすと、農家の裏手にまわりこみ、コプターの発着場を通りすぎて、ひざまで伸びたティコラマのあいだに足を踏みいれた。

途中でぴたりと立ちどまり、首をかしげて耳をすます。

「アゥアゥアゥアゥアゥアゥアゥアゥ」

なんだろう、これは?

風に乗ってティコラマ畑の彼方から聞こえてきたのは、野生動物の群れが発しているとおぼしき、奇怪な哭《な》き声だった。身をこわばらせて目をすがめ、彼方の碧《あお》い闇に目をこらす。断言はできないが……なにやら、這いつくばっているように平らで黒々とした影の群れが、悪地の岩山からぞわぞわと湧きだしてくるようだ。

ほどなく、オリーブ・グリーンの薄闇が大地全体にたれこめた。マグナス・リドルフは悪地に背を向け、農家に引き返した。


ブランサムが訪ねてきたのは——この時点ではまだ、マグナス・リドルフは農場経営などまったく興味がなかったのだが——ホテルでくつろいでいたときのことだった。ところはネイアス第五惑星《V》、ニューナポリのピエモンテ・イン。ノックの音がしたのでドアをあけてみると、そこにブランサムが立っていたのである。

なんとも異様な風体の男だった。齢格好は中年に差しかかったばかりだろう。中背で腹がぽこんとつきだし、太い腰まわりとは対照的な、極端にせまい肩幅が目を引く。

額は青白くて妙にせまく、魚のそれを思わせる目は大きく離れ、目と目のあいだは平らで、鼻梁の左右の窪みはなきに等しい。あごは幅が広く、鼻の下にはまばらな黒い口ひげを生やし、肌は白くてきめこまかだ。頬には毛細血管が極細のピンクの糸目となって網目模様を描いており、それが奇妙に健康そうな印象を与える。

ゆったりとしたコーデュロイのズボンは栗色で、形は〝蟹座散開星団警備隊《プレセペ・レインジャー》〟風だった。青緑色《ターコイズ》のゆるい外衣をダイヤモンドの留め具でとめて、その上からダークブルーのケープをはおるという取り合わせは、マグナス・リドルフのシンプルな白と青の上着にくらべれば、ずいぶんとけばけばしく、むしろぶざまにすら見える。

マグナス・リドルフは目をしばたたいた。繊細な、洗練された梟《フクロウ》を思わせるしぐさだった。

「はて、どちらさま？」

「ブランサム」いきなり訪ねてきた男は、ぶっきらぼうに名乗った。「ジェラード・ブランサムだ。はじめて会う」

白いげじげじ眉の下から相手を値踏みして、マグナス・リドルフは丁重に招き入れるしぐさをした。

「たしかに、はじめてお目にかかります。ま、中へどうぞ。おすわりなさい」

「失敬」

ブランサムはケープをうしろにはねあげ、室内に入ってくると、長椅子の端にどっかりとすわり、ふところから平たいケースを取りだして、マグナス・リドルフに差しだした。

「煙草はどうだ？」

「いただきましょう」

マグナス・リドルフは謹厳な手つきで煙草を一本抜きとり、深く吸いこんでから、ふと眉をひそめ、口から煙草を取り、しげしげと先端を見つめた。

「おお、すまん」ブランサムがライターを取りだした。「いつも忘れてしまうんだ。おれは自己点火煙草を喫わんのでな。化学物質のにおいはすぐにわかる。あれは鼻についていかん」

「それは残念」煙草に火がつくと、マグナス・リドルフはいった。「わたしの嗅覚は、そこまで敏感ではありませんのでね。点火煙草は重宝しておりますよ。で、ご用の向きは？」

ブランサムはズボンのひざをつまみ、裾を引きあげながら、

「聞くところによると」と、抜けめなさそうな顔で上目づかいになり、こう切りだした。「あんたは手堅い投資に興味があるそうだな」

「ま、なくはありませんが」紫煙ごしにブランサムを観察しながら、マグナス・リドルフは答えた。「お持ちになったのはどんな投資物件です？」

「こいつだ」

ブランサムはポケットに片手をつっこみ、白い小箱を取りだした。マグナス・リドルフは箱を受けとった。ふたをあけてみると、中には奇妙な物体が収められていた。中央に球形の核がひとつあり、そこから四方八方へ紫色の管が何本もつきだしている。管の長さはみな一インチほどで、一本一本はねじくれて湾曲しており、いずれも光沢があってやわらかい。各管からはピンクの長い繊維が何本も伸びだして、その繊維同士がたがいにからみあっていた。

マグナス・リドルフは丁重な態度で首を左右にふった。

「この物体がなんなのか、わたしにはわかりかねますが」

「ティコラマさ」ブランサムは答えた。「そいつから超弾性繊維《レジリアン》が取れるんだ。天然自然の、唯一の供給源だよ」

「ほほう！」

マグナス・リドルフは興味をそそられ、紫色の管の塊を新たな視点から観察した。

「その管の一本一本は」ブランサムは説明をつづけた。「無数のレジリアン螺旋高分子でできている。各分子の長さは管の全長にもおよぶほどでな。レジリアンの驚異的な弾力性と伸張性は、その特殊な構造に基づくものだ」

マグナス・リドルフは指先で管に触れてみた。小さく振動しているのがわかった。

「で？」

ブランサムは意味ありげに間を置いた。

「そいつを農地ごと売却したい。面積三千エーカーを埋めつくす最上質のティコラマが、収穫を待つばかりに育っている」

マグナス・リドルフは目をしばたたき、ブランサムに小箱を返した。

「ほんとうですか？」たずねながら、思案顔であごひげをなでる。「その物件があるのは、むろん、この惑星のおとなりの、ネイアス第六惑星《VI》でしょうね？」

「そのとおり。ティコラマが生育する唯一の惑星があそこだ」

「売値はいかほどでしょう？」

「十三万ミュニットでいい」

マグナス・リドルフは、ふたたびあごひげをなでた。

「そうとうにお安いということなのでしょうな。農業方面にはうといもので。とくに、ティコラマの相場には」

ブランサムは重々しくうなずいた。

「捨て値だよ。一エーカーから穫れるティコラマは一トン。この一トンを星区中継港《スターポート》に持ちこめば、現在の通貨相場で五十二ミュニットの値がつく。運送料は、諸々の手数料込みで二十一ミュニット、さらに収穫コストが八ミュニット――合わせて二十九ミュニットがトンあたりの経費となる。以上を売値から引いたエーカーあたりの純益が二十三ミュニットで、掛けることの三千エーカーぶんだから、純益の総額は六万九千ミュニットだ。今年と来年の売上だけで農地代を回収できる勘定だな。あとは毎年、ころがりこんでくる純益を享受すればいい」

マグナス・リドルフは新たな視点からブランサムを観察した。自分の脳における、極度に発達した〝好奇心葉〟が、活発に動きだしつつあるのがわかる。

(ブランサムはこのわたしを――マグナス・リドルフを――カモるつもりなんだろうか？　はたしてそんなことを考えるやつがこの世にいるものか？　この男はそれほど能天気なんだろうか、それとも、悪いやつになにか吹きこまれたのか？)

「お申し出は――」と、声に出してマグナス・リドルフはいった。「好条件すぎて、にわかには信じがたいものですな」

ブランサムはぎゅっと目をつむってまた開き、それを何度かくりかえした。ただでさえ平坦な目と目のあいだが、その動きでいっそうぴんと張った。

「じつをいうと、おれはもう三千五百エーカー、農地を保有している。売りに出すのは砂時計半島《アワーグラス》の半分――本土側の半分だ。海側の半分では海藻も穫れるから、海藻とティコラマの収穫に追われて、本土側までは手がまわらんのだよ。

それに……じつは、大至急、現金が入用になってな。まだ若僧の息子がコプター事故を起こして、判決債務が確定した。おまけに女房の目が悪化して、カネのかかる移植手術を受けさせねばならん。運の悪いことに、この手術、おれが加入している医療保険の対象外とくる。しかも娘は地球留学中で――これがロンドンの聖ブリジダ学園なもんだから――とんでもなくカネがかかる。そんなこんなで、急ぎ、まとまった金《カネ》がいるんだよ」

白いげじげじ眉の下からブランサムを鋭く見つめて、マグナス・リドルフはうなずいた。

「なるほど。たてつづけに不幸なできごとに見舞われたと……。ふうむ、十三万ミュニットですか。お話を聞くかぎりでは、リーズナブルな価格のようだ。もしもあなたがおっしゃったことが、すべて偽りなき事実ならば」

「偽りなんかない」ブランサムの口調が熱を帯びた。

「もしや、ティコラマが最高品質ではなかったりしませんか?」

「その正反対さ。一本の例外もなく、最高級のティコラマがそろっている」

「ふうむ」マグナス・リドルフは下唇をかんだ。「では、農地に居住施設がないとか?」

ブランサムの口が大きく開いて赤いOの字を形作り、愉快そうな笑い声をあげた。

「付属する農家のことを言い忘れていたな。こぢんまりとした、いい農家がついている。もちろん、現地風の造りだが、きわめて状態良好、居住性は申し分ない。たしか写真を持ってきていたはずだが……ああ、あったあった、これだ」

マグナス・リドルフは写真の農家をじっと見つめた。横に細長い造りの農家で、壁は灰色と緑色の割り石を積みあげたものらしい。屋根は凸面状の丸みを帯びた切妻屋根だ。左右両端の壁は凹面状にへこんでおり、手前の壁にはゴシック風のアーチドアがならぶ。背後には遠く悪地まで、濃い紫色の一帯が広がっていた。

「家屋の裏手に農地がすこし写ってるだろう？」ブランサムがいった。「その色がわかるな？　濃いダークパープルは最高品質のあかしだ」

「ふむ。しかし、家屋には新たに調度を入れねばならないのでしょう？　となると、かなりの出費がともないますよ」

　ブランサムはにやりと笑い、かぶりをふった。

「よっぽど贅沢な人間でないかぎり、充分満足できる調度がそろっているとも。あとで説明不足だといわれてはかなわんからいっておくが、家屋はいろんな点で原始的ではある。テレスクリーンはない。殺菌装置もなければ、自動点灯システムもない。発電設備はささやかなものだし、地下貯蔵室もない。洗濯・乾燥機もない。電磁調理器を持ちこまないかぎり、鍋を焜炉にかけて調理する必要がある」

　マグナス・リドルフは眉をひそめ、鋭くブランサムを見た。

「使用人は当然、新たに雇わねばならないのでしょうね？　水はどうです？　処理設備があるとして、その供給量は？」

「潤沢だよ。一日に二百ガロン」

「充分な量のようですな」マグナス・リドルフは写真に目をもどした。「おや？　ここのところは？どうしてこうなっているんです？」

　そういって指さしたのは、ティコラマ畑の一角だった。悪地の一部が食いこみでもしたかのように、そこだけ畑の色が変わっている。

　ブランサムは写真をじっと見つめた。

「さあ、なぜかな。たぶん、部分的に土地が痩せてるんだろう。ま、たいして広い範囲じゃない」

マグナス・リドルフはもうしばらく写真をにらんでから、ブランサムに返した。

「なかなかに魅力的な物件です。わたしがその場で賭け金を倍にしたくなることは非常にめずらしい。これがその稀な事例であることは認めざるをえません。では、わたしの通信端末《トランスビュー》まで連絡先を送っていただけますか。明日、結論をお知らせします」

ブランサムは立ちあがった。

「おれもこのホテルにスイートをとってあるんだよ、ミスター・リドルフ。いつでも連絡してくれ。この物件、検討すればするほど、魅力的に見えてくるぞ」


マグナス・リドルフが困惑したことに、たしかにブランサムのいったとおり、検討すればするほど魅力的に見えてくる物件だった。不動産業をしている友人、サム・クワイエンに相談してみたところ、相手はすぐさま口笛を吹き、かぶりをふりふり、こういった。

「掘り出し物だな。おれなら即刻、まるごと買うね」

つぎに、ネイアスVIから星区中継港《スターポート》までについて、運送料金の相場を問い合わせ、またしても眉をひそめた。ブランサムの見積もりは、相場にくらべて、一トンにつき半ミュニットほど安かったのだ。理屈で考えれば、こうも破格の値段なのは、いわくつきの物件だからとしか思えない。しかしそれは、どんないわくだろう？

とりあえず労働局に出向き、受付のひとつに歩みよった。窓口に立っていたのは、ロドピアン——フォーマルハウト第四《IV》惑星ロドペの先住種属だった。

「ネイアスVIでティコラマ畑の収穫をする場合」マグナス・リドルフはたずねた。「必要な手続きはなんでしょう？」

しゃべるたびに頭を上下させながら、ロドピアンはたどたどしい共通語で答えた。

「ネイアスVIにいく。手続きする——ガースワンで。請負人、彼が収穫手配、ぜんぶ。人手、とても安い——ネイアスVIでは。請負人、たくさん摘み手雇う、でも、とても安い。です」

「なるほど」マグナス・リドルフは会釈した。「ありがとう」

ゆっくりと歩いてホテルに帰りつき、こんどは図書室の情報端末《ムネメフォト》でブランサムの話の裏をとった。畑一エーカーにつき、ティコラマ一トンが穫れるという説明はほんとうだった。穫れたティコラマは化学処理を施し、結着樹脂を分解して、超弾性繊維《レジリアン》を取りだす。一トンから取れるレジリアンは重量五百ポンド。レジリアンに対する需要が供給を大きく上まわっていることもわかった。

自分の部屋へもどり、ベッドに横になって一時間ほど考える。それから、意を決して立ちあがり、通信端末《トランスビュー》でブランサムに連絡を入れた。

「ミスター・ブランサム、お申し出を受けようとの結論に達しました」

「おお、ありがたい！」

「しかし、契約完了の前に、この目でじっくりと農地を拝見しておきたい——そう思うのは、自然なことでしょう？」

「うむ、自然だな」ブランサムは誠意を感じさせる口調で答えた。「明後日、惑星間連絡船が出る。それに乗っていくのでいいかね？」

「たいへんけっこうです」と、マグナス・リドルフは答えた。

ブランサムが前方を指さした。

「行く手に広がるのが、あんたの農地——この半島の本土側の半分だ。おれのは海側の半分で、あの崖の向こう側にある」

コプターの窓ごしに、マグナス・リドルフは無言で眼下を見わたした。コプターはついいましがた、荒涼とした悪地の上を通過しおえ——岩山と岩山のあいだの乾ききった岩場には無数の裂け目が走り、そこらじゅうに奇岩が散らばっているのが見える——砂時計《アワーグラス》半島の広い農地に差しかかったところだ。右手に広がる〈還らずの海〉では、カラフルなプランクトンの巨大コロニーが海面をおおい、赤、青、緑、黄の、複雑なまだら模様や筋模様を描きだしている。

コプターは農家の横に着陸した。マグナス・リドルフは大地に降り立ち、畑の縁まで歩いていって、腰をかがめ、作物の状態を調べた。すくすくと立派に育ったティコラマは、紫色の管が何本も伸びた実をたわわに実らせていた。

マグナス・リドルフはおもむろに背筋を伸ばし、背後にきていたブランサムを横目で見た。

ブランサムがおだやかな声でたずねた。

「どうだ、美しいだろう？」

たしかにそのとおりだった。なにもかもが美しい。そして、いまのところ、ブランサムのことばに偽りはない。ガースワンで確認した結果、当人は名乗ったとおりの権利者であることが裏づけられた。収穫請負人も、あのホテルで聞かされたとおり、トンあたり八ユニットで収穫を請け負ってくれた。ブランサムが売りに出していない農地での収穫がおわりしだい、すぐさまこちらに取りかかるという。要するに、この物件はおおいにお買い得だったということである。それでも——。

マグナス・リドルフはあらためてティコラマ畑を観察した。

「例の〝土地が痩せた〟部分——写真で見たときよりも広がっているようですが」

ブランサムは、そんなはずはない、といわんばかりに鼻を鳴らした。

「おれにはそうは見えんぞ」

マグナス・リドルフはしばらく無言でその場に佇んでいた。つかのま、特徴のある高い鼻の鼻孔がわずかに広がった。

ついで、唐突に小切手帳を取りだした。

「それでは、代金の小切手です」

「すまんな。権利証と権利譲渡証書はポケットに入れてきた。こいつにサインをすませたら、土地はあんたのものだ」

ブランサムは手続きをすべてすませ、丁重に別れを告げてコプターに乗りこみ、飛び去っていった。

忍びよる宵闇のなかで、マグナス・リドルフはひとり農地に取り残された。

奇怪な声が聞こえてきたのはそのときだった。

野獣らしきものがひしりあげる、鬼哭啾々《きこくしゅうしゅう》たる哭《な》き声――。目をこらせば、残照を背にして、畑の向こう側をいくつもの黒い影が走りまわっている。

マグナス・リドルフは農家に入り、キッチンにいって使用人チュークのようすを覗いた。

チュークはガースワン高地出身の類人種だ。体形は樽に似ており、肌は灰色でこぶだらけ、両腕は骨がなく、ロープのようにしなやかで、眼は丸くて暗緑色、口はたるんだ肉ひだの下に隠れている。

チュークは首をかしげ、遠い哭き声に耳をすましているところだった。

「ああ、チューク」マグナス・リドルフは声をかけた。「きょうの夕食はなにかね？」

チュークは湯気を立てている鍋を指さした。

「シチュー」深く響く声は、腹のどこかから出てくるものらしい。「シチュー、旨い」

おりしも、一陣の風が吹きわたり、鬼気せまる哭き声をいっそう近くへと運んできた。

チュークの腕が震えるのがわかった。

「この声の主はなんだろう、チューク」

好奇心をうずかせ、聞き耳を立てながら、マグナス・リドルフはたずねた。

チュークはいぶかしげにこちらを見つめて、こう答えた。

「あれ、蛩鬼《キョウキ》。うんと悪いもの。おまえ殺す、チューク殺す、みんな殺す。ティコラマみんな食う」

マグナス・リドルフは椅子に腰かけた。

「なるほどな――読めてきたぞ」そうつぶやいて、ユーモアのひとかけらもない薄笑いを浮かべる。

「そういうことだったのか！　……ふうむ」

「シチュー、好きか？」

鍋から皿によそう準備をして、チュークがたずねた。


翌朝、いつもの習慣にしたがって、マグナス・リドルフは早朝から起きだし、ぶらりとキッチンに入っていった。チュークは床の上に横たわり、身をまるめ、灰色の革のボールと化して眠っていたが、マグナス・リドルフの足音に気づき、まず頭を持ちあげ、片眼だけを覗かせて、腹の奥から深く響く音を発した。

「散歩にいってこようと思うんだ」とマグナス・リドルフは声をかけた。「一時間ほどで帰ってくる。もどってきたら朝食にしよう」

チュークはゆっくりと頭を下に降ろした。

マグナス・リドルフは農家をあとにし、ひんやりとした静寂の中へ歩み出た。朝陽はほぼ真横から射している。ネイアスはいましがた、赤熱した焜炉《ストーヴ》のふたとなり、東の地平に顔を出したばかりだ。

ティコラマ畑から吹いてくる風はじつに心地よく、酸素を豊富に含んでおり、マグナス・リドルフは爽快な気分で出発することができた。

ひざまであるティコラマをかきわけて北へ進むこと三十分、やっとのことで、畑のはずれから先に広がる悪地に達した。すぐ前には、重畳する岩山がそそりたっている。その岩山のふもと、悪地との境界には、ブランサムが〝土地の痩せた部分〟といった、あの色の変わった一帯が広がっていた。

畑の荒廃ぶりを見て、マグナス・リドルフは悲しげにかぶりをふった。一帯のティコラマは紫色の管をすべてもぎとられたうえ、すっかり根こそぎにされ、農地に山をなしていたのである。

荒れた領域はすべて悪地に接しており、おおむね岩山の縁と並行している。マグナス・リドルフはもういちどかぶりをふり、つぶやいた。

「やれやれ。十三万ミュニット、どぶに捨ててしまったか。またもや貴重な教訓を得たのはいいが、はてさて、勉強代として引きあうかどうか……」

農家に帰りつくと、焜炉の前で調理をしていたチュークが唸り声で出迎えた。

「やあ、チューク」マグナス・リドルフはいった。「けさの朝食はなにかね?」

「シチュー」

マグナス・リドルフはすこし渋い顔になった。

「味には疑問を持っていないが……きみはシチューを、いわば主食とでも思ってるんじゃないか?」

「シチュー、旨い」

返ってきたのは代わり映えのしない答えだった。

「ま、よかろう」

マグナス・リドルフは力の抜けた声で答えた。

朝食を食べおえると、マグナス・リドルフは書斎に移り、時代遅れの骨董的な無線フォンを使ってガースワンに連絡を入れた。

「TCIのオフィスへつないでくれるかね」

ノイズのあとに呼びだし音。つづいて、きびきびした男の声が応えた。

「こちら地球情報庁《テレストリアル・コー・オブ・インテリジェンス》ガースワン支部、ソリンスキー大尉です」

「ソリンスキー大尉」マグナス・リドルフはいった。「すまんが、蛩鬼《キョウキ》として知られる生物について、わかっていることがあったら教えていただけまいか」

短い間。

「お教えできる場合もありますが、そちらはどなたでしょう？」

「わたしはマグナス・リドルフという者なんだがね。昨日、ここ砂時計《アワーグラス》半島にあるティコラマ農地を購入したところ、いまいった蛩鬼によって、どうも生態系が破壊されようとしているらしいんだ」

大尉の声がうわずった響きを帯びた。

「いま——マグナス・リドルフとおっしゃいましたか？」

「それがわたしの名前だよ」

「少々お待ちを、ミスター・リドルフ！　情報庁が把握している全情報をお話しします」

しばらくの間ののち、大尉の声がもどってきた。

「わかっていることは多くはありません。この生物のことはあまり知られていないのです。棲息地はボウロ悪地。個体数は不明ですが、単一の群れしか存在しないようですね。すくなくとも、二カ所で同時に別々の群れが目撃されたという報告はありません。準知性を持った類人猿、もしくは類人種と思われますが——確実なことはわかっていないのが実情です」

少々意外に思いながら、マグナス・リドルフはたずねた。

「間近から観察されたことはないのかな？」

「いちどもありません」ちょっと口をつぐんでから、ソリンスキーはつづけた。「これがなんとも、得体の知れない生物でして、どうやっても捕獲できないのです。敏捷なうえにタフなものですから。常食しているのはティコラマです。収穫まぎわのティコラマをごっそり食ってしまうんです。昼間はいずこかへ姿を消していて、どこにいるのかだれにもわかりません。夜になると、黒い幻影の集団となって、イナゴの群れのように湧いてきます。かつて、カーネギー工大の調査チームが罠を仕掛けたことがあるんですが、群れは罠をぜんぶばらばらにして逃げていったそうです。毒餌《どくえ》にもかからず、表皮が硬いため、実体弾が通用しません。すばしっこいので、ヒートビームもよけられてしまいます。デルタ銃でも動きをとめられません。超音波銃の射程に近づくこともできませんし、たとえ近づいて超音波を浴びせることができたとしても、向こうは気づきもしないでしょう」

「すると、通常の破壊手段はおおむね通用しないわけか」

「おっしゃるとおりです。中間子擲弾《メソン・グレネード》を使えば、さすがに仕留められるでしょうが、この武器だと、分析にまわせるだけのサンプルが残りません」

「この生物のことをたずねた理由は――じつは、私事とまるっきり無関係というわけでもなくてね」

マグナス・リドルフは説明した。「この生物、わたしの農場のティコラマを貪り食っているんだよ。なんとかそれをとめる手だてはないかと、いま、対策をさがしているんだ」

「うーん、対策ですか……」ソリンスキーはためらった。「申しあげにくいことですが、ミスター・リドルフ。打てる手はほとんどありません。取れる対策はただひとつ――来年はあまり上質の作物を育てないことです。蛩鬼《キョウキ》という生物は最高級のティコラマばかりを選んで摂取するんです。それから、この生物はたいへん危険ですので、くれぐれもご用心を。たまたま遭遇した相手は、人間であろうとなんであろうと、問答無用でばらばらに引き裂いてしまいますから。この生物を追いはらおうとして、ショットガンを手に屋外へ出るようなまねは、けっしてなさらないでください」

「肝に銘じておこう。しかし、撃退する方法は、どうやら自力で考えださねばならないようだね」

「首尾よくことが運びますよう、お祈りしております」とソリンスキーはいった。「いまだかつて、だれも撃退に成功したことはないのですが」

マグナス・リドルフはキッチンにもどった。チュークは藪林檎《ヤブリンゴ》の皮をむいていた。これは澱粉質の果実で、皮の色が鮮やかな青だ。

「おや、昼食の用意か。もしや、昼食もまた——?」

そういって、物問いたげに両の眉を吊りあげてみせる。

チュークは肯定の唸りを発した。マグナス・リドルフはチュークのそばに歩みより、しばらく昼食作りの準備を見まもっていたが、ややあって、こうたずねた。

「きみは間近から蛩鬼《キョウキ》を見たことがあるかね?」

「ない」とチュークは答えた。「声がする、チューク、眠る。じっとしてる」

「どんな姿をしてるんだろう?」

「からだ大きい、とても細長い。腕、脚、長い。醜い——人間みたく」きらめく暗緑色の眼の片方を、ぎょろりとマグナス・リドルフのあごひげに向けた。「でも、毛、ない」

「なるほど」

あごひげをなでながら、マグナス・リドルフはつぶやいた。

それから、表へ出てベンチにすわり、ネイアスのあたたかい陽光のもと、くつろいだ気分で一枚の紙を取りだすと、文字を書きつけはじめた。

　書きだしてまもなく、遠くからブーンという音が聞こえてきた。音はどんどん大きくなってくる。まもなく上空にブランサムのコプターが現われ、ぐんぐん降下してきて前庭に着陸した。

　着陸と同時に地面に飛びおりてきたのは、ブランサム本人だった。きょうはこざっぱりとしていて、ひげもきちんと整えている。間隔の離れた目には強い光をたたえ、頬は健康そうなピンク色だ。

　マグナス・リドルフの姿を認めると、ブランサムは憂慮に堪えないという表情を作った。

「ミスター・リドルフ、よくない知らせを耳にして飛んできた。なんでも――けさがた聞いたばかりなんだが、あの悪夢の怪物が――蛩鬼《キヨウキ》が――あんたの農地に出現したそうじゃないか」

　マグナス・リドルフはうなずいた。

「そのとおりです。その種のできごとに対して、いやでも関心を持たざるをえなくなりました」

「口ではおれのうしろめたさを伝えきれんのだが……こうなると知っていたら、当然ながら、こんな重荷をしょいこませたりはしなかった」

「当然ながら、そうでしょうとも」マグナス・リドルフはそっけなく答えた。

「で、話を聞いてすぐ、できるだけの償いをしようと駆けつけてきたわけだ。もっとも、残念ながら、金銭面ではたいして助けにはなれん。昨夜、小切手を口座に入れてすぐ、たまっていた巨額の借金を返すのに使ってしまって、口座には五万ミュニットしか残っていないんだ。せめてもの罪滅ぼしに、あのけだものどもを追いはらう大仕事、このおれが引き受けようじゃないか。いや、もしもあんたが望むなら、いっそこの土地をだな、その、おれがまた……」

　ブランサムはことばを切り、咳ばらいをした。

　マグナス・リドルフは上目づかいに、おだやかな眼差しをブランサムに向けた。

「それは奇特な心がけです、ミスター・ブランサム。だれにでもできることではありませんよ。しかしわたしは、この農地から多少とも投資の成果を回収できるのではないか、と見ているのですよ。まだ完全にあきらめたわけではありません」

「おお、そうかそうか、それを聞いて安心した」ブランサムは急きこんだ口調でいった。「たやすく〝あきらめる〟などといってはいかん。おれはつねに勇気あるふるまいを賞賛する。ただし、これは忠告しておいたほうがいいと思うんだが、あの蛩鬼という害獣ども、いちど食害をはじめたら、その畑を食いつくすまでやめようとしないぞ。やつらがこの農家にまで到達したら、危険という程度ではすまん。すでに相当数の人間の男女があいつらに殺されている」

「たとえば、の話ですが」マグナス・リドルフは提案した。「収穫請負人にたのんで、あなたの畑の収穫をあとまわしにすることはできませんか？　うちのティコラマを先に収穫してもらうんです」

ブランサムは悲しげな顔になった。

「ミスター・リドルフ、ここでイエスと答えられたら、こんなにうれしいことはないが——あんたはガースワンの請負人のことを知らん。なんとも頑固で融通のきかん連中でな。契約内容の変更を持ちだそうものなら、その場で収穫を打ち切って引きあげてしまいかねない。当然ながら、おれも女房と家族を養わにゃならん。それにもうひとつ、収穫にきたとしても、あんたの畑には完熟ティコラマがほとんど残っちゃいまい。知っているだろうが、蛩鬼というやつは、完熟まぎわのティコラマだけを食うんだ。きょうになって熟したぶんも、夜になれば食われてしまう」ブランサムはかぶりをふった。

「なんとかしてやりたいのはやまやまだが、どうやったら力になれるのか、おれには見当もつかん。多少ともなれるとしたら……さっきいった方法しかなかろうよ」

マグナス・リドルフは両の眉を吊りあげた。

「それはつまり、あなたが農地を買いもどすということですか？　たった五万ミュニットで？」

ブランサムは咳ばらいした。

「買いもどすという表現は、さすがにちょっと……おれはただ……」

「そうでしょう、そうでしょうとも、当然ながらね」マグナス・リドルフはうなずいた。「しかし、いまはこの一件を、異なる観点から眺めてみようではありませんか。わたしたちが友人同士であり、隣人同士であり、ビジネス上のパートナーに近いものである――そういった事実を一時的に忘れて、おたがいが自分の利益のみを考えて行動する人でなしと想定するんです。自分たちが見知らぬ者同士であり、道徳にもとらわれず、人を食いものにする強欲なやからである。そう考えてみましょう」

ブランサムは頬をふくらませ、警戒の目でマグナス・リドルフを見つめた。

「ずいぶんな表現だが……ま、いい、つづけてくれ」

「以上の想定のもとに、新しい契約を結ぶというのはどうです？」

「どんな？」

「賭けをするんですよ。わたしはこの農地を賭ける。あなたは、たとえば十三万ミュニットを賭ける。おっと、忘れていました、十三万の半分以上は使ってしまったのでしたね。しかし、いますぐ払ってもらうわけではありませんから」

自分の指先を見つめながら、ブランサムはたずねた。

「賭けの条件は？　どうすれば勝ちになる？」

「この農地の売却にさいして、あなたは六万九千ミュニットの純益があがるとおっしゃった。しかし、ああ、なんということか――蛩鬼の出現によって、その目算ははなはだ楽観的にすぎるものになってしまいました」

気の毒にな、とブランサムはつぶやいた。

「ただし――です」マグナス・リドルフはつづけた。「六万九千ミュニットという金額も、あながち根拠がないものではない。わたしはそう確信しています。そこで、この額を利益としてあげられるかいなか――それを賭けの対象にしてみませんか。利益があがらなければ、この農地はあなたのもの。利益があがるならば、十三万ミュニットを支払っていただく」

ブランサムはぎらぎら光る目で長々とマグナス・リドルフを凝視した。

「天然レジリアンの売上でそれだけの利益を出せたなら……そういうことか？」

マグナス・リドルフは脇におろしていた両手を持ちあげ、強調のしぐさをしながら問い返した。

「ほかに利益をひねりだすすべがありますか？」

「この土地から鉱物は採れん。それはたしかだ。石油も採れんし、まわりの海からもマグネシウム・イオンは回収できん」ブランサムはつぶやき、畑の彼方の荒廃した土地を眺めやった。「蛩鬼が畑に侵入してきたら、とめる手だてはないぞ」

マグナス・リドルフは肩をすくめた。

「自分の土地を侵入者から護る問題については、いくつもの解決策があると思うのですよ」

ブランサムはけげんな目でマグナス・リドルフを見つめた。

「やけに自信ありげじゃないか」

マグナス・リドルフは唇をかみ、

「困難には敢然と立ち向かうたちでしてね」と答えた。

ブランサムは食害された一帯にいまいちど目を向けてから、とうとうふんぎりのついた顔になり、マグナス・リドルフに向きなおった。

「その賭け、乗った」

「よろしい」マグナス・リドルフは答えた。「それでは、あなたのコプターでガースワンまで連れていってくれませんか。法的拘束力のある形で、この賭けを書面にしてもらいましょう」


後刻、公証人事務所をあとにし、通りに出てきたマグナス・リドルフは、自分の分の証書を財布のマイクロカード入れに押しこんだ。

「さて、わたしのほうは……」と、マグナス・リドルフはブランサムにいった。

ブランサムは隠そうとしても隠しきれない、小ずるそうな、同時におもしろがっているような目でマグナス・リドルフを見つめていた。

「……きょうはガースワンに泊まります。コプターを一台、調達しようと思いましてね。そのほかに、物資も少々」

「わかった、ではな、ミスター・リドルフ」ブランサムは丁重に頭をさげ、ダークブルーのケープを肩にはねあげた。「あんたの農地が幸運にめぐまれて、充分に報われることを祈ってる」

「お気遣い、まことに恐縮です」マグナス・リドルフはこれも丁重に答えた。「同じく、あなたにもそれ相応の充分な報いがありますように」

ブランサムは立ち去った。マグナス・リドルフはメイン・ストリートを歩きだした。

ガースワンはネイアスVI最初の町として知られている。この町が建っているのは、岩のように硬い粘土層の地形で、元は先住民が火踊りの舞台に使っていたところだそうだ。ガースワンには、ほかにこれといって見るべきものがなく、とくに美しい景観があるわけでもない。

メイン・ストリートは宇宙港からはじまり、原初の姿を残す赤泥板岩の大きな絶壁をまわりこんで、蛇蔦《ヘビヅタ》、一寸苔《イッスンゴケ》、ハンモック・ツリーなどからなる密林を貫いている。商店や住居の半数は現地式で、粘板岩の割石を積みあげた壁と、凸面状に湾曲した切妻造りの屋根、両端のへこんだ壁という特徴を持っていた。残りの半数は外世界式の安っぽい木造家屋だ。通りぞいには、倉庫、宇宙船乗り組合の現地出張所、フォーマルハウトVことロドペの先住民ロドピアンの集会場、地球式のドラッグストア、現地種属の市場向けに開放された横町などがならぶ。それらを眺めながら歩むうちに、ようやく中古コプターのディーラーにいきあたった。

　駐機場に展示されているコプターは六、七台で、いずれも年季が入り、法外な値段がついていた。マグナス・リドルフはしぶしぶのていで六発ジェットのスパーを購入し、不調を訴えるベアリングの泣き声に耳を閉ざしつつ、なんとか修理工場まで乗っていって、給油と整備を依頼した。

　つづいて、コプターは修理工場に預けたまま、地球情報庁《TCI》の惑星支部を訪ねた。職員たちは丁重に迎えいれたうえ、情報庁専用の特殊情報端末《ムネメフォト》を使わせてほしいとの頼みにも快く応じてくれた。

　ゆったりした椅子に腰をかけ、おもむろに検索を開始する。超弾性繊維《レジリアン》のコードを見つけて画面に呼びだし、注意深くデータを眺めはじめた。背景情報、画像、化学式、統計データ等が、つぎつぎに画面を流れていく。データによれば、レジリアンには低炭素鋼ほどの抗張力があるようだ。興味深いのは、ヘッソー‐ペントールで制振処理を施したレジリアンが、ほかのレジリアンと瞬間的に接着するということだった。

　椅子の背もたれに背中をあずけ、スタイラスでとんとんと軽くノートをたたきながら、あれこれと思いをめぐらす。ややあって、ふたたびムネメフォトの画面にもどり、ティコラマからレジリアンを抽出・精製する方法を調べた。

　最初に紫色の管を液体窒素で凍らせ、それを軟化装置にかけて結合樹脂を分解する。つぎに、まずヘッソ酸ヘキシルに、ついでアルコールに浸してから、遠心分離機で水分を飛ばす。すると、あとにフェルトのようなマット状の繊維の塊が残溜する。このマットを梳《す》いて繊維の向きを平行にそろえ、ヘッソ－ペントールにひたしてできる均質な物質──それが純レジリアンだ。

マグナス・リドルフはふたたび椅子の背にもたれかかって、おだやかなブルーの目を虚空《こくう》にすえた。ややあって立ちあがり、ＴＣＩの支部をあとにした。道路を横切って訪ねた先は、地元の建設会社の本社だった。そこで小一時間を過ごしたのち、修理工場にもどってコプターを引きとると、すぐさま空に舞いあがった。密林の上空を高く飛んで、南へと向かう。やがて眼下に荒涼としたボウロ悪地が広がりだし、行く手に砂時計《アワーグラス》半島の陸側の農地──ブランサムから格安で購入した土地が見えてきた。

農家の前に着陸したのは、沈みゆくネイアスが海にぐっと近づいたころのことだった。チュークはアーチ形の戸口に立ち、地面すれすれにだらんと両腕をたらして、ティコラマ畑に漫然と目を向けていた。

「ただいま、チューク」マグナス・リドルフは声をかけ、包みをわたした。「ワインを買ってきた。きみの消化にもいいだろう」

「ルルルル」

マグナス・リドルフはキッチンを覗きこんだ。

「夕食の準備はできているようだな。それでは、ひとまずシチューを食べてから、ひとつこの夕べは知的な遊戯にふけるとしようか」

夕食をすませたマグナス・リドルフは、悪地から忍びよるグリーンの薄暮のもと、ものみな茫々《ぼうぼう》とかすむ夕べの静寂に歩み出た。状況が状況でなかったら、きっとこの景観を楽しめたことだろう。

北には暗いオリーブ色の岩山が連山をなしている。グリーンの夕映えの中で、翠帷《すいい》に暮れる岩山の手前に黒々と広がるのは、広大なティコラマ畑だ。海側に目を転じれば、ブルーグリーンの夕空には、ぽつりぽつりとラベンダー色やオレンジ色の雲が浮かんでいる。

例の哭《な》き声が聞こえてきたのはそのときだった。

「アゥアゥアゥアゥ」

遠く北の彼方から北風に乗って運ばれてくる、哀調を帯びた哭き声——亡霊がむせび泣くような、悲痛で悲しげな声。

それに呼応して、すぐさま遠い哭き声が唱和した。

「アゥアゥアゥアゥアゥ」

マグナス・リドルフはいちど屋内に消え、すぐに外へ出てきた。手にしているのは赤外線双眼鏡だ。レンズを悪地のほうへ向けると、黒々とした生きものの群れが見えた。怪物的なノミのようにぴょんぴょん飛び跳ねながら、無秩序な動きで岩山を降りてくる。蛩鬼《キョウキ》の群れだった。その動きぶりには、ひどく異質なのに、どことなく人間的な要素もあり、ふだんは動揺と縁のないマグナス・リドルフの背筋にぞくりと冷たいものが走った。

「アゥアゥアゥアゥ」

またも遠い唱和の声が響いた。蛩鬼の群れが、いよいよティコラマを食害しようとしているのだ。

マグナス・リドルフは陰鬱な顔でうなずいた。

「あすの夜になったら、わが破壊的な客たちよ——おまえたちが歌うのは、今宵とは異なる歌だぞ」

翌朝、ガースワンから建設作業のチームがやってきた。チームが乗ってきた大型コプターの下部に吊りさげられているのは、一台のブルドーザーだった。チームが着いたのは朝食どきで、マグナス・

リドルフはシチューの最後のひと口を急いでほおばってから、作業チームを食害地域へ連れていき、してほしいことを伝えた。

最後の装置が設置され、すべての作業が完了したのは、午後も遅い時刻になってからのことだった。マグナス・リドルフはさっそく仕掛けの試験を行なった。

食害を受けたあたりに建っているのは、低いドーム形の掩体壕《トーチカ》だ。部厚いコンクリート製の丈夫な造りで、がっしりした基礎の上に設けられており、窓はなく、鋼鉄で補強されている。岩山に面する北側には、鋼鉄の扉が一枚。その扉から約百ヤード北へ離れたところには、円筒形の固定《アンカー》ブロックが立ててあった。アンカーブロックは地中深くに打ちこまれていて、地面の上に出ている部分の高さは十フィートほどあり、根元近くには鋼鉄の金輪が取りつけられ、そこに溝が切ってある。トーチカの扉からは超硬合金《ハーキュロイ》のケーブルが伸びだし、百ヤード先のアンカーブロックに到達したのち、鋼の溝にかけられ、そこで折り返してトーチカまでもどり、電動ウインチに巻きついたのち、トーチカの中に消えていた。ケーブルは長い長いループをなしていて、トーチカに取りこまれたあとは、また扉から滑り出ていく仕組みだった。

トーチカ内に入ったマグナス・リドルフは、満足の面持ちで内部を見まわした。細部まで検分するひまはないが、ウインチの動きはなめらかだし、ケーブルの巻き取りぐあいもスムーズだ。トーチカからすみやかに滑り出ていったケーブルは、百ヤード先のアンカーブロックで折り返し、なめらかにもどってくる。

鋼鉄の扉のすぐ内側には、板状のレジリアンが何枚も積み重ねてあった。一枚一枚のレジリアンは厚さ一インチほどで、それぞれにハーキュロイ製の、ちょっとやそっとでは切れない鎖が取りつけてある。各鎖の長さは三フィートだ。

マグナス・リドルフは最後にもういちどトーチカを検分してから、悠然とした足どりでコプターにもどり、農家に向けて飛びたった。

帰りつくと、チュークが戸口に立っていた。

「チューク」マグナス・リドルフはたずねた。「きみは自分が勇敢で臨機応変、意志堅固なほうだと思うかね？」

チュークの暗緑色の両眼が、それぞれ同時に別々の方向へ動いた。

「チューク、料理人」

「ふむ――それはそうだな。しかし、今夜は間近から蛩鬼《キョウキ》を見たいと思っていてね、手助けがあるとありがたい。同行してはもらえまいか」

チュークの眼と眼は相互にますます遠くを向いた。どこを見ているのかさっぱりわからない。

「チューク、今夜、忙しい」

「忙しい？　どうして？」

マグナス・リドルフはひややかにたずねた。

「チューク、手紙、書く」

マグナス・リドルフはやれやれという顔で屋内に入った。それからも、食事のあいだ、いっしょにこないかとさそいつづけたが、チュークはまったく応じる気配を見せない。結局、日没まで一時間というころになって、マグナス・リドルフは軽量ナップザックを背負い、ひとり徒歩で北のトーチカへ向かった。

やっとのことで農地の外縁にたどりついたときには、コンクリートのトーチカは影に沈んでいた。ひときわ高い岩山の影にすっぽりと覆い隠されていたのである。

すぐさま暗いトーチカ内に潜りこみ、床にナップザックを投げだした。

扉の状態をあらためてチェックする。上下にスライドする扉はひっかかることなく開閉できるし、すこしだけ開いた状態でもしっかりとロックできる。

こんどはウインチの回転を制御する加減抵抗器を操作した。すでにケーブルは扉の下から外に出て北へと伸びており、百ヤード先のアンカーブロックで折り返したのち、トーチカまでもどってきて、ウインチに巻きつき、トーチカ内に入りこんで、ひとつの長大なループを形成している。ウインチが動きだすと、ケーブルは扉からまっすぐに外へ滑り出ていき、ループ全体がゆっくりと回転しだした。

ここでレジリアンの板を一枚手にとり、熔接ペンシルでハーキュロイの鎖をがっちりとケーブルに継ぎあわせてから、戸口のすぐ外に置き、ごく細い隙間だけを残して、鋼鉄の扉を下に引きおろした。それがすむと、床に腰をおろし、煙草に火をつけて待った。

ダークパープルの畑に、じわじわと暗緑色の宵闇が忍びよりつつある。ブルーグリーンの夕空は、深みに潜るにつれて変化する海の色のように、上へいくにつれて徐々に変化しており、明るい翠《みどり》から深い翠へとグラデーションをなしていた。あたりにたれこめているのは完全な静寂だ。

そのとき——重畳する岩山の彼方で、遠いが鋭い哭《な》き声があがった。哭き声は岩がちの峡谷を這い降りてくる。それが合図になったかのように、一連の哭き声がつぎつぎにあがった。いくつかの声はほかよりもずっと大きく、ずっと近い。が、ほとんどの声はまだまだ遠く悪地の奥にいて、かすかに聞こえる程度でしかない。

「アゥアゥアゥアゥ」

こんどの哭き声はいっそう大きく、いっそう悲しげで、かなり近くから聞こえてくるようだった。

扉の覗き穴から外を覗いたとたん、一群の黒い影が見えた。空中高くに飛び跳ねながら、翠の夕空に黒いシルエットを浮かびあがらせ、山肌をぴょんぴょんと跳ね降りてくる。

仕掛けるのはいまだ。

マグナス・リドルフはかねて用意の刷毛を手にとり、そばに置いておいた平鉢の液体につけ、もうすこしだけ扉をあけると、刷毛を持った手を外につきだし、置いてあるレジリアンの板に液体を塗りつけてから、ケーブルが通るだけのごく細い隙間を残して、さっと扉を閉めた。急いで立ちあがり、覗き穴に目を押しあてる。

哭き声の主たちはすぐ目の前まできていた。間近で聞く奇怪な声は、もはや悽愴《せいそう》の響きすら帯びて物凄《ものすき》まじい。いくつもの黒い影が間近をかすめていく。

ドスン。

なにかがトーチカの屋根に飛び乗る音がした——と思った瞬間、真上から鋭い哭き声が聞こえた。老いて痩せた手を、思わずぐっと握りしめる。

そのとたん、トーチカの側面になにかが連続してぶつかる音が響き、ケーブルが大きく振動した。周囲の哭き声はいっそう大きく、いっそうかんだかくなっていく。屋根の上にまたもや重たいものが飛び乗ってくる音がした。こんどは複数だ。ケーブルが荒々しく引っぱられ、右に左に揺れはじめる。

この状況において、マグナス・リドルフは悪魔じみた薄笑いを浮かべた。

ふいに、トーチカの外で耳ざわりな癇声《かんせい》が——ついで怒りの雄叫びがあがり、狂ったようにガチャガチャと鎖を引っぱる音がした。つかのま、覗き穴の向こうに見えたのは、人間より大きな生物——ひょろ長い腕と脚を持ち、頭の細い不気味な生物だった。罠から逃れようと必死にもがいている。

すかさずウインチを始動させた。レジリアンの板が、片手を瞬間接着された怪物もろとも、扉から遠くへ、アンカーブロックのほうへと引きずられていく。十フィートほど離れたところでウインチを停め、つぎの板をケーブルに熔接し、板の表面に平鉢の液体を――すなわち、ヘッソ‐ペントールを――塗りつけて、扉をすこし上へ持ちあげ、板を外につきだした。板はたちまち手からもぎとられた。勢いよく扉を引きおろし、覗き穴で外を見る。さっきとは別の黒い影が狂ったように跳ねまわっている。ふたたびウインチを作動させた。ケーブルががくんと動き、鎖のたるみがぴんと張って、影はひと跳ねごとにアンカーブロックのほうへ引っぱられていった。

あたりの哭き声はもはや耳を聾するばかりだ。トーチカはすっかり取り囲まれている。マグナス・リドルフはつぎの板に液体を塗り、扉をすこしだけ持ちあげ、板を外につきだした。板はまたしても荒々しくもぎとられたが、それと同時に、こんどは硬質の黒い指が扉の隙間から中に押し入ってきた。それも、向こうの骨が砕けたのではないかと思えるほどすさまじい勢いでだ。

むろん、こんな事態はちゃんと想定してある、すばやく鋼鉄の太い掛け金をかけ、それ以上は扉が開かないようにロックした。だが、指はあきらめるようすもなく、なおも扉をこじあけんものと力を加えつづけている。

マグナス・リドルフはやおら熔接ペンシルを取りだし、スイッチを入れた。先端の金属が灼《や》き金のように赤熱しだす。その先端を黒い指にぐっと押しあてた。指はたちまち引っこみ、あとに吐き気をもよおす悪臭だけを残して消えた。

そんなふうにして、二時間が経過した。用意した板をつぎからつぎへと扉の外へ押しだしていく。そのたびに、板は荒々しくひったくられる。ときどき、黒い指が隙間から侵入してくるが、そのつど熔接ペンシルで撃退するうちに、やがてトーチカ内には有機物の焼ける匂いが濃厚に充満した。

機械的なくりかえしがつづいた。レジリアンの板につながった鎖をケーブルに熔接し、板に液体を塗り、扉の外に押しだし、扉を閉め、ウインチをまわしてケーブルを動かし、覗き穴から外を見る。

罠にかかったいくつもの影にケーブルを引っぱられて、ウインチはきしみ、トーチカ全体がはげしく揺れ動いた。

とうとう最後の一枚を出しおえたマグナス・リドルフは、覗き穴を通して外を見た。百ヤード先のアンカーブロックで折り返してトーチカにもどってくるまで、ケーブルには蛩鬼がびっしり鈴生りになっていた。どの個体も疲れを知らず、罠から逃れようと、いまなお狂おしくもがき、暴れつづけている。トーチカの上でも何体か飛び跳ねている音がする。

マグナス・リドルフはコンクリート壁に背をあずけ、ナップザックから酒の携帯容器を取りだし、口にあてがって長々とかたむけた。

そのとき、ウインチが急に苦しげなうなりを発しはじめた。いやな予感をおぼえ、疲れたからだに鞭打って、老骨をきしませつつ立ちあがり、覗き穴から外のようすをさぐる。

蛩鬼たちは協調行動をとりはじめていた。ケーブルにはおびただしい数の黒い影がつながっている。その全個体がいっせいに脚を曲げ――大きく跳ねた。そうやって跳ねるたびに、ウインチのドラムがきしみ、悲鳴を張りあげる。

マグナス・リドルフは急いでウインチのブレーキを解除した。扉の下からケーブルが引きだされ、ずるずると滑り出ていく。そこでウインチを始動させ、ケーブルをたぐりこんだ。そうやって何度か綱引きをくりかえすうちに、黒い影の列に乱れが生じかけたかに見えたが――つぎの瞬間、唐突に、アンカーブロックが地面からズボッと抜けた！

たちまち、黒い幻影の群れとなって、蛩鬼がトーチカに殺到してきた。

ガーン！　鋼鉄の扉に重たいものが激突する。

ガーン！　扉が鉄枠に荒々しく押しつけられる。

マグナス・リドルフはあごひげをしごいた。鋼鉄の扉が破られることはまずない。コンクリートにしっかりボルトどめされた扉の鉄枠も持ちこたえるだろう。とはいえ、当然ながら、絶対に壊れない建築物などありはしない。

ドシン！　衝撃とともに、細かい粉塵が壁から飛び散った。

マグナス・リドルフは覗き穴に片目を近づけた。黒い影が飛びかかってくるのが見える。おおむね頭の高さあたりだ。あわててのけぞったとたん――

ドシン！

マグナス・リドルフは不安の面持ちで懐中電灯を動かし、トーチカ内のあちこちを照らして見た。万が一、亀裂のひとつでも入っていたら――。

ふたたび覗き穴を覗く。もし蛩鬼たちがアンカーブロックを運んできて、破城槌代わりに使ったらどうする？　いや、おそらく連中には、そこまで組織だった行動をとる知能はない。

マグナス・リドルフはふたたび床にすわりこみ、携帯容器から酒をあおった。ほどなく、たまっていた疲れが出て、うとうととまどろみだした。

はっと目覚めたのは、トーチカ内が暑くなっていたためだ。重苦しい空気には刺激臭もただよっている。覗き穴からはちらつく赤い光が射しこんできており、パチパチという、なにかが爆《は》ぜるような不吉な音も聞こえていた。しばしすわったまま考える。ほどなく、煙まじりの空気に耐えかねた肺が酸素をもとめてあえぎだした。立ちあがり、覗き穴の外に目をこらす。赤と白の炎が見えた。あれは蛩鬼たちのしわざだろうか、地面に積みあげられたティコラマの茎が燃えている。

マグナス・リドルフは早くも熱くなりだしたコンクリート壁を避け、トーチカの中央に腰をおろし、自問した。

「するとわたしは、焼き窯の中の陶器よろしく、炎に焼かれて死ぬことになるのか」

ひとりでに答えが返ってきた。

「いや、焼け死ぬよりも先に、酸素の欠乏で死んでしまうだろうな。しかし……待てよ？」

ここですこし考えた。

「まだ策はある……」

ナップザックをあけ、飲料水のボトルと小型バッテリーを取りだした。ついで、導線の先につけた陽極と陰極をボトルの水につっこみ、バッテリーのダイヤルをまわした。水の電気分解がはじまって、水素と酸素の気泡がぶくぶくと浮かんでくる。おもむろに、マグナス・リドルフはボトルの口に顔を近づけ、人工の空気を吸いはじめた……。


農家前の発着場めがけて、ブランサムのコプターが降下してきた。機から降り立ったブランサムは、きょうはダークグレイと赤のこぎれいな服装をしている。マグナス・リドルフは戸口へ出迎えにいき、軽く会釈した。

「やあ、おはよう」ブランサムが意気揚々とした足どりで近づいてきた。「朗報があって伝えにきた。うちの畑にかかりきりだった収穫者たちが、もうじき仕事をおえるそうだ。来週早々には、あんたのところの収穫にかかれるといっている」

「それは重畳」

「なんでも蛩鬼の食害で甚大な被害をこうむったそうだな。気の毒に」ブランサムはためいきをつき、畑の荒廃した一帯を眺めやった。「被害を軽減するために、今後はなにか手を打たねばなるまい」

マグナス・リドルフは同感だという顔でうなずいた。

そこでブランサムは、マグナス・リドルフの顔をじろりと見て、

「どうも疲れているようだぞ。ここの気候、あんたには合わんのじゃないか？」

「いやいや、そんなことはありませんよ、まったくね。このところ、時間が不規則だっただけです」

「ふうん、そうか。ときに、農地の向こうにあるふたつのドームだが——あれはなんだ？　あんたが建てさせたのか？」

マグナス・リドルフは控えめに手を動かし、ドーム形のトーチカを指し示した。

「監視哨、とでも呼べばいいでしょうか。最初の施設はなにかと限界が多くて、いろいろな点で少々やわでしたので、もっと大きくて頑丈なやつをこさえたしだいです」

「ふうん……。まあいい。おれはもういく。それにしても、蛩鬼ども、かなり作物を食い荒らしたと見える。こんな状態で、これでもまだ六万九千ミュニットの利益をあげられると思うのか？」

マグナス・リドルフはどうにもこらえきれないようすで、きちんとととのえた白鬚《はくしゅ》の下に薄笑いを浮かべた。

「いいえ、もっとたくさんですよ。最終的な利益についていえば、わたしのふところに入る金額は、すくなく見積もっても二十万ミュニットを超えるでしょう」

ブランサムは凍りついた。大きく見開いた青い目がガラス玉のようにうつろに見える。

「二十万……ミュニット？　あんた、いったいなにを——どうしたらそんな計算になるか、きいてもいいか？」

「もちろんです」

マグナス・リドルフは愛想よく答えた。

「収益の第一は、もちろん、収穫物の売上によるものです。農地のうち一千エーカーは、食害で荒廃

してしまいました。したがって、残った二千エーカーから穫れる良質なティコラマの売上――これが四万六千ミュニット。

収益の第二は、二百四十トンの――といっても、総量はいまのところ推定でしかありませんが――純レジリアンの売却代金です。一ポンドあたり四分の一ミュニットとして、一トンで五百ミュニット。総額は十二万ミュニットになります。ここから運送料その他の諸経費を差し引いても、利益はゆうに十万ミュニットを超えるでしょう。概算で十一万ミュニットとして――」

「し、しかし」しばし絶句したのち、ブランサムは異論を唱えた。頬が真っ赤になっている。「その純レジリアンはどこで手に入れたんだ？」

マグナス・リドルフは両手をうしろに組み、畑の彼方を眺めやった。

「蛩鬼からですよ。大量に捕獲しましたのでね」

「ど、どうやって？　なんのために？」

「その習慣と行動、食性から、蛩鬼の身体はレジリアン、もしくはそれにきわめて関係の深い物質でできていると踏んで、サンプルをとってみたところ、予想していたとおり、レジリアンであることがわかりました。以来、せっせと捕獲に勤《いそ》しんで、この二週間のうちにとらえた蛩鬼の数は、ぜんぶで二百四十頭になります」

「ど……どうやってとらえたんだ？」

「あれはじつに好奇心が強く、攻撃的な生物でしてね。それを逆手にとったのですよ」

マグナス・リドルフはそういって、罠の仕組みを説明した。

「どうやってあいつらを殺した？　あれはライオンなみに獰猛なやつらだぞ？」

「昼のあいだはそうでもありません。日中は陽の光をきらい、固く身をまるめて眠ってしまうのです。

狙いすまして鉈をふるえば、たやすく中枢神経を切断できます」

ブランサムは唇をかんだ。口ひげを巻きこむのが見えた。

「それにしたって、ぜんぶ合わせても十五、六万ミュニットにしかならん……。どうやったら収益を二十万ミュニットにまで持っていけるというんだ?」

「さて、そこです」とマグナス・リドルフは答えた。「ここから先は、純然たる見こみの域を出ず、ゆえに、うんと控えめな金額を口にしたのですが……よろしいですか、まずは、レジリアンの売却によって、六万九千どころか、十五、六万ミュニットもの収益をあげられるのですから、賭けは当然、わたしの勝ち。したがって、あなたはわたしに対し、十三万ミュニットを支払わなくてはなりません。これで当初の投資額は回収できます。加えて、最高級のティコラマを産するこの農地を相場どおりの値で売却すれば、十七、八万ミュニットにはなるでしょう。罠造りにかかった費用は、いまのところ、一万二千ミュニットほどでしかありません。以上を勘案するならば、わたしがあげられる利益は――いぃ、いぃ、いぃ、ちょっとしたものといえるのではありませんか?」

ブランサムは憤然と背を向けた。

マグナス・リドルフはその背中に向かって、お待ちなさいといわんばかりに手を伸ばした。

「ああ、もし、なにもそう急がなくとも。お昼でもいっしょにいかがです? うちの昼食はシチューだけの質素なものですが、食事というのは、食卓につく人数が多ければ、それだけで楽しくなるものですよ?」

ブランサムは足どりも荒く歩み去った。コプターはすぐさま飛び立ち、みるみる遠ざかっていって、グリーンブルーの空に消えた。

マグナス・リドルフが屋内に入っていくと、チュークが首をかしげた。

「昼メシだ。食え」

「お望みのままに」マグナス・リドルフは席についた。「おや？　この料理はなにかな？　いつものシチューはどうしたんだね？」

「チューク、シチュー、飽きた」と料理人はいった。「きょうは、チリコンカーン、食う」

盗人《ぬすびと》の王

酒井昭伸訳

The King of Thieves

多様をきわめる宇宙の諸惑星において、普遍的に通用する共通の倫理規準などというものは存在しない。たとえば、オルマナーツの模範的市民がジュディス第四《IV》惑星にいけば、たちまち死刑に処されてしまう。メデジンであたりまえのふるまいは、地球では猛烈に忌みきらわれるいっぽう、モリタバでは腕のいい泥棒が深い尊敬の対象となる。美徳とはその土地その土地の倫理を反映するものにほかならない。わたしはそう確信する。

――マグナス・リドルフ

「このモリタバには莫大な富がうなっているんです」

定期船のパーサーが、うらやましそうな声で説明した。

「極上の皮革製品、稀少な硬材――現地の珊瑚《サンゴ》をごらんになったことはありますか？　色は赤紫で、地獄の炎のように不気味な輝きを放つんですよ！　もっとも――」

と、パーサーは展望窓の外にあごをしゃくって、

「ここはじつに手ごわい土地でしてね。おおぜいが血まなこでテレックス鉱脈をさがしてきましたが――いっこうに見つかる気配がありません。盗人《ぬすびと》の王こと老カンディターは、そう簡単にだしぬける男ではないんです」

説明を聞きながら、マグナス・リドルフは『惑星ガイド』でモリタバのページを読んでいた。

モリタバの気候は湿潤で、健康にはあまりよくない。その地形は〝月面アルプスにアマゾン河の流域を重ねたような〟という形容がもっとも的確に……

マグナス・リドルフは風土病のリストをざっと眺めてから、ページをめくった。

モリタバは当初、海賊ルーイ・ジョーのアジト兼隠れ家として使われていた。ついに警察船隊の急襲を受け、モリタバの密林に逃げこんだルーイ・ジョーと残存の手下たちは、そこで先住種属と異種交雑し、新たな混成種属を生むにいたる。メン＝メンである。そのような交配は成立しえないとする正統的生物学者らの異議申し立てにもかかわらず、彼らは実在する。

長年のあいだに、メン＝メンは強力な種属に成長し、大アルカディアとして知られるモリタバの一地域を占有するまでになった。この地域には、テレックス結晶の大規模な鉱脈が眠っているとのうわさがあり……

マグナス・リドルフはあくびをし、ガイドブックをポケットにしまった。おもむろに立ちあがり、ゆっくりと展望窓に歩みよって、モリタバの風景を眺めやる。

モリタバの首都であるゴッラボッラは、山地と湿原地帯の中間に設けられていた。首都といってもごく小さな町で、連邦管理省の出張所、ユニ・カルチャー伝道団の教会、よろず屋、学校を除けば、あとは住居がごちゃごちゃとあるだけだ。建物はみな、地元産木材の柱を地面に打ちこみ、その上に金属波板の家屋を載せた高床式で、建物同士は貧弱な渡り板で行き来できるようになっている。

（通りすがりに眺めるぶんには、なかなか絵になる光景ではあるな）とマグナス・リドルフは思った。

（しかし、ここに住むのはつらかろう）

すぐそばから、声がいった。

「検疫がおわりました。もう下船なさってもけっこうです」

「それはどうも」

マグナス・リドルフは答え、乗降口に向きなおった。

見ると、行く手に背が低く、樽のような胸の男が立っている。いかにも喧嘩っぱやそうな顔つきだ。猜疑心に満ちたぎらつく視線をマグナス・リドルフに投げかけてから、男は乗降口に一歩歩みよった。いかついあご、炎を宿した小さな黒い目。もじゃもじゃの黒髪は類人猿のそれを思わせる。

「わたしがあなたでしたら、ミスター・メリッシュ」マグナス・リドルフはおだやかに声をかけた。「防盗設備のととのった宿を見つけるまで、荷物を船の外に出したりはしませんよ」

エリス・B・メリッシュは、手にしたブリーフケースを小さく振ってみせた。

「どんな泥棒だろうが、おれからなにひとつ盗むことはできん。それはたしかだ」

マグナス・リドルフはすこし思案のていで唇をすぼめ、

「いや、さすがに、泥棒の手口に通暁しておられるだけのことはある」といった。

メリッシュは憤然と背を向けた。

ふたりのあいだにただよう冷え冷えとした空気は、テレックス鉱脈の売買をめぐる悶着に起因する。マグナス・リドルフはかつて、惑星オフルのテレックス鉱脈をすべて所有していた。が、その半分をメリッシュに売却したところ、売却した部分ばかりか、マグナス・リドルフが所有する半分までもが勝手に採掘されるはめになったのだ。

それが発覚して、メリッシュのオフィスは法的措置の嵐にさらされ、両者のあいだで提訴と反訴の応酬が交わされた。状況をさらに悪化させたのは、無理な採掘で鉱脈が枯渇してしまったことだった。取引の関係上、ふたりともどこかでテレックスを確保せねばならない。そして、判明しているかぎり、テレックスの結晶を産するほかの惑星は、唯一モリタバしかない。かくしてふたりは、いちばん早く現地へ着く定期船に乗り、モリタバへと旅立った。ふたりが同じ船に乗りあわせたのは、まったくの偶然にすぎない。

乗降口が開き、モリタバの空気が船の中へ流れこんできた。マグナス・リドルフたちの顔をなでる空気は、独特の刺激臭をともなっていた。湿った土のにおい、濃厚な植物のにおい、有機物の腐敗臭──。タラップを降りて大地に立ち、まばゆい黄色の太陽に目をすがめる。あの星は水瓶座π星だ。

そばの地面には四人の現地民がしゃがみこんでいた。ほっそりとして筋張った生物で、皮膚は茶色がかった紫色をしており、人類に似ているといえば似ている。あれが盗人の王カンディターの統べる交雑種、メン＝メンだろう。タラップの下まで降りてきた船のパーサーがメン＝メンに鋭い目を向け、マグナス・リドルフとメリッシュに注意した。

「あの連中には気をつけてくださいよ。うっかりやつらの目の前で口をあけようものなら、金歯まで持っていかれてしまいます」

四人が立ちあがり、大股のすべるような足どりで歩みよってきた。

パーサーがいった。

「思いどおりにしてもいいのでしたら、棒で追いはらってやるところですが──〝丁重にあつかえ〟との命令が出ていましてね」そこでパーサーは、メリッシュがカメラを持っていることに気がついた。

「わたしでしたら、カメラを持ち歩いたりはしませんよ。連中が目をつけるのは確実です」

メリッシュはメン＝メンにあごをしゃくった。

「おれからこのカメラを盗めるのなら、むしろ誇ってもいいくらいだ」

「かならず盗られますよ?」とパーサーはいった。

メリッシュはパーサーに向きなおり、挑戦的な視線を向けた。

「だれかが――またはなにかが――みごと、おれからこのカメラを盗めたなら、おまえにも同じ型のカメラをくれてやろう」

パーサーは肩をすくめた。

そのとき、空からローター音が聞こえてきた。

「ごらんなさい」パーサーはうながした。「チャラからのコプターです」

マグナス・リドルフがいままでに見てきたなかで、それはもっとも奇妙奇天烈なコプターだった。機体全体に、大きな半球状の金網ケージがすっぽりとかぶせられている。ローターはその目の細かい金網の傘の下で回転していた。

「ここの盗っ人どもがいかにはしっこいかの、いい証拠ですよ、あれは」不愉快そうではあったが、パーサーの声には賛嘆の念らしきものも聞きとれた。「コプターが着陸すると同時に、あの金網には電気が流されます。高圧電流です。あれがなかったら、着陸して一時間もたてば、コプターには部品ひとつ残っていないでしょう」

メリッシュが短く笑い、

「おもしろい土地だな、ここは。二カ月ほど統治してみたいもんだ」

といいながら、ふとマグナス・リドルフに目をやった。白髪の老人は、立ったまま、無言でじっとコプターを見ている。

「あんたはどうだ、リドルフ？　身ぐるみはがれやしないか、戦々兢々としてるんじゃないか？」

そういって、メリッシュはまた笑った。

「ふだんから、わたしは環境に適応するのが得意でしてね」超然とした目でメリッシュを眺めながら、マグナス・リドルフはいった。「それよりも、あなたのカメラ――さほど高価なものでなければいいのですが……」

「どういう意味だ？」

メリッシュはカメラケースに手をやった。ケースのふたはぱっくり開いており、中身はからっぽになっていた。メリッシュはパーサーに目を向け——パーサーはすでに、如才なく背を向けている——ついで、宇宙港のエプロンを見まわした。四人の現地民は三十フィート離れたところで一列にすわり、こちらに虎視眈々と琥珀色の目をそそいだままだ。

メリッシュは険悪な声で詰問した。

「おまえたちのなかのどいつだ？　どいつがカメラを盗った？」

その顔は怒りで真っ赤に染まっている。

「そう興奮なさらずに、ミスター・メリッシュ」パーサーがなだめた。「王と取引をなさりたいなら、まずは落ち着いていただかないと」

メリッシュはパーサーにかまわず、荒々しくマグナス・リドルフを振り返った。

「あんたは見たのか？　いったいどいつが——」

マグナス・リドルフは、真白なヤギひげをごく小さく動かして薄く笑い、メリッシュに歩みよると、盗まれたはずのカメラを差しだした。

「さ、これを。わたしはただ、あなたの用心深さをためしてみただけです、ミスター・メリッシュ。どうやらあなたは、このモリタバの状況に対して、充分な心がまえができておられないようだ」

メリッシュはぎろりとマグナス・リドルフをにらみつけてから、オオカミじみた笑みを浮かべた。

「あんた、ギャンブルは好きか、リドルフ？」

マグナス・リドルフはかぶりをふった。

「わたしもたまに、計算されたリスクを冒しはしますが――ギャンブル？　いやいや、まさか」

メリッシュはゆっくりといった。

「ま、そういうな。ひとつ、賭けをしようじゃないか。あんた、これからチャラにいくんだろう？」

マグナス・リドルフはうなずいた。

「ご賢察のとおりです。王と取引がありますので」

メリッシュはにんまりと笑い、黄色い歯を覗かせた。

「では、それぞれが小物を携行していくことにしよう。腕時計、カメラ、マイクロマク、ポケット・スクリーン、バッテリーパック、シェイバー、シガレット・ケース、消毒器、それから、マイクロ・ライブラリー。こういう小物を盗られた数をくらべれば、どっちが用心深いか、どっちが注意深いか、きっちりわかろうというもんだ」

メリッシュはそういって、黒いげじげじ眉を吊りあげてみせた。

「で、賭けの対象は？」マグナス・リドルフは冷静にたずねた。

「ああ、そんなのはな――」メリッシュはわずらわしげなそぶりをした。

「あなたには十万ミュニットの貸しがある。わたしの鉱脈からくすねたテレックス結晶のぶんです。わたしが勝てば、その額を倍にして返してもらいましょう。あなたが勝てば、貸しは帳消し。それでどうです？」

メリッシュは目をしばたたいた。

「すると、なにか？　こっちは負けたら二十万ミュニットを払わにゃならんのに、勝っても実入りはゼロだというのか？　もともとおれには、あんたのいう借金とやらをしてるつもりなんてないんだぞ。もとから払う気のない額をチャラにされたところで、なんの旨味もない。それより、五万ミュニットずつ賭けようじゃないか。あんたの口座にそれだけの残高があるんなら、だがな」

マグナス・リドルフは別段、鼻先で冷笑したわけではない。が、純白の眉の角度と、特徴的な細い鼻のかたむきとで、冷笑したのとまったく同じ効果を相手に与えた。

「あなたの提案に応じるだけの残高はあると思いますよ」

「よしきた、それなら、小切手を切れ。おれも小切手を切る。どちらも小切手をパーサーに預けて、賭けの判定は一任しよう」

「お望みのままに」とマグナス・リドルフは答えた。


コプターはメリッシュとマグナス・リドルフを乗せ、盗人の王カンディターが司るチャラの村へと運んでいった。はじめにコプターは、太古の海底が隆起した、細長い一帯を横断した。下には想像を絶する光景が広がっていた。複雑に入り組んだ、オレンジ色、紫色、緑色の植物群——そのあいだをぬって網目状に走る、よどんだ沼。ところどころには、浮き葉でおおわれた腐植だらけの泥沼が点在している。

やがてコプターは、幾重にも連なった白い崖地を飛び越えて、なめらかな台地の上に差しかかった。台地には独特の動物が群れをなしており——バッファローに似ているが、脚は六本で、その六本脚を広げて立っている——マスタード色をした低木の葉《は》を食んでいた。ややあってコプターは、鬱蒼《うっそう》たる密林におおわれた、暗い谷へと降下しだした。密林の樹々はみな高木で、機のまわりに噴煙のようにそそりたっている。ほどなく、行く手に広場が現われ、コプターはそこに着地した。王の村チャラに到着したのだ。

マグナス・リドルフとメリッシュはコプターを降り、通電ケージごしに外を眺めやった。現地民の一団が、一定の距離をとって立っている。全員、肌の色が紫褐色《しかっしょく》で、目がぎょろりと大きい。足には先端のとがったゆったりめの革サンダルを履いており、歩くときは足を引きずるようにして歩く。

周囲にならぶ家々はすべて高床式で、地面に打ちこんだ柱の上に建っていた。建材には白い木目の走る青い木材が使われており、屋根は灰色の木髄の板で葺《ふ》いてあった。広い大路《おおじ》の突きあたりには、ひときわ大きくて高い建物がそびえ、周囲にそそりたつ高木の枝々の下で左右に翼棟を広げている。

広場の外縁には三人の地球人が立ち、超然とした態度ながら、まったく興味がなくもないようすでコプターが着陸するさまを見ていたが、そのうちのひとり、大きなわし鼻と飛び出た茶色の目を持つ青白い細身の男が、ふいにぎょっとした顔で身をこわばらせ、あたふたと駆けよってきた。

「ミスター・メリッシュ！　なんでまた、わざわざ？　ともあれ、お目にかかれてなによりです！」

「おれはだいじょうぶだ、トムコ、心配するな」とメリッシュは答えた。「ここの状況はどうなっている？」

トムコと呼ばれた男は、マグナス・リドルフをちらりと見てから、メリッシュに目をもどした。

「いえ――とくにこれといったことは。老カンディター は――例の王さまですが――いっさい譲歩ということをしないので」

「じきにわかるさ」メリッシュは機に向きなおり、声を張りあげてコプターのパイロットに指示した。「このケージから出せ」

パイロットは答えた。

「わたしが合図したら、自分でドアをあけてください。そこのドアです。いいですね」パイロットは機体の周辺を一周し、まわりを確認してから、すばやく合図を出した。「さ、いまです！」

メリッシュとマグナス・リドルフは、両手にひとつずつマグネシウム合金のスーツケースを携え、ケージの外に出た。ドアはただちに閉められた。

「ひとつ、教えていただけませんか」マグナス・リドルフはトムコにたずねた。「宿泊施設はどこにありますか?」

トムコはうろんな者を見る目になって、

「村にはたいてい何軒か空き家があるから、そこに住んでもいいが。おれたちが住んでるのは王宮の一角だ。王にお目通りねがえば、あんたも王宮に住まわせてもらえるだろうよ」

「ご助言、どうも」マグナス・リドルフは答えた。「それではさっそく、拝謁してまいりましょう」

そのとき、口笛が響いた。ふりむくと、コプターのパイロットが金網ケージごしに差し招いている。マグナス・リドルフは、できるだけ通電金網のそばに歩みよった。

「これはあなたのためを思っていうんですが」とパイロットはいった。「王には気をつけることです。あれはここの盗っ人どもの中でも最悪の男でしてね。だからこそ、ここの王をやっていられるわけで。あいつの手くせの悪さときたら——それはもう、たいへんなものですから!」

嘆かわしげにかぶりをふりながら、パイロットはコプターにもどっていった。

「ご助言、どうも」

パイロットの背中にそういったとたん、マグナス・リドルフは右手のスーツケースに異常を感じた。つかんだ持ち手《ハンドル》ごしにかすかな振動が伝わってくる。すかさず横を向き、現地民に釘を刺した。

「あいにく、このケースの合金は、きみのナイフ程度でどうこうできるほどやわなものではないよ。穴をあけたければ、赤熱ニードルでも持ってきなさい」

現地民は音もたてず、すべるように離れ去っていった。

マグナス・リドルフは王宮へ歩きだした。村のたたずまいはなかなか味のある雰囲気で、古き良きポリネシアを思わせる部分がある。村自体は清潔で整然としていた。大路ぞいには、ところどころに小さな露店が見られる。売っているのは、山盛りの黄色い果物、光沢のある緑色の筒、野締めにして露台にならべたエビ似の昆虫、赤錆色の粉を入れた瓶など、さまざまな商品だ。ただし、どの店でも、売り子は露台のうしろではなく、手前にすわっていた。

王宮の前面からは、手前に向かって謁見用の翼がせりだしていて、盗人の王カンディターはそこにいた。低くて深い椅子に、眠たげにすわっている人物がそれだった。マグナス・リドルフの目には、カンディターもほかの現地民とほとんど外見が変わらないように見えた。唯一異なるのは、頭飾りをかぶっている点だ。これは光沢のある朱金色《しゅきんいろ》の金属線を編んだ小冠で、あちこちにテレックス結晶がちりばめてある。

この地の貴人に対する敬意の表しかたがわからないため、マグナス・リドルフはゆっくりと盗人の王に近づいていき、こうべをたれた。

「よくきた」だみ声で、王はいった。「いえ——名前と用」

「わたしはマグナス・リドルフ、地球のサハラ湖にあります都市、トランに住まう者でございます。この地へ参りました目的は——ひとことで申しあげるならば——」

「テレックス、あれ、買いつけか」

「ちがうとお答えすれば、わたしは愚か者ということになりましょう」

「ははん！」王は前後に身をゆすり、紫黒《しこく》の細い顔に魚のような笑みを浮かべた。「おまえ、運ない。テレックスの結晶、モリタバから出す、ない」

マグナス・リドルフはうなずいた。拒絶されるのは折りこみずみだ。

「それでは、陛下のお慈悲を賜わりまして、しばらくのあいだ、こちらの宮殿に逗留させていただく栄誉にあずかってもよろしゅうございましょうか？」

王の笑みがゆっくりと消えた。言いまわしが少々ややこしかったようだ。

「なにか？　なにか？　どんな意味か？」

「王宮のどこに寝泊まりすればよろしいのでしょう？」

王は片手を大きくひとふりし、王宮の一翼を指し示した。

「あっちに部屋、たくさんある。覗きまわれ、好きな部屋、選べ」

「ありがとうございます」とマグナス・リドルフはいった。


王宮の奥に手ごろな部屋が見つかった。小径に面していくつもの部屋がならぶ区画の一室だ。そうやって部屋が連なっているさまは、馬小屋に連なる馬房《ばぼう》のようだった。ドアがまた、いかにも馬房の扉ふうの、上下がなく、胸からひざのあたりまでを隠す方式であるため、馬小屋的な印象をいっそう強めている。

もっとも、ゆったりとくつろげる部屋ではあった。屋根より上の高みでは高木の枝が風にさやぎ、部屋の前には赤金色の落ち葉が散り敷いて美しい。内装も調度も、質素だが落ちつけるものだった。室内にあるのは、カウチベッドが一脚と、冷たい水の入った陶器の水差しがひとつ、壁に造りつけの、彫刻を施されたタンスが一棹、テーブルが一脚。

鼻歌を歌いながらクローゼットのドアを開き、中を覗く。奥にある黒い背板を見たとたん、小さくあごひげが動いた。薄く笑ったのだ。背板は一見、しっかりした造りに見える。手ごたえもしっかりしている。が、この背板が裏から開く仕組みになっていることはまちがいない。

壁自体には、とくに仕掛けはなさそうだった。青い棒状の木材を立てならべ、パテのような樹脂でコーキングした壁で、窓はひとつもない。

部屋をひととおり検分しおえたマグナス・リドルフは、おもむろにスーツケースをふたつとも開き、中の品物をカウチベッドの上にならべはじめた。

そのとき、部屋の外で話し声がした。ドアの上から顔を覗かせてみると、前の小径《こみち》をメリッシュが移動していく。からだをゆすりながら、がっしりしたあごを前に突きだし、両手をぐっと握りしめ、両のひじを大きく左右にふりまわすような、独特の歩きかただ。そのすぐうしろには、メリッシュのスーツケースを持って、トムコがつきしたがっていた。

マグナス・リドルフは慇懃に会釈し、すぐに顔を引っこめた。だが、屋内からでも、メリッシュがトムコにふりかえり、にんまりと笑うようすは見えた。

「やつらめ、あの老いぼれヤギに畜舎をあてがったらしい。見たか、ああしてドアの上にヤギひげをたらしたところを。ヤギそのものだったぞ」

トムコがにやにやと追従笑いを浮かべた。

マグナス・リドルフは眉をひそめた。

(老いぼれヤギ？　失敬な)

そう思いながら、カウチベッドに顔をもどす。そのとたん——黒い影がさっと視界をかすめ去り、つかのま、金属光沢の閃きが見えた。

マグナス・リドルフは唇をかんだ。マイクロマクとバッテリーパックがなくなっている。カウチの下を覗きこむと、マット材にほかよりもやや色の濃い部分が見えた。ここにも仕掛けがあったらしい。よっこらせと立ちあがったとたん、ポケット・スクリーンがふらふらと宙を揺れながら、壁の高みにあいた穴に引きこまれていくのが見えた。

隣室にいるはずの盗っ人を取り押さえるため、もうすこしで外に飛びだすところだったが、それはまずいと思いなおした。一瞬でも部屋をあけたなら、その隙に何人の盗っ人に荒らされるかわかったものではない。マグナス・リドルフは残る所持品をすべてふたつのスーツケースにもどし、しっかり鍵をかけてから、部屋のまんなかに置いて、カウチに腰をかけ、煙草に火をつけた。

そうしてすわったまま黙考すること、十五分——いきなり、どこかからくぐもった叫びが聞こえてきて、顔をあげた。

「性悪の盗っ人どもめ！」

メリッシュの怒鳴り声だ。マグナス・リドルフは悲しげな笑みを浮かべてから、やおら立ちあがり、スーツケースを両方とも持って外の小径に出た。

コプターのパイロットは、防盗ケージの中で新聞を呼んでいた。マグナス・リドルフは金網ごしに覗きこみ、声をかけた。

「入れてもらってもよろしいかな？」

パイロットは立ちあがり、電流をオフにして入口をあけた。マグナス・リドルフはケージに入り、左右の手に持ったスーツケースを地面に降ろした。

パイロットがいった。

「ちょうどいま、あなたの記事を読んでいたところだったんですよ」

「ほう、わたしの記事を？」

「そうです。古新聞なんですがね。ここを——」

パイロットはオイルじみた人差し指で当該記事を指さした。そこにはこうあった。

亡霊使いの泥棒、捕まる
星区中継港《スターポート》銀行、大絶賛
地球の犯罪捜査の権威、大手柄

先日スターポート銀行から盗まれた百万ミュニットは、本日、著名なフリーランスのトラブル処理人《シューター》、マグナス・リドルフ氏によって取りもどされた。犯人は失職中の宇宙船乗りアーノルド・マガーク(35)。氏の手により、今朝がた、この男もスターポート警察につきだされている。

二週間にわたってスターポート警察当局の捜索の手を逃れてきた犯人、アーノルド・マガークは、絶対の防犯性を誇る銀行から大金を盗みだすにあたり、〝亡霊たち〟の手を借りた、とほのめかすばかりで、いまだにその手口を明かしてはいない。マグナス・リドルフ氏とも連絡がとれないため、警察はいまなお犯人の手口を解明できないと認めざるを……

「あなたが探偵さんとは思いもしませんでしたよ」敬意のこもった目をマグナス・リドルフに向けて、パイロットがいった。「とてもそんなタイプには見えないもので」

「それはどうも。そういってもらえると、わたしもうれしい」

パイロットはしげしげとマグナス・リドルフを見つめた。

「どっちかというと、教授先生か……歯医者という感じですかね」

マグナス・リドルフは眉をひそめた。パイロットは語をついだ。

「この記事にある〝亡霊〟って、正体はなんだったんです、ミスター・リドルフ？」

「いやなに、たいしたものじゃない、たんなる光学的幻影ですよ」

「へええ」

「それより、ひとつ頼みがあるのですが」

「いいですとも――なんなりと、喜んでお引き受けしましょう」

マグナス・リドルフは手帳のページにメモを書きつけた。

「これを持って、ただちに船へ帰っていただきたい。船の無線士にわたして、超光速回線《アルラド》で送信してくれるよう頼んでもらえませんか」

パイロットはメッセージを受け取った。

「それだけですか？」

「いえ、まだあります。もうじきスターポートからモリタバに向けて別の船が出発します。出航日は――たしか――四日後でした。航行期間は六日ですから、ここの宇宙港に着くのは十日後。その船で、わたしあてに荷物がとどくはずです。

その船に出向いて、くだんの荷物を受け取ったら、即刻この村へ運んできてくれませんか。荷物と引き替えに、二百ミュニットをお支払いしましょう。その条件でいかがです？」

「申しぶんないですよ。では、すぐに宇宙港へ出発します」

「ああ、それから、もうひとつ。ことは極秘のうちに運ばねばなりません。口をつぐんでいることはできますか？」

「わたし、口数が多いほうじゃなかったでしょ？」パイロットはうーんと両腕を伸ばした。「では、十日後に」

「それと、もうひとつ――このケージの金網のあまりと、予備のバッテリーパックをお持ちではないでしょうか。どうも、なんらかの防盗手段を講じなくてはならないようでしてね」

マグナス・リドルフはパイロットから金網とバッテリーパックを受け取り、左右のスーツケースを携えて自室にもどった。工作をおえたのは三十分後だった。

（おつぎは）とマグナス・リドルフは思った。（メン＝メンの相手をする番だな）


戸口にひとつの顔が現われた。幅のせまい顔だった。紫褐色の肌、大きな目、細く長い鼻梁、唇の薄いスリット状の口、長くてとがった頤《おとがい》。

「王、彼、希望する、おまえと食う」

顔は用心深く室内を覗きこみ、マグナス・リドルフが設置した金網にそっと手をふれた。バチッ！　火花！　現地民は悲鳴をあげ、うしろに飛びすさった。

「おやおや。どうかしましたか？」

現地民はとがった白い歯をむきだし、激昂したしぐさで手をふりまわしつつ、怒りに満ちた文節を吐き散らした。よく聞くと、察するに、こんなことをいっているらしい。

「おまえ、なぜ焼くか、おれ焼くか！」

マグナス・リドルフは説明した。

「あなたがたを教育するためですよ、わたしからなにも盗まないようにね」

現地民は嘲るような声を出した。

「おれ盗む、おまえの持ちもの、ぜんぶ。おれ偉大な盗人。おれ王からも盗む。いつか王の持ちもの、ぜんぶ盗む。そして、おれが王。おれチャラ一の盗人。これ、掛け値ない。もうじき王の冠も盗む」

マグナス・リドルフはおだやかなブルーの目をしばたたいた。

「で、そのあとは？」

「そのあと——？」

「そう、そのあと！」ふいに、第三の声がいった。怒りのにじむきびしい声だった。

いきなり、横からカンディター王が現われ、呼び出し係の現地民に飛びかかり、長い木の棒で打ちすえた。呼び出し係は悲鳴をあげ、近くの茂みに飛びこみ、姿を消した。

マグナス・リドルフは急いで金網の通電を切った。王が電気ショックを受け、懲罰されたも同然の状態になるのを防ぐためだ。

カンディターは木の棒を地面に放り出し、マグナス・リドルフを差し招いた。

「こい。いっしょに食う」

「ただいま、すぐに参ります」

マグナス・リドルフはバッテリーパックをはずし、脇にかいこむと、両手でスーツケースを持ち、王に話しかけた。

「お食事にお招きいただけるとは、心地好い驚きでございます、陛下。ただ、持ちものはつねに携行させていただきたくぞんじます。そのほうが食欲も増進しますので」

カンディターは唇の薄い大きな口を曲げ、にたりと笑った。

「用心深いか？　おまえ？」

マグナス・リドルフはまじめくさった顔でうなずいた。

「不注意な人間は、ものの数分でスカンピンになってしまいますので」マグナス・リドルフは横目で王を見た。「陛下はどのようにして財産を護っておられるのでしょう？　陛下ほどのお方でしたら、さぞ莫大な財産をお持ちでしょう——マイクロマクやバッテリーパックほか、さまざまな品物を」

「女。女が見張る。女、とても注意深い。もし盗られたら、女の首——ぐえっ！」

紫褐色の長い両腕を、王は意味ありげにふりまわしてみせた。

「たしかに女は、非常に役にたちますな」マグナス・リドルフはうなずいた。

それから何ヤードか、ふたりは無言で歩きつづけた。

「なぜか？　テレックス、なぜほしいか？」王がたずねた。

「テレックス結晶は振動します——こまかく震えます——とても高速で。とてもとてもとてもとても速く。わたしどもは、ほかの星々へ声を届かせるためにテレックスを使います。テレックスを使って速く震わせた声は、うんと遠く——とてもとても遠くまで届くのです」

「おまえ、多い、たわごと」王は感想を述べた。

「テレックスの採掘場はどちらにあるのでございましょう？」マグナス・リドルフは率直にたずねた。

「おうわさはかねがね耳にしておりますが」

カンディターは横目でマグナス・リドルフを見やり、独特の薄笑いを浮かべただけだった。


数日が経過した。その間ずっと、マグナス・リドルフは自室でじっとカウチにすわり、このごろの数学の研究状況をチェックし、新たに注目を浴びている隣接角と対頂角の問題について独自の研究にふけっていた。

メリッシュの姿はまったく見かけることがなかった。当人は王とできるだけ長く過ごし——議論と懇願を重ね、あからさまな追従をならべたてることに専念していたからだ。その間、荷物の見張りはもっぱらトムコが務めていた。

マグナス・リドルフの防盗障壁は、本人が部屋の中にいてカウチにすわっていさえすれば、有効であることがわかった。やむをえない事情で室外を出歩くときは、すべての荷物をスーツケースに収め、つねに携行するよう心がけた。

このような予防策をとっても、奇異に見えることはないし、とくに人目を引くわけでもない。というのは、バッグに所有物をすべて詰めこんで持ち歩く現地民が、そこらじゅうにうようよしていたからである。現地民の場合、バッグの材料に用いられているのは、樹上性大型昆虫の胸郭だった。メリッシュはマグナス・リドルフとの賭けの対象となった品物を――正確には、賭けの対象となった品物でまだ残っているものを――布袋に収め、それをトムコの胸にストラップで固定させて、鍵までつけたうえ、つねに携行させていた。

気がつくと、メリッシュとカンディター王の関係には気安さと親密さが育ちつつあり、マグナス・リドルフは不安をいだいた。何時間も何時間も話をし、そのあいだ、メリッシュは王に葉巻を勧め、王はかわりに酒を供する。この友情関係を横目で眺めながら、マグナス・リドルフはかぶりをふり、憂いのつぶやきを漏らした。頼んでおいた荷物が届き、交渉をはじめる準備がととのうよりも先に、カンディターがメリッシュにテレックス発掘の権利を認め、契約書にサインでもしようものなら――もくろみは惨憺たる失敗におわってしまう！

最悪の懸念が現実のものとなったのは、自室前の木陰にすわっていたマグナス・リドルフのもとへ、カンディターがぶらりと訪ねてきたときのことだった。

「ごきげんよう、陛下」マグナス・リドルフは洗練された態度で丁重にあいさつをした。

カンディターは紫黒の長い手をひとふりし、

「今夜、こい。おおいに食い、おおいに飲む――みんな、くる」

「晩餐会でございますか？」

マグナス・リドルフはたずねた。心の中では、どう言い訳すれば出席せずにすむだろうかと考えをめぐらしている。

「今夜、余はみんなに知らせる――メン＝メンにとって、偉大な新しい事態が訪れたと。メリッシュ、あれ、いいやつ。よい男。あの男がほしいのはテレックスで、荒れた土地ではない。あれはたわごといわない、悪い男でない、カネ、たくさん出す」

マグナス・リドルフは両の眉を吊りあげた。

「では、メリッシュに掘削権をお与えになると決められたので？」

「メリッシュ、よい男」意味ありげな顔でマグナス・リドルフを見つめて、王は答えた。

マグナス・リドルフはたずねた。

「彼との合意によって、陛下ご自身はどれほどの利得を享受なさるのでしょう？」

「なにか？　どういう意味か？」

「テレックスと引き替えに、あの男はなにをくれるといいました？」

「おお――メリッシュ、機械をこさえてくれる。くるくるまわる機械だ。それにすわる、音楽の音が聞こえる。それ、王にとってよいもの。名前、メリーゴーラウンドという。メリッシュはチャラに、雑貨店も作るといった。メリッシュ、あれ、いいやつ。メン＝メンにとってよい、王にとってよい」

「なるほど……」

「今夜、こい」

カンディターはそう言い残し、欠席の口実を口にするひまも与えず、さっさと歩み去った。

祝宴は王宮手前の別棟において、日没の直後にはじめられた。高木の高みにかかげられた何本もの松明《たいまつ》がちらつきながら赤い光を投げかけており、それが現地民たちの紫褐色の肌を不気味な色に染め、カンディター王の小冠と、マグナス・リドルフのスーツケースをきらめかせている。スーツケースはふたつとも、ひざのあいだにしっかりとはさんでおいた。

儀式らしい儀式はなく、たんに食事をするだけの宴だった。ゆるやかな車座を作る男たちの周囲を女たちがめぐり歩き、給仕してまわっている。女たちが手にした盆に載せてあるのは、山盛りの果実、なにかのヒナ鳥、エビに似た昆虫などだ。マグナス・リドルフは地にすわったまま、控えめに果実を食し、ヒナ鳥を味わい、昆虫は遠慮した。

現地産の酒を満たした杯の盆もまわってきた。マグナス・リドルフは酒杯を受け取り、酒をすすりながら、メリッシュのようすをうかがった。メリッシュは王のすぐそばに陣取り、おどけた身ぶりをまじえながら、しきりに話しかけている。やがて王が立ちあがり、暗闇の中へ消えた。メリッシュは黙々と酒を飲みはじめた。

そのときだった――頭上の闇から、隕石と見まがうばかりに大きな炎が降ってきたのは。炎は太い煙の尾を引いてマグナス・リドルフの頭をかすめ、足元の地面に激突し、盛大に火花を撒き散らした。

炎の正体を知って、マグナス・リドルフは安堵した。落ちてきたのが、ただの松明だったからだ。しかし、こんなにも自分のそばをかすめるとは！　取りつけかたが悪かったのか、樹の上のだれかが取り落としたのか――いずれにしても、なんと不注意な！　不注意きわまりない！

いや――と、ひざのあいだに視線を降ろして、マグナス・リドルフは慨嘆した――不注意などではなく、わざとだったのか。一瞬の隙をつかれて、スーツケースはふたつともなくなっていた。いまの松明が落ちてきたのは、おそらく偶然ではなかったのだろう。

マグナス・リドルフは、がっくりと肩を落とした。やられた。賭けの対象をすべて奪われたうえ、着替えや書類一式ばかりか、長い時間をかけて取り組んできた隣接角と対頂角の各問題まで失われてしまったのだ。

おりしも、カンディター王が松明の光のもとに歩み出てきて、短くかんだかい金切り声を発した。宴に興じていた者たちはたちまち静まりかえった。

メリッシュを指さして、カンディターはいった。

「この男、余の友だち。カンディターに、メン＝メンのみんなに、よいもの、たくさんくれる。彼、メリーゴーラウンドをくれる。彼、雑貨店をくれる。彼、空中に水を飛ばす大きな仕掛けを作る——このチャラのまんなかに。メリッシュ、よい。あす、カンディター、メン＝メンの王、メリッシュにテレックスを与える」

カンディターがもとの場所にもどり、地にすわると、あちこちで現地語でのやりとりが再開された。メリッシュが短い脚でにじるようにやってきて、しゃちこばってすわるマグナス・リドルフの背後に立った。

「見たか、友よ？」メリッシュがしわがれ声でいった。「こいつがおれのやりかただ。ほしいものはかならず手に入れる」

「いやはや、おみごと。おみごとです」

「ときに」メリッシュはマグナス・リドルフの足元をさがすふりをした。「おまえのスーツケースはどうした？　なくしたなどとはいってくれるなよ！　なに、盗まれた？　しかし、まあ——たかだか五万ミュニットぽっちだ、たいした損害じゃあるまい、そうだろう、リドルフ？」

マグナス・リドルフはメリッシュに、一見、おだやかに見える眼差しを向けた。

「はて……ずいぶんと金銭を軽んじる発言をなさるものだ」

メリッシュは長い腕を大きく広げ、会場の向こう端にいるカンディターに目を向けた。

「いまのおれにはカネなど瑣末なものさ、リドルフ。テレックスの採掘権を手にしたら――どのみち、採掘権などなくても同じことだが――おれはなんでも、やりたいことをやりたいようにできる」

「これからも、せいぜい――」と、マグナス・リドルフは答えた。「ものごとがあなたの期待どおり、円滑に運ぶよう祈るとしましょう。ああ、失敬、コプターの音が聞こえてきたようです」

マグナス・リドルフは広場へと急いだ。パイロットが操縦席から地面に降りてくるところだった。

マグナス・リドルフに手をふって、パイロットはいった。

「ご要望の荷物を持ってきました」

「すばらしい」マグナス・リドルフはポケットに手を入れた。「これはしたり！　あの盗っ人ども、わたしのポケットの中のものまで抜いていってしまった！」

マグナス・リドルフはパイロットに無念の顔を向けた。

「手間賃は明朝まで待っていただけませんか――色をつけますので。とりあえず、この荷物を部屋へ運ぶのに手を貸していただきたい」

「お安いご用です」

布袋に収められた長い荷物の一端をパイロットが持ち、マグナス・リドルフが反対側の端を持つ。そこからふたりして、王宮の部屋をめざし、大路を通って荷物を運びはじめた。

途中、カンディター王がやってきて、興味津々の目で荷物を見つめた。

「なにか、それは？」

「ああ」マグナス・リドルフは答えた。「これは新型の機械ですよ。すばらしいもの――とてもよいものです」

「ほう、ほう、ほう」王はつぶやき、荷物を運ぶふたりを見送った。

自室に荷物を運びこんだマグナス・リドルフは、いったん動きをとめ、しばし考えた。

「最後にもうひとつ、おねがいがあります。あなたの懐中電灯を明朝まで貸していただけませんか」

パイロットは懐中電灯を差しだした。

「あの小悪魔どもにかすめ盗られないよう、充分、気をつけてくださいよ」

マグナス・リドルフはあいまいな返事をし、パイロットにおやすみをいった。

ひとりになると、さっそく梱包テープをひっぺがし、布袋の側面を切り開いて、中の運搬ケースをあらわにした。ケースの中から、まずは縦に細長い缶をひとつ、つぎに大きなアルミの箱をひとつ、床の上へ取りだす。アルミの箱には透明窓がついている。

マグナス・リドルフはその透明窓を覗きこみ、のどの奥で笑った。アルミの箱の中には、なにやら生物的なものが動きまわっている。いずれも透き通っていて、はっきりとは姿が見えない。箱の中の一角には、でこぼこした黒い球体があった。直径は三インチほどだ。

マグナス・リドルフは最初に取りだした缶をあけ、中身のオイルを何滴か、ぽたぽたと懐中電灯にたらしてから、濡れた懐中電灯をカウチに置いた。ついで、アルミ箱を部屋の前に運びだし、屋外にすわって待った。五分が過ぎ――十分が過ぎた。

ころやよしと見て室内を覗きこみ、満足してこくりとうなずいた。カウチの上に置いた懐中電灯は消えてなくなっていた。部屋の中にもどり、あごひげをなでなで考える。ここはやはり、念には念を入れておいたほうがいいだろう。

部屋の前に出てあたりを見まわすと、パイロットがメリッシュの部屋の前で立ちどまり、トムコと立ち話をしているのが見えた。マグナス・リドルフはパイロットを招き寄せた。

「恐縮ですが、もどってくるまで、わたしの部屋でアルミの箱を見張っていてはいただけませんか？

すぐに帰ってきますので」

「ごゆっくりどうぞ」とパイロットは答えた。「あわてることはありません」

「長くはかかりませんから」

いいながら、マグナス・リドルフは缶のオイルを数滴、ハンカチにたらした。パイロットは興味をそそられた表情でそのようすを見ている。処理がおわると、マグナス・リドルフは部屋をあとにし、いつもの小径を通って、王のいそうな場所をさがした。

カンディターはまだ王宮の別棟にいて、酒杯に残っていた酒を飲み干そうとしているところだった。マグナス・リドルフは王の前で跪拝《きはい》し、丁重にあいさつをした。

「どうか、新しい機械は？」カンディターがたずねた。

「よい調子です」マグナス・リドルフは答えた。「すでに特殊な布を生成しました。これがそうです。この布で磨けば、いかなる金属も太陽のように輝きます。友情のしるしに、この布を献上いたしたくぞんじます。さあ、どうぞ」

カンディターは用心深い目でハンカチを見た。

「それで磨く、金属、輝く、いうか」

「それはもう、黄金のように」マグナス・リドルフは答えた。「または、テレックス結晶のように」

「おお」カンディターは感嘆の声をあげ——ハンカチに視線をそそいだ。

「それでは、おやすみなさいまし」

マグナス・リドルフは王の前を辞去し、自室に引き返した。入れ替わりに、荷物の見張り番をしてくれていたパイロットが引きあげていった。そこでマグナス・リドルフは、やおら両手をこすると、アルミの箱をあけ、中に手を突っこみ、でこぼこの黒い球体を取りだして、カウチの上に置いた。

箱の中から、あるいは跳ね、あるいはちょろちょろと走りながら、薄膜状の生物があふれでてきた。まずは二体――ついで四体――六体――最終的に十二体の生物が、歩きまわり、滑空し、クモの糸のような極細の脚で跳ねながら、部屋の薄暗い影に融けこんでいく。ときどき、うっすらと姿が見えることもあるが、たいていはかろうじて気配が感じられる程度だ。

「さあ、外へ出ておいき」マグナス・リドルフは生物たちに話しかけた。「出かけていって、周辺をうろついておいで、わが敏捷な小さき友たちよ。持ち帰るものはたんとあるぞ」

生物たちはつぎつぎに部屋の外へ出ていった。

二十分後、不気味にちらつく影のひとつがドアの下から這いこんできて、カウチの上に飛び乗り、黒い球体のそばにバッテリーパックを置いた。

「いい子だな」とマグナス・リドルフはいった。「さ、もういちど――もうひと仕事しておいで」


翌朝、別棟ではじまったただならぬ騒ぎに、エリス・B・メリッシュは目を覚ました。枕から頭をもたげ、赤く充血した腫れぼったい目で外を眺めやる。

「なんだ、騒々しい！　静かにさせてこい！」

メリッシュの荷物を抱いたまま、大の字になって眠っていたトムコが、ボスに命じられてびくっと目覚め、上体を起こして立ちあがると、ふらふらとドアのそばまで歩いていき、目をすがめて通りのはずれを眺めやった。

「別棟に大きな人だかりができてます。おおぜいがなにか叫んでいますが――なにをいってるのかは、さっぱり」

ふいに、ほっそりした紫褐色の顔が戸口から室内を覗きこんだ。

「王、いう、こい、いますぐ」

あとは無言で、メリッシュたちの反応を待っている。

メリッシュはのどの奥でいらだたしげな音を発し、カウチの上で半身を起こした。

「そうか――わかった。いまいく」

現地民が立ち去ると、メリッシュはむすっとした声でつぶやいた。

「ええいくそっ、差し出がましい蛮族どもめ」

立ちあがり、服を身につけ、冷たい水で顔を洗う。

「こんなところはもう、さっさとおさらばしたいもんだ」メリッシュはトムコにいった。「これではまるっきり、中世に暮らしているのと変わらん」

トムコはごもっともですと答え、きれいに洗濯したタオルをメリッシュに差しだした。

やっとのことで身支度をすませ、王宮のほうへゆっくりと歩いていく。別棟の人だかりはすこしも減っていないどころか、いっそう増えている。何列ものメン＝メンがうずくまり、身をゆすりながら、しきりにしゃべりあっていた。

メリッシュは足をとめ、細い紫褐色《しかつしよく》の背中が作る人波ごしに、屋内を眺めやった。が、奥の光景を見たとたん――とてつもない重みがあごにかかったかのように、かっくんと口を開いた。

「これはこれは、ミスター・メリッシュ。おはようございます」

声をかけてきたのはマグナス・リドルフだった。

「そんなところで……なにをしてる？」メリッシュは吠えた。「王はどこだ？」

マグナス・リドルフはふうっとタバコの煙を吐きだし、灰を下に落とすと、玉座で脚を組んだ。

「いまはこのわたしが王――盗人《ぬすびと》の王ですよ。亡霊のおかげでね」

「……気でもちがったのか？」

「いいえ、まさか。ほうら、げんにこうして冠をかぶっているではありませんか。ゆえに《エルゴ》、わたしが王です」マグナス・リドルフは、すぐ横にうずくまっている現地民をつま先でつついた。「説明してあげなさい、カンディター」

先王はメリッシュに顔を向けた。

「いまはマグナスが王。マグナス、冠を盗んだ――だから、王。それがメン＝メンの掟。マグナスは偉大な盗人」

「ば、ばかな！」メリッシュは声を荒らげ、三歩、先王に詰め寄った。「だったら、カンディター、おれとの取引はどうなる？」

「あなたが取引すべき相手はこのわたしです」マグナス・リドルフは愉快そうに答えた。「なにしろカンディターは、王位を剝奪されたのですから」

「だれがおまえなんかと交渉するもんか！」黒い目を燃えあがらせて、メリッシュは憤然といった。

「おれはカンディターと取引したのであって――」

「ああ、あれならもう無効ですよ」マグナス・リドルフは答えた。「あの取引は新王が破棄しました。それから――これ以上、見当はずれの問答をしないためにいっておきましょう――五万ミュニットの賭けについてですが、わたしのほうは、賭けの対象物は、腕時計を除き、すべて取りもどしました。かてて加えて、あなたの対象物もおおむね手もとに確保してあります。念のためにいっておきますが、すべて自力で盗んだものですよ？　王の権威をたてに没収したわけではありませんからね」

メリッシュは唇をかみ――そこではっと、顔をあげた。

「おまえ、テレックス鉱脈の場所を知っているのか？」

「もちろんですとも」

「いいだろう、わかった」メリッシュはぶっきらぼうにいって、マグナス・リドルフに近づきだした。その目には剣呑な光が宿っている。「おれも分別のある男だからな」

マグナス・リドルフは丁重に会釈し、ふと気がつきでもしたかのように、ポケットからさりげなくヒートガンを取りだした。

「おやおや、こんなものがポケットに。たしかこれも、カンディターの宝のひとつだ――とあなたはおっしゃっていましたね？」

「お、おれも分別のある男だからな」あわてて立ちどまり、メリッシュが狼狽声でくりかえした。

「分別のある男というからには、当惑星におけるテレックス採掘権の適正相場が五十万ミュニットであることにも納得していただけるはずですな。それと、王として、ささやかな鉱区使用料《ロイヤルティ》も課させていただきましょう。総採掘量の一パーセントであれば、それほど法外な額とはいえますまい。ご了承ねがえますか？」

メリッシュはぐらりとよろめいた。片手で顔をひとなでする。

マグナス・リドルフはつづけた。

「それプラス、惑星オフルでわたしの鉱脈を荒らした代償として、十万ミュニット――賭けに負けたぶんとして、五万ミュニット――以上も支払っていただきますよ」

「そんな大金、おまえにくれてやる気はない！」メリッシュは叫んだ。

「二分間の猶予をさしあげましょう。そのあいだに腹をくくってください」とマグナス・リドルフはいった。「二分たったら、超光速《アルラド》でメッセージを送り、わたし自身の名で採掘権を登録して、発掘に必要な器材を発注します」

メリッシュはがっくりと肩を落とした。

「盗人《ぬすっと》の王——いやさ、ガリガリ亡者の王——いやさ、ゆすりたかりの王！——それこそがおまえにぴったりの名前だ！　いいだろう、その条件、呑んでやる」

「では、小切手を切っていただきましょうか」マグナス・リドルフはうながした。「そして、いまの条件をしたためた契約書にサインを。小切手がわたしの口座に入り、満足いく額が入金されしだい、必要な情報をお教えします」

メリッシュは、マグナス・リドルフの情け容赦ないやりかたに文句をいいかけたが——おだやかなブルーの目に見すえられ、口を開きかけたまま黙りこんだ。かわりに、肩ごしにふりかえり、大声で部下の名を呼んだ。

「トムコ！　どこにいる、トムコ！」

「ここにおります」

「小切手帳を出せ」

トムコはためらった。

「どうした？」

「それが……盗まれてしまいまして」

マグナス・リドルフは片手を突き出し、怒鳴りかけるメリッシュを制した。

「お静かに、ミスター・メリッシュ、よろしければ、どうかそう激昂なさらず。部下の方を叱ってはいけません。わたしの勘ちがいでなければ、くだんの小切手帳は、すでに当方の所有物になっているのですから」

チャラに闇夜が訪れた。村はひっそりと静まり返っている。そこここには、いまもわずかな松明がくすぶり、高床式の小屋を支える支柱のネットワークに赤い光を投げかけていた。

そんななか、落ち葉の散り敷いた小径を忍び歩く、ふたつの影があった。その影のうち、ずんぐりしたほうが小径ぞいにならぶ部屋のひとつに歩みより、音もなくドアをあけた。

バチッ！　火花！

「ぐわっ！」メリッシュが吠えた。「くそっ！」

メリッシュはやみくもに突進し、金網を突き破った。通電がとまり、メリッシュは肩で息をしつつ、その場に立ちつくした。

「おやおや？」おだやかな声がいった。「これはいったい、なにごとです？」

メリッシュはすばやく一歩を踏み出し、声のするほうに懐中電灯を向けた。暗闇の中で、カウチに横たわり、目をしばたたいているマグナス・リドルフの顔が浮かびあがった。

「お志あらば光をよそに向けていただきたい」マグナス・リドルフはやんわりと抗議した。「なんといっても、わたしは盗人の王なのです。ささやかな礼をつくされる立場にあるはずですよ」

「もっともだ」皮肉をこめて、メリッシュはいった。「ここはひとつ、礼儀をつくそうじゃないか、陛下。トムコ——こいつを受け取れ」

トムコは懐中電灯を受け取り、テーブルに載せ、部屋全体を照らすよう、ビームを拡散させた。

マグナス・リドルフはいった。

「それにしても、ずいぶんと夜分の訪問ですな」

いいながら、枕の下に手を伸ばす。

「おおっと、妙なまねはするなよ！」メリッシュは釘を刺し、微小な劣化ウラン弾を発射する拳銃を取りだした。「ちょっとでも動いたら、ためらわずに撃つ」

マグナス・リドルフは肩をすくめた。

「やれやれ。いったいなにがほしいのです?」

メリッシュは椅子にすわり、くつろいだ姿勢をとった。

「ひとつめは例の小切手と契約書。ふたつめはテレックス鉱脈の所在の地図。みっつめはその冠だ。この地で好き勝手にふるまうただひとつの方法は、王になることのようだからな。おまえに代わっておれが王になろうというわけさ」そこで、ぐいとあごをしゃくって、「トムコ!」

「はい」

「この銃を持ってろ。こいつが動いたら即座に撃て」

トムコは用心深く銃を受け取った。

メリッシュは椅子の背もたれに背中をあずけ、葉巻に火をつけた。

「いったいどうやって王になったんだ、リドルフ? それに、亡霊がどうとかいっていたが、あれはなんのことだ?」

「その情報は、わたしに胸の中だけにしまっておきたいのですがね」

「いいから、いえ!」メリッシュがどすのきいた声を出した。「いわないというなら、この場で撃ち殺すまでだ」

マグナス・リドルフはトムコに目をやった。トムコは両手でウラン弾発射拳銃を持ち、マグナス・リドルフに向けている。

「お望みのままに――。あなたはアルカエマンドリュクスという惑星を知っていますか?」

「聞いたことはある。アルゴ座のどこかにある星だな」

「わたし自身がアルカエマンドリュクスを訪ねたことはありません」とマグナス・リドルフはいった。「しかしながら、ある友人から、いろいろと変わった特徴がある旨を教わりましてね。そこは金属の世界なのだそうです。たとえば、珪素鋼の山脈や――」

「こまかい話はいい！」メリッシュが咬みつかんばかりの口調でいった。「要点をいえ」

マグナス・リドルフは嘆かわしげにためいきをついた。

「その惑星に固有の生物系統のなかに、ほぼ気体状の生物がいたのです。亡霊というのはその生物のことを指すんですよ。この生物はコロニーを形成するタイプで、〈核〉が各コロニーの中心となる由。〈核〉はコロニーの賦活源の役目を持ちます。亡霊たちは〈核〉のもとへ燃料を運んでくる。〈核〉はしかるべき波長でエネルギーを放出する。燃料とはつまりウランのことで、どれほど微量であっても、ウラン化合物でありさえすれば亡霊たちは見つけだし、せっせと〈核〉のところへ運んできます。

わが友人は、その性質を利用して、ひと仕事できないかともくろみました。ありていにいうなら、スターポート銀行の金庫破りです。友人はまず、亡霊のコロニーをひとつ、アルミの箱に収用して、ニューアクウィテインに運びこんだ。そして、大量の百ミュニット札に香り高いウラン化合物を塗りつけたうえで、スターポート銀行に預け、ホテルの部屋にもどり、アルミ箱をあけた。この時点で、金庫に収めた紙幣のウラン化合物は蒸散し、ほかの紙幣にも染みています。ウラン化合物といっても、人体にはまったく影響の出ない、ごくごく微量のウランしか含んでいないしろものですよ。あとは、亡霊たちが何百万ミュニットもの紙幣を持ち帰るのを待つばかり。半気体生物ですから、どこであれ、すりぬけられます。運ぶ札が通る隙間さえあればいい。

友人が逮捕されたとき、わたしはたまたま彼のそばにおりました。というか、じっさい――」と、マグナス・リドルフは、青と白の寝間着《ナイトシャツ》の前をなでつけて、「――あの件には、些細な役割ながら、わたしも少々関わっていたのです。ただし、当局が友人を訊問し、どうやって金庫破りをしたのかを吐かせようとした時点で、すでにもうコロニー全体が、どういうわけか、いずこかへと、煙のように消え失せていたのですがね」

　メリッシュは感心した顔でうなずいた。

「なるほど。おまえは王をたぶらかし、王の所有物ぜんぶに希薄なウラン化合物を塗りつけさせた。ころあいを見計らってその生物どもを解き放ち、財産をみんな取ってこさせた。そういうことか」

「そのとおりです」

　メリッシュは葉巻をふかし、煙の柱を噴きあげた。

「つぎに、鉱脈の場所を教えろ」

　マグナス・リドルフはかぶりをふった。

「その情報を教えるのは、あなたの小切手がわたしの口座に入ってからにしましょう」

　メリッシュはオオカミの笑みを浮かべた。

「生きていたければ、いますぐ話せ。さもなくば、あす、カンディターから聞きだすことになる——死んだおまえからは聞きだせないわけだからな。腹を決めるまで、十秒やろう」

　マグナス・リドルフは両の眉を吊りあげ、

「ほほう、殺人も辞さぬと？」

　といいながら、劣化ウラン弾の発射銃をかまえて立つトムコを見やった。トムコの額には玉の汗が浮かんでいる。

「そういうことだ」メリッシュが答えた。「八——九——十！　どうだ、話す気になったか？」

「残念ながら、ご要望にはとうてい応じかね——」

メリッシュがトムコに目を向けた。

「撃て」

トムコが歯を食いしばった。その両手は強風に揺れる小枝のように震えている。

「撃たんか！」メリッシュが怒鳴った。

トムコがぎゅっと目をつむり――引き金を引いた。カチリ！

「ああ――先にいっておくべきだったかもしれません。あなたの拳銃の弾丸は、わたしの亡霊たちが真っ先に持ってきたもののひとつなのですよ。なにしろ劣化ウラン弾ですからね、あなたがたもよくごぞんじのように」

ここでマグナス・リドルフは、悠然とヒートガンを取りだした
「それでは、そういうことで――おやすみなさい、おふたかた。夜ももう遅い。あなたがたふたりが犯した罪の罰金五万ミュニットを徴収するのは、あすということにしましょう」

「なんの罪だ？」メリッシュがわめいた。「たとえ罪を犯したにしても、証拠があるのか？」

「盗人の王の休息を妨げるのは重罪にほかなりません」マグナス・リドルフはいった。「ただし――もしも逃亡なさりたいのでしたら、この小径のはずれから密林を通りぬける間道に入れます。そこを延々とたどっていけば、いつかはゴッラボッラに出られるでしょう。ああ、いや、追跡される心配はご無用に」

「むちゃいうな。密林に入ったら、途中で迷って、のたれ死ぬのが落ちだ」

「ならば、お好きなように」マグナス・リドルフはあっさりと答えた。「どちらを選ぶにしても――おやすみなさい」

馨《かぐわ》しき保養地《スパ》

酒井昭伸訳

The Spa of the Stars

ジョー・ブレインは、回転椅子に枕のごとくぐったりとすわり、消えた葉巻を鬱々《うつうつ》と嚙んでいた。両脚はデスクの上にだらしなく乗せた格好だ。肉ばかりで骨があるとはとても思えない手を動かし、ピンクのあごをなでる。まさに暗澹たる気分だった。

これまでにもジョー・ブレインは、はなはだ起伏に富んだ人生を送ってきた。勝利、失敗、その他さまざまな種類の浮沈を、いったい何度味わったことだろう。だが、この〈星間の保養地《スパ》〉ほどお先真っ暗の暗礁に乗りあげたのははじめてだ。

外では魚座のη《エータ》星が、目がちかちかするほどまばゆい白光を地に投げかけて、白、青、緑からなる美しい景観を強烈に照らしている。

(〝風光明媚な惑星で、浴びよう、星団いち健康にいい陽の光!〟――これはスパのパンフレットに書いてある謳《うた》い文句のひとつだ)

海は凪《な》いでいて、白砂《はくさ》の砂浜に打ち寄せる波はおだやかそのものだった。が、砂浜をすこし陸側にいったところには、高さ四百フィートもある密林の壁がそそりたち、一見、絶壁のように見える。

(〝人跡未踏、神秘あふれる密林のそばで、ひとときの休暇を〟。これもパンフレットの一節からだ。

煽り文句のそばには、アップル・グリーンの肌をしたヌードの美女が、真紅と漆黒の花が咲き乱れる木の下に立ったイラストが描かれている)

大型ホテル、何マイルもつづく砂浜、オレンジ色とグリーンの簡易更衣室が百棟、野外ダンス場がひとつ、劇場がひとつ、テニスコート数面、帆走式ヨット多数、高級店が軒を連ねるショッピング街、特別観覧席と厩舎付属の競獣場——これがジョー・ブレインの目に映る〈星間のスパ〉だ。すべては構想にあるとおりで、なにひとつ欠けてはいない。欠けているのはグリーンのヌード美女のみだが、さがすべき場所を知ってさえいれば、その手のヌード美女も用意できていただろう。

いや——予想とちがう点がもうひとつあった。このスパが完成すれば、ホテルのロビーには装いをこらした美女たちがあふれ、浜辺にはブロンズ色に陽灼けした男女がいきかっているものとジョーは予想していたのである。心の目に浮かぶのは、陽に灼けたスポーツマンたちが競獣場の特別観覧席を埋めつくし、自分がいかに深い考えをめぐらせてその競獣に賭けたのかを熱く語りあう光景だった。七軒あるバーはすべて——これも想像の中での姿だが——長蛇の列ができ、バーテンダーたちはみなてんてこまいで、オーバーワークを嘆きあい……。

ジョー・ブレインはのどの奥でうめき、窓から葉巻を投げ捨てた。

そのとき、ドアが中央からスライドして左右に開き、秘書のメイラが入ってきた。髪はこの惑星の砂浜のように明るい色をしており、目は波が砕けて白く泡立つ前の色、鮮やかなブルーだ。からだはスリムでしなやか、肌はマシュマロのような張りがあり、思わずさわりたくなるほどみずみずしい。メイラは知能よりも本能の生きものであり、そこがまたジョー・ブレインの好みにぴったりだった。

部屋を横切ってきたメイラは、そこだけピンク色に禿げたジョーの後頭部をそっとたたいた。

「元気出しなさいよ、ジョー。そんなに悪い状況じゃないわよ」

そういわれて、鬱々《うつうつ》とした気分が怒りに変わり、ジョーは思わず声を荒《あら》らげた。

「これ以上、悪化のしようがあるか？　一千万ミュニットも投資したというのに、カネを払っている滞在客はたったの三人なんだぞ！」

メイラは椅子にすわり、思案顔で煙草に火をつけた。

「事故の風評が収まるまで待つのね。うわさが消えたら、またハエの群れのようにもどってくるわよ。ある意味、おかげで宣伝にはなったんだし」

「宣伝だ？　はっ！　初日に九人もの海水浴客がオオウミクワガタに殺されたのにか。ゴリラもどきどもに攫《さら》われて密林へ連れこまれた娘が何人出たと思う。トビヘビやドラゴンはいうにおよばずだ。ああ、あのドラゴンどもときたら！　それなのに、宣伝になったというのか、おまえは！」

メイラは唇をかんだ。

「まあ、そこはあなたのいうとおりよね。たしかに、とんでもない状況に見えるでしょう――ここの事情を知らない人たちにはね」

「どんな事情だ？」

「このコラマが原始の惑星で、ほとんど探険されていないし、文明化されてもいないという事情よ」

「すると、なにか」ジョーはいっそう興奮した口調でいった。「ここが原始の惑星だと知っていれば、観光客は化け物じみた生物どもに貪り食われても平気なはずだというのか？」

「まさか。そんなことをいってるわけじゃ――」

メイラはかぶりをふった。

「ならいい。安心した」

「――わたしはただ、それなら情状酌量されるでしょうっていってるだけ」

ジョーは両手をはねあげ、心から打ちのめされた態度で椅子に身を沈めた。新たに葉巻を取りだし、火をつける。

「でもね」短い間をおいて、メイラがいった。「たとえばよ、猛獣狩りができる観光地とかって宣伝できるんじゃない？　そうしたら、スリルをもとめる物好きが集まってくるでしょう」

ジョーは非難の目をメイラに向けた。

「憶えておくことだ。だれも猛獣狩りになんてきやしない。猛獣ばかりか、どんな動物の狩りにもだ——自分たちが狩られる危険のある場所にはな。狩るか、狩られるか、ここでのオッズは五分と五分。犠牲者が続出すれば、たちまち物好きどもの足も途絶えて……」

そのとき、テレスクリーンが鳴った。ジョーはわずらわしげにふりかえった。

「なんなんだ、こんどは……」殴りつけるようにスイッチを入れる。スクリーンがピンクに発光した。

「星区中継港《スターポート》より、ジョー・ブレインさまあて通信です」オペレーターの声がいった。

「長距離通信のようだぞ」

「つないでくれ」

スクリーンに細い顔が現われた。目と鼻と歯のめだつ、小ずるくて計算高そうな顔だ。いっぽうで、女性受けしそうな特徴もそなえている。ジョーの共同経営者、ラッキー・ウルリッチだった。

「いったいどんな緊急事態が起きて連絡してきた？」ジョーはきつい口調でたずねた。「星間通信に一分八ミュニットもかかることを知らんわけじゃあるまい？」

ラッキーは簡潔に答えた。

「問題を解決できたかどうか知りたくてな」

「解決だと？」ジョーは叫んだ。「気でも狂ったのか？　恐ろしくてホテルを一歩も出られない状態なんだぞ、こっちは！」

「なんとか手を打たなきゃいかん」ラッキーがいった。「なんといっても一千万ミュニットの投資だ。おいそれと埋め合わせのきく額じゃない」

「そこだけはまったく同感だよ」

「それにしても、不可解だな」とラッキー。「建設するときはなんのアクシデントもなかったのに、営業をはじめたとたん、そのありさまだろう。妙だとは思わないか？」

「妙なんてもんじゃない。まるっきりわけがわからん。原因をつきとめようと手はつくしているが」

「連絡を入れたいちばんの理由は、そちらへ向かうと伝えるためだ。到着は四日後になる。でな──このさい、人を介して問題解決のプロ《トラブルシューター》を頼むことにした。そっちのホテルで会う段どりに──」

「問題解決のプロなど、なんの役にたつ！」ジョーは咬みつかんばかりの声でいった。「必要なのは、ドラゴン狩りのプロだ。オオウミクワガタ退治のプロだ。トビヘビ駆除のプロだ。あいつらはな──ものすごい数がいるんだぞ」

ラッキーはジョーのことばを受け流した。

「おれたちの窮地を救ってくれる人間がいるとしたら、この人物をおいてほかにはいない。とびきり頼もしい人物だ。名前はマグナス・リドルフ。有名な切れ者だよ。頭脳派で、例の音楽萬華鏡を発明したことでも知られる」

「そいつはいい。ここの怪物どもを踊り狂わせて死なせるってわけか」

「ジョークをいってる場合じゃないぞ」ラッキーは険しい声を出した。「ビジネスの話をするんなら一分八ミュニットも安いものだが、ジョークに使うなら法外だ」

「どうせカネを捨てるなら、愉快なことに捨てたほうがましだろうが」ジョーはむすっとして答えた。

「一千万ミュニットでは飽きたらず、一セントごとに頭痛のタネが増えていく」

「とにかく、四日後にな」ラッキーが冷たくいった。

スクリーンは消えた。

ジョーは立ちあがり、室内をいったりきたりしはじめた。メイラはそのようすを、自慢の所有物を愛でる目でほれぼれと見つめた。男が五十人いれば四十九人まで意のままにあやつれるメイラだが、そのメイラの好みからすると、いままで見てきたなかで、ジョーはもっともキュートな男なのである。

おりしも、このスパ独自の赤に青の制服を身につけた、長身で角ばった感じの大男が、一歩ごとにあごの高さまでひざを跳ねあげんばかりにして、あわただしくオフィスに飛びこんできた。

「どうした、ウィルバー?」ジョーが険しい声を出した。

「たいへんです、ジョー――あの小柄な老婦人をごぞんじですね? あの耳の聞こえない、気難しいご婦人です」

「むろん、知ってる。三人しかいない客のことは、すべてちゃんと把握している。なにがあった?」

「たったいま、ドラゴンの一頭に襲われかけまして。すかさずベンチの下に飛びこんでいなかったら、そのまま連れ去られていたでしょう。ドラゴンのやつ、いきなり空から舞いおりてきたんです。ウマほどもある大きなやつです。それでまあ、老婦人、かんかんに怒ってしまいまして。支配人を訴えてやるといきまいてます。ドラゴンが襲ってきたのはホテルの敷地内だからと」

ジョー・ブレインは自分のとぼしい髪を引っ張り、葉巻をぎりっと嚙みしめ、強くねじった。

「おれに元気のもとをくれ、おれに元気のもとをくれ……」

「なにかカクテルでも作る?」メイラがたずねた。

うなずいたのはウィルバーだった。

「わたしにも一杯おねがいします」

じかに見るラッキーは、テレスクリーンごしに見るときほど背が高くは見えない。背丈はジョー・ブレインよりも低いくらいだ。画面ごしだと背が高く見えるのは、ジョーよりもずっと痩せていて、こざっぱりしているからだろう。

「ジョー――あれがミスター・リドルフ、あのとき話した専門家だ」

ラッキーはそういって、白いあごひげが目立つ細身の老人を指し示した。老人は興味津々の表情でホテルのロビーを歩きまわり、あちこちを眺め、あらゆる場所に目を向けている。まるでサーカスのリングにあがった子供のようだ。

ジョーはじろりと老人を見てから、嫌悪の表情でラッキーに目をもどし、つぶやくようにいった。

「専門家？　あの老いぼれヤギが？　なんの専門家だというんだ？」

それから、これはマグナス・リドルフに向かって、大仰なほど親しげな声で、

「やあ、ミスター・リドルフ。ご助力をいただけるそうで、感謝に堪えない。われわれはたしかに、当地の問題を解決してくれる専門家を必要としている」

マグナス・リドルフは気まじめそうな態度で握手をした。

「これはどうも。はじめまして、ミスター・ウルリッチ」

「ウルリッチはわたしだよ」ラッキーがそっけなくいった。「こっちはミスター・ブレインだ」

「それは失敬。はじめまして」マグナス・リドルフはうなずき、この少々ぶしつけな訂正を愛想よく受け入れた。「いや、すばらしいリゾートをお持ちですな、おふたかた。おだやかでひっそりとして、まさにわたし好みの静けさです」

ジョーは白目をむいてみせ、辛辣なことばを吐いた。
「ここはおだやかじゃないし、静かなのは好かん」
ラッキーが笑い、マグナス・リドルフの細い肩甲骨をぽんぽんとたたいた。マグナス・リドルフは
ラッキーに顔を向け、冷たい視線を投げかけた。
「あまり人を怒らすことをいうんじゃないぞ、ジョー」ラッキーがいった。「このご仁、怒らせたら、
依頼人でも平気でひどい目にあわすそうだからな。おまけに、かなり抜けめがないそうだ」
ジョーは主婦が肉屋の店先で精肉を品定めする目で、マグナス・リドルフをじろじろと見まわして
から、かぶりをふり、ぷいと背を向けた。
が、そこではっと身をこわばらせた。だしぬけに、ホテルの付近でなにか硬いもの同士が激突し、
ギリギリとこれすれあう音がしたからである。つづいて響く、けたたましい野獣の咆哮――。
ラッキーとジョーは顔を見交わし、急いで表に飛びだした。はるか空高く、ほぼホテルの真上で、
ふたつの巨体が飛膜をはばたかせ、巨大な牙で咬み裂きあっている。牙は干し草用のフォークの歯と
同じくらいでかい。頭上から猛々しい哮り声と咆哮が聞こえてきた。
ジョーは手を伸ばし、マグナス・リドルフのひじをぐっとつかむと、
「あんなのが何千頭もいるんだ！」と、老人の耳もとに叫んだ。「だれかがビーチに出ていくのを、
虎視眈々と狙ってやがる。なんとかあいつらを駆除しないと！　海は海で、全長二十フィートもある
オオウミクワガタがうようよしてるし、森には人間と性嗜好のかぶる体重半トンものゴリラがいる。
トビヘビはいうにおよばずだ」
「なるほど……ここには恐るべき生物がそろっているようですな」
マグナス・リドルフはおだやかにいった。

突然、空中戦の場所が移り、二頭がこちらに近づいてきたため、三人は大急ぎで逃げざるをえなくなった。

「たいへんだ！」ジョーが叫んだ。「早く、中へ！」

血飛沫《ちしぶき》が雨のように降ってきた。鋭い鉤爪同士が闘争の相手を切り裂きあい、抉《えぐ》りあう。ついで、身の毛もよだつ金切り声が響きわたったかと思うと、かたほうのドラゴンが空中でぐらりとかしぎ、スローモーション映像のごとく、ゆっくりと落ちてきた。

ラッキーがひきつった叫びをあげた。ジョーも悲鳴をあげる。

大きく引き裂かれた巨体は、三人の上へまっさかさまに落下してきた。さいわい、直撃はされずにすんだが、ドラゴンはホテルの屋根を突き破り、ダイニングルームに落下して、大被害をもたらした。それだけでは飽きたらないかのように、断末魔の苦しみで飛膜をばたつかせたため、被害はますます拡大した。そこへさらに、巨大な革質の飛膜をはばたかせ、大空を舞っていた勝者が、敵にとどめを刺そうと急降下してきて、屋根の大穴からホテル内に飛びこみ、敗者を徹底的に切り裂きはじめた。ダイニングルームはもう、惨澹《さんたん》たるありさまだ。

ことばをなくし、怒りの叫びをわめきちらすジョーのかたわらで、ラッキーがくるりと背を向け、自分のオフィスに駆けていき、グレネード・ライフルを携えてもどってきた。

「トカゲの化け物め！　目にもの見せてやる！」

ドラゴンに狙いをつける。引き金を引いた。ドラゴンは爆散し、ばらばらになった肉片とホテルの壁が付近のビーチに撒き散らされた。

唐突に、重苦しい静寂が訪れた。ややあって、ジョーが苦渋に満ちた声でいった。

「こんな状況が毎日つづいている。もううんざりだ」

マグナス・リドルフは控えめに咳ばらいをした。

「もしかすると、あなたが思っているほど状況は悪くはないかもしれませんよ」

「気休めはいい。おれたちはミスを犯した。コラマの環境は苛酷すぎる。それをきちんと見すえて、もう損失処理をしたほうがいいかもしれん」

「あわてるな、ジョー」ラッキーがいった。「そう急《せ》くもんじゃない。そこまで状況は悪くないかもしれない、とミスター・リドルフがいっただろ。まだチャンスはあるかもしれないってことだ」

ジョーは鼻を鳴らした。

マグナス・リドルフはたずねた。

「コプターに警備員を乗せて、近づいてくる個体をかたはしから射殺する試みは、もう？」

ジョーはかぶりをふった。

「やつらは高空を飛んで、タカのように急降下してくる。そうやって襲ってくるのを何度見たことか。あれを追い払うことはできん。だいいち、一頭二頭仕留めたところで、焼け石に水だ」

ラッキーが唇をかみ、いった。

「おれが知りたいのは、このリゾートの建設中、どうしてまったくトラブルが起きなかったかだよ」

ジョーは左右に首をふり、答えた。

「それなんだがな……どうも、モリーたちがいたときはなにも起こらなかった気がする。連中が引きあげたとたん、このトラブルがはじまった感じがしないか？」

マグナス・リドルフは物問い顔をラッキーに向けた。

「モリー？　それは？」

「ジョーが名づけた先住民のことだよ。リゾート建設を手伝ってくれたんだ」

「もっぱら、穴堀りにな」これはジョーだ。

「その先住民を何人か雇って、リゾートの敷地内に置いてみてはどうです？」

ジョーは首を横にふった。

「それはむりだな。連中の悪臭には客が耐えられん。怪物どもを寄せつけなかったのは、あの悪臭にちがいない。その点では、怪物どもの気持ちがよくわかる」

マグナス・リドルフはこの仮説を検討してみた。

「たしかに、その可能性はあります――その臭気がはなはだ強烈で、刺激的であるのなら」

「控えめにいっても、そのとおりのものだよ」

マグナス・リドルフは考えこんだ顔になり、白いあごひげをしごいた。

「いったいどういうたぐいの生物です？　その――〝モリー〟というのは？」

「そうだな」ジョーが答えた。「体高四フィートのエビを想像してみてくれ。そいつがずんぐりした小さな脚で歩く。大きくてきらきら光る目を持つ、まるまると肥えた灰色のエビ、それがモリーだ」

「知性種属ですか？　そのモリーと接触は？」

「ああ、知性種といってよかろう。密林の中の大きな巣に住んでいてな。危害を加えさえしなければ、労働その他でいろいろと手を貸してくれる。報酬として与えたのは、壺、鍋、ナイフなどだ」

「意思の疎通はどのように？」

「連中にはキーキーという音を用いる言語がある。たとえば――」といって、ジョーは唇をすぼめた。

「〝キー――キッ、キッ〟」

ジョーは咳ばらいをし、のどの調子をととのえた。

「いまのは〝ここへこい〟という意味だ」

「ふむ」マグナス・リドルフはまじめくさった顔でうなずいた。「それでは、〝あっちへいけ〟というときは？」

「〝キッ――キーク、キーク〟」

「ほほう」

「〝キー――キーク、キーク、キーク〟――こいつは、〝きょうの仕事はおしまい〟。連中のことばは、けっこう憶えた」

「そして、その先住民を野獣は脅《おびや》かさないと？」

「そのとおり。怪物どもは近づこうとさえしない。モリーたちに近づく場面を見かけたのは、ただの二回だけだ。一回はゴリラで、もう一回はドラゴンだった」

「野獣の接近にさいして、そのとき、モリーたちはどうしました？」

「全員、じっと突っ立って、怪物を眺めているだけだった。まるで、このマヌケ、なにをしてるのかわかっているのか、と叱責しているみたいにな。じっさい、ゴリラもドラゴンも、すぐに背を向けてそそくさと去っていったよ」ジョーはかぶりをふった。「野獣ども、間近で悪臭を嗅いで辟易《へきえき》したにちがいない。なにせ、スカンクの屁に、下水と革なめし用桶の中身半ダースを混ぜたようなにおいだ。マスクをしないことには、とてもじゃないが近づけん」

ラッキーがいった。

「記録映像はひととおり撮ってある。必要なら、いつでも見せられるが」

マグナス・リドルフは重々しくうなずいた。

「役にたつかもしれません。拝見しましょう」

「こっちだ」ジョーがうながし、陰気な声でつけ加えた。「ただし、映像は見られても、悪臭まではわからないぞ」

「それはむしろ、ありがたいことだな」とラッキーがいった。

一番めのシーンは処女地のものだった。白いビーチに、青い海、鋭くそそりたつ密林の絶壁。砂浜には小さな調査船が着陸しており、そのそばにジョーが立って、カメラに向かい、自意識過剰ぎみに手を振っている。

二番めのシーンはリゾート地の基礎を掘るモリーたちの映像だった。背中を丸めてしゃがみこみ、頭を前に突きだした格好で作業をしており、足もとの溝から前方へ、爆発的な勢いで砂が噴きだしていく。モリーはジョーの説明よりも人間に似ていた。ヒゲを生やした灰色の生きもので、いくつもの体節に分かれたしなやかな体軀と、一見、なにも見えていないかのような、飛び出たピンク色の眼を持っている。曲がった脚の先端はとがっていて、口のまわりにはくぼんだ部分があった。

マグナス・リドルフは画面に身を乗りだした。

「独特の掘りかたですな」

「そうなんだ」ジョーが答えた。「しかし、えらく速い。ああやって、砂を一気に噴きだす」

マグナス・リドルフは、すわったまま上体を動かした。

「もういちど再生してもらえますか」

うんざり顔でためいきをつき、げんなりした視線をラッキーに向けて、ジョーはいわれたとおりにした。ふたたび、しゃがみこんだ先住民たちが画面に現われ、猛烈な勢いで砂が噴きだされる場面が映しだされた。まるで、超強力なブロワーで溝から砂が噴きだされていくかのようだった。

マグナス・リドルフは椅子の背あてにもたれかかった。

「興味深い……」

　場面が切り替わった。建物の基礎にはすでにコンクリートが流しこまれている。十体強の先住民が一本の長い材木を運搬していた。

「連中の話し声が聞こえるか？　よく聞いてくれ……」

　ジョーがボリュームをあげた。高く低くうねる、かんだかい声の渦が聞こえてきた。

　そのとき、有無をいわせぬ調子の音が響いた。

「キー――キイイイー！」

「あれはおれだ」ジョーがいった。「顔をあげてポーズをとれといったんだ。カメラに収めるから」

　ヒゲを生やした円錐形の頭が、いっせいにこちらをふりむいた。

「キーク、キーク、キーク」スピーカーからふたたび、命令調の声。

「いまのは〝作業にもどれ〟だ」ジョーが説明した。
　二、三分して、またジョーがいった。
「ここだ。ドラゴンが舞いおりてくる場面。モリーのほうが先にドラゴンを見つけてる。見えるか？　興奮しているだろう。問題の光景を目《ま》のあたりにしたのはこのあとだ」

　カメラが空に向けられ、ドラゴンを映しだした。ボトル形をした巨体が、地平線の端から端までもとどきそうなほど巨大な飛膜をはばたかせ、大きく旋回しつつ降下してくる。カメラががくんと動き、はげしく震え、映像がぶれたかと思うと、異様な角度にかたむき、地面に横たわった。目の前を草の葉にさえぎられて、状況はほとんど見えない。

「カメラを放りだして――おれは逃げだした」ジョーがいった。「よく聞いていてくれ、いまモリーたちが声をあげるから……」

そのことばどおり、スピーカーからかんだかい唱和が流れ出た。唱和はどんどんピッチがあがり、ますますかんだかくなっていって、ついには人間の可聴域を超えた。

「モリーたちはドラゴンを見つめてる――ここでドラゴンが悪臭をとらえた！　やつはこう思ったにちがいない――これはたまらん、こいつらを食うくらいなら、大木の樹皮でもかじったほうがましだ――そして、そそくさと逃げだした」

ころがっていたカメラが持ちあげられ、正常なアングルの映像がもどってきた。ドラゴンはすでに、大空を遠ざかるぼやけた点に縮んでいる。

「つぎはゴリラがやってくるシーンだ……そらきた」

画面に大柄な類人猿が現われた。まばらな茶色の体毛におおわれており、赤い目は皿ほども大きく、あごの下には一列、なにかの腺とおぼしき嚢《ふくろ》がたれさがっている。樹上から飛び降りてきたゴリラは、猛々しく哮《ほ》えたてながら、前のめりになってモリーたちのもとへ駆けよってきた。と、またもやあのかんだかい唱和があがり、徐々にピッチがあがっていって、ふたたび聞こえなくなった。無音のまま、モリーたちはゴリラを凝視しつづけている。

「成分がなんであるにせよ」ラッキーがいった。「あの悪臭は霊験《れいげん》あらたかだ」

マグナス・リドルフが思慮深い顔でいった。

「なかなか獰猛なようですな、ここの野獣たちは」

「ふふん」ジョーが鼻を鳴らした。「あんたはまだ、オオウミクワガタを見ちゃいない」

マグナス・リドルフは立ちあがった。

「今夜はもう、充分に拝見したといっていいでしょう。おゆるしがあれば、すこし休息をとりたいと思うのですが」

「かまわんよ」ラッキーがとまどいぎみに答えた。「ウィルバーに部屋へ案内させよう」

「お気づかい、どうも」マグナス・リドルフは礼をいい、部屋を出ていった。

「あれが――」ジョーがものうげにいった。「――おまえのいう名探偵さまか」

「だめよ、ジョー」ジョーの首に片腕をまわして、メイラがいった。「そうカリカリしないの。彼、なかなかキュートじゃない。しかつめらしくて、杓子定規で。それに、あの白いヤギひげ。あれって、かわいくない？」

「マグナス・リドルフの売り物は脳ミソだそうな」

ラッキーがいった。といっても、話にそう聞いているだけで、確信があるわけではない。

「おれには老いぼれの詐欺師にしか見えんぞ」ジョーが冷たく応じた。「ゴリラが樹から飛び降りたときの、あいつの反応を見たか？　臆病な老いぼれヤギめ……」

「――失敬」ふいに、マグナス・リドルフの声がいった。見ると、いったん出ていったはずの本人が、戸口に立っている。「その映像、お借りしていってもよろしいかな？　ひとつビュワーでじっくりと検分してみたいのですが」

短い間があった。

「ああ――ほしけりゃ、勝手に持っていくといい」ラッキーが答えた。

マグナス・リドルフは部屋に入ってきて、すばやくカートリッジを取りだした。

「おおいに感謝します。では、おやすみなさい」

ドアが閉まるのを見とどけて、ジョーはラッキーに向きなおり、あきれたようにいった。

「ラッキー――いままでずっと、おまえは使えるやつだと思っていた。専門家の件を聞いたときには、それなりの人材を連れてくるんだろうと期待したものだ。なのに、なんだ、あいつは？　耄碌《もうろく》じじいじゃないか。なにを考えているのか、さっぱり……」

「ジョーってば」メイラがいった。「そう性急に判断するもんじゃないわよ。最初はわたしのこともおつむの軽い女だって思ったでしょ？　憶えてるわよね？　わたしに向かって、自分でちゃんとそういったのよ」

「ええい、もう！」ジョーは声を荒《あら》らげた。「おれにいわせれば、あんなやつに払う金で――」

「一千万ミュニットにくらべたら、はした金じゃないか」ラッキーが口をはさんだ。「莫大な元手を棒に振らずにすむんなら、安いものだ」

ジョーは椅子にすわったまま、背筋を伸ばした。

「おれに考えがある。見当がつくか？」

「どんな考えだ？」

「これからモリーの巣へいくのさ。そこでやつらの悪臭の原因物質をつきとめる。それがなんであれ、専門家に分析させれば、鼻のひん曲がる悪臭を取り除いた忌避物質を抽出させられるかもしれん」

「ねえ、ハニー――巣なんかにいって、だいじょうぶ？」メイラがきいた。

「怪物どもを寄せつけない原因が、ほんとうにあの悪臭だと思うか？」これはラッキーだ。

「〝思うか〟だと？」ジョーは鼻先で笑った。「思うんじゃない。わ、か、っ、て、る、んだ」

ジョーの対密林用スーツは、金で購《あがな》えるかぎり最良のものだった。金属繊維の外被は鏡面仕上げで、まばゆい太陽光も反射できる。頭部を球形にすっぽりと包みこむ透明プラスティックのヘルメットも、上部には同じように銀色の鏡面加工が施されている。ブーツは足にぴったりとフィットして、なにも履いていないかのようだ。バルブをひねれば外周部が膨らみ、雪国のかんじきのように、泥地や湿地でも沈まずに歩けるようになる。背中に装着したバッテリーは、冷却した清浄な空気をスーツ内部に循環させ、全身を冷やすほか、音声ピックアップ、強力な懐中電灯、ベルトのパワーナイフの電源としても使えた。ポーチに収納できるのは、三日ぶんの圧縮食料だ。エアマットレスの素材はきわめて丈夫なのに極薄で、空気を抜けば片手に収まるほど小さく丸められる。武器としては、グレネード・ライフルを一挺選び、予備弾倉を一ダースほど持っていくことにした。

翌日早朝、マグナス・リドルフが起きだしてくる前に、ジョーは出発した。

ラッキーは不安の面持ちでジョーの後ろ姿を見送った。

(神は愚者とのんだくれを救いたもう)とラッキーは思った。(そういう意味じゃ、ジョーは二重に護られてるな)

だが、メイラはそれほど冷静ではいられず、とうとう泣きだしたため、ジョーの姿が見えなくなるまで、ラッキーはその肩を支えていてやらねばならなかった。

背後から追ってくるメイラの泣き声を聞きながら、ジョーは重たい足どりで砂上を歩き、そびえる植物の絶壁へ向かった。絶壁のあいだには小径《こみち》が口をあけていたので、そこから緑の薄闇に足を踏みいれる。

周囲を密林に包まれると、ジョーは立ちどまり、あらためて心の準備をした。密林に入った以上、いつトビヘビに襲われて突き倒され、巻きつかれるかもわからない。しかし、このスーツの金属繊維なら、あのヘビの牙も通る心配はない。おそるおそる、頭上を見あげた。きのうの夕べとくらべて、なんとなく、この探険は緊急性がないものに思えてきた。先住民の実態調査をするのは、マグナス・リドルフ――あの男の仕事ではないか。そのために雇われてるんだから！　いっそ、ぜんぶあの男にまかせて引き返そうか。

いいや、だめだ――と、ジョーは気弱な思いを打ち消した。いまさら引き返すわけにはいかない。ここで帰れば、あとあとまでラッキーにからかわれつづける。

ジョーはふたたび密林の葉叢《はむら》に目をやった。陽光があたっている部分は金緑色で、影になっている部分は濃厚な暗緑色だ。無数のガが樹間を飛びまわり、斜めに射しこむ朝陽の矢を通過するたびに、明るく照らしだされる。視線を上に振り向け、周囲の樹々の幹を見あげれば、巨大な緑の葉、大量に咲いた赤や黄や黒の花、樹皮にからみつく白みを帯びた青のツタなどでおおいつくされていた。もういまにも、トビヘビが樹の上から襲いかかってくるかもしれないし、ゴリラが下生えを踏みしだいて突進してくるかもしれない。ジョーはヘッドフォン出力をめいっぱいあげた。虫の羽音まで聞こえるようになった。自分がたてる足音のひとつひとつが、巨木の倒壊する轟音のようだ。

おかげでかなり気が楽になり、ジョーは進みつづけた。こうしておけば、トビヘビが接近してくるずっと前に、飛膜をはばたかせる音をとらえられるにちがいない。

曲がりくねった小径はいく先々で巨木をまわりこんでいるため、どちらへ向かっているのか見当もつかず、起伏もはげしい。ジョーはたちまち方角がわからなくなった。二度、トビヘビのはばたきが、一度、遠くで枝葉を押しのける音が聞こえたが、とくにヘビと遭遇することもなく、ぶじに進めた。

行く手をはばまれたのは、一マイルほど進んでからのことだった。ゴリラだ。

最初に、枝がへし折れる音とうめき声が聞こえた。樹を登っている音らしい。ついで、静寂――。こちらに気づいたということか。と、地に足裏をすべらすような足音が近づいてきた。忍び寄ろうとさえしていない。そんな必要もない相手だとたかをくくっているのだろう。ほどなく樹間に、斑紋のある毛皮がちらりと見えた。ライフルの狙いをつける。が、引き金を引くまぎわ、あやういところではっと気づき、思いどまった。やばい! ボリュームを最大にしていたんだった。

あわてでボリュームをしぼる。そのまま撃っていたら、すさまじい銃声で鼓膜が破れていただろう。再度、狙いをつけ、引き金を引いた。密林の一角がごっそりと球状に消滅した。切り取られた空間の周辺は焼け焦げて、ぶすぶすとくすぶっていた。

ジョーはふたたびボリュームをあげ、先へ進んだ。それから三時間ほど歩くあいだ、グレネード・ライフルで始末した猛獣は、トビヘビが三頭、ゴリラが二頭におよんだ。ときどき、パワーナイフを振るう必要にもせまられた。ひときわ密生した細枝やツタが行く手をふさいでいたからだ。三時間も進むころには、密林は最初に入った場所とまったく見分けがつかなくなっていた。

そのとき、足音のような音が耳に響いた。ドス、ドス、ドス――。

ジョーは立ちどまり、待った。

ふいに、目の前にひとりのモリーが現われ、立ちどまり、ものが見えているとは思えないピンクの目でジョーを見つめた。表情らしきものも、驚いたようすも、いっさい見られない。

「〝スキーク〟」ジョーはいった。「やあ」

「〝キーク、キーク〟」モリーが返事をした。

そして、ジョーを迂回してすれちがい、小径をいずこかへと進んでいった。ジョーは肩をすくめ、先に進んだ。

一瞬ののち、目の前が開け、林間の広場に出た。幅は百ヤードほどもあるだろう。広場の中央には灰色をした円錐形の塚がある。これは小枝を編みこみ、泥を塗って固めたもので、一見、ハチの巣のようだ。高さはじつに二百フィートもあった。塚の中心には一本の巨木がそびえていた。巨木の樹冠からは四方に大きな太枝が伸びだして、濃密に生い茂る枝葉の傘を形作り、陽光を受けとめている。

ジョー・ブレインは立ちどまった。広場をぶらつく約五百体のモリーは、ジョーにまったく関心を示していない。ジョーのほうも、モリーたちの行なっている素朴な活動にはいっさい興味がなかった。興味があるのは悪臭の原因物質だけだ。

おそるおそる、頭部を球状におおう透明ヘルメットの小型パネルをあけてみて、あわててパタンと閉じた。ちょっとにおいを嗅いだだけで、くらりときたのだ。あまりの臭さに目が泳いでいる。濃厚このうえない、胸のむかつく、おそろしく強烈な悪臭——。この森の空気が清浄であるとは思えない。そうとう汚染されているにちがいない。

悪臭の源はどこにあるのだろう？

広場の向こう端に、浅い窪みが見えた。そこには黒い汚泥のようなものが溜めてあり、そのなかに数十体のモリーが横たわって、ものうげにうごめいていた。ジョーは窪みのそば近くまで歩いていき、すこし距離をおいてようすを眺めた。そのうちに、林縁から十体強のモリーが出てきた。それぞれが造りの粗い籠のようなものをかかえている。籠の半数には果実のような黒い玉が山盛りになっていた。ほかの籠に盛ってあるのは、長さ六インチほどの灰緑色のナメクジと、スイカの中心部をくりぬいてきたように見えるピンク色の円筒だ。

森から出てきたモリーたちは、籠の中身を窪みの汚泥にあけ、あとずさり、いまばらまいたものの山をじっと眺めた。黒い玉がはじけ、灰緑色のナメクジが溶解し、ピンク色の円筒が溶けてオイルのように広がっていく。ややあって、放りこんだものはすべて窪みのどろどろした汚泥と混じりあい、渾然一体となった。

（すると）とジョーは思った。（こいつが悪臭の源か。食いものと化学戦の武器が同源なんだ）

ジョーは窪みの縁に歩みより、どろどろの汚泥を見つめた。窪みに横たわるモリーたちはジョーに目を向けもしない。ジョーは黒みがかった緑色のどろりとした物質を掬《すく》い取り、持ってきたサンプル採取用のプラスティック・ボトルに収め、ふたをした。これだけあれば分析にかけられる。(思いのほか早くすんだな)とジョーは思った。(あとはホテルに帰るだけだ)

密林の小径に引き返そうと横を向き、広場の横にふと目を向けたとたん——ぴたりと動きをとめた。樹々をすかして、明るく白い広がりが見える。そして、まばゆい青の広がりも。

あれはまさか……。

広場を横切っていき、樹々の向こうを覗きこんだ。白いものは砂浜で、青いものは海だった。右に半マイルのところには、自分のホテルがそびえている。ジョーは両手で思いっきり透明ヘルメットを殴りつけた。

三時間もかけて必死に密林を通りぬけてきたのは、いったいなんのためだったんだ！

帰りつくと、ラッキー・ウルリッチはオフィスにいた。ラッキーは驚き顔でジョーを見つめて、

「おお、ずいぶんお早いお帰りじゃないか」といった。

そこでラッキーは、鼻にしわを寄せて、

「それにしても、ひどいにおいだな、ジョー」

「ともあれ、ブツは取ってきた」ジョー・ブレインは答え、プラスティック・ボトルをデスクの上に置いた。「これがパイ投げのパイだ。こいつであの怪物どもを追い払えないんなら、おれはジョー・ブレインの名に値しないクズということになる」

「わかったから、とっととそいつをどこかへ持ってってくれ」ラッキーは窒息しそうな声でいった。

「ボトルごしでも臭くてかなわん」

「ボトルの外にすこしついてるんだろう」

ジョーはラッキーに冒険の顚末を話した。

細い顔に依然として険しい表情を浮かべたまま、ラッキーはたずねた。

「で、これから？」

「この物質の効果をためす。おれかおまえか、どっちかがこいつをからだに塗りたくって、ビーチをうろつくんだ。塗っていないほうは、万一の用心に、グレネード・ライフルをかまえて警護につく。ドラゴンどもがやってきて、ほうほうのていで逃げていったら、効き目があったということになる」

ラッキーは指先でとんとんとデスクをたたきながら、

「悪い考えじゃなさそうだな。しかし――」と、ひとごとのようにいった。「どうせそのスーツにもにおいがこびりついてるんだ、囮役《おとり》はおまえがやったほうがいいんじゃないか」

ジョーは信じられないという顔で相方を見つめた。

「正気か、ラッキー？　おれはカメラをまわさなくちゃならんのだぞ？　わかってるだろうが。囮になるのはおまえの役目だ」

三十分の押し問答の末、囮役はマグナス・リドルフに押しつけようということで意見の一致を見た。

「だけど、あの男がうんというかな」ラッキーが疑わしげにいった。

「喜んで囮になるさ。ならないはずがない。なんのためにやつを雇ってる？　あいつはまだこの件にまったく手をつけていないんだぞ。おれはあいつに代わって問題を解決してやったんだ。喜んで囮になって当然だろうが」

「そんなふうには考えないかもしれないぜ」

ジョーはデスクの引き出しをあげ、スプレー缶を取りだした。

「これがわかるか？　誘眠スプレーだ。酔っ払いや乱暴者に使う。問答無用でこれを吹きかけてやれ。

なにが起こったかもわからずに昏倒するから、あとはからだに忌避物質を塗りつけて放りだせばいい。やつはどこだ？」

「工作室にいる。けさはずっとあそこにこもって、ごそごそやっていた。旋盤を使ってたな」

ジョーは鼻を鳴らした。

「そろそろ見切りのつけどきじゃないか？　あいつは頭脳派で売ってるんだろう？　トラブル解決の専門家なんだろう？　なのに仕事をほっぽらかして、トラブルの解決はおれたちにまかせっぱなし。こんなふざけた事態はただちに正すべきだ。やつには報酬ぶんの仕事をさせてやる。当人が望もうと望むまいとな」

ラッキーは不承不承のていで立ちあがった。

「そのまえにまず、向こうの意見をだな――」

「いいや、問答無用でやっつけたほうがいい」ジョーはいいはった。「危険なんてなにもないんだ。忌避物質がちゃんと働くことはわかっている。げんにモリーたちは、怪物どもに襲われることなく、歩きまわってるだろうが。だいいち、おれたちが銃を持って警護してるんだぞ」

マグナス・リドルフは工作室におり、研磨布を使って青い金属の管を磨いていた。ふたりが入っていくと、トラブル解決の専門家は顔をあげ、会釈をし、金属管を金属カップの孔に通した。それから、金属管の先にホースをつなぎ、ホースの反対端になにかの装置をつないだのち、バルブをひねった。かすかに空気の噴きだすシューーッという音がした。

オシログラフのパターンを見つめながら、マグナス・リドルフはつぶやいた。

「ふむ……なかなかいい塩梅《あんばい》だ」

「なにをしているのかな、ミスター・リドルフ？」

ジョーは愛想よく声をかけた。片手は背中にまわしている。

マグナス・リドルフは冷たい目でジョーを一瞥《いちべつ》してから、制作中の道具に視線をもどし、装置から取りはずした。

「ちょうどいま、ある音楽原理に磨きをかけているところで……」

プシュッ。誘眠スプレーを噴きかけた。こまかい霧が特徴的な頭部を包む。マグナス・リドルフははっと驚いた顔になり、身をこわばらせ——すわったまま、がっくりとうなだれた。

「聞いたか、ラッキー？」マグナス・リドルフがまだ握っている金属管を、ジョーは軽く蹴飛ばした。金属管は手を離れない。しっかりと握られたままだ。「おれたちが苦境のさなかにあるというのに、このじじい、楽器いじりをしてらっしゃったとよ」

「例の音楽萬華鏡のことが頭にあったんじゃないのか？」ラッキーがいった。「おれはちゃんとした人物だという評判を聞いてるぞ」

「そいつはなにかのまちがいさ。さあ、ビーチに運びだそう。そこに一輪《ネ》の手押《コ》し車がある。それに乗せていけばいい」

ふたりはぐったりした老人をネコ車に乗せると、まばゆく燃える白い太陽のもと、ビーチに出て、ホテルから二百ヤードのあたりまで運んでいった。

「ここまでくれば充分だろう。早いとこビーチに降ろして、忌避物質を塗りつけよう。こんな開けた場所にいると、どうも落ちつかん。この時間帯のドラゴンはハエも同然だ。わんさとたかってくる」

ふたりはマグナス・リドルフをネコ車から持ちあげ、砂浜に寝かせた。ジョーがどろりとした黒い汚泥をどぼどぼと胸にかけていく。

「うっはあ！」ラッキーがむせた。「風上にいてもにおうぞ！」

「な、強烈だろう」ジョーは悦に入った顔で答えた。「おれは手に入れようと思ったものはかならず手に入れる男なんだ。さあ、いくぞ。こいつのそばから離れよう。急げ、あそこにもう、ドラゴンが見えてる」

ふたりは密林の縁に駆けより、木陰に潜んでようすを見まもった。地平線上に低く見える黒い点が急激に大きくなり、はばたく怪物の姿になった。いつでも撃てるよう、ジョーはライフルをかまえ、ラッキーにいった。

「万一の用心だ」

ドラゴンの巨体が空に膨れあがった。そして、ぐったりと横たわるマグナス・リドルフに気づき、空中を旋回しだした。

ラッキーがいった。

「なあ――たったいま、気づいたんだが……」

「なんだ！」ジョーが咬みつくようにいった。

「あの物質が効かなかった場合、そうだとわかるのは、ドラゴンが間近まで近づいてからだよな？そのときにはもう――」

「うろえたるな！」ジョーはぶっきらぼうにいった。「効くはずだ。効かないはずがない」

ふいに、ドラゴンが舞いおりてきて、ビーチに着地し、マグナス・リドルフに向かってよたよたと近づきだした。

あと二十ヤード――ラッキーが叫んだ。

「効いてないぞ！」

十ヤード——ジョーはライフルをかまえたが、すぐに降ろした。

「撃て、ジョー——早くしろ、撃たないか！」

「もう遅い！」ジョーは叫んだ。「いま撃ったら、リドルフまでばらばらになる！」

ラッキー・ウルリッチはビーチに飛びだすと、大声でわめき、何度も飛び跳ねた。が、ドラゴンは見向きもしない。

五ヤード——マグナス・リドルフが身じろぎした。黒い汚泥の悪臭が気つけ薬の役目を果たしたのかもしれないし、身にせまる危険を察知したのかもしれない。いずれにせよ、マグナス・リドルフは頭を左右にふるい、片ひじをついて上体を起こした。

マグナス・リドルフにしてみれば、とんでもない目覚めだった。意識を取りもどしてみたら、目と鼻の先にドラゴンがいたのだから！

ドラゴンがくわっと口を開いたかと思うと、すばやく口吻を突きだし、ガチッとあぎとを閉じた。マグナス・リドルフは紙一重のところで横に身をひねり、牙をかわした。

信じられないという顔で、ジョーがかぶりをふる。

「あの物質、まるで効いてない！」

ドラゴンがすばやく跳ね、またも頭を突きだした。マグナス・リドルフはこんどもまた、うしろによろめくようにして攻撃をかわした。牙があばらをかすめ、ガチッと咬みあわされた。よく見ると、マグナス・リドルフはいまも片手にあの金属管を握りしめている。

と、その金属管を口にあてがい、頰をふくらませ、笛を吹く要領で息を吹きこんだ。

一度、二度、三度。

唐突に、ドラゴンがカメのように頸をすくませた。脚がもつれ、飛膜が痙攣《けいれん》している。マグナス・

リドルフはさらに金属管を吹いた。ドラゴンが魂消《たまぎ》るような咆哮を発し、ドタバタ映画じみた動きであたふたとあとずさった。ついで、皮革質の飛膜をはばたかせ、のたのたと宙に舞いあがり、海上に逃げ出すや、沖をめざして飛び去った。

マグナス・リドルフは長いあいだ砂浜にすわりこんだまま、精根つきはてたようにじっとしていた。ややあって、自分の上着に目をやった。かつてはプレスもきいて純白だった上着は、いまやねばねばした黒い汚泥で汚れている。

風向きが変わり、ジョーとラッキーのもとにも強烈な悪臭がただよってきて、ジョーがむせた。その音を聞きつけて、マグナス・リドルフはゆっくりとふたりのほうに顔を向けた。

そして、これまたゆっくりと立ちあがり、汚れた上着を脱いで砂の上に放りだすと、おぼつかない足取りでホテルへ引き返していった。

やがてディナーの時間になるころ、マグナス・リドルフはダイニングルームに姿を現わした。身につけているのは、きれいに洗濯されてしみひとつない服だ。白いあごひげは徹底的に手入れされて、天使の髪の毛を思わせる。加えて彼は、かつてなく愛想がよかった。

マグナス・リドルフが機嫌をそこねていないらしいのを知って、ラッキーとジョーはほっとした。てっきり、舌鋒するどく糾弾され、威嚇され、賠償を請求されるものと思っていたのだが、予想外の温和な態度に、ふたりとも安堵し、たがいに競いあわんばかりにして愛想よくふるまった。メイラは頭痛で寝ていて、この場にはきていない。

ジョーはあの実験にいたった背景を説明した。マグナス・リドルフは純粋に、実験の内容に興味を持ったようだった。

ラッキーは調子に乗って、ジョークまで口にした。

「いや、ほんと、マグナス、あんたがあのドラゴンを見たときの顔といったら――誓ってほんとうだ、感電でもしたみたいに、あごひげがピーンと張ってたぞ」

「もちろん、実験のあいだ、ずっと掩護《えんご》についてはいたんだ」ジョーがいった。「あのドラゴンには絶えず銃の狙いをつけていた。ちょっとでも危険な動きを見せていたら、即座に射殺していたとも、ほんとうだ」

ラッキーがたずねた。

「ときに、あの筒はなんだったんだい、マグナス？　ドラゴンを追い払ったのはあの筒なんだろう？　いや、たいしたもんだ」ラッキーはとなりのジョーをひじでこづいた。「ほらな、頭脳派だといっただろ？」

マグナス・リドルフは異を唱えるようなしぐさで右の手のひらを突きだした。

「いや、あれは単純な応用にすぎません――あなたがたが見せてくれた映像からわかったことのね」

「わかったこと？」葉巻の頭を嚙みちぎり、吸口を作りながら、ジョーがたずねた。

「モリーの喉頭の形状に気づきましたか？　あれは放物面――放物線を回転させた面の形で、焦点の位置に振動器をそなえていました。あれのおかげで、モリーは自由自在に音をコントロールできるのですよ。振動器を動かすことで、どこにでも思いどおりの場所に音を集中させられるのです。この点、わたしはまったく疑いをいだいていません。おそらく、注視した場所に対して、なんらかの形で音の圧力を加えられるのでしょう。いいかえれば、モリーは音声を、人間のエアハンマーのように使えるわけです――とりわけ、超音波の領域においてね。基礎工事の穴掘り場面を見て、そこまでは見当がつきました。モリーは空気の力で砂を吹きとばしていたのではありません。適切に調整された音波の圧力波で砂を跳ねとばしていたのです」

「そうか！　そうだとも！」葉巻の先端を横にぺっと吐きだして、ジョーがいまいましげにいった。

「あいつら、そうやってあの臭い泥沼をかき混ぜてたんだ。いろんなものを放りこんだあとは、ただじっと見ている。すると、放りこんだものが勝手に融けだして、ひとりでに泥と混じりあっていく。そんなふうに見えた」

ラッキーは険しい目をジョーに向けた。いまはあの悪臭ふんぷんたる黒い汚泥のことを口にしないほうがいい、相手にあの件を思いださせないのがいちばんだ――目顔《めがお》でそういっているのだ。

マグナス・リドルフは煙草に火をつけ、思慮深い表情でふーっと空中に煙を吐きだした。

「この星に棲息する野獣が襲ってくると、モリーたちは当該種がもっとも苦手とする周波数で超音波ビームを発射します。ビームをあてるのは、いずれかの急所――たとえば目です。そう見当をつけて、映像の音声トラックを分析してみた結果、わたしの仮説は裏づけられました。人間の可聴音を超える強力な音の痕跡が見つかったのです。その記録を総合し、とくに効率がよいと思われる周波数を算定して、きょうの午前中は、もっぱらその音を発生させる器具を作成していました」

ジョーとラッキーは感嘆の面持ちでかぶりをふった。

「まさか、あの映像だけでそこまで見抜いてしまうとは――」

「こんなにすぐれた洞察は聞いたこともない」

マグナス・リドルフはほほえんだ。

「ホテルについては、大型発振機を何基か恒久的に設置し、敷地周辺にもっとも効率のよい周波数のカーテンを張りめぐらすことをお勧めします。優秀な音波技術者なら、敷地をすっぽり掩う防御音のドームを生成できるでしょう」

「すばらしい、すばらしい」ラッキーがいった。

「ただちにその筋の専門家を呼び寄せよう」ジョーもいった。「あなたのような方にきていただけて、ほんとうによかった」

マグナス・リドルフは丁重に会釈した。

「お誉めにあずかり、恐縮です。おそらく、この仕事を斡旋してくれた協会も、同じように評価してくれることでしょう」

ジョー・ブレインは少々けげんな思いで、しげしげとマグナス・リドルフの冷静な顔を見つめた。

ラッキーが急いでことばを添えた。

「ところで、ジョー、マグナスには、当初、五千ミュニットということで請け負ってもらったんだが――」

「一万に増額だ」ジョーはきっぱりと答え、さっそくペンに手を伸ばした。「ミスター・リドルフはボーナスを受け取るだけの働きをしてくれた」

「おふたかた、おふたかた」マグナス・リドルフはつぶやくようにいった。「そう気前のよいことをいわれると、どうにもいたたまれなくていけません。こちらは当初に取り決めた報酬で充分です」

「しかし、そうはいっても――」

ジョーはことばに窮し、手にしたペンで弱々しいしぐさをした。

「おそらく、五千ミュニットですませることが信じられないのですね？　きょうの午後、ああいった――なんというか――瑣末なできごとがあったあとなので？」

「いや、その……ものごとに対する反応は人それぞれだから。世の中には、スープに髪の毛が浮いていたというだけの理由で訴訟を起こす人間もいるわけで、はは、ははは。もちろん、あなたの場合は、

「その――」ジョーはしどろもどろになり、語をついだ。「――そんなまねをするとは、微塵も思っていないが」

マグナス・リドルフは思慮深い顔で眉根を寄せた。

「もしもわたしが気位の高い人間だったなら、五千ミュニットぽっちの詫び料では、かえって気分を害していたかもしれません。しかし、わたしはいたって恬淡《てんたん》たる人間ですので、契約は契約として、あるがままに履行されたほうが気分がよろしい」

「なるほど」ラッキーが熱心な口調で肯定した。「紳士同士の取引というわけだ」

ジョーは咥《くわ》えた葉巻をくるくるまわし、宙を見つめ、いまのことばの裏にある含みを読みとろうとしたが、これといって引っかかる部分がなかったため、不承不承、こう答えた。

「まあ、こっちはかまわんがね」小切手にサインをする。「では、所定の報酬を」

「これはどうも」マグナス・リドルフは小切手をポケットに収めた。それから、おもむろに窓の外に目を向けて、こうたずねた。「ときに、あなたがたの所有地は、ビーチを半マイルいったところまで、ですな?」

ジョーはうなずいた。

「けさがた、密林を出てきたあたりまでだよ。それよりすこし手前かもしれん」

マグナス・リドルフは考えごとに気をとられているようすで先をつづけた。

「なるほど……モリーの村に近ければ近いほど、都合がいい……」

「は？　なんの話だ？」

マグナス・リドルフは驚きの表情でふたりに顔を向けた。

「瓶詰め工場と加工プラントの件、まだ話していませんでしたか？　いない？　本日、超光速通信《アルラド》で、おふたりが営業権を取得していないビーチの使用権を申請したところなのです」

ジョーとラッキーはまったく同時に顔を見合わせた。まじまじとたがいの顔を見つめあう。双方の顔に浮かんでいるのは、真夜中、トラばさみにかかり、ストロボ写真を撮られた小動物の表情だった。

「加工……プラント?」

「なんの?」

マグナス・リドルフは衒学的《げんがく》な態度で答えた。

「例の臭気物質には、まことに僭越ながら、異臭の素《メフィトリン》、と命名させていただきました。この名称は、それなりに製品の特徴をよく表わしていると思いますよ」

「しかし――」

「しかし――」

「わたしの経験では」と、マグナス・リドルフは先をつづけた。「軟膏、膏薬、美容液のたぐいは、臭ければ臭いほど薬効もしくはプラシーボ効果が高まり、珍重される傾向にあります。ことこの点において、きょうの午後、あなたがたが忌避実験のためわたしにかけた、あの言語に絶する汚泥に勝るものはありません。メフィトリンを適切な形で瓶詰めし、魅力的なパッケージングを施してやれば、心身症の治療等に絶大な効果を発揮するでしょう」

「しかし――」

「メフィトリンはもしかすると――香水産業で定着剤として用いられるようになるかもしれません。竜涎香《りゅうぜんこう》や麝香《じゃこう》、あるいはいかなる合成香料をも凌駕する、強力な素材になる可能性も秘めています。それに、大学の友愛会、集会所、秘密結社などに対して、大規模かつ安定した売上が見こめるのではないでしょうか。ああいうところでは、特殊な媒体が儀式に欠かせませんからね」

マグナス・リドルフは、ジョーとラッキーにおごそかな視線を向けた。

「かくも得がたい機会を与えてくれたことに対して、おふたりには心から感謝せねばなりませんな。しかし、〈星間の保養地《スパ》〉としても、メフィトリンの瓶詰め工場が稼働すれば、ともに繁栄すること請けあいです。工場の作業員たちは、おふたりのバーに喜んで金を落としていくでしょう。なにしろ工場は、ここから三分と離れていないわけで……」

「ちょっと待った」ジョーはいった。使い古した荷馬車が砂利道を通過するときのような声だった。「自分でもよくわかってるはずだ――ホテルの二、三百ヤードほど風上にあの黒い汚泥を瓶詰めする工場を造ろうものなら、客という客は、着いたとたんにまわれ右して、やってきたその便でさっさとこの星から帰ってしまうぞ！」

「いやいや、まさか！」マグナス・リドルフは反論した。「〝メフィトリン惑星〟とでも異名がつけば、ここはおおいに特色ある世界として評判になるはずです。加工プラントとスパがおたがいをおおいに引き立てあうことはまちがいありません。ご自分でもこんなキャッチフレーズが頭に浮かんだのではありませんか？　〝〈星間のスパ〉、星団のヘルスセンター――さあいこう、メフィトリンがあなたを癒します〟――こんな感じのフレーズが。ただし、お気づきかもしれませんが――」

マグナス・リドルフは申しわけなさそうにほほえんだ。

「――わたしはどうも夢見がちなほうでしてね。あまりビジネス向きの頭をしておりません。むしろ、あなたがたおふたりのほうが、最新の医薬系ラボラトリーを管理運営するのに適しているようです。おそらく、すべてをおふたりに売却したほうが、事業はスムーズにいくことでしょう。なんでしたら、二万五千ミュニットで権利をお売りしてもよろしいが、いかがかな？　ずいぶんとお得な買い物だと思いますよ？」

ジョー・ブレインは怒りと嫌悪でことばを失い、無言でつばを吐いただけだった。

「冗談じゃない！」ラッキーが鼻を鳴らした。「あんた、金《きん》と称して金色に塗った煉瓦を売りつけるつもりか！　あんたはその工場を造ってさえいないし、その製品が売り物になるかどうかもわかっていないんだぞ！」

マグナス・リドルフはラッキーの道理に感心した顔になり、考え深げにあごひげをなでた。

「それはたいへんよい点に気づかれた。たしかに、メフィトリンの効能はまだまだ未知数ですからな。筋のとおった解決法は、実地に試験してみることです。はは あ——見たところ、あなたはたちの悪い吹出物でお困りのようだ。そして——ふむ——ミスター・ブレインはどうやら——あせもでお困りのごようす。それともそれは、疥癬ですか？」

「あ、あせもだと！」ジョーが怒鳴った。

「このさいです、メフィトリンの効能をためしてみようではありませんか。あなたがたがそれぞれ、患部にメフィトリンを塗ってみればよろしい。いや、もっといい方法がある。いっそ、メフィトリン風呂につかってみるのです。徹底的に効能を引き出すのですよ。もしも症状が軽くならないようなら、メフィトリンにはプラシーボ効果しかないことがわかる。その場合、売値を一万五千ミュニットまでお下げしましょう。もしも症状が軽減されるようであれば、売値は二万五千ミュニットのままということで。もちろん、あなたとミスター・ウルリッチがせっかくの機会を享受しないとおっしゃるのであれば、やむをえません。しかし、その場合、効能は調べようがありませんな」

短い沈黙が降りた。

「だめだ、ジョー」ラッキーはげんなりした声でいった。「これはもう、いいなりになるしかない。首根っこを押さえられた」

「いやいや、そんな！」マグナス・リドルフは抗議した。「そのような意図は毛頭ありませんとも！　わたしはただ、価値ある資産を、あきれるほどの安値で――」

ジョーがさえぎった。

「出すのは一万ミュニットまでだ。一万で納得いかないなら、あきらめろ」

「よろしいでしょう」マグナス・リドルフは打てば響くように即答した。「一万でけっこうです――メフィトリンが痒《かゆ》みに効かないのであれば。しかし、実地にためしてみないことには、効かないのかどうかがわかりません。それがわからないうちは、二万五千ミュニットの売値を取り下げるわけにはいきませんな」


張りつめた空気の中で、ふたりは患部に薄くメフィトリンを塗った。だが、マグナス・リドルフはもっとたっぷり塗れといって譲らなかった。

「いいかげんなテストでは、効能をたしかめられないではありませんか」

しかし、へらでたっぷりとメフィトリンを塗りつけてみても、あせもにも吹出物にも、まるっきり変化のないことがわかった。

「これで満足したか？」顔にメフィトリンを塗りたくられ、ドーランでトラの縞柄を描かれたようなありさまになって、ジョーがいった。「効き目はなかった。痒みは依然としてひどい。それどころか、塗る前よりもいっそう痒くなってきた」

「なるほど……メフィトリンには薬効がなかったということですか」

マグナス・リドルフが残念そうにいった。

ラッキーはすでに、アルコールでメフィトリンを拭きとりにかかっている。

「どうやったら落ちるんだ、これ？　アルコールじゃ落ちないぞ。石鹸を使って水洗いすれば、もうすこし……」

だが、いくらごしごし洗っても、メフィトリンを完全に落とすことはできなかった。強烈な悪臭は、いまなおジョー・ブレインとラッキー・ウルリッチに染みついたままだ。

「どういうことだ？　この悪臭、いつまで残る？」ジョーは疑念の目をマグナス・リドルフに向けた。

「あんたはどうやってこの悪臭をとった？」

悪臭の源から用心深く距離をおいたまま、マグナス・リドルフは答えた。

「除去液に関する情報は、少々貴重なものといわざるをえません――まことにお気の毒な話ですが。このにおいを除去する薬品の化学式にたどりつくには、とほうもない回数の試行錯誤を――」

「わかった」ジョーは吐き捨てるようにいった。「いくらだ！」

マグナス・リドルフは繊細な白い眉を両方とも吊りあげ、傷ついた表情になった。

「いやなに、些少な額です。ほんの気持ち程度に、一千ミュニットでけっこう。もしもあなたがたが、メフィトリンで――なんというか――そう、さらなる実験を行なう場合は、そのつど除去液が必要となるわけですがね」

ひとしきり口汚く罵倒したあと、ジョーはとうとう小切手に金額を記入した。一万一千ミュニットだった。

「で？　どうすればこの悪臭がとれる？」

「過酸化水素の一〇パーセント水溶液でぬぐえばよろしい」とマグナス・リドルフは答えた。

あまりにも簡単な除去法に、ジョーは口汚くののしりはじめた。ラッキーはそんなジョーをなだめ、ホテルの薬局へ過酸化水素を取りにいった。だが、もどってきたとき、その手に握られていたのは、からっぽの一ガロン容器だった。

「過酸化水素がない！」ラッキーは憤然とした口調でいった。「容器の中はからっぽだ！」

「それはそうでしょう」マグナス・リドルフは正直に答えた。「わたしが残らず使ってしまいましたからね。もちろん、わたしをまだコンサルタントとお考えなら、過酸化水素を化合するための単純な化学式をお教えしますが、それにはまた別途、少々の……」

とどめの一撃《クー・ド・グラース》

浅倉久志訳

Coup de Grace

1

〈中心《ハブ》〉と呼ばれる気密ドームの集団は、金属のくもの巣に守られて、地球人には〈射手座の手前〉という名で知られている空虚な宙域にうかんでいた。〈ハブ〉の所有者はパン・パスコグルーといって、色の黒い、精力的な小男である。頭はほとんど禿げあがり、よく動く茶色の目をして、濃い口ひげをたくわえている。野心家のパスコグルーは、〈ハブ〉を流行の先端をゆくリゾート、星の海にかこまれた魅惑の島に発展させたいと願っていた――たんなる中継地や補給港以上のなにものかにしたい。この目的のために、パスコグルーは新しく二十四個の色あざやかな気密ドーム――彼が〝コテージ〟と呼ぶところのもの――を、金属の網細工の外側にとりつけた。すでに〈ハブ〉の外観は、おそろしく複雑な分子模型そっくりである。

コテージは、どれも静かで居心地がよい。ダイニング・サロンで出る料理はなかなかのものだ。ラウンジには驚くほど多種多様な人びとが集まる。マグナス・リドルフは、〈ハブ〉を閑静でありながら刺激的な場所だと感じた。星ぼしがそのままシャンデリアの役を果している仄暗いダイニング・サロンの中で、彼はじっと客たちを観察した。彼の左手のテーブルには、なかば植木の陰になって、四人の人物が坐っている。マグナス・リドルフは眉をひそめた。四人ともまったくの無言であるだけでなく、すくなくとも中の三人は、皿の上に顔をくっつけるようにして、まことにみっともない食べ方をしている。

「野蛮人め」マグナス・リドルフはそうつぶやいて、肩をすくめた。テーブルマナーの欠如を見せつけられても、それほど腹は立たなかった。この〈ハブ〉では、いろいろな人間との交際を覚悟しておく必要がある。今夜の客種は、進化の全スペクトルを網羅していた。それは、彼の左手にいるがさつ者たちから始まり、二十ばかりの多少とも上品な文明の階段を経て、最高点に達する。つまり――マグナス・リドルフは手入れのよい白ひげをナプキンで軽くはたいた――彼自身だ。

視野のすみで、四人のうちの一人が立ちあがり、彼のテーブルに近づいてくるのが見えた。

「おくつろぎのところを失礼ですが、マグナス・リドルフさんとお見受けしまして」

マグナス・リドルフがそうだと答えると、相手は彼の許しを待たずに、どさっと腰をおろした。マグナス・リドルフは、そっけない態度と、丁重な態度の、どっちをとろうかと迷った。星明りの中の相手の顔は、以前に人から指さして教えられて、見おぼえのあるものだった。人類学者のレスター・ボンフィルスという男だ。マグナス・リドルフは、自分の眼力に満足して、丁重な態度になった。ボンフィルスのテーブルに残っている三人は、どこから見ても野蛮人である。S・チャ第六惑星に住む石器文明人で、一時的にボンフィルスの世話になっているらしい。三人とも、陰気で、不機嫌で、用心深い顔つきだった。これまで経験してきたこの種の文明には、幻滅しているように見える。彼らは手首に金属の輪をはめ、がんじょうな金属のベルトをつけていた――磁力拘束具である。もし必要があれば、ボンフィルスは彼が預かっている三人を即座に動けなくできるのだ。

ボンフィルス自身は、ブロンドの髪の毛の濃い色白の男で、大柄な体格だが、なんとなくたるんで見える。本来は赤ら顔のはずなのに、血色がわるい。本来はざっくばらんな、人づきあいのいい性格のはずなのに、臆病で自信のないようすだ。唇は締りがなく、鼻は青白い。動作も生気がなく、熱にうかされたようだった。ボンフィルスは身を乗りだした。

「もう他人のトラブルにはうんざりされておられるだろうが、折り入ってお願いがあるんです」

「もっかのところ、仕事を引きうける気はありません」マグナス・リドルフはきっぱりと答えた。

ボンフィルスは椅子の背にぐったりもたれ、目をさまよわせた。抗議する気力さえないようすだった。星ぼしが彼の白目をきらりと光らせ、彼の肌をチーズ色に照らし出した。ボンフィルスはつぶやいた。「やはりだめですか」

相手の表情があまりにもどんよりとした絶望に満ちていたので、マグナス・リドルフは一抹の同情をそそられた。「これは好奇心からで──なんの約束もできませんが──いったい、あなたの悩みはどんな性質のものです?」

ボンフィルスは短い笑い声をあげた──悲しげで、うつろなひびきだった。「一言でいえば、わたしの運命ですよ」

「それでは、たいしてお役に立てませんな」

ボンフィルスはもう一度、前とおなじくうつろに笑った。「わたしは〝運命〟という言葉を、最も広い意味で使ったんです。そこに含まれるものは──」あいまいな身ぶりをして、「──なんでしょうな。わたしは最初から失敗と敗北を運命づけられているらしいんです。自分ではこれでも善意の人間だと思っています。しかし、わたし以上に敵の多い人間はいません。まるでだれよりも邪悪な生き物であるかのように、敵を作ってしまうんです」

マグナス・リドルフはかすかに興味をひかれて、ボンフィルスを観察した。「すると、敵は徒党を組んであなたに向ってくるのですかな？」

「いや……べつにそういうわけじゃありません。わたしは一人の女性に悩まされています。彼女はわたしを殺すため、せっせと努力をつづけているんです」

「では、ごく一般的な助言をさしあげよう。つまり、こうです。もうこれ以上その女性と関係を持たぬこと」

ボンフィルスはちらと石器人たちのほうをふりかえってから、思いあまったように早口で訴えかけた。「あの女とは、最初から関係なんかありません！　そこなんですよ、問題は！　たしかにわたしははばかでした。人類学者なら当然そういうことに注意すべきなのに、自分の仕事に夢中でしてね。そもそもの始まりは、〈旅路の果て〉《ジャーニーズ・エンド》星のハレズムの南端で起きたことでした。あそこをご存じですか？」

「いや、ジャーニーズ・エンド星には、一度も行ったことがありません」

「何人かの男が通りでわたしをとりかこんだんです。『おまえがわれわれの一族の女とねんごろな関係にあると聞いたぞ』

わたしは抗議しました。『いや、いや、それはちがう！』――なぜなら、人類学者として当然のことですが、わたしはそういうことを疫病のように避けていましたから」

マグナス・リドルフは意外そうに眉を吊り上げた。「あなたのご職業は、修道僧以上の超俗性を要求するようですな」

ボンフィルスは例のあいまいな身ぶりをした。心はどこかよそにあるらしい。彼は三人の被後見者をふりかえった。テーブルには一人しか残っていない。ボンフィルスは魂の奥底からうめきをもらすと、あわてて立ちあがり――もうすこしでマグナス・リドルフのテーブルをひっくりかえすところだったが――彼らを探しに飛び出していった。

マグナス・リドルフは溜息をつき、まもなく自分もダイニング・サロンを出ていった。メイン・ロビーを端から端まで歩いたが、ボンフィルスの姿はなかった。マグナス・リドルフは腰をおろし、ブランデーを注文した。

ロビーは混みあっていた。マグナス・リドルフは、ほかの客たちを観察した。この種々雑多な男女と亜男女は、いったいどこの生まれなのだろう？　どんな目的で、また、どんないきさつで、この〈ハブ〉にやってきたのだろう？　たとえば、糊のきいた赤い法衣をまとった、あのまんまるな顔の僧侶。彼は銀河の遠い端にあるパドメという惑星の出身だ。なぜ故郷を離れて、はるばるこんなところまでやってきたのか？　それから、幅の狭い頭を上まで剃り上げ、みごとなタンタルの装飾品を身につけた、背の高いやせぎすの男――ダッカの貴族だ。亡命？　それとも敵を追ってきたのか？　それとも、なにか気ちがいじみた聖戦のためか？　その向うに一人ぽつんと坐っているのは、惑星ヘカテからきた類人種族――平行進化を証明する歩く標本である。彼の外見は人類のカリカチュアだが、体内構造は腹足類とおなじぐらい、人類とはへだたっている。頭は晒し上げた骨と黒い影、口は唇のない裂け目。メート族のメトの一人だが、マグナス・リドルフはその種族が温和で内気なのを知っていた。人間とはあまりにも精神的接触がすくないため、なんとなくあいまいで秘密主義的に見える……。つぎにマグナス・リドルフは一人の女性に視線を移し、彼女のあまりの美しさに茫然となった。黒い髪、華奢な体つき、そして肌色は砂漠の清らかな砂のようだ。彼女の自信に満ちた身ごなしは、すこぶる挑発的でもある……。

マグナス・リドルフの隣の椅子に、濃い口ひげを生やした、禿げ頭の小男が腰をおろした。〈ハブ〉

の持ち主のパン・パスコグルーである。「こんばんは、リドルフさん。楽しんでいただいておりますかな?」

「充分にね、ありがとう……あのご婦人——彼女は何者です?」

パスコグルーは、マグナス・リドルフの視線をたどった。「ああ、あの妖精のお姫様ね。ジャーニーズ・エンド星からのお客ですよ。名前は——」パスコグルーは舌打ちした。「思い出せない。なんだか異国風の名前だったが」

「まさか一人旅じゃありますまい?」

パスコグルーは肩をすくめた。「彼女にいわせれば、ボンフィルスと結婚しているとか。ほら、三人の穴居人を連れた男ですよ。しかし、コテージも別々だし、いっしょにいるのを見たことがありませんな」

「ふしぎだ」マグナス・リドルフはつぶやいた。

「控え目な表現ですな」パスコグルーはいった。「あの穴居人たちに、隠れた魅力でもあるんでしょうよ」

その翌朝、〈ハブ〉は騒然となった。レスター・ボンフィルスが彼のコテージの中で死んでおり、三人の石器人が檻の中で落ちつかなげに歩きまわっているのが、発見されたのである。客たちは、神経質におたがいの顔をさぐりあった。犯人はこの中にいる!

2

パン・パスコグルーが、ひどくうろたえたようすで、マグナス・リドルフのところにやってきた。

「リドルフさん、あなたが休暇をお楽しみちゅうなのはよく存じていますが、ぜひとも助けていただきたい。あのボンフィルスが殺されたんです。かわいそうに。しかし、だれがやったかは――」彼は両手をひろげてみせた。「こんな事件がここで起るなんて、許せませんよ、まったく」

マグナス・リドルフは小さな白いあごひげをひっぱった。「しかし、なんらかの形で当局の取調べがあるのでは？」

「そこなんですよ、あなたにこうしてお願いにきたのは！」パスコグルーはどすんと椅子に坐った。「この〈ハブ〉は、あらゆる司法権の管轄外にある。ここではわたしが法律です――もちろん、それなりの限界はありますがね。たとえば、もしわたしが犯罪者をかくまったり、悪徳営業をしたりすれば、当局もだまってはいないでしょう。しかし、ここにはそんなものはいっさいいない。酔っぱらい、喧嘩、イカサマ――その程度のことなら、わたしどもの手で穏便に処理できます。しかし、殺人ははじめてです。なんとか早く解決しないと！」

マグナス・リドルフはしばらく考えた。「ここには犯罪捜査機器の用意はないでしょうな？」

「つまり、あれですか、嘘発見器だの、呼吸探知器だの、細胞比較装置だの？　ありませんね。指紋採取用のインクすらない」

「だろうと思いましたよ」マグナス・リドルフは溜息をついた。「とにかく、ご依頼をむげにお断わりするわけにもいかん。おうかがいするが、わたしが犯人を捕えたあと、あなたは彼を――もしくは彼女を――どうなさるつもりかな？」

パスコグルーは驚いて立ちあがった。どうやらそのことは考えもしていなかったようである。握りしめた両手を前にさしだしていった。「どうすればいいというんです？　わたしには、ここで法廷を開く権限はない。いきなりだれかを射殺することもできない」

マグナス・リドルフは慎重に答えた。「その問題は、ひとりでに解決するかもしれません。煎じつめれば、正義には絶対的な価値はないのですからな」

パスコグルーは熱をこめてうなずいた。「そのとおり！　まず犯人を見つけましょう。それからつぎの手段を決めればいい」

「死体はどこに？」マグナス・リドルフがたずねた。

「まだコテージの中です。メイドが発見したそのままの場所に」

「いじってはいませんな？」

「医師に検死はたのみました。それから、まっすぐあなたのところへきたのです」

「よろしい。では、ボンフィルスのコテージへ行きますか」

ボンフィルスの〝コテージ〟は、いちばん外部の網にとりつけられた気密ドームの一つだった。メイン・ロビーからは、チューブを通って約五百メートルの道のりがある。

死体は白い寝椅子のわきの床の上に横たわっていた——もはや、痛ましくもグロテスクな肉塊でしかない。ひたいの真ん中には焼け焦げがあった。そのほかに傷は見あたらない。三人の石器人は、一見して折りたたみ式とわかる、柔軟な薄板で作られた、巧妙なデザインの檻に入っていた。檻そのものが、筋肉隆々とした原始人たちの力に耐えられるはずはない。おそらく、格子に電流が通じているのだろう。

檻のそばには痩せた青年が一人立っていて、石器人たちをながめているか、からかっているようすだった。青年は急いで向きなおり、コテージの中に入ってきたパスコグルーとマグナス・リドルフを迎えた。

パスコグルーが両者を引きあわせた。「スキャントン先生。マグナス・リドルフさん」

マグナス・リドルフは礼儀正しく会釈した。「先生、お見受けしたところ、すくなくとも外部の検査はおすみになったようですが？」

「死亡を確認するには充分でした」

「死亡時刻はいつごろ？」

「ほぼ真夜中だと思います」

マグナスはそろそろと部屋を横切って、死体を見おろした。それから急に向きをかえ、入口で待っているパスコグルーと医師のところへもどってきた。

「どうです？」パスコグルーが心配そうにたずねた。

「まだ犯人はわかりません」とマグナス・リドルフ。「しかし、かわいそうなボンフィルスには、感謝したくさえなりましたよ。なにしろ、古典的なまでに純粋な事件を提供してくれたのですからな」

パスコグルーは口ひげの端をかんだ。「たぶん、わたしの頭がにぶいんだろうが――」

「自明の理を順々に挙げていけば、思考の整理に役立つでしょう」マグナス・リドルフはいった。

「まず、この犯行をなした者は、現在この〈ハブ〉にいる」

「もちろんです」とパスコグルー。「宇宙船の出入りはなかったのだから」

「この行為の動機は、多かれ少なかれ、ごく近い過去に属しておる」

パスコグルーが気短かなしぐさをした。マグナス・リドルフが片手でそれを制したので、パスコグルーはまたもや苛立たしげに口ひげをかみはじめた。

「犯人はおそらくボンフィルスとなんらかのつながりを持っておった」

パスコグルーがいった。「どうです、みんなでロビーにもどっては？　ひょっとすると、だれかが自白するかもしれないし、それとも——」

「そうあわてなさんな」とマグナス・リドルフ。「これらをまとめると、最大の容疑者のリストは、ボンフィルスとおなじ宇宙船で〈ハブ〉にやってきた乗客に絞られることになる」

「彼が乗ってきたのは、マウレレール・プリンケプス号です。上陸名簿をすぐお手もとに」パスコグルーは急いでコテージを出ていった。

マグナス・リドルフは、入口に立って室内を見まわした。それからスキャントン医師をふりかえった。「正式の捜査手続きでは、こまかい現場写真が一揃い要求されるところです。その手配をお願いできますかな？」

「承知しました。わたしが自分でやりましょう」

「ありがたい。それがすめば——死体を動かしてならん理由は、なにもなさそうだ」

3

マグナス・リドルフがチューブをくぐってメイン・ロビーにもどってくると、パスコグルーはデスクに向っていた。

パスコグルーは彼に一枚の紙をさしだした。「ご注文のリストです」

マグナス・リドルフは、興味深げに目を通した。リストには十三人の名前が挙がっていた。

1・レスター・ボンフィルス、および
a・アブー

b・トコ
c・ホムップ
2・ヴィアメストリス・ディアスポラス
3・ソーン一九九
4・フォドール・インプリーガ
5・フォドール・バンゾーソ
6・スクリアグル
7・ハーキュリーズ・スターガード
8・千の燈明のフィアメーラ
9・ケストレル氏族の第十四群、第四家族の三男
10・(無記名)

「ははあ」とマグナス・リドルフはいった。「すばらしい。だが、一つ足りないものがある。わたしはこの人たちの出身惑星に、特に興味があるのです」

「出身惑星?」パスコグルーは不満そうだった。「そんなものがなんの役に立つんです?」

マグナス・リドルフは、穏やかな青い瞳でパスコグルーを見つめた。「たしか、あなたは、この事件の捜査をわたしに依頼されたのではなかったかな?」

「そう。それはそうだが――」

「それならば、最大限に協力してもらいたいね。もうこれ以上の抗議や、苛立たしげな大声は抜きにして」マグナス・リドルフはこの言葉といっしょに、おそろしくつめたくきびしい視線を送りつけた

ので、パスコグルーはしょげかえり、お手上げの身ぶりをした。

「あなたには負けましたよ。しかし、まだよくわからんのは――」

「さっきもいったように、ボンフィルスは親切にも、明瞭きわまる事件をわれわれに提供してくれておる」

「わたしには明瞭じゃない」パスコグルーはそうぐちって、リストを見やった。「犯人はこの中のだれかだと思いますか？」

「おそらく。しかし、必ずしもそうとはかぎらん。このわたしかもしれんし、あなたかもしれん。どちらも、最近ボンフィルスと接触がありましたからな」

パスコグルーは苦笑をうかべた。「もし、あなたなら、どうかいまここで自白してくださいよ。そうすれば謝礼がたすかる」

「残念ながら、ことはそう簡単ではない。しかし、この問題の攻め口はあります。容疑者たちは――つまり、このリストに挙げられた人びとと、そのほか、最近ボンフィルスとかかわりを持った人びとだが――それぞれ異なった世界からきておる。それぞれが、独自の文化の伝統に染まっておる。警察のやり方なら、この事件を分析器や探知器で解決するでしょう。わたしは、文化の分析をつうじて、おなじ目的を達成するつもりです」

パスコグルーの表情は、無人島の漂流者が、水平線の向うに遠ざかってゆくヨットを見まもるときのそれだった。「ええ、事件が解決さえしてくれりゃいいんですよ」彼はうつろな声でいった。「それと、悪い評判が立たなければ」

「では、たのみますぞ」マグナス・リドルフはきびきびといった。「出身惑星をな」

付加事項が記入された。マグナス・リドルフは丹念にリストを調べた。唇をすぼめ、白いあごひげをしごいた。「資料調査に二時間が必要です。それから――容疑者への質問ということに」

4

二時間が過ぎ、パスコグルーはもう待ちきれなくなった。足音も荒く図書室に乗りこんでみると、マグナス・リドルフが宙を見つめ、鉛筆で机をコツコツたたいていた。パスコグルーは口を切ろうとしたが、マグナス・リドルフが顔をふりむかせたとたんに、その穏やかな青い瞳が、パスコグルーの頭の中にある一種の継電器を作動させたかのようだった。パスコグルーは気を静め、わりあいおとなしい口調で、捜査の進捗状態をマグナス・リドルフにたずねた。

「順調ですよ」マグナス・リドルフは答えた。「そちらはなにかわかりましたかな?」

「えーと――スクリアグルと、ケストレル氏族の男は、リストからはずしていいでしょう。二人ともゲーム室で賭博をしていたので、完璧なアリバイが成立します」

マグナス・リドルフは考え深げにいった。「ボンフィルスが、この〈ハブ〉で仇敵に出会ったということも、もちろんありうる」

パスコグルーは咳ばらいした。「あなたがここで調べものをなさっているあいだに、わたしも二、三当ってみました。うちの従業員はかなり目ざとい連中です。たいていのことは見逃しません。その連中がいうには、ボンフィルスが長く話しこんだ相手は、たった三人だそうです。つまり、このわたしと、あなたと、それからあの赤い法衣を着た、まんまるな顔の僧侶」

マグナス・リドルフはうなずいた。「たしかに、わたしもボンフィルスと話をしました。彼は大きな悩みをかかえているようすでね。しきりに訴えましたよ、一人の女性が――明らかに千の燈明のフイアメーラのことでしょうが——彼を殺そうとしている、と」

「なに？」パスコグルーはさけんだ。「あなたは前からそれを知っていた？」

「まあ、落ちつきなさい。ボンフィルスによると、彼女は彼を殺すため、せっせと努力をつづけているという——これは、われわれが目撃したあの決定的な行為とは、大幅に異なるものです。お願いするが、そう大声を張りあげんでください。心臓にこたえる。さて、先をつづけましょう。わたしはボンフィルスと話はしましたが、自分自身を容疑から除外してもだいじょうぶだと思います。あなたはわたしに助力を依頼されたし、わたしの評判もご存じだ。ゆえに、同様の自信をもって、あなたも除外することができる」

パスコグルーはのどの詰ったような声を出し、部屋の中を歩きまわった。

マグナス・リドルフは言葉をつづけた。「あとはあの坊さんだ——わたしは彼の宗教をすこしは知っています。彼らは輪廻転生の信仰を奉じて、美徳、親切、慈善をかたくななまでに絶対視しているのです。パドメの僧侶が殺人のような行為をあえて犯すとは、ちょっと考えられん。そんなことをすれば、来世には何度かジャッカルやウニに生まれ変らねばならんのですからな」

ドアが開き、まるでなにかのテレパシー的な衝動に呼びよせられたように、当の僧侶が図書室に入ってきた。マグナス・リドルフとパスコグルーの態度と、二人が自分をしげしげと見つめているのに気づいて、僧侶はためらった。「これはおじゃましたかな。なにか内輪のお話しあいでも？」

「内輪の話しあいにはちがいありませんが」とマグナス・リドルフが答えた。「話題はあなたに関することなので、仲間に加わってもらったほうが、こちらには好都合」

「では、お言葉に甘えて」僧侶は部屋の中へと足を進めた。「その話題はどのあたりまで進みましたか？」

「あなたもご存じのことと思うが、人類学者のレスター・ボンフィルスが、昨夜殺されました」

「噂は聞いております」

「われわれが承知しているところでは、昨夜早くに、彼はあなたと話しあっていたそうですが」

「そのとおりです」僧侶は息を深く吸いこんだ。「ボンフィルスは非常な悩みをかかえておりました。あれほど失意のどん底にある人間は、見たことがありません。パドメの僧侶は――とりわけ、われわれイザヴェストの聖職位にあるものは――愛他的行為を誓っております。いかなる生物に対しても、そして、状況によっては無生物にさえも、建設的な奉仕を行うのです。わたしたちはこう考えております。生の原理は原形質を超越しており、事実、その発端は、単純な――もしくは、それほど単純でないかもしれない――動きの中にある、と。一つの分子が別の分子とすれちがう――これこそ生命の一つの相ではないでしょうか？　それならば、個々の分子の中にも意識が宿っていると推測して、どうしていけないのでしょう？　考えてもみてください、どれほどおびただしい意識がわたしたちの周囲でごったがえしているかを。想像してみてください、わたしたちに踏みつけられた一塊《ひとくれ》の土から、どれほどの恨みが湧きあがるかを！　こうした理由から、わたしたち僧侶はできるだけ静かに動き、足の置き場所にも気をつけるのです」

「ははあ。フム」パスコグルーがいった。「ボンフィルスの用件はなんでした？」

僧侶は考えこんだ。「その説明はむずかしい。彼はさまざまな苦悩にさいなまれておりました。彼はりっぱな人生を送ろうと努力したが、その指針の中に矛盾があったようです。その結果、彼は疑惑、色欲、羞恥、当惑、不安、怒り、恨み、失望、そして混乱といった感情につきまとわれることになりました。第二に、彼は職業上の名声にも不安を持ちはじめていたようで――」

パスコグルーがさえぎった。「いったい、彼のたのみはなんだったんです？」

「いや、特になにもありません。強いていえば、安心と激励でしょうか」

「で、あなたは彼にそれを与えてやった？」

僧侶はかすかに笑みをうかべた。「友よ、わたしは真剣な思考をめぐらしております。わたしたちは、自分の脳を左脳と右脳とに分け、これによって二つの別個な心で思考できるように、鍛錬を積んでいるのです」

パスコグルーが苛立たしげに大声で質問しようとしたとき、マグナス・リドルフが機先を制していった。「このお坊さんはこうおっしゃっている。レスター・ボンフィルスの悩みを言葉で解決できるのは、愚か者だけだ、とね」

「わたしの申し上げた意味は、それに近いものです」

パスコグルーはぽかんとして両者を等分に見くらべ、うんざりしたように、両手を振り上げた。

「わたしが知りたいのは、だれがボンフィルスの頭に穴をあけたかということだ。それに協力してくれるのかどうか、さあ、どっちなんだ？」

僧侶は微笑した。「友よ、こういぶかしむのをお許しください。あなたはご自分の衝動の源を考えられたことはありますかな？　あなたを動機づけているものは、ある古風な気まぐれでは？」

マグナス・リドルフがさらりと通訳した。「お坊さんがおっしゃるのは、モーゼの律法のことです。つまり、目には目を、歯には歯を、という主義はよくないと、警告しておられるのです」

僧侶がいった。「またもや、あなたはわたしの真意をとらえてくださった」

パスコグルーは両手を振り上げ、荒々しく部屋の一端まで歩いて、また引き返してきた。「こんなごたくはもうたくさんだ！」と彼はどなった。「出ていけ、坊主！」

マグナス・リドルフはふたたび通訳を買って出た。「パン・パスコグルーは、あなたに敬意を表すると共に、あなたの見解をもっとじっくり検討する暇ができるまで、お待ちねがいたいと申しております」

僧侶は一礼して引きさがった。パスコグルーは吐きすてるようにいった。「この一件が片づいたら、お気のすむまであの坊主と論理をもてあそんでくださってけっこうだ。わたしはもうおしゃべりにはうんざりです。なにかの行動にとりかかりたい」パスコグルーは通話ボタンを押して、命じた。「あのジャーニーズ・エンドの女——ミス千の燈明だかなんだかに、図書室へくるようにといってくれ」

マグナス・リドルフは眉を吊り上げた。「なにをはじめるんです？」

パスコグルーは、マグナス・リドルフと目を合わせようとしなかった。「お客たちと話しあって、知っていることを聞き出すんですよ」

「時間のむだと思うが」

「それでもやはり」とパスコグルーは頑固に言いはった。「どこかから手をつけなくちゃならない。図書室でじっとしていたんじゃ、なにもつかめませんよ」

「すると、もうわたしの助力は必要ない、ということですな？」

パスコグルーはいらいらと口ひげをかんだ。「率直にいわせてもらいますとね、リドルフさん、あなたのやり方は少々まだるっこしすぎるんです。これは重大事件ですからな。早く手を打たないと」

マグナス・リドルフは一礼して同意を示した。「その尋問にわたしが立ち会っても、さしつかえないでしょうな？」

「もちろんです」

しばらくしてドアが開き、千の燈明のフィアメーラが中をのぞきこんだ。

パン・パスコグルーとマグナス・リドルフは、無言で彼女を見つめた。フィアメーラは簡素なベージュのドレスを着て、柔らかな革のサンダルをはいていた。腕と脚はむきだしのままで、その肌の色はドレスよりもこころもち青白い。髪には小さなオレンジ色の花を一輪さしていた。

パスコグルーは重々しく彼女をさし招いた。マグナス・リドルフは部屋の奥の椅子に引きさがった。

「はい、なんでしょう?」フィアメーラがソフトな甘い声でたずねた。

「ボンフィルスの死はもうご存じでしょうな?」

「ええ、もちろん!」

「で、あなたは平気ですか?」

「とてもうれしいですわ、もちろん」

「なるほど」パスコグルーは咳ばらいした。「たしかあなたは、ミセス・ボンフィルスと名乗っておられましたね」

フィアメーラはうなずいた。「それはあなたがたの呼び方です。ジャーニーズ・エンドでは、彼をミスター・フィアメーラと呼ぶことになります。わたしが彼を選んだんですから。でも、彼は逃げました。ひどい侮辱ですわ。そこで、わたしは彼のあとを追い、もしジャーニーズ・エンドへもどらなければ、彼を殺すと言いわたしました」

パスコグルーはテリアのように前へ飛び出し、ずんぐりした人差し指で宙を突き刺した。「ははあ!　では、彼を殺したと認めるんですな?」

「とんでもない」彼女は憤然と否定した。「あんな火器を使って?　わたしを侮辱なさるのね!　あなたはボンフィルスに劣らず悪質だわ。言葉に気をつけなさい、さもないと殺してやるから」

パスコグルーは驚いてあとずさった。「聞きましたか、リドルフさん?」

「いかにも、いかにも」

フィアメーラは勢いよくうなずいた。「あなたは女の美しさを笑う。そのほかに、女にはなにがあるでしょう？　そこで女はあなたを殺す。そうすれば、もう侮辱はないわ」

「いったいどんなふうにして殺すのですか、フィアメーラさん？」マグナス・リドルフが丁重にたずねた。

「愛で殺すのよ、もちろん。こんなふうに近づいて――」彼女は一歩進み出ると、パスコグルーの前にじっと立ちどまり、彼の目をのぞきこんだ。「両手を上げ――」彼女はゆっくりと両腕をさしあげ、掌をパスコグルーの顔のほうに向けた。「向きをかえて、歩み去るの」彼女はそのとおりにしてから、うしろをふりかえった。「そして、もどってくる」彼女は駆けもどってきた。

「すると、まもなくあなたはこういうようになるわ。『フィアメーラ、おねがいだから触れさせてくれ、その肌にさわらせてくれ』わたしは『いやよ！』と答える。そして、あなたのうしろへまわり、うなじに息を吹きかけ――」

「やめてくれ！」パスコグルーが不安そうにいった。

「――すると、まもなく、あなたの顔は青ざめ、手は震え、こうさけぶようになる。『フィアメーラ、千の燈明のフィアメーラ、わたしはきみを愛している。死ぬほど愛している！』そこで、わたしが暗くなるころに、花だけを身につけて入ってくると、あなたはこうさけぶ。『フィアメーラ！』つぎに、わたしは――」

「それでよくわかりました」マグナス・リドルフはもの柔らかにさえぎった。「パスコグルー氏も呼吸がおさまりしだい、あなたを侮辱したことをお詫びするでしょう。さて、このわたしにも、それ以上に快い死に方は想像できませんな。なかば誘惑にかられるほどで――」

彼女は彼のあごひげをいたずらっぽくひっぱった。「年寄りの冷や水よ」

マグナス・リドルフは悲しげにうなずいた。「残念ながら、そうらしい。一瞬、幻想に浸りかけたのだが……。ご苦労さまでした、千の燈明のフィアメーラさん。どうぞジャーニーズ・エンド星へお帰りください。あなたから遠ざかろうとした夫君は亡くなりました。今後はもうだれも二度とあなたを侮辱はせんでしょう」

フィアメーラはどこか悲しげな満足のこもった微笑をうかべ、軽くしなやかな足どりで戸口まで歩くと、立ちどまってふりかえった。「あなたがたは、だれが哀れなレスターを殺したかを知りたいのね？」

「そう、もちろんです」パスコグルーが勢いこんで答えた。

「カンビュセスの祭司たちをご存じ？」

「フォドール・インプリーガと、フォドール・バンゾーソですか？」

フィアメーラはうなずいた。「あの二人はレスターを憎んでいたわ。二人はこうたのんだの。『あなたの連れの野蛮人を、ひとり分けてもらえまいか。時が長く経ちすぎた。だれかの魂を神に捧げなくてはならんのだ』レスターは『とんでもない！』と断わったわ。二人はひどく腹を立てて、レスターのことで話しあっていたわよ」

パスコグルーは考え深げにうなずいた。「なるほど。あの二人の祭司を厳しく問いつめてみることにしましょう。貴重な情報をありがとう」

フィアメーラは立ち去った。パスコグルーは壁の通話器に近づいた。「フォドール・インプリーガとフォドール・バンゾーソを、ここへよこしてくれ」

しばらく間をおいてから、係員の声が答えた。「パスコグルーさん、いま二人とも手が放せないそうです――なにかの儀式の途中なんですよ。すぐにすむといっています」

「フム……では、ヴィアメストリス・ディアスポラスを呼んでくれ」

「承知しました」

「ご参考までに」とマグナス・リドルフはいった。「ヴィアメストリス・ディアスポラスの生まれた惑星では、剣闘競技に非常な人気があるのです。そこでは、すぐれた剣闘士は社会の寵児になれる。特に、アマチュアの剣闘士はそうです。たとえば、身分の高い貴族が、大衆の喝采と名声を得るためにだけ戦う場合ですな」

パスコグルーは向きなおった。「もし、ディアスポラスがアマチュアの剣闘士だとすれば、かなり冷酷な男でしょう。人を殺すことなど、なんとも思っていないかもしれん！」

「わたしは今朝の調査で目にとまった事実を、たんに紹介しただけです。結論は、あなた自身で引き出されるがよろしい」

パスコグルーは鼻を鳴らした。

戸口にヴィアメストリス・ディアスポラスが現われた。その猛禽に似た顔つきは、昨夜マグナス・リドルフがロビーで目にとめたものだった。長身の男は、図書室の中を用心深く見まわした。

「どうぞお入りください」パスコグルーがいった。「わたしはレスター・ボンフィルスの死について、調査を進めているんです。ひょっとすると、あなたもなにか参考になる事実をご存じかもしれない」

ディアスポラスの細長い顔は、驚きでいっそう長く伸びた。「殺人者は名乗り出なかったのか？」

「残念ながら、そうです」

ディアスポラスは素早い身ぶりをした。急にすべてが氷解したといいたげに、首をうなずかせたのだ。「ボンフィルスは極端に無力な男だったようだな。殺人者は、おのれの行為を誇るよりも、むしろ恥じたのだろう」

パスコグルーは後頭部をさすった。「ディアスポラスさん、これはあくまでも仮定ですが、かりにあなたがボンフィルスを殺したとしたら、そこにはどんな理由が――」

ディアスポラスは片手で空を切った。「ばかばかしい！　そんなけちくさい勝利では、わたしの経歴がけがれるだけだ」

「しかし、かりにですよ、あなたに彼を殺す理由があったとすれば――」

「どんな理由があるというのだ？　彼は由緒ある氏族に属してもおらず、挑戦をしてきたわけでもない。あの程度の男を闘技場の砂の上に引きずり出しては、かえってこちらの名がすたる」

パスコグルーは不満そうにいった。「だが、もし彼があなたになにかの危害を――」

マグナス・リドルフがそこで口を挟んだ。「議論を進めるために、こう仮定しましょう。かりに、ボンフィルス氏があなたのお宅の正面に白いペンキをぶちまけたとする――」

大股の二歩でディアスポラスはマグナス・リドルフのそばに近づき、凄味のある骨ばった顔でじっと彼を見おろした。「それはどういう意味だ、やつがなにをしたと？」

「彼はなにもしませんよ。彼は死にました。わたしの質問は、パスコグルー氏を啓発するためのものでしてな」

「ははあ！　わかった。わたしなら、そういう下等なやつは毒殺するだろう。明らかにボンフィルスは、そんな無作法を犯さなかったようだ。わたしの聞いたところでは、品格ある武器で、まっとうに殺されたようだからな」

パスコグルーはぎょろりと天井を見上げ、肩をすくめた。

「ご苦労さまでした、ディアスポラスさん。ご協力に感謝します」

ディアスポラスは立ち去った。パスコグルーは壁の通話器に歩みよった。「ソーン一九九に図書室へきてもらってくれ」

二人は無言で待ちうけた。ほどなく、ソーン一九九が現われた。強靭な体つきの小男で、すこぶる大きな丸い頭をしている。かなりの突然変異を経た種族の一人らしい。彼の肌は蠟のような黄色だった。赤い襟のついた、青と橙《だいだい》の華やかな衣服をまとい、ロココ調の赤い上靴をはいている。

パスコグルーは、すでに落ちつきをとりもどしていた。「どうもご足労をおかけしました、ソーンさん。わたしはこんどの――」

マグナス・リドルフが、考え深げな口調でいった。「失礼。一言よろしいかな?」

「なんです?」パスコグルーがかみついた。

「どうもソーンさんは、このように重要な取調べの場にふさわしくない服装をなさっているようですな。ご自身のためにも、まず黒と白の服装に着替えられたいお気持ではないでしょうか。もちろん、黒い帽子もです」

ソーン一九九は、マグナス・リドルフに激しい憎悪の視線を投げた。

パスコグルーは面食らっていた。マグナス・リドルフとソーン一九九の顔を、見比べるばかりだった。

「この服装でぴったりだ」ソーン一九九はざらついた声でいった。「どうせ、たいして重要でもない問題を話しあうんだろうが」

「いや、とんでもない! われわれはレスター・ボンフィルスの死を調査しておるのです」

「その件については、なにも知らん!」

「それならば、いっそうご異議はないはずですよ。黒と白の服装に着替えることに」

ソーン一九九はくるりときびすを返して、図書室から出ていった。

「いったいなんのことです、黒だの白だのと？」パスコグルーが詰問した。

マグナス・リドルフは、まだビューアーの中に入ったままのフィルムを指さした。「けさ、思うところがあって、デュマックス星コーラー半島の習俗を調べてみたのですよ。なかでも、服装の象徴的解釈は面白い。たとえば、いまソーン一九九の着ていた青と橙の衣服は、軽薄な態度、われわれ地球人が〝事実〟として論じる問題を、いいかげんに無視してかかるような態度を誘発する。だが、黒と白は、責任と真剣さを意味する衣服なのです。その衣服の上に黒い帽子を加えれば、コーラー人たちはいやでも真実を話さなければならなくなる」

パスコグルーは、恐れいったというようにうなずいた。「それでは、彼の着替えを待つあいだに、カンビュセスの祭司たちを先に片づけますか」詫びのこもった表情でマグナス・リドルフを見て、「カンビュセスでは、いまでも人身御供《ひとみごくう》が行われているという噂ですが。そうなんですか？」

「かけ値なしの事実です」マグナス・リドルフは答えた。

まもなく二人の祭司、フォドール・インプリーガとフォドール・バンゾーソが現われた。どちらも肥満した人相のよくない男だった。赤ら顔で、唇が厚く、目はぶくぶくふくらんだ頰になかば隠されてしまっている。

パスコグルーはてきぱきした調子にもどった。「わたしはレスター・ボンフィルスの死を調査しているところです。あなたがたお二人は、彼といっしょの船、マウレレール・プリンケプス号で、ここへおいでになった。ひょっとして、なにかお気づきになりませんでしたか、こんどの事件に光を当てるような事実を？」

祭司たちは口をとがらせ、まばたきし、かぶりを振った。「われわれは、ボンフィルスのような男には興味はない」

「あなたがたは、ボンフィルスとなんのかかわりも持ちませんでしたか？」

祭司たちは、四つの小石のような目でパスコグルーを見返した。

パスコグルーは彼らをうながした。「あなたがたは、ボンフィルスの連れていた石器人の一人を生贄《いけにえ》にしたがったと、聞いていますがね。事実ですか？」

「あなたはわれわれの宗教を理解しておらん」フォドール・インプリーガが、単調でもの悲しげな声で答えた。「キャンプの大神《おおがみ》は、われわれ一人ひとりの中におわします。われわれみんなが全体の中の部分であり、部分を合わせた全体なのだ」

フォドール・バンゾーソが説明を補足した。「あなたは〝生贄〟といった。それはちがう。正しくは〝キャンプのみもとに行く〟というべきだ。それは暖を求めて火に近づくようなものであり、その火は多くの魂がそこに集まるほど、ますます暖かくなる」

「なるほど、なるほど」とパスコグルー。「ボンフィルスは、あなたがたのたのみを断わり、石器人を生贄に――」

「〝生贄〟ではない！」

「――引き渡そうとしなかったので、あなたがたは腹を立て、ゆうべ、本人のボンフィルスを生贄にしてしまったのだ！」

「一言よろしいかな？」マグナス・リドルフがたずねた。「そのほうが、みなさんのお時間をむだにせずにすむ。ご存じでしょう。パスコグルーさん、わたしはけさ若干の時間をさいて、資料を調べました。その中に、たまたまカンビュセスの生贄の儀式に関する記述があったのです。この儀式を有効なものにするためには、犠牲者はひざまずいて、頭を垂れなければならん。そこで犠牲者の両耳に二本の串が打ち込まれ、犠牲者はひざまずき頭を垂れた、その敬虔な姿勢のままで放置される。ボンフィルスの死体は、そうした作法をまったく無視した形で、長くなって倒れておった。わたしはフォドール・インプリーガとフォドール・バンゾーソが無実だと思いますな。すくなくとも、この犯罪に関しては」

「そのとおり」フォドール・インプリーガがいった。「われわれが死体をそんな乱れた姿勢でほうっておくことは、決してない」

パスコグルーが頬をふくらました。「いまのところは、それだけです」

ちょうどそこへ、ソーン一九九が、ぴっちり肌についた黒い細ズボン、白いシャツ、黒い上着、黒い三角帽子という服装でもどってきた。出ていく祭司たちの横をすりぬけて、図書室へ入ってくる。

「必要な質問は一つだけでよろしい」マグナス・リドルフがパスコグルーにいった。「昨夜の夜半、彼がどんな服を着ていたか」

「どうなんです？」パスコグルーがたずねた。「あなたはどんな服を着ていました」

「青と紫の服です」

「あなたはレスター・ボンフィルスを殺しましたか？」

「いいえ」

「ソーン一九九さんが真実を述べていることは疑いがない」マグナス・リドルフがいった。「コーラー人が暴力行為を犯すのは、灰色の細ズボンをはいたときか、緑の上着と赤い帽子を組み合せたときだけです。ソーン一九九さんは除外してだいじょうぶでしょう」

「なるほど」とパスコグルーはいった。「ご苦労さまでした、ソーンさん」

ソーン一九九が立ち去ったあと、パスコグルーは気落ちしたようすでリストを調べた。それから、壁の通話器にいった。「ハーキュリーズ・スターガードにきてもらってくれ」

ハーキュリーズ・スターガードは、非常な肉体的魅力にあふれた青年だった。カールした亜麻色のゆたかな髪、サファイアのような青い瞳。芥子《からし》色の半ズボンに、フレアのついた黒のジャケットを着こみ、黒の短いブーツをはいて、颯爽と入ってきた。パスコグルーは、ぐったり坐りこんでいた椅子から立ちあがった。「スターガードさん、われわれはボンフィルス氏の痛ましい死について、なにかの事実をつかもうとしているのですが」

「ぼくは無罪です」ハーキュリーズ・スターガードは答えた。「あのブタ野郎を殺したのは、ぼくじゃない」

パスコグルーは眉を釣りあげた。「では、なんらかの理由でボンフィルス氏を嫌っておられた？」

「そう、ボンフィルスを嫌っていたといえるでしょう」

「で、嫌っておられた理由はなんです？」

ハーキュリーズ・スターガードは、パスコグルーを見くだすようにしていった。「あきれたな、パスコグルーさん。ぼくの感情が、あなたの調査とどんな関係があるんです？」

「ただ一つ、もしあなたがボンフィルス氏を殺した犯人である場合ですよ」

スターガードは肩をすくめた。「ぼくは犯人じゃない」

「それを、わたしが納得できるように、証明できますか？」

「おそらくむりでしょう」

マグナス・リドルフが膝を乗り出した。「わたしがスターガードさんのお役に立てるかもしれない」

パスコグルーが彼をにらみつけた。「困りますな、リドルフさん。べつにスターガードさんが助力をたのまれてもいないのに」

「わたしは黒白《こくびゃく》をはっきりさせたいだけですよ」マグナス・リドルフがいった。

「おかげで容疑者がみんなシロになっちまう」パスコグルーが舌打ちした。「まあよろしい、こんどはなんです？」

「スターガードさんは地球人であり、したがって、基本的な地球文化の影響を受けておられる。外世界の多くの人間や、亜人間とちがって、彼にはある観念が染みついておる。つまり、人命は尊く、人を殺した者は罰せられるという観念です」

「そんなもので人殺しは止《や》まない」パスコグルーが鼻を鳴らした。

「しかし、地球人なら、目撃者のいる前での殺人は控えるでしょう」

「目撃者？　あの石器人たちですか？　彼らが証人としてなんの役に立ちます？」

「立たんでしょうな、法的な意味においては。しかし、重要な指標にはなりえますぞ。なぜなら、その場に第三者が存在すれば、地球人なら殺人を思いとどまるだろうからです。この理由で、スターガードさんを重大な容疑の対象からはずしてもさしつかえないと、わたしは思う」

パスコグルーはあんぐり口をあけた。「しかし――それじゃ、だれが残るんだ？」彼は名簿をながめた。「ヘカテ人か」壁の通話器に向って、「つぎは……」と名前をいいかけてから眉根をよせ、「ヘカテ人をよこしてくれ」と結んだ。

ヘカテ人はこのグループの中では唯一の亜人間だった。もっとも、外見的には、人間の体形と酷似していた。背が高く、二本の棒に似た両足を持ち、黒い思慮深げな目が、固いキチン質に覆われた白い顔についている。両手は指がなく、柔軟な膜を思わせる。これがいちばん目につく人間との相違点だった。ヘカテ人は戸口で立ちどまり、室内を見まわした。

「どうぞ中へ、えーと……」パスコグルーは苛立たしげに言葉を切った。「わたしはあなたの名前を知らん。あなたが名乗ろうとしないから、きちんと呼びかけることもできないじゃありませんか。ま、とにかく、中へ入ってください」

ヘカテ人は足を進めた。「あなたがた人間は面白い動物だ。一人ひとりが専用の名を持っている。わたしは自分がだれであるかを知っている——なぜ、自分自身にラベルを貼る必要があるのか？ 個々の存在となんらかの音を結びつける必要にかられるのは、種族的特異性だ」

「われわれは、自分がなにを話しているかをつねに知りたい。だから、心の中で、客体とその名前を結びつけるのです」

「そのために、あなたがたは偉大な直観を見失っている」ヘカテ人の声は厳かでうつろだった。「しかし、あなたがたがわたしをここへ呼んだのは、ボンフィルスとラベルづけされた人間について、質問するためだ。彼は死んだ」

「そのとおり」パスコグルーはいった。「あなたは、だれが彼を殺したかを知っていますか？」

「もちろんだ」ヘカテ人は答えた。「あなたがたはそれを知らないのか？」

「知りません」パスコグルーはいった。「だれです？」

ヘカテ人は室内を見まわした。つぎにパスコグルーに視線をもどしたとき、その目は地下墓地の穴のように空白だった。

「明らかにわたしはまちがっていたようだ。問題の人物は、自分の行為が知られずにすむことを願っている。なぜわたしがその願いを挫かなくてはならないのか？ もし、さきほどまでは知っていたとしても、いまのわたしは知らない」

パスコグルーがなにかまくしたてようとしたが、マグナス・リドルフが重々しい声でそれを制した。

「道理にかなった態度ですな」

パスコグルーの煮えたぎった怒りは、ついに吹きこぼれた。「彼の態度はけしからん！ 殺人があったのに、この生物は犯人を知っているといいながら、教えようとしない……なんなら、パトロール船が通りかかるまで、こいつを部屋へ監禁しておいてもいいんだ」

「もし、あなたがそうしたら」とヘカテ人はいった。「わたしは胞子嚢の中身を空中へ放出するだろう。まもなくあなたは〈ハブ〉が十万もの微小生物の住処《すみか》となったのを見出すだろう。もし、あなたがその中の一つでも殺したがさいご、いまあなたが調査しているのとおなじ犯罪を、あなたも犯したことになるわけだ」

パスコグルーは戸口に歩みよると、荒々しくドアを開けはなった。「うせろ！　出ていけ！　つぎの便船で立ち去れ！　二度とここへは入れないからな！」

ヘカテ人は無言で立ち去った。マグナス・リドルフも立ちあがって、そのあとにつづこうとした。パスコグルーは片手を上げた。「待ってください、リドルフさん。助言がほしいんです。わたしが軽率だった。つい、かっとしたものですから」

マグナス・リドルフはじっと考えこんだ。「はっきりいって、あなたはわたしになにを望んでおられるのかな？」

「犯人を見つけてください！　このゴタゴタからわたしを救い出してください！」

「その二つの要求は、相反するものかもしれませんぞ」

パスコグルーは椅子にぐったり腰をおろすと、片手で目をさすった。「謎かけはよしてくれませんかね、リドルフさん」

「パスコグルーさん、正直なところ、わたしの手を借りるまでもないでしょうが。あなたは容疑者たちを尋問されたし、彼らを作り上げたさまざまな文明について、すくなくともごく簡単な知識は得られたのだから」

「そりゃそうですがね」とパスコグルーはつぶやいた。容疑者のリストを取り出し、しばらくそれをにらんだあと、横目でマグナス・リドルフをうかがった。「だれだろう？　ディアスポラス？　彼がやったのかな？」

マグナス・リドルフは疑わしげに唇をつぼめた。「彼はダッカの騎士で、アマチュアの剣闘士としては、かなりの名声があるらしい。この種の殺人を犯せば、彼の自尊心も自信もだいなしになってしまう。わたしなら、確率は一パーセントと踏みますな」

「フム。千の燈明のフィアメーラはどうです？　あの女は、彼を殺すつもりだったと、自分で認めている」

マグナス・リドルフは眉をひそめた。「どうですかな。恋わずらいを利用した殺人はむろん不可能ではない——しかし、この場合は、フィアメーラの動機と矛盾していませんか？　わたしの推測によると、彼女の名声がボンフィルスに求愛をはねつけられたことによって傷ついたため、彼女は名声を回復しようと決心した。もし、自分の魅力と誘惑の手管を武器に、哀れなボンフィルスを悩ませ、死に至らしめれば、彼女は名誉を挽回できるわけです。だが、もし彼がそれ以外の手段によって死んだならば、彼女はすべてを失うことになるのです。確率——一パーセント」

パスコグルーは、リストにチェックを入れた。「じゃ、ソーン一九九は？」

マグナス・リドルフは肩をすくめた。「彼は殺人にふさわしい服装をしていなかった。ただそれだけですよ。確率——一パーセント」

パスコグルーが泣き声になった。「それじゃ、あの祭司たち、バンゾーソとインプリーガは？　彼らは神に捧げる生贄をほしがっていました」

マグナス・リドルフはかぶりを振った。「だとすれば、あの仕事は大失敗です。あんなぞんざいな人身御供を捧げれば、その罰に彼らは一万年も地獄で苦しまなければならん」

パスコグルーは気のない反論をした。「かりに、あの二人がそれを本気で信じていなかったとすれば？」

「それならば、なぜ最初から面倒な手間暇をかけたりします？　確率――一パーセント」

「そのほかには、スターガードがいるが」とパスコグルーは考えこんだ。「あなたにいわせれば、彼は目撃者のいる前で殺人を犯したりはしない……」

「きわめて確率は低いですな」マグナス・リドルフはいった。「もちろん、こんな仮定もできぬことはない。ボンフィルスが実はぺてん師で、三人の石器人も偽者であり、スターガードもこの詐欺行為になんらかの関係があったと……」

「それ、それ」パスコグルーは膝を乗り出した。「わたしもそれに似たことを考えていたんです」

「この仮説の唯一の欠点は、どう見てもそれが正しくないことですよ。ボンフィルスは高名な人類学者でした。あの石器人たちは、わたしの観察からしても、正真正銘の原始人にちがいない。彼らはおどおどして、途方に暮れています。文明人が野蛮人の真似をしようとすると、無意識に粗暴さを誇張してしまう。野蛮人が文明の風習に適応する場合は、教師の――この場合はボンフィルスの――示す模範にそってふるまう。夕食のときに彼らを観察したが、愉快なほどボンフィルスの作法を細かく真似ていましたな。つぎに、われわれが死体を調べたときには、彼らは途方に暮れ、しょんぼりし、怖《おじ》気《け》づいておりました。文明人なら不快な状況から抜け出すためにめぐらすだろう悪賢い計算などは、薬にするほどもない。ここからしても、ボンフィルスとあの石器人たちが額面どおりのしろものだと考えて、まず間違いないでしょう」

パスコグルーは急に立ちあがると、部屋の中を行ったり来たりしはじめた。「すると、あの石器人たちがボンフィルスを殺したとは考えられない」

「確率は無に近いでしょう。しかも、もし彼らが本物であると認めれば、スターガードが彼らの共犯者だという仮説も捨てなくてはならん。すると、わたしが前に述べたような文化的な気の咎めという根拠から、スターガードも除外される」

「フム——ではヘカテ人だ。彼はどうです？」

「彼はほかのだれよりも、殺人者と考えにくい。その理由は三つあります。第一に、彼は人間でなく、激怒や復讐欲の経験がない。ヘカテ星では、暴力は知られておらんのです。第二に、人間でないため、彼はボンフィルスと敵対する理由がない。豹は樹木をおそったりはしない。どちらも別々の目《もく》に属する生物だからです。ヘカテ人もそれとおなじです。第三に、ヘカテ人がボンフィルスを殺すことは、心理的にだけでなく、肉体的にも不可能です。彼の手には指がありません。彼らの手は平たい一枚の腱です。したがって、用心鉄《ようじんがね》の中にある引き金を操作することはできない。以上から、ヘカテ人は除外してもよろしい」

「しかし、そうするとだれが残るんだ？」パスコグルーはやけくそでたずねた。

「そう、あなたがいて、わたしがいて、それから——」

ドアが静かに開いて、赤い法衣の僧侶が中をのぞきこんだ。

5

「どうぞどうぞ、中へ」マグナス・リドルフが親しみをこめていった。「ちょうど、こちらの仕事が終ったところですよ。この〈ハブ〉に居合せたすべての人びとの中で、レスター・ボンフィルスを殺しえたのはあなたしかないということが、証明できました。だから、もうこの図書室にいる必要もありません」

「なに？」パスコグルーはさけんで、まじまじと僧侶を見つめた。相手は弁解するような身ぶりをした。

「わたしとしては」と僧侶がいった。「この事件における自分の役割が、だれにも気づかれずにすむことを願っていたのですが」

「それはご謙遜にすぎますよ」マグナス・リドルフはいった。「善行をなした人物が、広くそれを知られることは、しごく当然です」

僧侶は一礼した。「お褒めにあずかるほどのことはありません。当然の義務を果しただけです。ところで、もしここでの仕事がおすみになったのでしたら、わたしはちょっと調べ物があるのですが」

「どうぞどうぞ。行きましょう、パスコグルーさん。これ以上この御坊を冥想からさまたげては、配慮を失することになりますぞ」そういうと、マグナス・リドルフは、あっけにとられているパスコグルーを廊下へひっぱりだした。

「彼が――あの坊主が犯人？」パスコグルーは弱々しい口調でたずねた。

「彼はレスター・ボンフィルスを殺しました」マグナス・リドルフはいった。「それは明々白々です」

「しかし、なぜ？」

「心から出た親切ですよ。わたしはしばらくボンフィルスと話をしたことがある。明らかに彼は、かなりの精神的打撃を受けていました」

「しかし――それは治療できるじゃないか！」パスコグルーは憤然とさけんだ。「彼の気持を安めるために、なにも彼を殺す必要はない！」

「われわれの観点からいえばそうでしょう。しかし、思い出してほしいが、あの僧侶は敬虔な信者です――そう、〝輪廻転生〟とでも呼ぶべきもののね。彼は救いを求めてきたボンフィルス、哀れな悩めるボンフィルスに、幸福な解放を与えてやろうと思いついた。そして、ボンフィルスのためによかれと考えて、彼を殺したのです」

二人はパスコグルーのオフィスに入った。パスコグルーは窓に歩みよって、外を見つめ、小さくつぶやいた。「しかし、わたしはどうすりゃいいんだ？」

「それは、わたしでもお役に立てない」

「あの坊主を処罰するのは、どう見ても正しくない……ばかげている。いったい、どうすればいいだろう？」

「深刻なジレンマですな」

しばらく沈黙がおり、パスコグルーは不機嫌に口ひげをいじった。やがて、マグナス・リドルフがいった。「要するに、あなたは将来こうした愛他心のはきちがえが起らないように、お客たちを保護したいと思っておられるわけだ」

「そうなんですよ！」パスコグルーがさけんだ。「ボンフィルスの死は、うやむやにすることができます――なにかの事故だと説明してね。石器人たちは彼らの母星へ送り返して、と……」

「わたしなら、ほんのすこしでも憂鬱を示している人たちからは、あの僧侶を遠ざけておきますな。もし、あの僧侶が精力的かつ熱心であれば、慈善の範囲をさらに押しひろげようとする可能性は充分にある」

パスコグルーは、とつぜん片手を頰に押しあてた。まんまるく見開いた目をマグナス・リドルフに向けて、「けさ、わたしはかなり気がめいってたんです。そこで、あの僧侶と話しこんで……悩みを洗いざらいぶちまけました。ここの経費がかさんで困るとか――」

ドアが静かに開いた。話題の僧侶が温顔に笑みをうかべて、中をのぞきこんだ。「おじゃまでしたかな？」マグナス・リドルフがいるのに気づいて、僧侶はそうたずねた。「あなたがおひとりだと思ったものですからね、パスコグルーさん」

「わたしはもう帰るところでした」マグナス・リドルフは丁重にいった。「それでは失礼して……」

「だめ、だめ！」パスコグルーはさけんだ。「行かないでください、リドルフさん！」

「それでは、またの機会に」僧侶は礼儀正しくいった。ドアがその背中で閉った。

「これでますますいやな気分になってきた」パスコグルーがうめいた。

「それをあの僧侶にさとられぬことですな」マグナス・リドルフがいった。

ユダのサーディン

酒井昭伸訳

The Sub-standard Sardines

世界から悪徳を除く？　ばからしい！　むしろ奨揚するのだ、助長するのだ、応援するのだ。世界の繁栄は想像を絶するほど大きく悪徳に負うている。考えてもみたまえ！　貪欲なくして野望なし。虚栄なくして芸術は閉じた物思いに堕す。残酷なくして慈悲が施される余地もなく、迷信なかりせば〝恥を知る者〟がみずからを恃《たの》む機会もなくなる。なにより、愚かさなくして、よりよき理解がもたらす愚者への優越感を、どうして楽しむことができよう？

——マグナス・リドルフ

マグナス・リドルフは庭のデッキチェアに寝そべっていた。アフリカの強烈な陽光を、グリーンとオレンジのパラソルがやわらげてくれている。そばのテーブルに置いてあるのは、いまも紫煙の立ち昇る葉巻と、読みかけのページを伏せたシェムラーズ社のニュース・ディスカッションズ誌、ライム半個分の果汁を加えたオンザロックだ。くつろぎと平安に満ちた、おだやかな構図だった。

そのとき、屋内で伝送端末《トランスグラフ》の着信音が鳴った。

マグナス・リドルフはすぐさま立ちあがり、部屋の中まで入っていくと、ラックに出力されていたメッセージを手にとった。そこにはこうあった。

親愛なるマグナス
明日のディナーに招待したい。まずはうちのシェフから、メニューの案内を。

雷鳥のグリル――トリュフとマーチサンド・チェリーのコンポートを添えて。

クイーン・パーシス風サラダ――シリウス第五《V》惑星産のアーティチョークとともに。

つぎに、ぼくからの案内。ワインは三つの惑星から逸品を選りすぐった。そのうちの一本は、極上のフラジェンス産赤ワイン《クラレット》だ。ワインの肴《さかな》にはオイル・サーディンの缶詰も用意してある。
もし時間があれば、ぜひとも招待を受けて、以上のメニューに関する意見を聞かせてほしい。とくに、オイル・サーディンに関して。こいつは絶品中の絶品だぞ。

ジョエル・カラマー

マグナス・リドルフは庭のデッキチェアにもどり、招待状を読みなおすと、ふたつに折ってそばのテーブルに置いた。ついで、短い純白のヤギひげをしごき、デッキチェアに身を横たえ、目を半眼に閉じた。その目は一見、サハラ湖のダークブルーの湖面にぽつんと浮かぶ、マラケシュ市街の内壁のように白い小型ヨットを眺めているように見える。

やおら立ちあがり、こんどは書斎に入っていって、情報端末《ムネメフォト》の前に腰かけ、鰯《サーディン》にまつわる情報を検索した。

それから何分か、画面で情報が躍りつづけた。とくに意味のありそうな情報は見当たらなかった。これでは意見のいいようがない。

ムネメフォトによれば、今回ふるまわれるサーディンは学名をルディィナ・ピルチャルドゥスといい、ニシン科の仲間で、大きな群れをなして泳ぎ、浮游性のプランクトンを摂餌《せつし》するという。マグナス・リドルフは、群れのパターン、産卵行動、習性、天敵、十何種類かが知られたイワシ類各種の詳細な解説に目を通した。

それがすむと、招待を受ける旨をしたためて、ジョエル・カラマーのアドレス・コードを入力し、伝送端末《トランスグラフ》でメッセージを送信した。

カラマーは大柄で身体壮健、大きな鼻と大きなあごに、半白の髪を持つ男だ。実直な人間であり、率直、誠意、善意の人生を送ってきた。人を食いものにしてやろう、自分だけ甘い汁を吸おうという手合いをさんざん見てきたマグナス・リドルフにとっては、一服の清涼剤のような人物といえる。

ディナーは格調高い部屋で供された。壁の三面はコンゴ産硬木のウッドパネル張りで、高みの影になったところには、土俗的な仮面がずらりと飾られている。壁の一面は総ガラス張りになっており、そこから見わたす空気の澄みきった青い薄暮の光景は、荘厳の一語につきた。はるか二十マイル南に縹渺《ひょうびょう》とそびえるのは、ティベスティ高原だ。

ふたりは磨きあげられた癒瘡木《ユソウボク》のテーブルについた。マグナス・リドルフはひと目で気がついた。ふたりのあいだにセンターピースとして置いてある孔雀石《マラカイト》の彫刻は、惑星ムーグに名高いゴルワナ・コーストの〈三代もの〉——父、子、孫が百年間*にわたって彫りつづけた稀少工芸品にちがいない。

今夜のディナーは、カラマー邸のいつもの高い水準をさらに超えていた。グリルの火の通し加減も絶妙なら、サラダの和え具合も申しぶんなく、ドレッシングも完璧だ。ワインはとても口当たりよく、華やかで濃厚な味わいなのに重くない。デザートはフルーツアイスで、つづいて素朴なクラッカーとチーズが供された。

「さて」反応をうかがうようにマグナス・リドルフを見て、カラマーがいった。「いよいよオイル・サーディンとコーヒーの番だ」

マグナス・リドルフは渋い顔をしてみせた。そんな表情を期待されているとわかっていたからだ。

*最後のゴルワナ皇帝ポムッカ＝デンの目録には、〈一世紀もの〉七千点、〈千年期もの〉百三十六点、〈一万年もの〉十四点が記載されている。マグナス・リドルフの聞きおよんだうわさによれば、奥地では十万年ものの電気石《トルマリン》彫刻が完成に近づいているという。

「コーヒーは喜んで味わわせてもらうがね。食後のコーヒーにオイル・サーディンの取り合わせは、あまりぞっとしないな」

　カラマーは意味ありげにうなずいた。

「いやいや、それがな、ただのオイル・サーディンとはモノがちがうんだ」

　カラマーは立ちあがり、造りつけの壁面キャビネットの前へいくと、スライド式のパネルを開き、平たい缶詰を取りだして、テーブルにもどってきた。赤、青、黄で浮き彫り加工が施された缶だった。

「さあ、これだ」カラマーは席にすわりながら、期待の眼差しで客を見つめた。

　ラベルにはこうあった。

〈プレミア・クオリティ。厳選オイル・サーディン。原産惑星：チャンダリア。製造：チャンダリア缶詰工場《キャナリーズ》〉

　マグナス・リドルフの繊細な白い眉が上に吊りあげられた。

「わざわざチャンダリアから魚の缶詰を？　またずいぶんと遠くから輸入したものだな」

「あそこのサーディンはモノがちがうんだ」カラマーはくりかえした。「地球産のどんなサーディンよりも格段に旨い。特等品質の珍味だけに、それ相応の価格で売れる。そこで、これを缶詰にして、輸入販売を手掛けているんだよ」

「いま聞いたかぎりでは、とてもペイしそうにない印象を受けるが……」

　マグナス・リドルフのことばには疑念がにじんでいた。

「それはきみの考えちがいさ」カラマーはきっぱりといった。「ひとつ承知しておいてほしいのは、缶詰造りのコストなどたかが知れているということだ。缶詰にしてしまえば、そのぶん輸送コストも抑えられる。宙輸のコストだって、そうたいしたものじゃない。おかげでぼくらは、なかなか順調に収益をあげている」

マグナス・リドルフはけげんな表情で顔をあげた。

「ぼくら？」

「ぼくともうひとり、ジョージ・ダネルズ――缶詰ビジネスのパートナーだよ。ぼくが受け持つのは事業全体への出資と販売。ダネルズが受け持つのは缶詰工場の運営とサーディンの水揚げだ」

「なるほど……」マグナス・リドルフはあいまいに答えた。

「ところが、数カ月前になって――」

カラマーはいったんことばを切り、眉根を寄せて先をつづけた。

「――ダネルズが事業全体を買い取りたいといってきた。ぼくは考えてみると答えた。すると――」

カラマーは缶詰を指し示した。

「まあ、あけてみてくれ」

マグナス・リドルフは缶詰にすこし顔を近づけて、タブを持ちあげ、ふたを開くボタンを押した。

そのとたん……ポンッ！　ふたが空中高く飛びあがり、缶詰の中身が周囲に飛び散った。

マグナス・リドルフは椅子の背もたれに背中をあずけ、両の眉を吊りあげつつ、無言でカラマーを見つめた。おもむろに、あごひげへ片手を持っていき、へばりついたサーディンの肉片をしごきとる。

カラマーがあわてて立ちあがり、テーブルをまわりこんできた。

「信じてくれ、マグナス、ぼくもきみと同じくらい驚いてるんだ。まさか缶詰が爆発するとは……」

「では、どうなると思っていたんだね？」マグナス・リドルフはそっけなくたずねた。「鳥の群れが飛びだしてくるとでも？」

「ちがう、ちがう、どうか信じてほしい、マグナス。ぼくがこんなばかげたジョークを仕掛けて喜ぶ人間じゃないことは知っているだろう？」

　マグナス・リドルフはナプキンで顔をぬぐった。

「ならば、どう説明するのかな？　この――」と、唇をなめなめ、「――椿事《ちんじ》を？」

　カラマーは自分の席にもどった。

「それが、説明がつかなくて……それで困っているんだよ。いまの事例も含めて、細工はつぎつぎに見つかっている。なんとか原因を解明したい。この一週間のうちにあけた缶詰は十いくつかになる。そのうちの半数は正常だった。しかし、残りの半数には――なんらかの細工が施されていた。ある缶では、中身のサーディンがすべて細い針金でつなぎあわされていた。別の缶のサーディンは石油の味がした。別の缶は、開いたとたん、腐敗臭がただよった。いったいなぜこんなことになっているのやら……。何者か、または何かが、チャンダリア缶詰工場の評判を落とそうとしているとしか思えないんだ」

「細工はどの程度の割合で見つかっているんだね？」

「ぼくの知るかぎり、前回の出荷ぶんだけから見つかっている。いまのところ、寄せられているのは好評のみで、苦情はきていない」

「細工した者に心当たりは？」

　カラマーは両手を広げてみせた。

「ないな。こんなことをしたところで、ダネルズにはなにひとつメリットがない。それはたしかだ。ぼくを威《おど》して事業を売らせようとしているのなら別だが、ぼくがこんな威しに屈しないことくらい、先刻承知だろう。それで、だ――きみに調査をたのめないかと思ってね――ぼくのために」

　マグナス・リドルフはしばし考えた。

「わかった、引き受けよう。たまたま、いまは手があいていることでもあるし」

カラマーはほっとした顔でほほえみ、こう補足した。

「そうそう、検品シールは、どれも貼ったときの状態そのままだった」

「それは缶詰工場で貼られたものなんだね？」

「ああ、そのとおり」

「だとしたら――」とマグナス・リドルフはいった。「工作はチャンダリアでなされた。そうとしか考えられない」


マグナス・リドルフは、〈千の赤い蠟燭の都〉へ向かう定期船に乗った。これはフォーマルハウト第四《IV》惑星ロドペにある都市だ。現地に到着後は、〈エルンスト・デラブリ・イン〉に投宿した。静かな屋外ダイニングでディナーに舌鼓を打ったのち、ゴンドラを一艘借り切り、船頭にたのんで複雑に交錯する運河をめぐらせる。運河めぐりが終了したのは、日もとっぷりと暮れてかなりたってからのことだった。

翌朝、マグナス・リドルフは別人のなりをした。いつもの白と青の上着はやめて、着古した茶色のワークシャツを身につけ、ふさふさした白髪の上にグレイの布帽子《クロスキャップ》をかぶる。この時代にあっても、クロスキャップが労働者階級の象徴であることに変わりはない。そのいでたちで、二本の運河を越え――キングズ・キャナルとパナラザ運河だ――旧市街のみすぼらしい通りを歩き、中央職業紹介所に赴いた。

ここまでくると、多少の人出が見られた。人類が数名、落ちつきのないトム＝ティッカーが数名、カペラ星系の類人種が十数名、イエローバードが一名、地元ロドペの先住民であるロドピアンが数名

——いずれも、ものうげに求人スクリーンを眺めている。

そのなかにひとつ、ひときわ目を引くこんな募集があった。


求む、缶詰工場作業員！

工場所在地はチャンダリア！


だが、派手なわりに、あまり注目を集めてはいないようだ。

マグナス・リドルフはゆっくりと就労相談窓口に歩みよった。ベルベットの肌をしたロドピアンの相談係が、ひとことごとに頭を上下させつつ、たどたどしい共通語でたずねた。

「希望、あるですか？」

「チャンダリアの缶詰工場に応募したいのですがね」

ロドピアンはアザラシの目でちらりとマグナス・リドルフを見やり、

「できる、ことは？」

「募集の職種はなんです？」

ロドピアンは求人リストに目をやった。

「電気技師——月給三百ミュニット。製造ライン保守の機械工——月給三百二十ミュニット。溶接工——月給二百九十ミュニット。製造ライン作業員——月給二百ミュニット」

「ふむ……事務仕事はないのかな？」

「いまは、ない。です」

「では、電気技師で」

「はい」ロドピアンはうなずいた。「労働組合の、短期就労証明、持ってるですか？」

「ああ、しまった」マグナス・リドルフは答えた。「持ってくるのを忘れてしまった」

ロドピアンはずんぐりしたピンクの歯を見せた。

「それだと、紹介できる仕事、単純作業のライン係だけ。ここの所長、身元保証人するです」

「それでけっこう」

缶詰工場の採用者は、貨物船でチャンダリアまで運ばれる。これはそうとうガタのきた老朽船で、船内には高熱のオイル、汗、アンモニアのにおいが強烈に染みついていた。マグナス・リドルフほか十二名の採用者は、からっぽの船倉のひとつに詰めこまれた。食事はクルー用の食堂でとらされて、洗面等に使う水の支給は一日に二リットルまでだった。喫煙はむろん厳禁だ。

貨物船での日々については、記すべきことがひとつもない。むしろ、その後何年間も、マグナス・リドルフはこのときの記憶を脳裏から消し去ろうと苦労することになる。

ようやく貨物船が目的地に到着し、採用者たちがぞろぞろとチャンデリアの大地に降り立つまぎわ、マグナス・リドルフは自分の姿を鏡に映して見た。白いあごひげはもじゃもじゃで薄汚れ、髪の毛は耳の上にだらしなく伸び、ほかのみすぼらしい採用者たちに無理なく融けこめる状態になっていた。

惑星チャンダリアが与える第一印象は、〝広大な水圏に閉ざされた陰気な世界〟というものだった。あちこちに霧の塊がただよい、霧をすかして射す陽光は栗色を帯びている。チャンダリアは齢ふりた赤色恒星をめぐる齢ふりた惑星で、陸地の大半は海抜ゼロフィート地帯だ。陰鬱でどんよりとして、ゆっくりとうねる霧にとり憑かれた準平原——かつての山地が浸食を受けて、平原状になった土地。それがこの惑星の、陸地の姿だった。

古くから存在するにもかかわらず、チャンダリアには高等生物が発達していない。もっとも高度な部類でも、アシや数種類の木性シダ程度だ。海には大量の原生動物が群れをなしてひしめいており、その天敵はどこにもいなかった。しかしいま、この海には強力な捕食者がいる。地球から運んできたサーディン二万匹を海に放したところ、大繁殖したのである。

貨物船の船倉から降りた採用者たちのところへ、ひとりの若者が歩みよってきた。ウマを思わせる長くて黄色い顔の持ち主で、肩幅がおそろしく広く、唇は異様に薄い。

「こっちだ、みんな。荷物を持て」

指示されたとおり、採用者たちは若者のあとにつづいて小径《こみち》を進みだした。一歩踏むごとに地面が揺れるのは、それだけ地盤がゆるいということなのだろう。ほどなく、小径は霧に包まれ、それから四分の一マイルほどは、視界をすっかり閉ざされていた。そのあいだ見えたのは、霧の中からぬっと突き出てくるまばらな朽木の枝や、いくつかのよどんだ沼だけだった。

やがて霧が薄くなり、行く手に一群の細長い建物が見えてきた。その向こうには広大なアシの原が広がっており、水光のきらめきも見える。

「あれが寮だ。ふたり部屋で寝泊まりしてもらう」若者は人類と類人種たちに指を突きつけ、指示を出した。「そこらに寮長がいるから、書類をもらってサインしろ。おまえ、イエローバード。おまえ、ポートマールの。おまえ、ロドペの。いっしょにこい」

湿気《しけ》た上がり段を昇り、貧弱な寮へと入っていきながら、マグナス・リドルフは悲しげにかぶりをふった。人生でこれほどみじめな思いをするのははじめてだし、今後も二度とはないだろう。まさか、月々わずか二百ミュニットでサーディンの腸《わた》抜きに従事するはめになろうとは。窮境を嘆きながら、老哲学者は暗澹《あんたん》たる面持ちで寮に足を踏みいれた。

無人の部屋がひとつ見つかったので、そこの寝棚にダッフルバックを載せ、娯楽室にいってみた。

魚のにおいが充満していた。壁はむきだしの合板で、垂木《たるき》も兼ねたアルミ材で固定してあるだけだ。部屋の一端には安物のテレスクリーンがあり、身をくねらせて歌う豊満な若い女性が映っていた。が、動きにも歌にも、あまりやる気は感じられない。

　マグナス・リドルフはまたしても嘆息し、寮長をさがしにいった。


　マグナス・リドルフは四号腸《わた》抜きマシンに配属された。作業自体は単純そのものだ。約三分おきに目の前のレバーを引く。すると、水門が上に開く。水門の外は大きな生け簀《す》になっていて、そこから大量の海水とともに、何千匹ものサーディンがシュートを通ってマシンに流れこんでくる。マシンは人工の指、特殊スロット、エアジェットを用いてサーディンをサイズ別に分類し、各サイズ用の処理ラインへつぎつぎに送りこんでは、無数のナイフを閃かせ、一瞬で腸を抜き、最後に高圧スプレーで水洗いして、ベルト・コンベアーに載せる。この段階ではまだ弱々しく動いているサーディンたちを缶に詰めていくのは、つぎのラインにならぶ詰めこみ工たちの仕事だ。

　詰めこみ工は、近隣のタダイ第十二《XII》惑星出身のバンシューがほとんどを占める。これは丸く膨れた灰色の胴体から二十本の触手を生やした種属で、各触手の先端には、三本の指のほか、ひとつの眼とひとつの副次脳がそなわっている。

　手作業によるサーディン詰めがおわると、つぎは自動工程による脱気と上ぶたの密封だ。その後、中身の詰まった缶詰は電子クッカーの列を経て加熱調理され、冷却後は最終的に木箱の中へ積まれて木のふたをされ、検品シールを貼られて、ようやく輸出の準備がととのう。

　マグナス・リドルフは思慮深い目で缶詰めの工程を検分した。はなはだ効率的でよく練れた手順といえる。機械化されていないのは、バンシューの缶詰め工たちだけだが、ベルト・コンベアーの上に躍るおびただしい触手の鮮やかな動きを見ていると、どんな機械にもこれほど迅速かつ柔軟な処理はむりだろうと思えてくる。

このラインのどこかで――とマグナス・リドルフは考えた――かつてサーディンに細工が施された。そしておそらくは、いまも施されている。どの段階でだ？　いまのところ、それらしき答えは見えていない。

昼休みがきたので、寮に隣接するカフェテリアで昼食をとった。味はまずまずだった。あらかじめ地球で調理のうえ、冷凍パックで運んできて、トレイごと加熱したものだから、そんなにひどくなることはないのだろう。

四号腸抜《わた》きマシンにもどったとき、とあるドアが目に入った。あけてみると、ドアは屋外に通じており、戸口からは厚板の渡り板が伸びだしていた。

マグナス・リドルフはちょっと考えてから、屋外に足を踏みだした。渡り板は支柱で支えられて、湿地帯の上を走っており、工場の敷地全体を貫いていた。その渡り板をたどりながら、海へ向かう。缶詰工場が保有するサーディン漁船団でも見えないかと思ったからである。

霧はいくぶん晴れていて、アシの生い茂る泥原とよどんだ海が何マイルもの彼方まで見わたせた。陸地と泥原との境界は、ところどころに生えているソテツの葉でかろうじてそれとわかる。くすんだ赤い巨大太陽のもと、ソテツの葉は鈍い光沢を放っていた。荒涼として、形容に絶するほど寒々しいその風景は、ここが希望も歓びもない世界であることを痛いほどに感じさせた。

ややあって、工場の角をまわりこんだ。目の前に現われたのは大きな生け簀《す》だった。サーディンの群れは、ここから各腸抜きマシンへと送りこまれているのだ。左右を見まわしたが、生け簀に接する海には、こぢんまりとしたアルミの小舟が一艘浮かんでいるきりで、ほかに船といえるほどのものは見当たらない。缶詰工場はどうやって生け簀にサーディンを補充しているのだろう？

生け簀に視線をもどす。生け簀は浅いコンクリート製のプールで、長いほうの辺が五十フィート、短いほうの辺が二十フィート。壁の一面には三平方フィートの開口部があり、そこで海とつながっていた。歩みよってみたところ、開口部から内側に向けて何本もの長い透明の剛毛が突き出していて、外から魚が入ってくることはできるが、海へは出ていけない構造になっていることがわかった。

沖合を眺めるうちに、くすんだ色の凪《な》いだ海面が急に波立ち、無数の小さな背びれが岸に向かってどっと押し寄せてくるのが見えた。最初の一匹が開口部を通りぬける。ついで、百匹が——さらに、千匹が——ついには何千匹もが。ひしめくサーディンで生け簀の水面は沸き立っているかのようだ。

ふと、マグナス・リドルフはだれかに見られているのを感じた。顔をあげると、生け簀の向こうに、例の肩幅が広い男——長くて黄色い顔をした若者が立っているのが見えた。身につけているのは巻きゲートル、ひざまであるナラスティックのフィールドブーツ、褐色の上着だ。そんな格好で、若者は生け簀をまわりこみ、マグナス・リドルフのところまでやってきた。

「こんなところでなにをしてる？　この工場の者か？　待てよ？　おまえ、きょうきたやつだな？」

マグナス・リドルフはおだやかに答えた。

「はい、この工場に雇われている者です。命じられた仕事は——」コホンと咳ばらいをして、「——腸《わた》抜きマシンの監督です。じつは、昼をおえたばかりで、すこし工場を見てまわっていたんですよ」

若者は口をゆがめた。

「就業開始の笛なら三十分も前に鳴っている。とっとと仕事につけ。工場を見学させてやるために、わざわざ三光年も先から連れてきたんじゃないぞ」

「おっしゃるとおり、就業開始の笛がとうに鳴っているのなら、急いで仕事につかねばなりませんな。

ところで、おことばを賜わる栄誉を与えてくださっているのは、いったいどなたさまでしょう?」

「おれはダネルズ――おまえの雇い主だ」

「ほほう、なるほど」

マグナス・リドルフはうなずき、考えこんだ顔で腸《わた》抜きマシンのもとに引き返した。

この仕事は簡単な上に単調だ。水門を開き、閉じる。水門を開き、閉じる。あとはたまに、サイズ分類機の前で団子状になった銀色の魚の塊をほぐすくらいなので、考える時間をたっぷりと持てた。

謎の細工に対する説明は、依然としてはるか遠くに思える。あんな細工をもっとも簡単に行なえる人物はジョージ・ダネルズだろうが、これまで観察した範囲では、この工場はきわめて効率がいい。たしかに、ダネルズがカラマーの利権を買いとろうとしているのは事実なのかもしれない。しかし、いずれは自分のものになる製品の評判を落とす理由がどこにある?

なによりも、ここの海の原材料はぬきんでてすばらしい。マグナス・リドルフが見たかぎりでは、当地のサーディンは、ムネメフォトで見たどんな見本の個体よりもずっと大きく、ずっと肥えている。チャンダリアの環境はよほどルディナ・ピルチャルドゥスの棲息に適しているのだろう。あるいは、ダネルズが最高の個体だけを厳選してここの海に持ちこんだ結果なのか。

水門を開き、閉じる。やがて、シュートにどっとサーディンが流れこんでくる過程には、ひとつの決まったパターンがあることに気がついた。最初に一匹の魚が飛びこんできたかと思うと――これはかなり大型の個体だ――そのあとを追いかけるように、何千匹もがひしめきあいつつ流れこんできて、かたはしからナイフで捌《さば》かれていく。流れこんでくるさい、抵抗するようすはいっさいない。水門が開いたとたん、最初の一匹が飛びこんできたのち、何千匹もがそのあとにつづくのだ。

缶詰工場で働く種属の主体は、多い順にバンシュー、カペラ星系類人種、コルドバの円環体生物とつづく。各種属には、それぞれが独立した寮と食堂を与えられている。もっとも、バンシューが身をひたすぬるい液体のタンク群や、カペランが寝泊まりする気密バラック、あんなものを寮と呼ぶのは、適切ではないかもしれないが。

シャワーと夕食をすませたのち、マグナス・リドルフはぶらりと娯楽室をたずねた。いまはもう、テレスクリーンがついてはおらず、二組のグループがカードにふけっていた。マグナス・リドルフはそのグループを避けて、ぽっちゃりした頬と小さな青いブタの目を持つ、ずんぐりした禿げ頭の男のそばに腰をおろした。男は午後のニュースファックスを読んでいるところだった。

しばらくして、男はファックス紙をそばに置くと、ぽっちゃりした腕を横に伸ばし、げ、っ、ぷ、をした。マグナス・リドルフは丁重このうえない態度で煙草を差しだした。

ずんぐりした男は快活にいった。

「おお、こりゃすまんな、さっそく吸わしてもらおう」

「ここは退屈——なところですな」

マグナス・リドルフは水を向けた。

「まったくだ」ずんぐりした男はふーっと紫煙の柱を吐き、ただでさえ煙っている部屋にいっそうの煙を加えた。「こんなじめじめした寄せ場、つぎの船で出ていこうと思ってる」

「会社もうすこし、娯楽施設を充実させてくれればいいのですが。そうは思いませんか？」

「会社がかい？　連中、カネ儲けのことしか考えてねえからな。こんなに労働条件が劣悪のところははじめてだ。給料は組合の最低保証額ぎりぎりだし、臨時手当の〝て〟の字も出やしねえ。ほんとにしみったれてやがらあ」

「ひとつ、わからないことがあるのですが――」

「おれなんか、わからないことだらけだぜ」

「魚群を缶詰工場に誘導する方法です。どうやっているのでしょう」

「ああ、あれか」それならよく知ってるという顔で、男は煙の雲をぷはっと吐きだした。「生け簀にエサを用意しておびきよせるのさ、きっと。海にはすげえ数の魚がいて、いつも腹をすかしてるから、エサと見りゃあ群がってくる。向こうから勝手に押しよせてくるんで、漁船も漁師もいりゃしねえ。ダネルズのやつ、元手なしで漁《と》りほうだいよ。濡れ手に粟ってやつだな。一セントもかかってねえぜ、ありゃ」

「そのダネルズはどこに住んでいるのでしょう?」

「研究所の裏手に快適そうな小屋を建てて住んでる」

「ほほう――研究所の?」白鬚《はくしゅ》の老賢者はすこし考えた。「では、その研究所というのは、どこに? 工場付近にはそれらしいものが見当たりませんが」

「すこし離れたところにあるからな。海岸ぞいに小径《こみち》をいった先だ」

「なるほど、そうでしたか」

ほどなく、マグナス・リドルフは立ちあがり、しばらくのあいだ室内を歩きまわった。それから、折を見て、夜の闇にすべりでた。

チャンダリアに月はない。星明かりにしても、地表をおおう濃密な霧のとばりで覆い隠されている。マグナス・リドルフは小型の懐中電灯をともし、足もとのじめじめした地面を用心深く照らしながら海辺に近づいて、ようやく研究所にいたるとおぼしき小径を見つけた。砂利を敷いた道はそこだけが乾いており、地面を踏んでも足が沈みこまない。

砂利道をかなり進んだところで懐中電灯を切り、足をとめ、なにか聞こえないかと耳をすました。缶詰工場のほうからは遠い話し声が聞こえてくる。かすかに聞こえるかんだかい調べは、カペランの楽師が奏でる音楽だ。

歩みを再開した。真っ暗闇なので、足先で砂利をさぐり、砂利道からはずれていないのをたしかめつつ、すこし進んでは立ちどまって聞き耳を立て、すこし進んでは立ちどまって聞き耳を立てながら、徐々に先へと進んでいく。そうやって、いつ果てるともなくつづく砂利道を際限なく歩きつづけた。暗闇はあまりにも濃密で、暗黒そのものが顔をなでていくかのようだ。

唐突に、濃い霧をすかして、灯火のともる窓の列が見えた。マグナス・リドルフはなるべく静かに窓のひとつへ近づき、爪先立ちで窓の中を覗きこんだ。

そこは実験設備のととのった生物学研究室だった。

室内にはダネルズがいた。ほかにもうひとり、白衣を着た色の浅黒い男がおり、棺桶を直立させたような梱包のそばに立ってダネルズと話をしている。

見ているうちに、ダネルズが金バサミを手にとり、梱包固定用の金属バンドを切断した。ついで、梱包用シートをはがし、クッション剤をはぎとった。棺桶の中に自立した状態で収められていたのは、まっさらな潜水スーツだった。準硬式タイプで、頭部に透明のドームをそなえ、酸素発生装置と推進ユニットを装備している。

ダネルズは潜水スーツを軽く蹴り、すこしあとずさると、立ったままでスーツを眺めた。満足げな表情だった。マグナス・リドルフは室内のやりとりを聞こうと耳をすました。聞こえなかった。窓は防音ガラスでできているらしい。やむなく玄関ドアに歩みより、ほんのすこしだけ、そうっと開いた。

ダネルズの平板な声が聞こえてきた。

「なかなかよさげなスーツだな。四百五十ミュニット、はたいただけのことはある」

「問題は――このスーツがわれわれのニーズに見あうかどうかだよ」これは白衣の研究者だ。

「どんぴしゃさ」ダネルズは自信満々の口調で答えた。「ここの海には言うにたるほどの海流がない。五分もあれば連中の周囲を一周できる。なにが起きたかもわからないうちに、連中はステソナイトで全滅だ――殺虫剤を浴びたハエの群れよろしくな」

「あー、こほん、こほん」白衣の研究者は咳ばらいした。「とはいえ、近づいたら姿を見られるぞ。そうしたら、今回もまた逃げられてしまう――こほん、こほん――前回、爆薬で吹きとばそうとしたときのように」

「まあ見ていろ、ネイル」ダネルズは得意げにいった。「おまえも心配性な男だな！　こんどは海底すれすれに接近するんだ。ボートで近づいたときとは状況がちがう。スーツを見られる心配はない。たとえ見られたとしても、このスーツは連中に負けない速さで移動できるから、急襲して始末できる。危険を触れまわられる恐れなんかないさ。とにかく、やるだけのことはやってみよう。やるぶんにはなんの損もない。で、おまえが手塩にかけている連中の育ちぐあいはどんなだ？」

「順調だよ、はなはだ順調だ。D水槽の二体は五番チャートにあがる準備ができているし、H水槽の個体は――あの大柄なやつだ――八番チャートに進むところまできている」

マグナス・リドルフはすこし背筋を伸ばし、いっそうドアの隙間に耳を近づけ、聞き耳を立てた。

「バーネット法の八番チャートまでいったか……」ダネルズの声がいった。「では、あいつはどんな状態だ？　単独で水槽に入れてあるあいつだ」

「ああ、あれか」ネイルが答えた。「あれは賢いやつだ！　ときどき、おれより賢いんじゃないかと思うことがある」

「おれたちふたりを億万長者にしてくれるのはあいつだからな」ダネルズは歌うような調子でいった。

「といっても、うまくカラマーから事業を買いとれればの話だが」

沈黙が降りた。やがて、室内から玄関ドアへ近づいてくる足音が聞こえた。マグナス・リドルフは急いで窓下に移動した。ほぼ同時にドアが開き、ダネルズの広い肩が研究所を出ていくのが見えた。

ふたたび爪先立ちになり、窓の中を覗きこむ。ネイルが窓のほうへななめに近づいてきて、途中で足をとめ、ほれぼれした表情で口を半開きにし、マグナス・リドルフの位置からは見えないなにかを見つめた。

マグナス・リドルフは唇をかみ、あごひげをまさぐった。いくつかの仮説が形をなしつつあるが、それぞれが示す帰結を思うと、いずれも〝これだ〟と結論するにはいたらない。

ネイルが奥のドアから研究室を出ていった。研究所の裏手に設けられた離れに居室があるのだろう。

(さて、どうしたものか)とマグナス・リドルフは思案した。(もっと情報を集める必要があるな)

意を決して玄関ドアに歩みより、不遜ともいえるほど堂々とした態度で研究所に足を踏みいれる。

所内には標準的な設備がそろっていた。操作ビームのプロジェクターにビュアー、放射線照射装置、光学式と量子式双方の顕微鏡、計量装置、自動解剖装置、遺伝子調整装置、突然変異誘発槽。以上については、ざっと眺めただけで、とくに気にかけるまでもないと判断し、意識から消し去った。

すぐとなりには、例の真新しい潜水スーツが自立している。まずは最重要の対象からだなと思い、スーツをたんねんに観察した。

「ほほう、これはなかなか……」ひとりでに、感心のつぶやきが漏れた。「デザインも秀逸のうえ、造りも精巧きわまりない。これほどの逸品に細工をするのは、なんとも気が引けるが……ままよ」

マグナス・リドルフはひとつ肩をすくめると、スーツ内部に手をつっこみ、密封リングのヘッドをはずした。ヘッドは精密に加工された金具で、これがないと潜水スーツの水密状態をたもてない。

そのとき、室内に人が入ってくる気配がした。研究者のネイルだ！

マグナス・リドルフはそっと玄関ドアへ向かった。その動きにネイルが気づき、大きな声を出した。

「おい！　そこでなにをしてる！」ネイルが駆けだす音がした。あとを追いかけてきているようだ。

「おいこら、もどってこい！」

だが、その時点ではもう、マグナス・リドルフはチャンダリアの夜闇にすべり出ていた。

研究室をすこし離れたとき、戸口から懐中電灯のビームがほとばしり、霧を斬り裂いて、あたりを乳白色にきらめかせ、一瞬、マグナス・リドルフの姿を照らしだした。

「待てっ！」ネイルが吠えた。

（あれほど細身の男にしては）とマグナス・リドルフは思った。（ずいぶん力強くて大きな声が出るものだな。しかも、身軽で敏捷らしい）

マグナス・リドルフはひとつうめくと——どすどすという足音が大きくなってくる——腹をくくり、わざと砂利道をはずれ、沼地に飛びこんだ。

冷たい軟泥にひざまでつかり、腰をかがめ、頭を水中に沈める。一瞬ののち、ネイルの懐中電灯のビームが頭上をよぎった。足音が砂利道を通りすぎていく。やがて暗闇がもどってきた。

マグナス・リドルフは軟泥をかきわけて砂利道にもどり、用心深く寮へ向かった。

進むにつれて、霧が身辺から遠ざかりだした。霧の動きはぎごちなく、まるで夢遊病者のようだ。

ほどなく、寮の灯火が見えた。現在地から百ヤードほどのあたりだろう。だが、眺めているうちに、その灯火がふっとさえぎられた。砂利道の先のほうを何者かが徘徊しているらしい。ネイルか？

マグナス・リドルフは砂利道を左側にはずれ、行く手の何者かを大きく迂回し、老いた脚に可能なかぎりの速さで寮にたどりつくと、裏口から中に飛びこんだ。そのまま洗い場に直行し、シャワーを浴びてから、ざっと服を洗濯して乾かす。

　ひととおり処理をすませたのち、娯楽室にもどった。例のずんぐりした禿げ頭の男は、一時間前に別れたときと同じ場所にすわっていた。いまはパイプをくゆらしている。

　マグナス・リドルフは男のそばに腰をおろし、話しかけた。

「聞くところによると――ダネルズは海に爆発物を放りこんだそうですね」

　ずんぐりした小太りの男は馬鹿笑いした。

「ああ、うん、やった、やった。なにを考えてあんなまねをしたのか、さっぱりわからん。ときどき思うんだけどよ、あの野郎、なんというか――頭に血が上《のぼ》りやすいたちなんじゃねえのかな。わりと逆上《のぼ》せやすいんだ」

「もしかすると、爆発物でサーディンを大量に殺そうとしたのでしょうか」

　ずんぐりした男は肩をすくめ、パイプをくわえたまま、部厚い唇をすぼめた。

「何百トンてえサーディンがだぞ、てめえのほうから缶詰工場へ押しよせてくるってのに、わざわざ出かけてって、もっと殺してくるってのかい？　そりゃあねえわ。おれが思ってるより、あの野郎がもっといかれてるんならともかく」

「爆発物を放りこんだのは、どのあたりです？」

　男はブタのそれに似た小さな青い目でじろりとマグナス・リドルフを見た。

「まあ、教えちゃやるが――知ったところで、どうなるもんでもねえぞ。海に突きでた岬があるよな――突端に高い木が三本立ってるところ。海辺を一マイルほどいったあたり。あのそばだ」

　マグナス・リドルフは男に礼をいい、首をひねってつぶやいた。

「不可解だな……」

ポケットから例の小さな金具を取りだし、考えこんだ顔でもてあそぶ。

「不可解なことだらけだ。自分から缶詰工場に押しよせるサーディンの群れ――ダネルズとネイルがバーネット法を教えている水槽のなにか――以前は爆発物を、今回は毒物をもって殺そうとしている海中のなにか――そしてもちろん、缶詰のサーディンに加えられた細工……」


あくる朝、腸《わた》抜きマシンで作業をはじめたとき、マグナス・リドルフの心中には、チャンダリアの霧にゆらぐ木性シダのように、ひとつの仮説がゆうらりと形をなしつつあった。腰をかがめ、純白の眉毛の下でシュートに目をこらす。その目には、ここにきてはじめて味わう興奮が輝いていた。

水門を開く。サーディンがどっとなだれこんでくる。水門を閉じた。三分後、ふたたび水門を開く。銀色にきらめくほっそりした魚の群れが大量になだれこんできた。そこで水門を閉じる。ややあって、また水門を開いた。最初の一匹がシュートに飛びこんできたかと思うと、後続の魚群がどっとつづく。水門を閉じた。

やはりまちがいない。シュートには毎回、まず一匹が先行で入り、その直後に大量のサーディンがつづく。ただし――。腸抜きマシンに魚群が吸いこまれていくのを見ながら、マグナス・リドルフは別の事実にも気がついた。シュートの横には目だたない水路が設けてあり、後続のサーディンたちがサイズ別に選り分けられ、いずれかのルートで捌かれていくのに対して、最初の一匹だけはその水路から逃げてしまう。

すこし考えてから、マグナス・リドルフはボロ布を見つけ、シュートの向こうに手を伸ばし、横の脱出路をふさいだ。おもむろに、ゲートを開く。一匹めがシュートに飛びこんできた。そのあとから、大量のサーディンがどっとつづいた。一匹めが横の脱出路に達し、狂ったようにボロ布をつつきだす。そこへ後続の群れが追いついてきて、一匹めは圧倒的な圧力を受け、必死に尾びれを動かしたものの、抵抗むなしく押しやられていき、とうとうナイフが待ち受ける腸抜きマシンに吸いこまれ、消えた。ここで水門を閉じる。三分後、水門を開いた。ふたたび、一匹めの魚が飛びこんできたが、脱出路をボロ布にふさがれ、立ち往生しているうちに、これも後続の群れに押され、死の機械に吸いこまれていった。

同じ手順を、ぜんぶで六回、くりかえした。七回めに水門をあけてみると、もう魚群は流れこんでこなかった。手を伸ばしてボロ布を取り除く。腰をおろし、すずしい顔でシュートを眺めた。

ほどなく、職長が駆けつけてきた。

「どうした？　なにごとだ？　なにがあった？」

マグナス・リドルフは平然と答えた。

「魚たち、どうやらシュートの危険に気づいたようです」

職長は阿呆を見る目でマグナス・リドルフを見つめて、

「いいから、水門の開閉をつづけろ」

と命じると、くるりと背を向け、いずこかへ歩み去った。

十分後、マグナス・リドルフが水門を開いたところ、以前と同じく、魚群がシュートに流れこんできた。ようすを見にきた職長は、サーディンがいつもどおりに流れているのを確認し、安心した顔で去っていった。つぎに開門する直前、マグナス・リドルフはまたもやボロ布を脱出路につっこんだ。そして、開閉をくりかえすこと六回——七回めの開門にして、またも魚が流れこんでこなくなった。マグナス・リドルフはすばやくボロ布を引き抜いた。

またしても職長が駆けつけてきた。マグナス・リドルフは無念の表情でかぶりをふり、あごひげの上で申しわけなさそうな笑みを浮かべてみせた。

「こんなはずはない、こんなはずがあるもんか！」職長はわめいた。「ここのシュートでは、なにが起こってるんだ？」

職長は走り去り、まもなく硬い表情のダネルズを連れてもどってきた。

ダネルズはシュートを覗きこみ、脱出路の奥を手さぐりした。ついで手を引っこめ、背筋を伸ばし、鋭い目でじろりとこちらをにらんだ。マグナス・リドルフは、わざときょとんとした顔でその視線を受けとめた。

「別のユニットを水槽に放りこめ」ダネルズは職長に命じた。「それがすんだら、ここに張りついてようすを見ていろ。なにが起こるのかたしかめるんだ」

「わかりました」職長は急ぎ足で立ち去った。

ダネルズはマグナス・リドルフに向きなおった。長い黄色の顔に険しい表情を浮かべ、口をぐっと引き結んでいる。

「おまえ、このまえの船できたやつだな？」

「はい、そうです」マグナス・リドルフは平然と答えた。「あれは息の詰まる船旅でしたよ。船室はぎゅうづめだし、食事はひどいし……」

ダネルズの薄い唇がひくついた。

「どこで採用された？」

「ロドペで。あのときのことは完璧に憶えています。そう、あれは――」

「もういい、もういい！」ダネルズはおっかぶせるようにいった。それから、ちょっと間を置いて、

「おまえ、なかなか頭のまわりそうなやつだな」

「あー、えへん。それはつまり、昇進させてくださるということですか？　もっと責任ある立場――できれば事務系の仕事につかせていただけるとありがたいのですがね」

「ほんとうに頭がまわるのなら」ダネルズの口調は平板ながら、毒気をふくんでいた。「与えられた仕事だけに専念していろ。やれといわれたこと以外、いっさいやるな」

「お望みのままに」と、マグナス・リドルフはおごそかに答えた。

職長がもどってきた。水門をあけろ、とダネルズが合図した。マグナス・リドルフはうながされたとおりにした。大量のサーディンがどっとシュートに流れこんできた。

それから二十分間、ダネルズはそばについて目を光らせていた。ダネルズが去ったあとも、職長はさらに十分間、その場にとどまっていた。

職長が立ち去ったのち、そのシフトが終了するまで、マグナス・リドルフは忠実かつ適切に職務を遂行した。せめてもの気晴らしにと、例の裏切りの一匹め――ユダのヤギならぬユダのサーディンが通りかかるたびに手を伸ばし、つつくということをくりかえしていたら、そのうち向こうも学習して、シュートの向こうはしを泳ぐようになった。もっとも、これでけっこう、この遊びも体力を使うので、じきにマグナス・リドルフは、魚をかまうのをやめてしまった。

マグナス・リドルフは寮の前に置いてあるじっとりと湿ったベンチにすわり、地形を眺めていた。見るべきものはなにもない。夕空には低く、巨大な赤い太陽がかかっており、ゆらぐ濃霧がときおりその太陽を翳《かげ》らせる。前方に遠くどこまでも広がるのはアシの泥原と鉛色の海だ。左には缶詰工場と倉庫がそびえており、ずっと右手、砂利道を二百ヤードほどいったところには、研究所が見えている。

葉巻を取りだそうと、ふところに手をつっこみ――文なしの労働者を装うため、一本も持ってきていないことを思いだした。といって、ここの売店には、嗜好を満足させるどころか逆なでしかねない安煙草しか売っていない。

そのとき、研究所の前で動きが見えた。マグナス・リドルフはベンチにすわったまま、伸びあがるようにしてそちらを眺めやった。所内からダネルズとネイルが出てくる。そのあとにつづくふたりのカペラン労働者が運んでいるのは、例の準硬式潜水スーツだ。

マグナス・リドルフは唇をかんだ。水密リングの固定金具を抜きとったことには気づかれていない。それはたしかだ。

缶詰工場に近づいてくる一行を、無表情な顔で見まもった。向かう先は工場付近にある岸壁だろう。途中でダネルズがこちらに気づき、大股で歩きながら険悪な視線をそそいできた。

一行が目の前を通りすぎていく。やがて角をまわって姿が見えなくなると、マグナス・リドルフはただちに立ちあがり、研究所に向かってゆっくりと歩きだした。幸い、研究所のドアはロックされていなかったので、室内にすばやくすべりこみ、前回は死角になっていて窓の外からは見えなかった、例の壁の前に直行した。

壁にはずらりと水槽がならんでいた。どの水槽にも魚がひしめいている。どれもこれもサーディンだった。悠然と泳いでいる個体もいれば、ガラスの前にへばりついて、熱心に水槽の外を眺めている個体もいる。ただし、収められている水槽ごとに、サーディンの形状には差異があった。

ある水槽の個体群は、怪物的な尾びれとトカゲのそれに似た頭を持っていた。別の水槽の個体群はオタマジャクシに似ていて、未発達の胸びれや背びれを力なく動かし、頭でっかちのからだでひょろひょろと泳いでいた。大きく飛び出た目、真っ赤な目、漆黒の目――マグナス・リドルフを見る目の色も形もさまざまだ。さらに、ウェディングドレスのように華やかで長いひれを引いた個体もいるし、シカの角のような突起を生やした個体もいる。

マグナス・リドルフは、とくに感慨をいだくこともなく、水槽の列を見まわした。こういった眺め——異形ともいえる段階まで極端な品種改良を施された生物の姿は、ほかの生物学研究所でも何度かお目にかかったことがある。たとえば、惑星パンドラの悪名高い某クリニックでは——いや、いまは過去をふりかえっている場合ではない。

マグナス・リドルフは目前の対象に意識を集中し、一匹だけで水槽に入れられているサーディンをさがした。ネイルがいっていた〝賢いやつ〟だ。

一匹だけしか入っていないのは、いちばん向こう端の水槽だった。外見はごくふつうのサーディンだが、頭がわずかに大きい。

「ふむふむ」マグナス・リドルフはつぶやいた。「なるほどなるほど」

身をかがめ、水槽内を覗きこむ。サーディンはまたたかない目で、無表情にこちらを見返していた。

マグナス・リドルフは水槽に背を向けて室内をさがした。もとめるものが見つかった。特殊な記号《シンボル》を並べた図表《チャート》、全二十枚だ。このシンボルは、〈異種知性との意思疎通確立のためのバーネット法〉に基づいて作成されたものである。

マグナス・リドルフは水槽の前に引き返し、基本チャートを広げてみせた。サーディンがガラスに近づいてきた。

マグナス・リドルフは疎通開始のシンボルを示した。

〝意思疎通——開始〟

そして、待った。

サーディンはいったん水槽の底に身を沈め、金属片をくわえてもどってくると、それでガラス面をこづいた。一回、二回、三回。

チャートを参照するまでもなく、合図の意味はすぐにわかった。

〝はじめろ〟だ。

マグナス・リドルフはチャートに顔を近づけ、慎重にシンボルを選び、サーディンがちゃんと理解しているかどうかをたしかめるため頻繁に手をとめながら、ゆっくりと指差しつづけた。

〝おまえの……教師……おまえを……利用……企む……おまえの同類……傷つける……目的。わたし……その手段……知る（否定形）〟

サーディンはガラス面をこづいた。以下の数字は回数だ。

五──四──五、四──三──二。五──六──一、二──六──三──四。

マグナス・リドルフはチャートでその意味を確認した。こんな意味だった。

〝わたしの同類……居る……場所（数量不定、疑問形）〟

マグナス・リドルフはシンボルで答えた。

〝水……大きい（強調）……広がり……居る……外。おまえの同類……たくさん（強調）……居る。教師の同類……殺す……おまえの同類……食う……おまえの同類〟

サーディンの反応はこうだった。

〝おまえの……目的（疑問形）〟

〝複雑。多数〟と、マグナス・リドルフはシンボルで答えた。〝建設的。おまえ……望む（疑問形）。水槽……出る……おまえの同類……たくさん……合流する（疑問形）〟

サーディンは決めあぐねているようすで、金属片をガラス面に打ちつけた。

〃食料（疑問形）〃
〃たくさん〃マグナス・リドルフは答えた。〃泳ぐ……広い（強調）……場所……障害（否定形）〃
サーディンは各ひれを小刻みに動かして、水槽の暗い一角に引っこんだ。ややあって、マグナス・リドルフがそわそわしだしたころ、また水槽の前面にもどってきて、ガラス面を二回こづいた。
マグナス・リドルフは実験室内をざっとさがし、バケツを見つけだした。それを水槽につっこんでサーディンを掬《すく》おうとしたが、魚は敏捷に逃げまわって、いっこうにつかまえられない。やむなく、バケツで追いつめておいて、すばやく手をつっこみ、強引にサーディンをつかみあげ、バケツに移し、最後にバーネット法のチャート群を丸めてポケットに収め、研究所をあとにした。

足早に砂利道を急ぎ、岸壁をめざす。寮の前にきたとき、岸壁からダネルズとネイルが引き返してくるのが見えた。ダネルズの黄色い顔には、眉間に深いしわが刻まれている。向こうはまだこちらに気づいていない。マグナス・リドルフは寮に歩みより、壁際にバケツを置いて、さりげなくベンチに腰かけた。

ほどなく、すぐそばをダネルズとネイルが通りすぎていった。

「——ゆうべはたしかにスライダーがあって、ちゃんと機能したんだ。まちがいない」

ネイルが弁解しているのが聞こえた。ダネルズがそっけなくかぶりをふる。

ふたりが充分に離れると、マグナス・リドルフはすぐさまバケツを持ち、岸壁へ急いだ。

潜水スーツは岸壁の突端に自立していた。本来なら、いつでも使用できたはずだ——失われた水密リングの固定金具さえあったなら。カペランの作業員二名は、スーツのそばにぬーぼーと立ちつくし、無関心のていで漫然とこちらを見ている。

マグナス・リドルフは白鬚《はくしゅ》をしごいた。潜水スーツはある。水密リングの金具もある。お膳立てがそろっているのに使わない手はない。当初は例のサーディンを海に放りこむだけのつもりだったが、方針を変えることにしてスーツに歩みより、注意深く状態を見た。胸部プレートにコントローラーがふたつある。ひとつは推進ユニットの制御用、もうひとつは酸素発生装置の制御用だ。仕組みは単純きわまりない。

ポケットにある固定金具を水密リングにはめこんで、ふたりのカペランをちらりと横目で見てから、スーツの中にすべりこみ、水密リングをしっかりロックした。ふたりのカペランはとまどいの表情で身じろぎしている。不審者が眼前で不審な行動をとってはいるものの、不審者をとめろという命令を受けてはいないので、判断に窮しているのだ。マグナス・リドルフは、ああそうだったと思いなおし、いったんスーツを開放してバーネット法チャートをポケットから取りだすと、スーツの外部ポーチに移し替え——チャートは水中での使用も想定して、プラスティックシートに印刷されている——また水密状態にもどした。

スーツのベルトには、ナイフ、斧、防水探照灯がセットされていた。透明のヘッドドームの上にも探照灯がひとつあった。マグナス・リドルフは胸部プレート上に手を持っていき、コントローラーが簡単に操作できることをたしかめてから、酸素発生装置を始動させた。

透明ヘッドドームの中で研究所をふりかえる。建物のそばに動きが見えた。マグナス・リドルフはよどんだ海にバケツを浮かばせ、岸壁から押しやった。最後にもういちどふりかえると、ジョージ・ダネルズが猛然と駆けてくるのが見えた。その顔は怒りに歪んでいる。ダネルズのすぐうしろからは、白衣を翻してネイルも駆けてくる。

マグナス・リドルフはみずからも海に入り、首から上を海面に浮かばせた状態で、バケツの側面をこづいた。このコードで合っているかどうか自信がなかったが、いまは正しく伝わることを祈るしかない。

〝泳げ……そば……わたし〟

そして、バケツをひっくり返した。

サーディンが勢いよく飛びだしていった。

マグナス・リドルフも全身を海中に沈めた。

ただちに推進ユニットを始動させる。海水がユニットに吸いこまれ、後方へ噴きだした。そのまままっすぐ、沖へ向かって進んでいく。

そのとき、なにかが海水を斬り裂いてヘッドドームの真上をかすめ、聴音マイクの拾った鋭い音が鼓膜にちょっとした圧迫感を残した。

マグナス・リドルフはコントローラーをひねった。ユニットから噴きだす水流が強くなり、速度があがった。
二、三分、進んだところで速度を落とし、海面に浮かびあがった。岸壁は後方に四分の一マイルのあたりだ。ダネルズが両肩をいからせ、海面を目でさぐっているのが見える。マグナス・リドルフはくっくっと笑った。
突端に三本の木が生えた岬は左手にあり、海に向かって傾斜しながら伸びていた。頭部の探照灯をつけ、ヘッドドームの縁にセットされたコンパスで方向をたしかめてから、ふたたび海の中に潜り、推進ユニットを作動させる。

海水はエメラルドグリーンで、海上から見るよりも透明度が高かった。進むうちに、巨大な海中の森に遭遇した。銀色に光る繊細な葉を茂らせているのは、海底から林立する海中樹の、蔦《ツタ》と見まがうばかりに細い幹だ。無数の幹は深みから発するかぼそいペンシル・ビームのように、海上へ向かってまっすぐに屹立《きつりつ》している。樹幹のあいだには、ぼうっと輝く発光球がいくつも見えた。

これは植物ではないのかもしれないな、とマグナス・リドルフは思った。地球のイソギンチャクに似たポリプの群体なのかもしれない。カツオノエボシの刺胞《しほう》が激痛を与えることを思いだし、海蔦《ツタ》の森は迂回していくことにした。

海中には、いたるところにサーディンの群れがいた。あちこちに多数の群れが泳いでいる。総数は何百万匹にもなるだろう。ヘッドドームの探照灯を浴びて、おびただしい銀の体側《たいそく》がきらめくさまは、風にさざ波の立つ湖面が月光を浴びてきらめく光景を思わせた。

マグナス・リドルフは周囲を見まわした。自分が解放したあの個体はそばにいるだろうか。たとえいるにせよ、魚群にまぎれてとても識別できない。

マグナス・リドルフは進みつづけた。鏡面となって夕陽を反射する海面と、深みに広がる黒暗淵《やみわだ》にはさまれながら、なだらかに海泥の積もる隆起の上を通過し、いきなり眼下に現われる窪みを越え、あちこちにそそりたつ海蔦《ツタ》の群生をぬって、ひたすら目的地をめざす。

途中でいったん海面まで浮上し、コースを修正した。缶詰工場ははるか遠く、灰色にかすむ岸辺のちっぽけな人工物と化している。三たび潜水して先へ進んだ。

ほどなく、行く手に白い岩壁が見えてきた。ななめに近づきつつ速度を落とし、岩壁に目をこらす。どうやらあれは、海底から突きだした岩礁らしい。珪長岩か石英岩かの大きな岩脈が、かなりの幅にわたって行く手の海底に広がっている。マグナス・リドルフはゆっくりと近づいていき、すこし浮上して上から岩礁を見おろした。岩礁の上面は平坦な岩場になっていた。深さは十五フィートほどだ。

マグナス・リドルフはその場で静かに浮かび、考えた。ダネルズが発破を仕掛けたのは、だいたいこのあたりだろう。いや、もうすこし沖合かもしれない。沖に向きなおり、平らな白い岩場にそって、ライムグリーンの海をゆっくりと進んでいく。ややあって停止し、じっとその場に浮かんだ。

真下の岩場には何十個もの大きな球体がへばりついていた。球体は整然と列をなしてならんでおり、見たところ、やわらかそうだ。気まぐれな海流にあおられて、球体の表面はかすかに揺れ動いている。内部には小さくて複雑な形の物体が見えた。なかには何個か、毒々しい色のちらつく光を放っている球体もある。

唐突に、圧倒的な数のサーディンが押しよせてきた。今日にいたるまで見たこともない、高密度で大規模な群れだった。魚群に押されて、マグナス・リドルフはゆっくりとその場から移動しだした。見ると、どの個体も頭が大きく発達しており、目が大きく飛び出ている。魚群の行動が意図的であることは明らかだ。ここにおいてやっと、チャンダリア缶詰工場の細工の秘密がわかった気がした。同時に、大きな不安がこみあげてきた。何匹かは、岩場に固定してあった球体のひとつをつつき、こちらへ運んでこようとしている。

マグナス・リドルフは大急ぎでバーネット法のチャートを取りだし、一番チャートを選びだすと、それを参照しながら、友好的な意図を示す動作を身ぶりで伝えた。

数匹が敏捷に近づいてきて、バーネット法の動きを注意深く見つめだした。と、そのうちの一匹が――マグナス・リドルフの目にはほかの個体群とまるで見わけがつかないのだが――間近まで口吻を近づけて、ヘッドドームをつついた。

一――二――一。

〝意思疎通――開始〟だ。

マグナス・リドルフは潜水スーツの中でほっと安堵の息をつき、チャートのシンボルをつぎつぎに指し示した。

〝わたし……きた……目的……助ける……おまえの同類〟

〝疑念。おまえの同類……破壊的（疑問形）〟

〝建物の……わたしの同類……わたしの友だち（否定形）。わたし……建設的。友だち……おまえの同類の〟

〝おまえの同類の……目的……殺す……われわれの同類〟

マグナス・リドルフは途方にくれた。バーネット法のチャートは便利だが、基本的な概念ばかりで、微妙なニュアンスを伝えにくい。まるで腕時計をスパナで修理しようとするようなものだ。

〝複雑……概念。わたしの同類……運ぶ……おまえたち……ここに。理由……建設的……おまえたち……強くする……目的〟

唐突に、魚群のあいだで小さな動きが起こり、無数の銀の腹がきらめいた。マグナス・リドルフは聞き耳を立てた。これは……スクリュー音だ。

海面に浮かびあがってみると、百ヤードと離れていないところに小型のボートが見えた。ふだんは手漕ぎで使うボートの後部に船外機を取りつけてある。ボートの男がマグナス・リドルフに気づき、艇首をこちらにふりむけた。片手には長い筒を持っている。その筒の後部についているのは銃床だ。マグナス・リドルフは急いで海中に潜った。

スクリュー音がますます大きく、ますます近くなってくる。小型ボートの黒い舟底はまっしぐらにこちらをめざしていた。

マグナス・リドルフは推進ユニットのコントローラーをめいっぱいまわした。ユニットが勢いよく水流を吐きだし、魚群を翻弄しだしたが、それにかまわず、ななめに移動して急速潜航に移る。

ボートが向きを変え、高速で追いすがってきたかと思うと、スクリューを停止した。ボートが減速しだす。同時に、海面下に筒口がつっこまれ、こちらを向き、がくんと揺らいで、小型ロケット弾を射出した。うしろに気泡を引きながら、ロケット弾はぐんぐん接近してくる。

マグナス・リドルフは即座に回避行動をとった。幸い、推進ユニットの水流がロケット弾をとらえ、わずかに進路をそらしてくれた。すぐうしろで爆発が起きたのは、その直後のことだった。背後からハンマーで殴られたような衝撃が襲ってきた。この時点で、ボートはすでに追跡を再開している。

マグナス・リドルフは目をしばたたき、頭をふった。ついで、ここは距離をとらないほうがいいと判断し、向きを変え、ボートをめがけてななめに上昇した。まもなく、舟底の真下に達した。舟底の左側はヘッドドームのすぐ上にある。ここで、推進ユニットをフルパワーで動かし、舟底を勢いよく突きあげた。小さなボートはひとたまりもなくひっくり返り、乗っていた黒い人影はぶざまに海上へ投げだされ、ロケット弾発射筒も海に落ちて、下の暗い淵に沈んでいった。ボート自体も亀裂が生じ、耐航性を失っている。いずれは海中の暗闇に沈んでしまうだろう。

マグナス・リドルフは海面に浮きあがり、ボートから投げだされた研究所の技術者、ネイルの姿を冷静に見送った。陸地めざして、ネイルはあたふたと泳いでいく。あまり泳ぎが得意ではないようだ。そして陸地は一マイル先にある。たとえ海岸にたどりつけたとしても、缶詰工場までは何マイルもの湿原を歩いていかねばならない。

マグナス・リドルフはすぐに海中へ潜り、海底の巨大な白い岩礁に引き返した。

ジョエル・カラマーは両手をうしろに組み、室内をいったりきたりしていた。眉間には深いしわが刻まれている。マグナス・リドルフはといえば、古風な革張りのアームチェアにゆったりと身を沈め、グラスのシェリー酒をすすっているところだ。

ふたりはいま、ジョエル・カラマーのオフィスにいた。サハラ湖の湖岸に建設された奇跡の都市、トランの中でも名だたる超高層建築物のひとつ、フレンチ・パヴィリオン・タワーの高みにあって、見晴らしがとてもよい。

「なるほどな」カラマーはつぶやくようにいった。「しかし、その間、ダネルズはどこにいたんだ？　いまはどこにいる？」

マグナス・リドルフは軽く咳ばらいをして白鬚《はくしゅ》をなでた。あごひげは以前と同じく、きちんと刈りととのえられている。

「ああ、ダネルズか。きみはあの男を共同経営者として評価していたかね？」

カラマーはぴたりと動きをとめ、マグナス・リドルフをじっと見つめた。

「どういう意味だ？　ダネルズはどこにいる？」

マグナス・リドルフは両手の指先同士を触れあわせた。

「報告をつづけよう。わたしが岸壁にもどったのは、日没をすこし過ぎたころのことだった。地上は夕闇に沈んでいたので、だれにも姿は見られなかったはずだ。付言しておくなら、わたしのそばには、知性を持つサーディンの群れが大量についてきていた。そのなかには、あのとくに賢い個体もいたと思う。わたしと行動をともにしたのは、彼らなりの理由があってのことだろう。その理由は、あえてたずねなかったがね。

岸壁にはダネルズが武装して待ちかまえているだろうとわたしは想定していた。おそらく頭に血を上《のぼ》らせていて、わたしがきみから調査権限を与えられてきたのだと説明するひまも与えず、いきなり撃ってくるだろうとも見ていた。もう説明したと思うが、岸壁は缶詰工場から海に出入りする唯一のルートだ。岸壁以外の岸辺は湿原とアシの原で、そう簡単には通過できないし、通過できても人目につく。

ダネルズが岸壁に待ちかまえているなら、わたしを迎え討つ万全の態勢をととのえているだろう。とすれば、わたしの問題は、ダネルズに見つかることなく、いかにして固い大地の上に立つかという点につきる」

カラマーはふたたび、いったりきたりしはじめた。

「なるほど……つづけてくれ」

マグナス・リドルフはシェリー酒をすすった。

「うまいぐあいに、適切な手段を思いついたよ。もういちどくりかえすが、ジョエル、岸壁から上陸することはできない。そんなことをすれば生命の危険にさらされる」

「それはもうよくわかっている。で、どうしたんだ?」

「ひとまず、海につながる魚群誘因用の生け簀《す》に入ったのさ。しかし、水面の上に出ようとすれば、たちまち姿を見られてしまう。そこで……」

「そこで?」

「そこで、勝手知ったる缶詰工場の水門まで泳いでいき、その手前で待機し、水門が開くのを待って、腸《わた》抜きマシンにいたるシュートに入りこんだんだよ」

「なんたるむちゃを!」ジョエル・カラマーが、あきれかえったといいたげな声を出した。「缶詰をあけたらきみが入っていた、などという事態にならなかったのは、まさしく神のお導きによるものだ。〈マグナス・リドルフ缶〉にならなかったことに幸いあれ!」

「いやいや、それほど危険でもない」白鬚《はくしゅ》の賢者は平然と答えた。「腸抜きマシンはたいして危ないものではないんだ。シュートの傾斜角はごく浅いのでね。想像していたとおり、腸抜きマシンの夜番作業員は、わたしが姿を見せたとたん、びっくりしていたよ。運がいいことに、作業員はカペランで、ルーティーン・ワークは得意だが、とっさの判断が苦手な種属だから、わたしがシュートの中で立ちあがったときも騒がずにいてくれて助かった。

潜水スーツを脱いだわたしは、ちょっとシュートの傾斜具合を調べていたんだ、とそのカペランに説明した。それでカペランも満足したようだったので、わたしはさっそく岸壁へ出ていった。

予想どおり、ダネルズは岸壁に立って沖をにらんでいた。わたしの足音には気づかなかったらしい。できるだけそっと歩いていったからだろうな。そのときわたしは、こう考えた。ダネルズときたら、若くて筋骨たくましく、怒りっぽい性分で、しかも重火器まで携えているのだから、わたしのように非力な者が交渉しようとしても、はなはだ分が悪い。そこで、背後からそうっと忍び寄ってだね——突き落としたんだ。海に、彼を」

「そ、そんなことをしたのか！　で、どうなった？」

マグナス・リドルフは悲しげな表情を浮かべるばかりだった。

「どうなったんだ！　話してくれ！」カラマーは大声でうながした。

「なんとも悲劇的な事態に立ちいたったといわざるをえない」マグナス・リドルフは答え、悲しげにかぶりをふってみせた。「事前にじっくりと考えておきさえすれば、ああなることは予見できていたはずだったのだがね。きみも憶えているだろう、例の個体も含むサーディンの群れが、沖の岩礁からずっとついてきていたことを。そう話したね？」

カラマーはまじまじと友人を見つめた。

「——つまり、具体的には？」

「溺死したのさ」とマグナス・リドルフは答えた。「正確には、サーディンたちが溺死させたんだ。一匹一匹は力がなくても、あれだけの群れともなれば、大きな力が出せる。あの個体の誘導のもとに、魚群はダネルズを岸壁から沖へ運んでいって、海の中に引きずりこんだ。あれはじつに胸の痛む光景だったよ。わたしもひどく動揺したものだ」

カラマーはオフィスの端まで歩いていき、そこで引き返してくると、マグナス・リドルフの椅子に向かいあう席へどすんとすわりこんだ。

「つまり、事故だったというんだな？　ダネルズはあわれにも事故で死んでしまったと——そういうことなんだな？　問題はだ、マグナス、ぼくはきみのことをよく知っている。いま聞かされた話には破綻がないし、事実、そのとおりのことが起きたんだろうと思う。その——知恵あるサーディンたち、とでもいうのかな——」カラマーの口調には皮肉がこもっていた。「——その連中は、人間を海中に引きずりこんだらどうなるかわかっていたのか？　そもそも、海に落ちてきたのがダネルズであると、彼らには識別できたのか？」

「さあ、どうだろう」マグナス・リドルフは思案顔になった。「ダネルズが岸壁で待っているとは、たしかに伝えておいた。しかし、バーネット法のチャートというのは、なかなか役にはたつものの、ものごとをかならずしも正確に伝えられるとはかぎらないからね。わたしにいえるのは、サーディンたちがそこまで推測して行動するのも、あながちありえないことではあるまいと——」

「それはいい、もういい」カラマーが力なくいった。

「ひとつ、こういう視点から考えてみてはどうかね？」マグナス・リドルフはさりげなく提案した。「ダネルズが爆発物や毒物で魚群の殺害を試みなかったなら、溺死させられることもなかったのではあるまいか？　もしもダネルズがネイルをボートで海に派遣せず、わたしをロケット弾で殺そうとはしなかったなら——そしてダネルズ本人が岸壁でわたしを待ちかまえたりせず、射殺する気満々でもいなかったなら——こちらとて彼を海に突き落としたりしなかっただろう。それと同じことだよ」

「そうはいうが」カラマーは食いさがった。「そもそも、きみが潜水スーツを盗んだりしなければ、ダネルズがきみを待ちかまえることもなかったはずだぞ？」

　マグナス・リドルフは唇をすぼめた。

「この件の最終的責任がだれにあるのかをつきつめるならば、ダネルズの行ないについて法的責任を負うべきは、彼の共同経営者たるきみだということになるのではないかな」

　カラマーはためいきをついた。

「いったい、ことの発端はなんだったんだ？」

「それだけ大きな進化圧が加わったということさ」と、マグナス・リドルフは答えた。「ダネルズとネイルは、チャンダリアにサーディンを移植するうえで、当然ながら最高の個体群を選んだ。さらに、選びぬいたサーディンを研究所で増殖させる過程において、遺伝子操作で盛んに改良種を創りだした。

　その改良種のなかに、たまたま高度に知能の発達した系統が生まれた。思うに、ダネルズが野望をいだいたきっかけはそれだったのだろう。どうせなら、訓練して自分の思いどおりに仕えさせられる個体を——最低でも牧羊犬のようにサーディンの群れを追いたてられる個体を——できうるならば、ユダのサーディンを創りあげられないものかと考えたんだ。知ってのとおり、ヒツジの群れの先頭に立って処理施設に連れていき、自分だけは見逃してもらうヤギのことを、ユダのヤギというだろう？あれの魚版だよ。

　ダネルズたちは交配に交配を重ね、徹底的に品種改良して、ついにうんと知能の高いサーディンを創りあげた。その知恵あるサーディンたちがダネルズに協力し、非常に価値あるサービスを提供してくれたおかげで、ダネルズはわざわざ沖へ漁船を出して収穫しなくとも、大量のサーディンを缶詰にできるようになったわけだ。

ところが、少数の個体、もっとも知能の高いサーディンたちは自由を望み、岩礁付近にコロニーを設けた。それはただちにダネルズの知るところとなった。なぜかというと、ひときわ隷属的なユダのサーディンを除いて、すべての高知能型サーディンは岩礁の同胞のもとに合流してしまったからだよ。

高知能型サーディンを飼い馴らすのは骨が折れる。仕事を一から仕込むには手間がかかる。そんな連中にかたはしから逃げられてはたまったものじゃない。そこでダネルズは、コロニーを全滅させることにした。高知能型が殖えて通常型の数を凌駕してしまったら、なにも考えずに誘引用の生け簀へ飛びこんでくる魚が減ってしまう。それも危惧したんだろう。ゆえにダネルズは、海上のボートから爆発物を投げこみ、毒を流す挙に出た。が、これはうまくいかなかった。コロニーの魚群がボートの接近を察知して逃げてしまうからだ。そこでダネルズは、ロドペに潜水スーツを発注する。

その間に、高知能型サーディン側は逆襲に出た。彼らに武器はない。したがって、ダネルズを直接攻撃することはできない。しかし、缶詰工場の目的は知っている。人間の食料とするために、同胞のサーディンを缶に詰める場所であることを知っている。

そこで高知能型サーディンたちは、岩礁の上部に粘着質の球体をたくさん作ってならべはじめた。粘着物はなんらかの分泌物だろうと思う。そして、あちこちから集めてきた金属片や汚物をその中に埋めこんだ。つぎに、大量の通常型サーディンを岩礁の上まで追いこんで、粘着質の球体を各個体のからだにへばりつかせた——中身の異物ごとね。通常型はその状態で缶詰工場に送りこまれ、缶詰にされて、輸出されたというわけさ」

ジョエル・カラマーがいきなり立ちあがり、またもや室内をいったりきたりしだした。

「ネイルはどうなったんだ？」

「一日たって岸壁に泳ぎついたよ。ま、あの男はただの道具にすぎない」

カラマーはかぶりをふった。

「あの工場はもう閉鎖するしかないな。従業員解雇の手配はしてくれたのか？」

マグナス・リドルフは、〝なにをいいだすんだ〟といわんばかりの表情になり、大きく目をむいた。

「いっさい、していないとも。したほうがよかったかね？」

「きみには全権を与えたはずだ」カラマーの口調が険を帯びた。「だったら、そこまで処理してきて当然じゃないか」

そのとき、インターカムのチャイムが鳴った。カラマーがボタンを押す。報告したのはおだやかな声だった。その内容を聞いて、カラマーはごま塩の頭髪を逆立たせた。

「オイル・サーディンの缶詰が大量に届いただと？　ちょっと待っててくれ」マグナス・リドルフに顔を向けて、「缶詰を発送してきたのは何者だ？　いったい、なにが起こってるんだ？　ここで――いや、あそこで？」

マグナス・リドルフは肩をすくめた。

「缶詰工場なら、以前と同じく、ちゃんと稼動しているとも――新しい管理者のもとでね。きみから与えられた全権により、必要な手配はすべてすませてきた。売上の取り分は、これまでと同じ割合できみのふところに入る」

カラマーはけげんな顔になった。

「どういうことだ？　新しい共同経営者はだれなんだ？　ネイルか？」

「まさか。あの男にそんな才覚はない」

「では、だれだ？」カラマーは声を荒《あら》らげた。

「決まっているじゃないか、いましがた話した、高知能型サーディンのコロニーだよ」

「な、なんだって――？」

「いまいったとおりだ」と、マグナス・リドルフは答えた。「きみはサーディンのコロニーと共同で事業展開することになった。新会社の名は〈サーディン＝カラマー・カンパニー〉」

「なんということだ」カラマーの声はかすれていた。「なんということだ！」

「だれにとってもメリットのある処置であることは明らかだろう？　きみはきみで、極上の原材料の効率的な確保が保証される。サーディンはサーディンで、文化的な施設をすべて享受できる」

カラマーは黙りこんだ。それから何分かして、すっと目を細め、マグナス・リドルフの柔和な目を見すえて、こういった。

「今回の処置の裏には、リドルフ的なにおいがぷんぷんするぞ。きみに特有の道義の欠如、常識的な慣行に対する計算づくの逸脱……」

「チョッ、チョッ」マグナス・リドルフは舌を鳴らした。「そんなことはない、まったくないよ」

カラマーは鼻を鳴らした。

「では、この件の裏できみが糸を引いたことはいっさいない――そういうんだな？」

「そうだな、ふむ……」マグナス・リドルフは慎重にことばを選んで答えた。「まあ、この点だけは認めようかね。今回の処置を受けいれることによるメリットを魚たちに示唆したこと――それだけは事実だよ」

暗黒神降臨

酒井昭伸訳

To B or Not to C or to D

惑星アズルの薄暮はブルーグリーンの色合いを帯び、水の中のような質感をたたえている。そんな黄昏のもと、マグナス・リドルフがキャフロン・ビーチをそぞろ歩いていると、向こうから仏頂面の偉丈夫がやってきた。おそろしく長身で、おそろしく幅があり、眉毛は積乱雲のごとく、口とあごは砕鉱機のようだ。

「おまえがマグナス・リドルフか?」

露骨に敵意のにじむ、険悪な声だった。

ここは〈真実の海〉に面する静謐《せいひつ》な蒼砂《そうさ》の浜辺――こんなところまで追いかけてくるほどしつこい債権者が、はて、いただろうか? 残念なことに、ここまで近づかれてしまっては、もう男を避けるすべがない。

マグナス・リドルフは正直に答えた。

「そのとおりの者ですが……」

仏頂面の男の、赤い柘榴《ざくろ》石《いし》色をした双眸《そうぼう》が、マグナス・リドルフの淡いブルーの目をねめつけた。

「おまえ、探偵だそうだな」

マグナス・リドルフは考え深げな面持ちで唇をかみ、きちんと整えた白鬚《はくしゅ》をなでた。

「たしかに、そのような呼称で呼ばれてもおかしくはありません。が、ふだんは自分のことを――」

しかめ面の男は、漆黒の海の彼方に目をやった。

「自称なんぞ、どうでもいい。ジョン・サザーンにおまえを奨められてきた」

「ああ、あの」マグナス・リドルフはうなずいた。「彼のことは憶えていますよ。マハーレオン王のハーレムに名高い彫像の件で相談にこられた方ですね」

大柄な男の仏頂面がますます険しくなった。

「貧弱な体格だな。予想とはまるでちがう」

マグナス・リドルフは指摘した。

「知性、機転、機略のたぐいは、外見から価値を量れるものではありませんよ。ネクタイとはわけがちがいます」

「口先だけは達者なようだが、こととしだいによっては、荒事《あらごと》もできるのか？　おれが知りたいのはそこだ」

いたく不愉快な男ではあったが、これは確実に借金取りではないと知って、マグナス・リドルフは愛想よく答えた。

「それは状況によるでしょう」

大柄な男の顔に、かすかな侮蔑の色が浮かんだ。

マグナス・リドルフはよどみなくつづけた。

「その〝状況〟の中には、依頼人に対する共感も含まれます。しかし、いまのところ、あなたからは共感をかきたてられる要素がまったく感じられません」

大柄な男はにんまりと笑った。

「人に共感をかきたてさせようと思えば、小切手にサインするのがいちばんてっとりばやい。おれの名はハワード・サイファー。重金属を採掘している」

マグナス・リドルフはうなずいた。

「おうわさは耳にしたことが」

「おおかた、野心家で気ままな放蕩者とでもいううわさだろう」

「たしか、〝反社会的勢力とつながりがある〟……というような表現でしたか」

サイファーは丸めたドアマットほどもある太い前腕を動かし、じれったそうなしぐさをした。

「そんなことはどうでもいい。しょせんは火傷した仔豚みたいにキーキー騒ぐしか能がないやつらの流言だ！　じつはいま、のっぴきならない状況に陥っていてな。おれの力ではどうにも解決しようがない。このままでは金が出ていくばかりだから、なんとか対策を打つ必要がある」

「お困りごとでしたら、承らなくもありませんが」

サイファーは赤褐色の目でまじまじとマグナス・リドルフを見つめた。

「他言は無用だぞ、いいな？　この件が外部に漏れれば、おたがい、やっかいなことになる。秘密はまもれるな？」

マグナス・リドルフは肩をすくめ、淡いブルーのビーチを歩みだしかけた。

「あなたのお申し出、わたしの興味をかきたてるにはいたらなかったようです」

突然、クマかと思うほどごつい手で肩をつかまれた。マグナス・リドルフはむっとした顔になり、すばやく向きなおった。

「お放しなさい！」

サイファーはぎろりとマグナス・リドルフをねめつけた。

「おまえが泊まっている〈グリーン・ライオン・ホステル〉にな、おまえを探して裁判所の執行官がふたりきてるぞ。判決通知を携えてる」

マグナス・リドルフは唇をかみ、小さくつぶやいた。

「やれやれ、あのろくでもない異星生物動物園には、いつまでも祟られる……」それから、ふつうの声になって、「ミスター・サイファー、お困りごとはどのような性質のものでしょう？　いかほどの依頼料を払われる用意がおありです？」

「なにはともあれ」とサイファーは答えた。「最初にこれだけは警告しておく。この仕事を受ければ命を落とす可能性が高い。じっさい、前任の二十人よりもうまくやらないかぎり、おまえはかならず死ぬ。さあ、おれは正直に危険を話した。それでもまだ興味があるか？」

謎解きが死ととなりあわせであるからには、依頼料は死の危険に見あう金額であるにちがいない。マグナス・リドルフはそう判断し、そのとおりのことを口にして、興味があると答えた。

サイファーはいった。

「そうか。ではまず、背景をいおう。おれはひとつ、惑星を持っている」

「まるごとですか？」

「まるごとだ」サイファーはぞんざいに答えた。「惑星の名前はジェクスジェカという。おれ自身は――かなり金まわりがいい」

マグナス・リドルフは嘆息した。

「わたしはそうではありません。経営していた異星生物の動物園が破綻してしまいましてね。巨額の借財をかかえこむはめになりました」

「ははあ。すると、あのけたたましく吠える化けものどもの陳列場、おまえのものだったのか」

「もうわたしのものではありませんよ。動物園自体、二百ミュニットで売ってしまいましたからね」

ハワード・サイファーは荒々しく鼻を鳴らした。並の人間がこんな音をたてたなら、のどぼとけがつぶれてしまうだろう。

「おれの置かれた状況は――いや、こんなところで立ち話するひまに、おれの船で話すほうが早いな。こい、地図を見ながら説明してやる」


サイファーは説明をはじめた。

「ジェクスジェカは岩の塊だ。地表全体が岩山と岩場ばかりと思えばいい。ただし、ところどころ、おれがオアシスと呼ぶ場所があってな。これはぜんぶで四カ所で、いずれも良水の泉が湧いている。惑星で水が出るのはこの四カ所しかない。見てのとおり、北半球と南半球、それぞれふたつずつある。おれが本部をかまえている場所は、ここ――」そういって、地図を指さした。「――オアシスAだ。鉱脈にもっとも近い」

「鉱脈とは、重金属の?」

「そのとおり。いま、サイズが家ほどもある、高純度タングステンの鉱床を掘っているところでな。酸化セレンも露天掘りしているし、幅が三フィートもある三酸化ケンタウリウムの鉱脈も採掘中だ。ウラン鉱脈もある。とはいえ、そこいらじゅうに鉱脈があるわけじゃない」

サイファーはいらだった口調で語をついだ。

「二年ほど前のこと、おれはジェクスジェカに自給自足体制を確立しようと決めた」

「岩しかない惑星に?」

「ジェクスジェカには空気もなければ生命もいない。胞子すら存在しない。やむなく、採掘作業にはタルリアンを使っている。タルリ第二《II》惑星の嫌気生物だ。ところが、こいつらに食わせるメシの量がハンパじゃない。食費だけで、とんでもない金額が飛んでいく。

　そこでおれは考えた——各オアシスにタルリ原産の植物を移植して、タルリアンに多少とも食料を自給させようと。さっそく、タルリIIから土壌を輸入して、タルリの果樹を移植した。ガラスの葉をつけるガラス繊維質の樹だ。

　さて、このオアシスBを見てくれ。こいつはAにいちばん近い。このBに最初の果樹園を設けたと思え。牧草地を作って、タルリ牛も放牧した」

　サイファーは椅子の背あてにもたれかかり、怖い顔で地図をにらんだ。

「で？」マグナス・リドルフは先をうながした。

「不可解な事態が起きだしたのはそれからだ。いったいなにがどうなったのか……最初はなにもかも順調にいっていたんだが。樹々は原産地のタルリIIよりも大きな実をつけたし、タルリ牛どもも——こいつをウシと呼ぶのは、胴が太くて、脚が長くて、岩場も移動できる蹄があるからだ——ウサギのようにどんどん殖えた」

　マグナス・リドルフは地図を検分したのち、サイファーの大きな顔を見あげた。

「ふうむ。どうもわたしは鈍いようです。あなたの懇切丁寧な説明を聞いても、いったいなにがどう問題なのか、いまだにとんとわかりません」

　そういって、こざっぱりした白と青の上着の前に手をあてがい、すっとなでつけてた。

　サイファーは眉をひそめ、声に険を含ませた。

「ひとつはっきりさせておくぞ、リドルフ。おれは皮肉な言いまわしをさせるためにおまえを雇うんじゃない。おまえの皮肉のネタにされるのは好かん。だれの皮肉でもだ」

マグナス・リドルフは冷静そのものの目でサイファーを見つめた。

「まあ、そう興奮なさらず、ミスター・サイファー。いきなり激昂されましてもね、わたしとしてはとまどうばかりで」

サイファーの顔が怒りで膨れあがり、赤黒く染まった。両のこぶしをぎゅっと握りしめる。ついで、低いだみ声で説明をつづけた。

「約一年前、オアシスCにも果樹園を設けた。ところが、地球時間で六月十三日の晩、オアシスCの作業員がひとり残らず消えてしまった。まるで存在しなかったかのように、惑星上から完全に消えてしまったんだ。内訳は、地球人が一名、ロドピアンの事務員が一名、タルリアンの作業員が四名」

「なくなった船は？」

「ない。船はみな残っていた。当然、おれたちは途方にくれた。捜索してみたが、なにもわからない。とまれ、おれはその後も計画を続行して、オアシスDにも果樹園を設けた。すると、最初の消失から地球時間で八十四日めに、またしても同じことが起こった。

Dからも全員が消えて、なんの痕跡も残ってないところまでCの例とそっくりだった。暴力行為のあとはなかった。抵抗のあともだ。なにが起こったのかを推測できそうな手がかりはいっさい残っていなかった。むろん、採掘業務には著しい支障が生じた。知ってるだろう、タルリアンという種属はひどく迷信深い。ちょっとしたことで怯えてしまう。二度めの消失を機に、やつら、ストを起こして強硬にサボタージュしおってな。どうにかそいつらを排除するのに、えらく苦労させられた。説得の通じる人員をほかのオアシスからCとDに配転したのは、そのあとのことだ。

二度めの消失から八十四日後、またしてもCとDで消失が起こった。こんども全作業員が消えた。

ひとり残らず、きれいさっぱりと——風と共に去りぬ、といったふぜいでな。もっとも、空気のないジェクスジェカには風なんか吹きやしないが。結局、かきくどいてCとDに移動させたタルリアンは——これは果樹園の手入れとウシの世話をさせるためもあったんだが——八十四日後にみんな消えた。タルリアンだけじゃない。タルリ牛も全頭が消えた」

マグナス・リドルフはたずねた。

「地球情報庁《TCI》には連絡しましたか？」

サイファーはまたしても、ばかでかい音をたてて鼻を鳴らした。

「あの税金泥棒どもにか？　ま、いちおうはな。しかし、あいつら、おれになんとぬかしたと思う？〝そもそもあなたには、ジェクスジェカでビジネスをする権利はありません〟といいやがる。それに、〝ジェクスジェカが連邦の法的境界外にある以上、自分たちには合法的な捜査権もありません〟とな。八十四日ごとに、連邦市民がどこへともなく消えてるというのに、よくもあんなことがいえるもんだ。やつら、あのボンクラ頭をおれのほうへ向けようともしやがらん」

マグナス・リドルフはあごひげをなでた。

「単純な理由で説明がつくケースでないことはたしかなのですね？　行方不明者がハイジャッカーや奴隷商人に連れ去られた可能性はないんですね？」

「ばからしい！」サイファーは憤然とマグナス・リドルフをにらみつけた。

「興味深い話ですな。その点は同意してもいい。おそらくあなたは、わたしをCかDに住まわせて、作業員消失の原因を探らせるおつもりなのでしょう？　わたしが消えてしまう危険を承知の上で？」

「そのとおりだよ」

マグナス・リドルフはゆっくりといった。

「わたしももう、齢です。それほど世の中のお役にたてるわけではない。しかし、ジェクスジェカで客死した場合、負債を返せないのが気になるところでしてね。債務をかかえたまま死ぬのは名折れというものです。

ふうむ――ホステルには執行官がふたり待っているとおっしゃいましたな？　ここは欲をかかずにいくとしますか。ひとまず、契約金として、一万ミュニットの小切手を切っていただきたい。加えて、執行官が取り立てにきた負債を肩代わりしていただきましょう。そうすれば、お困りごとを解決する仕事をお引き受けします」

サイファーはうめくようにたずねた。

「あの執行官ども、なんの負債を取り立てにきたんだ？」

「思いあたるのは」とマグナス・リドルフは答え、淡々とした態度で地図を眺めた。「異星動物園のエサ代だけです。きっと未払い分を請求にきたのでしょう」

「何カ月分だ？」

「四カ月分です。それ以上ということはありません」

サイファーは考えこんだ。

「それなら、たいした額じゃあるまい。よかろう、その条件、呑んだ」

「では、合意の契約書を作りましょう」

マグナス・リドルフは提案し、さっそく契約書を作成した。ハワード・サイファーは遅いと文句をたれたあと、書面にサインをすませた。

そののち、ふたりはクルーザーをあとにし、〈グリーン・ライオン・ホステル〉へ歩いてもどった。ホステルはキャフロン・ビーチの奥に位置する、テムペー渓谷の入口にある。

ホステルのロビーにはふたりの若い男がすわって待っていたが、マグナス・リドルフの姿を見るや、飛びあがるようにして立ちあがり、テリアのようにちょこちょこと駆けよってきた。

「おふたかた、おふたかた！」マグナス・リドルフは狼狽したふりを装い、両手をつきだしてみせた。「不愉快な法律書類など、つきつけるにはおよびません。おふたかたには、清算の権限が与えられていますか？」

「与えられています。ただし、判決通知にあるとおりの金額でないといけません。びた一文欠けてもだめです」

「それなら、ここにいるミスター・サイファーが支払ってくれます。請求書はこちらへどうぞ」

サイファーは小切手帳を取りだし、うなるような声でたずねた。

「いくらだ」

「十二万と二千六百二十ミュニットになります。星区中継港《スターポート》の〈ヴァンガード有機飼料サプライ〉が受けとれる形で支払ってください」

サイファーはマグナス・リドルフにさっと顔を向けた。あまりの高額に反応が追いつかないのか、激烈な怒りの表情がのろのろと顔に広がっていく。

「こ、こ、この二枚舌のペテン師野郎！　おいぼれの悪党《ゴート》！」

「〝ヤギ《ゴート》〟という呼称は、あまりよい気持ちがするものではありませんな。それを使った者たちは、例外なく、あとで後悔していますよ。たしかにこのひげは、ヤギひげと呼ばれるものではありますが、このあごひげを別にすれば、わたしにはヤギに似たところなどすこしもありません」

サイファーの目は燃え盛る火の海と化した。

マグナス・リドルフ殿

負債支払命令書

前四半期において貴殿宛に配達された下記商品の代金を支払うよう命ずる

品　名	単価（ミュニット）	数量	単位	金額（ミュニット）
シージーの卵・砂糖漬け	80	100	キログラム	8,000
樹液（レノックスIVの黄色発条木《パネノキ》）	45	200	リットル	9,000
チャンコディラの幼虫（活き餌）	4,235	1	トン	4,235
ランクラーク汚水孔のヘドロ	380	2	トン	760
カリフォルニア・レーズン（一級品）	1	50	ポンド	50
完熟ティコラマの実（ネイアスVI産）	42	100	ケース	4,200
冷凍マンドラゴラ	600	20	本	12,000

「きさま――請求されるのは動物のエサ代だとぬかしたじゃないか！　よくもこのおれをたばかって――」

「たばかるとは、滅相な！」マグナス・リドルフは抗議した。「このおふたりが持ってきた判決通知を見ていただければ、エサ代というのが虚言ではないことがわかるはずです」

　サイファーは手を伸ばし、執行官のかたほうから書類をひったくった。執行官はほとんど抵抗らしい抵抗を見せなかった。書類にはこうあった。

（上表参照）

　リストはまだまだつづいていた。

　サイファーは書類をつっかえしつつ、マグナス・リドルフに向かって、ひとこと、こういった。

「払わんぞ、おれは」

「払っていただけなければ、わたしとしても、契約不履行で訴えざるをえなくなります。それに加えて、あなたは味わいそこねることになるのですよ？――わたしがオアシスC、またはDから消えうせるのを見る歓びをね」

「なるほど――おまえが消えてなくなるなら、多少は胸がすくというものだ。それだけで、この額の何倍もの価値がある。ただし、警告しておくぞ、リドルフ――おれはけっして、寛容な男じゃない」サイファーは執行官に向きなおった。「いくらだ？　もういちど総額をいえ」

「十二万二千六百二十ミュニットです」

「持ってけ。小切手だ」ついで、マグナス・リドルフにあごをしゃくって、「おまえの荷物をおれのクルーザーに運びこめ。ただちにジェクスジェカへ出発する」

「お望みのままに」とマグナス・リドルフは答えた。


射手座星区のアズルから蟹座3/2星区のジェクスジェカへいたる八日間の船旅のあいだ、マグナス・リドルフがハワード・サイファーと口をきく機会は、都合二回しかなかった。いずれも第一日めでのことである。その日、ふたりは昼食をともにしたあと、展望ドームで食後のコーヒーを味わいながら、作業員消失の謎について話しあっていた。

当初、話しあいは〝名論卓説、滾々《こんこん》として尽きず〟のていで、友好的に進んだ。が、ややあって、マグナス・リドルフが驚きを示したことにより、事態は一変した。聞けばサイファーは、鉱脈開発と生物増殖に惑星の未来を託すいっぽう、いくつかの惑星に見つかる特異な――なかには超感覚能力を持つ――非有機生物のことは、まったく念頭にないのだという。その種の存在は地球にすら見られるもので、〝亡霊〟として知られているというのにだ。

マグナス・リドルフのそんなことばを耳にしたとたん、サイファーはこれまでに聞いたなかでも、もっとも盛大な音をたてて鼻を鳴らした。

「ジョン・サザーンからは、おまえが探偵だと聞かされている。香をくゆらす怪しげな呪《まじな》い師だとは聞いていないぞ」

マグナス・リドルフは哲学的な表情でうなずいてみせてから、自分はとくにふだんと異なる見解を述べているのではないと答え、動物界の実態を語って聞かせた。そして、動物のなかでも、イノシシ、クマ、アザラシはとくに、感覚的印象から世界の正確な実像を把握する能力に長けていることを説明した。

このあたりまでくると、サイファーの目が剣呑な光をたたえはじめた。ほどなく、呼びかけかたも変化し、〝阿呆《ゴート》〟ということばが使われるにおよんで、マグナス・リドルフはすっくと立ちあがり、丁重ながら冷たい態度で会釈して、展望ドームをあとにしたのだった。

船旅のあいだ、ハワード・サイファーとマグナス・リドルフが口をきいたのは、この日の昼食時と、展望ドームで議論をしたときの二回のみだ。つぎにふたりが口をきいたのは、船がジェクスジェカに到着し、ガラスのようになめらかなクレーター内に着地してからのことだった。このクレーターは、そのむかし、地表の玄武岩が隕石の激突を受け、灼熱の熔岩の海と化してできた衝突孔の名残らしい。ホームに帰ってきたせいか、サイファーはふたたび鷹揚な口調になっていた。

「見わたすかぎりの、岩、岩、岩。なんとも印象的な惑星だろう。これで大気さえあれば、住むにも悪くない。暑すぎず、寒すぎずだ。いずれ空気生成プラントを設けて、大気を作ろうと思っている。そうしたら観光客を呼べる惑星になるぞ。そうは思わんか、リドルフ？」

「たしかに、たいへんな壮観ですな」

そういって、マグナス・リドルフはうなずいてみせた。

一年ほど前に、オーガスタン・レビュー誌で、探険家のアーサー・アイドリーが作成した人類入植惑星のリストを見たことがある。そのリストは、地球を基準にして、下へいくほど地球と掛けはなれ、奇矯さを増していくという構成をとっていた。

当然、リストの上位には、地球を先頭に、ファン、ネイアスVI、エクサジェンシア、鯨座ο《オミクロン》星III、マラード42、ロドペ、ニュー・スーダンなどがくる。それとは対照的に、最下位付近を占めるのは、フォーマフェラ、ジュリアン・ウォルターズIV、アルフェラツIX、ジェンジリーなど、どれもこれも奇妙なことで悪名高い惑星ばかりだ。しかし、こうしてジェクスジェカを眺めわたして、マグナス・リドルフは思った――リストの掉尾《とうび》を飾るにふさわしいこの惑星を挙げそこなうとは、アイドリーも大しくじりをしでかしたものだな、と。

ジェクスジェカは所属する三連星系で唯一の惑星である。同三連星は、すぐ近くにある赤色巨星・赤《ルージュ》、ずっと遠くにあるソルと同規模の白色恒星・白《ブランシュ》、ブランシュの暗い伴星・黒《ノワール》、この三つで構成されている。ジェクスジェカはルージュの周囲を公転しており、その恒星年のうちの半分において、日中は常時ふたつの太陽が輝いているそうだ。残りの半分では、日中に見えるのはルージュだけで、ブランシュはいわゆる〝夜〟のあいだだけ顔を出す。

怪物的に巨大な火の玉となって赤く燃え盛るルージュは、暗黒の空の半分を占めており、その丸く膨らんだ形までもがはっきりとわかった。じっさい、ルージュの赤道一帯は、見る者の顔に向かってぐんぐん迫ってくるかのような印象を与える。強烈に輝く白い円盤ブランシュは、そんなルージュのすこし横にかかった状態だ。ノワールの姿はどこにも見えない。

船は広くて浅いクレーターの中央部分に着陸していた。黒いガラス質の床は、周囲へいくにつれて徐々にせりあがり、高さ一マイルにもおよぶ灰色の岩壁となって円環状に連なっている。その岩壁のふもとに、おそらく採掘基地だろう、きらめくドームの一群と、採掘で棄てられた廃石の山が見えた。サイファーの居住施設は、そこからすこし離れた別個のドームにあるという。オアシスAというのは、居住ドームのとなりに広がる、清水をたたえた泉とその周辺のことだ。

ジェクスジェカの地下深く、高熱で起こる化学反応で発生した水は、水蒸気となって上にあがってきたあと、地表付近の空洞で冷えて凝縮され、それがまれに地表まで浸出し、泉を形成する。地表は真空のため、水は徐々に宇宙空間へ蒸発していき、水の供給が追いつかなければ、泉はやがて涸れてしまうことになる。マグナス・リドルフとしても、たしかにこの惑星には、一種狂気じみた美しさがあることは認めざるをえなかった。

空気がなく、地形が大ぶりのこの星では、距離の見当がつけにくい。遠近感が著しく狂ってしまうからである。マグナス・リドルフは、サイファーの居住ドームがあるのが船から一マイルほど先だと見積もり、地表車でいけばすぐに着くだろうと思ったが、ガラスのようになめらかな隕石孔の底部をすみやかに横断したというのに、ドームに着くまで十分もの時間を要した。

やがて地表車がエアロックに収まった。サイファーがドアをあける。

「さあ、着いた」

サイファーが内装に手間も金もかけていないことはひと目でわかった。打ち放しのコンクリートの床、そっけない壁、実用一点張りの調度などを見て、マグナス・リドルフは眉をひそめた。

「おまえの部屋はこっちだ」

サイファーが先に立ち、アルミの波板壁ではさまれた廊下の奥へと導いていった。連れていかれた先は泉を一望できる部屋だった。

室内の調度は、せまい寝台と、灰緑色の粗末なキャビネット、背もたれのまっすぐな白い椅子——それだけだった。

「あなたはなかなかに賢明な方だ」マグナス・リドルフは取りすました顔で感想を述べた。「非常に鋭い感受性をお持ちでいらっしゃる」

「どうしてそう思うんだ？」

「この星の性格を的確に把握し、そのもっとも繊細なテイストをご自宅の内装にも付与しておられるからですよ。この星の虚無的で荒涼とした地景に唯一ふさわしいのは、寒々しいほどの質実剛健さである――この判断は、いやはや、まったくもって、適切というほかありません」

「ふふん」苦笑いを浮かべて、サイファーはいった。「ま、気にいったという感想は評価してやろう。たいがいの人間は不満を漏らすもんなんだがな。しかし、もともと柔らかい尻にパッドをあてがってどうする？　そんなことに金を使う気など、おれにはさらさらない。ハードワークに質素な暮らし、質実剛健な生きかた。それでおれは金を作った。いまさら流儀を変えでもしたら、せっかくの蓄えが吹っとんじまうじゃないか」

「一理あります」マグナス・リドルフはうなずいた。「ああ、しかしまさか、ここで供される食事も、ここの内装と同じく、質朴きわまりないものではないでしょうね？」

「食えればいいのさ。味も見てくれも知ったことか。腹がふくれればそれでいいんだ」

マグナス・リドルフはうなずいた。

「では、シャワーを浴びて着替えるとしましょう。わたしの荷物は運んでいただけましたね？」

「いうまでもない。バスルームはそこのパネルの向こう側にある。熱い湯をひと浴びすれば、人間、見ちがえるように元気になるもんだ。水は泉からじかに引いている。昼食は一時間後だぞ」

オアシスCとDの謎を解くのが早ければ早いほど、文明世界に帰れるのも早くなる。そう判断したマグナス・リドルフは、昼食時、すぐにでも調査に取りかかりたい旨、申し出た。

「そうか、そうか、そいつは殊勝な心がけだ」とサイファーはいった。「外を見てまわるには、与圧スーツのほか、二、三の装備が必要になる。おれは仕事が山積みなんで、おまえにはひとりで現場をまわってもらわねばならん。なあに、ひとりで訪ねていっても怪しまれることはない。CにもDにも、だれもおらんのだ。そろそろ八十四日めが近いんでな」

老哲学者は丁重にうなずき、了解の意を示した。

昼食後、マグナス・リドルフは与圧スーツを借り、その場で着つけをすませ、サイファーの案内で居住ドームの裏に赴いた。そこにはさまざまなタイプの浮揚ボートが雑然と置いてあった。修理中のものも多く、修理の段階は機体によって異なる。

そのなかから、手製の小型ホッパーを選んだ。これは二本のI形鋼をX字形に交差させて熔接し、その上に合板のプラットフォームを載せただけの簡単な造りで、X字の各先端にはそれぞれ下向きにエアジェットが取りつけてあり、この四基で空中に浮かぶ仕組みになっている。プラットフォームの下には移動制御用ジェットもあって、推進と方向転換はこれで行なう。シンプルかつ実用的、故障もすくなく、非常にあつかいやすいのが、この手の乗り物の特徴だ。

小型のハンドガンを携えて――この惑星上をうろついている生物などいない、とサイファーは請けあったが、念には念をいれたほうがいい――マグナス・リドルフはプラットフォームに乗り、まずは標準の搭乗姿勢をとって、バッテリーの充電状態をチェックし、燃料カートリッジの残量をたしかめ、スイッチをオンにし、コントロール装置を試験的に動かしてから、ゆっくりとダイヤルをまわした。このダイヤルは浮揚制御のためのものだ。

ホッパーがエレベーターのように上昇していく。マグナス・リドルフは冷静な表情でサイファーにうなずきかけ――サイファーはおもしろがっていることを隠そうともせず、にやにや笑いを浮かべて駐機場に立ち、こちらを見あげている――クレーター壁の傾斜ぞいにホッパーを浮かびあがらせて、火成岩でできた大きな灰色の〝塁壁〟を乗り越えた。

ひたすら荒涼としているな、というのが、マグナス・リドルフの受けた第一印象だった。絶望的なほどに荒涼とした岩石の世界――。どこまでもはてしなく連なる黒と灰色の混沌が、ルージュの赤、ブランシュの白、両方の陽光を受けて、朱色に染まっている。ひとにぎりの人間しか見たことがなく、いかなる人間の脳の理解をも絶する、岩石平原、岩石の尖塔、巨大なクレバス……。

合わせて何立方マイル、何十立方マイルもの岩塊の、なんと圧倒的な量感だろう。あちこちには、真紅の陽光に貫かれて赤く染まった巨大な水晶柱がそそりたっている。銀色に輝く片麻岩《へんまがん》の大平原は、整然とととのった正弦波の形に波打っていた。壮大な大峡谷には、空気がすこしもない世界に特有の、くっきりと濃い陰影が刻まれている。さらに、床がガラス化した隕石孔、噴火口、噴気孔……。

空中を飛びながら、マグナス・リドルフは自問した。ジェクスジェカになんらかの生命が存在して、AとBには入植を許すが、CとDには許さない意志を持っていると仮定しよう。その生命はどこに、どんなふうにして棲息しているのだろう。いつ、どうやってオアシスに出現するのだろう。八十四日ごとに作業員を消しているのであれば、その生命は、周期的活動や季節的変動といった、なんらかの規則にしたがっていることになる。

あるいは、宗教的供犠《くぎ》だろうか。それとも、八十四日の潜伏期を経て、なんらかの病気が発症しているのか。

マグナス・リドルフは唇をかんだ。どうもそういう気がしない。

やおら、ホッパーを停め、眼下に広がるジェクスジェカの岩石大地を見わたした。一カ所に広大な鏡面状の台地が見える。黒曜石でできているらしい。鏡面は全体が十度から十五度ほど傾斜しており、十マイルほど先まで連なったのち、貝殻状の岩紋でおおわれた細い地形によって断ち切られていた。マグナス・リドルフは鏡面上、二十フィートほどの高さまで降下した。ふたつの太陽が投げかける光は、黒曜石の透明なガラス質を透過し、微小な砂金石の薄片をきらきらと輝かせている。黒曜石の台地に着地し、ホッパーを降りて身をかがめ、なめらかな岩石面にじっと見いった。磨きあげられた鏡面のような地表には塵ひとつない。

ホッパーにもどり、三フィートの高さまで上昇して、斜面を縁のほうに進んでいった。ややあって、黒曜石の鏡面が椀の縁のように反りあがった部分にたどりついた。縁の向こうは断崖になっている。マグナス・リドルフは縁の真上に浮かんで、眼下に広がる影深い暗黒を覗きこんだ。崖の下は暗黒に呑まれていて見えない。

ホッパーを降下させた。下へ、下へ、下へ——陽光のとどかない領域へ——。プラットフォームの両側面にセットされたヘッドライトを点灯する。下へ、下へ、下へ——やっとのことで、峡谷の底がライトに浮かびあがった。灰色の岩床がぐんぐんせりあがってくる。

水をたっぷり吸った木片が暗黒の海底に着底するように、ホッパーはやんわりと岩床に着地した。峡谷の底を形作っているのは、種類不明の黒い岩石だった。岩には灰色の結晶が線状に走っている。マグナス・リドルフは視線をやや上にあげ、ヘッドライトが作りだすささやかな光だまりの縁に目をやった。荒涼とした岩場には塵ひとつなく、このひそやかな谷底に生命ある存在が足を踏みおろした痕跡はまったくない。

岩床の上に数フィートほど浮かびあがり、ゆっくりと峡谷内を進みはじめた。なにもかもが虚無的だった。むきだしの岩床のわびしさ、寒々しさ、陰鬱さ、よるべのなさ。急に不安がうごめきだし、胸を締めつけられるような息苦しさをおぼえた。急いでホッパーを上昇させる。上へ、上へ、上へ、ルージュとブランシュが輝く真っ赤な陽光のもとへ――。ようやく精神の平静を取りもどしたのは、黒曜石の鏡面を離れてからのことだった。マグナス・リドルフはそのままオアシスBへ向かった。

ハワード・サイファーが進めている環境改造事業のスケールの大きさには、さすがに感銘を受けた。タルリIIから運んできた薄墨色の土が被《おお》う範囲は、泉を取りまく土地三、四十エーカーにもおよび、四角いガラスの葉をつけたガラス繊維質の樹木が、列また列をなして整然と植えられていたのである。ほとんどの樹の幹には、メロンほどもあるくすんだ黄赤色の果実が鈴生《すずな》りになっており、収穫を待つばかりの状態にあった。

牧草地としてあてがわれた一帯には、十何頭かのタルリ牛が放牧され、銀色をした棘だらけの草を食《は》んでいた。果樹園には艶のある肌を持ったタルリアンが十数名おり、こちらのようすをうかがっていたが、マグナス・リドルフが顔を向けると、全員、さっとガラスの葉むらに頭をひっこめた。

タルリアンには奇妙にタルリ牛と似通った印象があった。タルリアンが直立歩行するのに対して、タルリ牛はなかば這い、なかば転がって移動する生物だが、いろいろな点でよく似ている。どちらも頭がなく、肩からじかに太い眼柄がつきだしており、その先端に目がついているところもそっくりだ。眼柄の付け根と付け根のあいだに摂食口がひとつある点も変わらない。

マグナス・リドルフはホッパーを降り、果樹園に近づいていった。タルリアンは葉むらをすかして眼柄をつきだし、不安そうに踊りだした。

マグナス・リドルフは丁重に会釈してから、あちこちを見てまわり、最後に泉を観察した。とくに気になるものはなかった。泉にたまっていた液体は、ただの水だった。わずかに泡立っているのは、水温が凝結点に近い状態で真空に触れているためだろう。マグナス・リドルフはホッパーにもどり、空中高く上昇して、こんどはオアシスCに向かった。Cは惑星の反対側の半球にある。

CもBとそっくりだった。異なるのはタルリアンとタルリ牛がいないことくらいだ。それにしても、あのふたつの種は似ているな、とマグナス・リドルフは思った。進化上の共通点が多いにちがいない。タルリアンの目から見れば、地球の動物同士も、たぶん似通って見えるのだろう。

ここでも樹々を調べた。果実は熟れると果皮がはじけ、血球に似た微小な種を大量に撒き散らす。ひくひくと脈動しながら宙を飛ぶ種は丸くて赤く、柘榴《ザクロ》の種子を連想させるところがある。はじけた種はぷるぷる震えながら、親木から遠くへ泳動していくらしい。

マグナス・リドルフは時間をかけ、じっくりと果樹園を調査した。細部にいたるまで徹底的に調べあげたが、サイファーのいったとおり、不審な要素はまったく見つからなかった。抵抗の形跡はなく、荒されたようすもない。手がかりは皆無だ。それでもなお、なにか痕跡はないかと、そこらじゅうをさがしまわった。何者かが通ったあとはないか――曲がった草の葉や、折れた枝はないか。

折れた枝？　それはなかったが――ガラスの葉が欠けた枝なら見つかった。枝の先端にはふつう、大きなガラスの葉が一枚ついている。なのに、なかに何本か、先端のガラスの葉だけが欠け落ちて、ガラス繊維のむきだしになった枝があったのである。樹の根元を調べてみたものの、落ちた葉の姿は影も形もなかった。

噛みしめた歯の隙間から、マグナス・リドルフはシュッと息を吐きだした。まあいい。葉が何枚かなくなっていたところで、なにか意味があるとはかぎらない。葉の欠けた枝があるのは、この樹ではあたりまえのことなのかもしれない。葉がない枝に関する疑念は、いまは心の奥へしまいこむことにして、機会があったら、あとでサイファーにきいてみよう。

ホッパーにもどり、こんどはオアシスDに向かった。Dのオアシス自体はBやCのそれとそっくりだったが、地形的にひとつ、大きなちがいがあった。巨大な赤花崗岩の岩柱のふもとにあることだ。

赤色巨星ルージュの赤暗い陽光を浴びて——ルージュはいま、地平線にかかり、ごく一部しか見えていない——巨大な岩柱は暗い赤茶色《ブロンズ》に見える。人気《ひとけ》がないという点では、このDもCと同様だった。そして、一部の樹々からは、ここでもやはり、少数のガラスの葉が消えてなくなっていた。

やがて、わずかに見えていたルージュがすっかり地平線に没し、空が降ろし樋《シュート》と化したかのように、暗闇がすーっと落ちてきた。スーツの中の空気があたたかいにもかかわらず、マグナス・リドルフはぶるっと身ぶるいした。わびしさや寂寥《せきりょう》感などという感覚は、なんらかの対象について、〝ふつうはこうだ〟という心の中のイメージと対比されることにより、感じられるものである。

こういった寂寥感は、たとえば宇宙空間にいるときに脳が感じることはない。宇宙は広大であり、茫漠《ぼうばく》として空虚だが——宇宙以上に規模の大きなものはない——もともとそういうものなのだから、けっして陰気には感じないし、わびしく思うこともない。それに対して、Dの暗い果樹園の心細さが脳をむしばむのは、ほかの果樹園があたたかく、芳香にあふれ、快適であり、存在感があるからだ。

ふたたび高く舞いあがり、Bにもどった。こちらがわの半球はまだ昼間だった。ホッパーを降り、果樹園の樹々をたんねんに調べる。タルリアンは樹の陰に隠れ、ガラスの葉むらのあいだから眼柄をつきだして、こちらのようすをうかがっていた。Bではどの枝の先端にも、四角くてもろいガラスの葉がちゃんとあった。一本の例外もなしにだ。

ふたたびホッパーに乗り、空気のない空中に舞いあがった。空気抵抗が皆無なので、ごくわずかな推力でもかなりの速度が出る。そのまま順調に飛びつづけて、夕食前にはオアシスAの居住ドームにたどりつくことができた。

食堂に入っていくと、サイファーはつかのま、こちらに注意を向けて、軽く会釈をしたが、すぐに目をそらし、かみつかんばかりのうなるような口調で、一時中断した会話を再開した。会話の相手は採掘監督——スミッツという名の、塩生草《えんせいそう》のような髪の毛と悲しげな目を持つ、痩せぎすの男だった。

マグナス・リドルフは長いダイニングテーブルの反対側の端につき、キュウリと不味いポットパイをもくもくと食べはじめた。

しばらくしてサイファーが、ビジネス上の重要な相談はもうすんだ、これで瑣末なことにも注意を割けるとでもいいたげな、どこかおもしろがっているふうの皮肉っぽい表情をマグナス・リドルフに向けて、

「それで?」とうながした。「例の亡霊とやらは見つかったのか?」

マグナス・リドルフは純白の眉を吊りあげてみせた。

「亡霊? はてさて、なにをいっておられるのやら」

「ここの消失事件は亡霊のせいかもしれん、と船の中でいったじゃないか」

「どうやら、わたしのことばを誤解されたようですな。わたしが例にあげたのは抽象的なレベルでの話なのですが、あなたには理解できませんでしたか。ともあれ、あなたの質問にお答えするなら——亡霊はどこにも見あたりませんでした」

「じゃあ、なにか見たのか?」

「CとDの樹々のうち、何本かの枝について、葉が欠け落ちていることに気づきました。葉が欠ける理由として、なにか思いあたることはありますか?」

サイファーは、採掘監督のスミッツにわざとらしくウインクしてみせてから——スミッツは椅子にすわったまま、可笑しくてしかたがないようすでマグナス・リドルフを見ている——こう答えた。

「ない。おおかた、消えた連中が記念品に持っていったんだろう」

「あるいは、それが正解かもしれませんよ」マグナス・リドルフは冷静に答えた。「いずれにしても、

なんらかの説明が存在しないはずはない。ふむ――この星系には、この星のほかに惑星がありませんでしたね？」

「ない。ひとつもない。恒星が三つ、惑星がひとつ、それだけだ」

「ほんとうにたしかですか？　結局のところ、この星系は連邦の境界外に位置しているのですから、充分な調査がなされていないだけかもしれませんよ？」

「たしかだ。この星系には、三つの恒星とジェクスジェカしかない」

マグナス・リドルフはしばし考えこんだ。それから、

「ジェクスジェカはルージュのまわりを――暗黒星ノワールはブランシュのまわりを公転している。あっていますか？」

「あっている。どこもまちがってはおらん。そして、ルージュとブランシュはたがいの周囲をまわりあってる。規則正しいメリーゴーラウンドだ」

「ははははは」スミッツが笑った。

「その公転周期を計測したことはありますか？」

「ない。そんなことをしてなんの得になる？　おまえの亡霊うんぬんの話と同じくらい、ばかげてるじゃないか」

マグナス・リドルフは眉をひそめた。

「ばかげているかどうかの判断は、わたしにおまかせねがいたい。結局のところ、あなたはわたしのサービスを買ったのですからね――都合、十三万二千ミュニットで」

サイファーが馬鹿笑いした。

「そんなことはちゃあんとわかっておるさ。いささかの心配もいらん。報酬は報酬だ。おまえは報酬

ぶんの働きをすればそれでいい。たとえ謎の解明に失敗しようと、鉱石掘りで報酬ぶんの肉体労働をすればそれですむ。鉱夫の給金として、うちでは一日に十五ミュニット払っていてな。別途、賄《まかな》いと部屋もつく」

マグナス・リドルフはおだやかな声でたずねた。

「……それはすなわち、こういうことですかな？　わたしが作業員消失の原因を解明できなければ、採掘現場で肉体労働をして、依頼料のぶん、働けと？」

ふたたび、サイファーの馬鹿笑いが室内に響いた。スミッツのくっくっという冷笑がそれに重なる。

「おまえに与えられた選択肢は三つしかない」とサイファーはいった。「解明するか、消失するか、鉱石を掘るか、三つにひとつだ。アズルであんななめたまねをされて、そのまま逃がしてやるほど、おれがお人好しだとでも思ったのか？」

「なるほど……」マグナス・リドルフはうなずいた。「あなたはアズルでわたしに一杯くわされたと思った。それゆえ、わたしをこのジェクスジェカまで連れてきて、鉱山で働かせようともくろんだ。そういうことですか？」

「そのとおりだよ。要するに、そういうことだ、大先生。けっしてひと筋縄ではいかない男だからな、このおれは。コケにされたら、それ相応のお返しをする」

マグナス・リドルフはキュウリを口に運んだ。

「あなたの不愉快な威嚇は、まさに〝屋上屋を架す〟の譬《たと》えにふさわしい」

「屋上……なんだって？」

「まったくもって無用のしろものだということですよ。脅されなくとも、もとより作業員消失の謎は解くつもりでいました」

サイファーの大きな口がひくついた。馬鹿笑いで口の筋肉がひきつりやすくなっているらしい。

「分別のある判断だ」

「もうひとつ質問があります」マグナス・リドルフはいった。「作業員消失の周期はどのくらいだといいました？」

「八十四日。一年強だ。つまり、ジェクスジェカ年でな。地球時間に換算すると、この惑星の一年は八十二日。一日は二十六時間になる」

「その周期にしたがうなら、つぎに消失の危険が訪れる夜はいつです？」

「ええと——待てよ——うん、四日後だ」

「ご協力、感謝します」

マグナス・リドルフは礼をいい、ふたたびキュウリを口に運んだ。

「なにか見えてきたのか？」サイファーがたずねた。

「仮説だけでしたら、いくつでも。これはわたしの流儀の基本でしてね。考えられるすべての仮説を検討するのです。事件の概要をまとめ、可能なかぎり広く可能性を拡大していく。各仮説を徹底的に検証し、可能性のない要素を逐次消去していけば、あとに残ったものこそ真実にほかなりません。

いまのところ、わたしの仮説は、すべての作業員がクレバスに落ちた可能性から、亡霊の可能性、そして〝余人には不明の理由であなたが作業員たちを皆殺しにした〟可能性にいたるまで、広範囲にカバーしています。〝あなたが殺した〟とする可能性は、いわば保険といいましょうか」

スミッツのあごががくんと落ちてたれさがり、ぐらぐらと揺れた。大きく剝いた目をサイファーに向け、わずかに身を引く。

サイファーの顔から、すべての表情が消えた。その顔は、丈夫な革に目鼻を書いたも同然の状態になっていた。

「どんな仮説にも、可能性だけならある」サイファーがうなるようにいった。

マグナス・リドルフはフォークを使って衒学者的《げんがくしゃ》なしぐさをした。

「いやいや、可能性のない仮説もたくさんありますよ。たとえば、あなたが思っておられる亡霊――擬似宗教的な霊魂といいますか――これが原因の可能性はまずありません。わたしの意図する亡霊についても同様です。もっとも、もしもあなたの思う亡霊が原因であるならば、このジェクスジェカに取り憑けて、さぞかし喜んでいることでしょうな。なにしろここは、わたしがこれまでに見たなかで、もっとも荒涼として寒々しい世界ですから」

「住めば都だ」サイファーはにこりともせずにいった。「おまえもここに住む可能性をわすれるなよ。一日の稼ぎが十五ミュニット。十三万二千ミュニットを十五で割れば――八千七百日か。それだけの期間をここで過ごすかもしれんのだ。賄い、住居、作業服がこっち持ちで助かったな」

マグナス・リドルフは立ちあがった。

「あなたのユーモアにはどうにもついていけない。わたしはこれで失礼します」

そういって会釈し、食堂をあとにした。背後でドアが閉まると同時に、サイファーの馬鹿笑いと、くっくっというスミッツの追従笑いが聞こえてきた。

マグナス・リドルフは、やれやれという顔で吐息をついた。

とまれ、消失の夜まであと四日しかない。マグナス・リドルフはその足でホッパーに乗って出発し、あるいは高く、あるいは低く飛びながら、惑星じゅうを調査してまわった。両極にも着陸してみた。北極には傾斜した玄武岩の段丘が連なっており、亀甲形の亀裂が独特の地形を形成していた。南極に広がるのは波打つ多孔質の熔岩大地だ。ここに足跡がつけば、永遠に残ったままとなるだろう。だが、熔岩大地は何マイルにもわたり、仔ヒツジの体表のごとくなめらかに連なっていて、足跡はいっさい見られない。

各地の剃刀の刃のようにとがった山頂も訪ね、その周辺の峡谷や裂け目にもホッパーを降下させて、墨色、赤墨色、灰赤色の谷底を覗いてまわった。消えた作業員の痕跡は、やはりどこにもなかった。

オアシスCとDもふたたび訪ね、一平方インチもあまさず、徹底的に調べた。ガラスの葉が何枚か消失しているほかに、事件となんらかの関連がありそうな手がかりはいっさい見つからなかった。


そうこうするうちに、四日めが訪れた。朝食時、サイファーは上機嫌でマグナス・リドルフと話を交わし、破産した異星生物動物園のことを根掘り葉掘りたずね、エキゾチックな生物たちの飼料代の高さを何度かおおげさに嘆いてみせた。だが、なにをきかれても、マグナス・リドルフはそっけない答えしか返さなかった。表面上は平静に見えるものの、その精神はもっぱら、謎解きに没頭していたからである。自分自身をエサにしたくはない。しかし、この謎を解明するうえで、ほかの方法を思いつかない……。

食事がすむと、使えそうな装備をホッパーに載せた。可塑繊維鉄《プラストロン》のロープ、グレネード・ライフル、携帯食料、水のタンク、ブランデー、赤外線暗視装置、双眼鏡、高圧噴霧器。噴霧器には蛍光塗料を入れてある。万が一、見えない生物が存在した場合、噴きつけて姿を把握できるようにするためだ。ほかには、サイファーに絶えず状況を見せるため、ポータブルの映像トランスミッターも載せた。

そんな準備の過程を、サイファーはおもしろがっている顔で眺めていた。ついに準備がととのうと、マグナス・リドルフはふと思いだしたように顔をあげ、正面からまじまじとサイファーを見つめた。

「もしかすると、あなたも同行したいのではありませんか？　さぞかし興味がおありでしょう」

サイファーはいつものばかでかい音をたてて鼻を鳴らした。

「そんなに興味はないさ！　あるといっても、十三万二千ミュニットぶんの範囲でだ」

マグナス・リドルフは残念そうにうなずいた。

「そうですか。それでは、さようなら」

「じゃあな。現地に着いたら、ただちにトランスミッターをつけろ。なにが起こるか見たい」

マグナス・リドルフは四基のエアジェットを噴射させ、ホッパーを舞いあがらせた。ついで、推進ジェットを始動し、荒野の上に小型プラットフォームを飛翔させた。

サイファーはホッパーがピンク色の点になるまで見送ると、居住ドームに引き返した。それから、与圧スーツを脱ぎ、一ガロンの紅茶を淹《い》れ、テレスクリーンの前に陣どった。

コールランプが点《つ》いたのは二時間後のことだった。サイファーはスイッチを入れた。オアシスCの光景がスクリーンに現われると同時に、マグナス・リドルフの声が報告した。

「万事、いつものとおりです。不審なものの形跡はいっさいありません。いま、地上二十フィートの高さに浮かんでいます。オアシス周辺には検知ラインを敷設しておきましたから、ヘビ一匹だろうと、気づかれずにライン内へ侵入することはできません。ごらんのように、太陽はいまにも沈もうとしています。そろそろ投光器をつけましょう」

テレスクリーンを通して、オアシスCがぱっと明るくなるのが見えた。マグナス・リドルフの声はつづけた。

「一定時間おきに、一帯に蛍光塗料を噴霧する予定です。真空よりも密度の高いなにものかがいれば、姿が浮かびあがるでしょう」

マグナス・リドルフの声は、そこでいったん切れた。サイファーは食いいるように画面を見つめた。

ホッパーがオアシスのあちこちを飛びまわるのに合わせて、映像が絶えず変化する。

ややあって、夜闇《やあん》が訪れた。投光器が照らしだす範囲の外に広がるのは、黒暗々《こくあんあん》の暗闇だ。樹々のガラスの葉が水しぶきのようにきらきらと光り、またたいている。

数時間が過ぎた。そのあいだ、間隔をおいて何度か、マグナス・リドルフの簡潔な報告が入った。

「なにも異状はありません。いかなる変化も起こってはいません」

が……最後の報告が入ってまもなく、当惑ぎみの声が聞こえた。

「どうも妙な感じがします――名状しがたい感覚だ。これはまるで――」

そこから先は、唐突に断ち切られ、スクリーンの映像がはげしくぶれた。

サイファーはしばらく暗黒を見つめていたが、ややあって、ゆっくりと立ちあがった。

「ふふん」とつぶやく。「どうやら、あの老いぼれのヤギめ、苛酷な形で依頼料ぶんの働きをしたと見える」


翌日、サイファーはみずからC地点に赴き、用心深く調べた。マグナス・リドルフの姿はどこにもなかった。ホッパーも、ホッパーに載せていった装備も、すべてがだ。マグナス・リドルフは完全に消えてしまった――まるで運命の神が過去にさかのぼり、あの男が生まれたという事実を消し去ってしまったかのように。

サイファーは肩をすくめた。不可解な謎ではある。しかし、これ以上、調査に金を出すのはよそう。解明のために調査員の命を危険にさらすのもやめにしよう。謎は謎のままに残るが、やむをえまい。CとDの農場を使うのは一年八十四日のうち八十日までにとどめ、危険な夜の前夜は作業員と動物をよそに移動させよう。考えられる対策はそれしかなさそうだ。

二日が経過した。二日めの夜、サイファーは採掘監督のスミッツ、および主任技師のエドスンと、長いダイニングテーブルについていた。夕食はもうすませ、ビールのマグを片手に、ケンタウリウム鉱脈の入口に設置する小型精製プラントの相談をしている最中で、テーブル上にはプラントの模型が置いてある。

いきなりドアが開いたのはそのときだった。そして、戸口から静かに、悠然と姿を見せたのは――マグナス・リドルフそのひとだった。

一同に会釈をして、老哲学者はいった。

「こんばんは、みなさん。おやおや、お忙しそうですな。どうぞ、お話をつづけて。わたしのことはお気になさらず」

「リドルフ！」サイファーが大声を出した。「いままでいったい、どこにいたんだ？」

マグナス・リドルフは両の眉を吊りあげた。

「これはまたごあいさつな。わたしは自分の仕事をしていただけですよ、もちろん」

「しかし――おまえは消えたはずだぞ！」

マグナス・リドルフはにんまりと笑みを浮かべ、あごひげをなでた。

「ある意味で、そうです。しかし、消えたといっても、一時的に消えたにすぎません、それは見てのとおりです」

サイファーは眉間に縦じわを刻み、赤褐色の目をマグナス・リドルフにすえた。唐突に、その目がぎらつきを発して、危険なほど熱く燃えあがった。

「きさま――こっそりオアシスCを脱けだしていたというのか！」

マグナス・リドルフはむっとした顔になり、そっけなく手を横に薙《な》いだ。

「お静かに、どうかお静かに！　そんなふうにヒツジのごとくメエメエと鳴かれて、どうやって説明できるというのです」

サイファーの顔色が真っ赤を通り越し、栗色になった。いまにもヒステリックにわめきだす寸前になっている。おそろしく低い声で、サイファーはいった。

「つづけろ。それがまっとうな説明であればいいがな」

「わたしはたしかに消えましたとも――あなたの作業員たちが消えたのとまったく同じようにして。彼らを運び去ったのと同じ存在によって、わたしもまた運び去られたのです」

「存在？　それはいったい、どういう存在だ？」

マグナス・リドルフは悠然と椅子に腰かけた。

「それこそは、大いなる暗黒神のごとき存在にほかなりません。それは圧倒的な危機をもたらします。それはいかなる抵抗をも許しません」

「だから、なんなんだ、その存在とは！　もったいぶってないで、早くいえ、リドルフ！」

「暗黒星ノワールですよ。不正確にも、白い恒星ブランシュのまわりを公転しているとあなたが思いこんでいる、あの恒星です」

あっけにとられて、サイファーは叫んだ。

「しかし、げんにあれは公転しているんだぞ！　ブランシュの手前にくることもあれば、向こう側にまわることもある。その公転周期は――」急につぶやくような声になった。「――八十四日だ……」

「さよう。あの暗黒星は、はなはだ特異な軌道をとっていましてね。8の字形の軌跡を描いて動いているのですよ。まずはブランシュの周囲をめぐり、つぎにルージュの周囲をめぐり――それを延々とくりかえす。その過程において、ノワールはジェクスジェカの軌道の外、ほんの数千マイルの位置を通過します。数千マイルといえば、その重力によって、ジェクスジェカの地表の物体を引きよせるに足る近さです」

「ばかばかしい」サイファーは言下に否定した。「そんなことはありえん。そこまで近づくんなら、地表の物体だけではなく、ジェクスジェカをまるごと呑みこんでしまうはずじゃないか」

マグナス・リドルフはかぶりをふった。

「ジェクスジェカの直径は九千マイルです。地表面におよぶノワールの重力は、たしかにルージュの重力とジェクスジェカの重力を合わせたよりも大きい。しかし、地表から四千五百マイル遠く離れたジェクスジェカの中心では、ルージュの重力のほうが勝りますから、惑星全体では本来の軌道を維持します。むろん、摂動はありますがね。

ジェクスジェカの公転周期は八十二日。ノワールの公転周期は八十四日。ゆえに、双方の軌道上において、ノワールがジェクスジェカに最接近する位置は、毎年すこしずつずれていきます。いまから十年か十五年ほどのあいだ、ジェクスジェカはノワールから充分遠く離れているでしょう。とくに、ノワールがルージュの向こうにいるあいだは、なんの危険もありません」

サイファーは険しい顔のまま、指先でテーブルをとんとんとたたいていたが、おもむろに顔をあげ、マグナス・リドルフを見つめた。

「おまえの身にはなにが起こった？」

「最初にからだが軽くなり、内臓が持ちあげられるような感覚をおぼえました。じきに、その感覚はぐんぐん強くなっていきました。ノワールが間近まで迫ってきたのです。つづいて、まっさかさまに落ちていく感覚をおぼえました。事実、そのとおりのことが起きていたのですよ――ジェクスジェカからノワールへ落ちていたのですからね。ホッパーの浮揚エアジェットは、ジェクスジェカの地表に向けられていたため、ますます落下速度を速める結果となりました。

事態を把握するまで、三十秒ほどかかったでしょうか。その時点で、わたしはもう宇宙空間に出ており、巨大な暗黒球に向かって落下しつづけていました」

「なぜわれわれにはノワールが見えんのだ」サイファーが鋭くたずねた。「なぜあれは月とちがって姿が見えんのだ」

マグナス・リドルフは考えた。

「データから察するに、おそらくノワールは冷たい星間物質の塊——強固に結合した陽子の塊であり、信じられないほど重く、高度に圧縮されたガスの衣で包まれていて、そのガスが入射光の大半を吸収しているのでしょう」

「まあいい」サイファーがうなるようにいった。「そのとおりであろうとなかろうと、どっちだっていい。話をつづけろ」

「お話しすることは、もうあまり多くはありません。わたしはホッパーの姿勢を制御し、ノワールの重力を振りきる方向で全推力をかけました。あとすこしパワーがたりなかったら、ジェクスジェカにもどってこられなかったでしょうな。帰りつくまでには、まる二日もかかりました」

「以前に消えた作業員は、みんな死んだのか？」

「彼らの存続が可能であるとする理由は、まったく思いつきません」

しばらくのあいだ、室内に沈黙がたれこめた。ついで、サイファーは小さな桶ほどもあるこぶしをふるい、どん！　とテーブルを殴りつけた。

「ともあれ、もしもおまえのいうとおりなら、消失事件の真相は解明されたことになる。あとは気をつけていればいいだけだ」

「そういうことです」マグナス・リドルフは答えた。「さて、わたしは自分の務めをはたしました。これであなたに肩代わりしてもらった飼料代ぶんの働きはしたわけです。このうえは、惑星アズルか、蠍座γ《ガンマ》星をめぐる惑星のどれか、いずれでも都合のいいところへ送りとどけていただければ、とてもありがたいのですがね」

サイファーはうなるようにいった。

「もうすぐ鉱石運搬船が出る。そいつに乗っていけばいい」

マグナス・リドルフはけげんな顔になった。

「もうすぐとは、どのくらいすぐです？」

「そいつは——どの程度のペースで船を満杯にできるかと——どれだけの鉱石が採れるかによるな。まず、一カ月か二カ月というところだろう。新しい鉱脈が見つからなければ、もうすこし長くかかるかもしれん」

「その鉱石運搬船が荷を降ろす先は？」

「うちの精製工場だ。ヘファイストスにある」

マグナス・リドルフはおだやかに答えた。

「わたしとしては不便このうえないといわざるをえませんな。それではジェクスジェカに留まるのと大差ないではありませんか」

「すまんが、当面、おまえを送っていく時間の余裕はない。ほかにいろいろと考えねばならんことがある。とくに、あの暗黒星対策だ」

主任技師がたずねた。

「なにかお考えはありますか?」

サイファーはゆっくりと答えた。

「さて、どうしたものか。対策といっても、できることはあまりあるまい。暗黒星が接近するたびに、動かせるものはぜんぶ持たせて、作業員をよそへ避難させることとくらいか……」考えこんだ顔になり、ふたたびテーブルをいまいましげにたたいて、「まったく、わずらわしいことだ」

ここで、マグナス・リドルフが口をはさんだ。

「暗黒星ノワールのそれのような軌道は――つまり8の字形の軌道は――きわめて精妙なバランスの上に成りたっているにちがいありません。ほんのすこし力を加えてやるだけでも、その軌道を大きく変えられるのではないでしょうか。なにしろ、8の字形の軌道というのは非常にめずらしいものですからね。じっさい、いままでいちども見たことがありませんし」

サイファーはぽかんとした顔でマグナス・リドルフを見つめていたが――ふとその顔に理解の色がきざした。

「なるほど……ブランシュに向かう途中のノワールをわずかにでも減速させられれば、8の字軌道を長円軌道に変えさせられるかもしれんな」さっと主任技師に顔を向ける。「どう思う、エドスン?」

「理にはかなっているかと」目をぱちくりさせながら、エドスンは答えた。

「たとえば、大規模な核爆発を起こすのはどうだ?」サイファーが提案した。「充分な衝撃力がある――そうは思わんか?」

エドスンは眉根を寄せた。この男は即答をもとめられるのが苦手らしい。

「その――星系というシステムは、きわめて微妙なバランスの上に成りたっていますから。いわば、大きな岩が一点だけで支えられて自立しているようなものです。へたに衝撃を与えると、岩は倒れてしまって……」

　サイファーは興奮の面持ちで立ちあがり、顔じゅうの皺をくっきりと浮かびあがらせて叫んだ。

「やるんだ、そこを！　考えてもみろ！　メディアにどんな見出しが踊るか、想像してみるがいい！

〝ハワード・サイファー、作業員を保護すべく、星の軌道を変える〟──こいつはいい見出しだぞ、そうだろう、うん？　最高の宣伝になるぞ」

　ここで、マグナス・リドルフに顔を向けて、

「でかした、リドルフ！」

と、筋肉が薄くなった老人の背中を思いきりどやしつけた。

「たまにはきさまも、いいことを思いつくじゃないか！」

　こんどは採掘監督に向きなおり、たずねた。

「手元にはまだ、大量のアトマイト鉱があったな？」

　スミッツはうなずいた。

「ケンタウリウムも大量に。運搬されるの待つばかりのケンタウリウムが、ぜんぶで五百トン」

「いますぐ爆弾に仕立てろ。一トン残らずだ。アトマイトは核融合の起爆剤に使え。できあがったらノワールの真正面に投下する。ノワールの顔面に二ギガトンのキックを食らわせてやるんだ」

　ちょっと考えてから、サイファーはさらにつけくわえた。

「爆弾投下のタイミングは、ノワールがルージュから遠ざかり、ブランシュへと向かっていくいまをおいてない。ブランシュからもどってきたところへカウンターを食らわせてはならんぞ。それ以後はルージュのまわりだけを公転するかもしれんからな。そうなったら最悪だ。だから、いいか、大至急、投下しろ。さあ、さっさと動け、急いでやっつけるんだ！」

爆発！

すさまじい光輝があふれかえった。ブランシュの中心よりもなお白く、強烈にまばゆい輝きだった。

サイファーとマグナス・リドルフは、椅子にすわってテレスクリーンを見つめていた。画面に映っているのは、エドスンが鉱石運搬船から中継してくる映像だ。

サイファーはすっかり興奮し、マグナス・リドルフの背中をどやしつけた。マグナス・リドルフは椅子にすわったまま、すこし身を遠ざけた。

マイクに向かって、サイファーが問いかける。

「どうだ、成果はあがったか？　もう見きわめがついたか？」

エドスンの答えが返ってきた。

「なんともいえません。もうしばらくようすを見ないことには——少なくとも、数時間程度は……。いや、待ってください——」

エドスンの声が急に切迫した響きを帯びた。

「爆発が広がっていく——ものすごい勢いだ——まるで恒星全体が炎上するみたいに」

サイファーとマグナス・リドルフは見た。スクリーン上でノワールの球面がみるみる明るさを増し、全体がきらきらと輝いて、あちこちから純白に光るしずくが噴きだすのを。

「なにが起きた！」サイファーはマイクに怒鳴った。「きさま、なにをやらかした？」

「なにもしていません！」エドスンの遠い声が答えた。「爆弾投下がきっかけで——小規模な新星《ノヴァ》になりかけているようです」

サイファーはまぬけ面をマグナス・リドルフに向け、低く静かな声でたずねた。

「あそこでなにが起こってるんだ、リドルフ」

マグナス・リドルフは考えこんだ顔になり、あごひげをなでた。

「おそらく、核爆発のエネルギーによって、恒星を構成していた陽子の一部が吹きとばされ、莫大な運動エネルギーをともなって脱出しているのでしょう。その大エネルギーの一部が――圧倒的な正の電荷によって――自由電子に変換されていると見てよろしい。とすれば、恒星全体が炎上するのも、ちっとも意外ではありませんな。それに、もうひとつ――あの熱核爆発が、ノワールの軌道を有意に変え得たとも思えません」

「どうしてそういえる？」

「もしも減速したのであれば、ノワールがブランシュをめぐる軌道に変化が生じ、よりブランシュに近い周回軌道へ遷移していくはずでしょう。しかし、そのようなデータは見られない……。どうやら、あなたがたがしたことは、たんにこの星系のバランスを崩すだけの効果しかもたらさなかったようだ。このつぎにノワールがもどってきたときには、ジェクスジェカと衝突する可能性すらありそうです。たとえこれまでと同じ軌道を維持していたとしても、ああして燃え盛っている状態ですから、つぎの最接近を迎えるさいには、ジェクスジェカ上のものはすべて焼き焦がされてしまうでしょう。

ああ、しかし、もちろん、さほど心配するにはおよびません。今回のようなノヴァは、二、三年もすれば落ちついて、もとの状態にもどるはず。そうすれば、これまでのように、あなたの採掘場でもまた採掘ができるようになりますとも」

マグナス・リドルフは悠然と立ちあがった。

「さて、わたしは荷物をまとめるとしましょうか。ジェクスジェカを出るなら、急ぐに越したことはなさそうですからね」

「リドルフ」押し殺した声で、サイファーはいった。「これもまたおまえのトリックのひとつか？もしそうなら、この手できさまを縊《くび》り殺してやる」

マグナス・リドルフは両の眉を吊りあげた。

「トリック？　しかし、あの熱核爆発は、あなた自身が考えついたことではありませんか」

「それはおまえにほのめかされたからだ」

「滅相《ブー》な！　わたしがジェクスジェカへきた目的はただひとつ、あなたの作業員がどこへ消えたかを解明するためです。そして依頼のとおり、わたしはちゃんと解明してみせた。それなのにあなたは、わたしを文明世界へ送りとどけるのを拒否し、かわりに暗黒星へ爆弾を投下した。ちがいますか？」

「それはおまえにほのめかされたからだ」サイファーは意味ありげにくりかえした。

マグナス・リドルフは薄く笑った。

「その発言を真実とする合法的根拠は、ひとつとして存在しません。しかしながら、ひとつ助言しておいてさしあげましょう。わたしに嚙みついているひまに、作業員の避難を優先してはいかがです？ノワールがほんとうにノヴァ化するのであれば、いくら小規模なノヴァだろうと、つぎにノワールが付近を通過するさいには、ジェクスジェカは居住不可能なほど暑くなるはずですよ」

それだけいって、ドアに向かいかけた。が、戸口で足をとめ、さらに語をついで、

「そうそう、今回の一件、宣伝に使うのはなるべく控えたほうが賢明かもしれませんな。メディアは大喜びで、情け容赦もなく、あなたの愚かさをたたくでしょう。たとえば、こんなぐあいです」

マグナス・リドルフは目を半眼に閉じ、思いついた見出しを口にした。

「〝火には火を。暗黒星、決死の抵抗！　サイファー、自分で自分をいぶりだす〟」

「黙れ」サイファーがいった。「出てうせろ」

戸口を通りぬけながら、マグナス・リドルフはなおもつづけた。

「〝サイファー一世一代の宇宙的火遊び《コズミック・ホットフット》！　鉱山業者サイファーいわく――あれはただの暗黒星だと思ったんだ〟」

「出ていけ！」サイファーは怒鳴った。「出ていけ！」

呪われた鉱脈

酒井昭伸訳

Hard Luck Diggings

問題を解決するうえで、わたしは考えられる仮説をすべて立てて熟考する。ひとつを除いて、他の仮説がどれもみな成立しないようならば、ただひとつ成立しうるその仮説こそは、いくらありえないものに思えても、必然的に正しい解にほかならない。

——マグナス・リドルフ

現場監督ジェイムズ・ロッジのオフィスは、採鉱地Aに隣接する低い丘の頂上にある。オフィスの半円形の窓からは、採鉱地AとBがともに一望できた。採鉱地はどちらも浜辺に通じており、砂浜の向こうに広がるのは奇妙な色合いの海だ。

ロッジはオフィスで回転椅子にすわり、椅子を半円の窓に向け、指先でデスクをたたいて不規則なリズムを刻んでいたが、やおら勢いよく立ちあがり、オフィスを横切っていった。ロッジは背が高く、痩せぎすの男で、脂っ気のない骨ばった顔には黒い目が光り、口の下でしゃくれたあごはショベルの刃のように前へ突きだしている。

テレスクリーンの前に立ったロッジは呼出ボタンを押し、すこし前かがみになって応答を待った。指はなおもボタンにかけたままだ。応答はなかった。スクリーンは静かにうなりをあげているものの、いつまでたっても灰白色《かいはくしょく》のままで、すこしも光る気配がない。

「なんとやる気のない組織だ！　スクリーンの呼びかけにすら応えんとは！」

背中を向けたとき、ようやくのことでスクリーンが点《つ》いた。くるりとふりかえり、両手をうしろに組んで問いかける。

「遅いじゃないか！　なにをしてた！」

あえぎあえぎ、技師見習いは報告した。

「申しわけありません、ミスター・ロッジ、またしても死体が見つかったもので」

ロッジは身をこわばらせた。

「どこだ、こんどは？」

「シャワールームです。からだを洗っていたところをやられたようです」

ロッジは両手をふりあげた。

「何度いえばわかるんだ？　ひとりではシャワールームにいくなと口をすっぱくしていってるのに！　デネブの名にかけて、あらゆる場所で同時に目を光らせていることなど、おれにはできんのだぞ！　作業員どもにすこしでも脳ミソがあるんなら――」

そのとき、ドアにノックの音がして、ロッジはことばを切った。作業時間管理員が顔を覗かせた。

「郵便船が着陸します、ミスター・ロッジ」

ロッジはドアに歩みだしかけ、いったん足をとめて肩ごしにスクリーンをふりかえった。

「シャワールームの件はおまえにまかす、ケリー。おまえの責任において処理しろ！」

技師見習いは目をしばたたいた。

「そんなことをいわれたって、なにかあっても、わたしには――」

ロッジの背に文句をいいかけて、見習いは口をつぐんだ。ロッジはもうオフィスをあとにしており、抗議する相手がいなくなっていたからである。ぶつぶついいながら、見習いは画面を切った。

ロッジは浜辺に降りた。少々早くきすぎたようだ。郵便船はまだ紫紺《しこん》の空にぽつんと小さく見える黒い点でしかない。ややあって、砂煙と轟音をふりまき、きらめく灰色の砂に郵便船が着陸すると、噴きだす蒸気が収まるのも待たず、ロッジはせっかちに宇宙港へ歩みだした。

クルーがシートのストラップをほどいたのは、着陸から数分後のことだった。イレこんだ競争馬のように、ロッジはせかせかと船に近づいていった。船の中から金属音が聞こえてきたのにつづいて、ギアのきしむ音が響き、シュッという音とともに乗降口が開く。ロッジは顔をしかめてあとずさった。開いた乗降口から、熱いオイル、フェノール、塗装のにおいと、人の体臭が押しよせてきたからだ。

だしぬけに、乗降口からひょっこりと、丸い赤ら顔が突きだされた。

「やっときてくれたか、ドク」ロッジは呼びかけた。「着陸時、なにも問題はなかったか?」

「ないない、問題なんかない」赤ら顔の男は答えた。「日曜学校なみに安全なもんだ」

「ようし、じゃあ、さっそくはじめてくれ!」

鳥のように超然とした好奇の目で、赤ら顔のドクターはロッジを見つめ、たずねた。

「どうした、急ぎか?」

ロッジは顔を上に向けて、正面からドクターの目を見すえた。赤ら顔のドクターは肩をすくめると、奥へ引っこんでいった。その直後に、乗降口がいっそう大きく開き、こんどは青い半ズボンをはいた背の低い小太りの男が現われ、傾斜路を降りてきて、ロッジに手を差しだした。船長だった。

「やあ、ジュリック」ロッジは船長に声をかけ、開かれたままの乗降口を船長の肩ごしに覗きこんだ。

「必要な人員、連れてきてくれたか?」

「まずは、あんたんところの補充が十三人。ほとんどはトラクターの操作員で、ふたりは配管工だ。みんな宇宙酔いでふらふらしてる」

ロッジは鼻を鳴らし、採鉱地にあごをしゃくった。

「たった十三人だと？　知ってるか？　うちじゃ先月、三十三人も死んだんだぞ？　で、あの件は？　TCIのエージェント、ちゃんと星区中継港《スターポート》で拾ってきてくれたんだろうな？」

船長は横目でロッジを見た。

「ああ、乗せてきた。しかし、ロッジ――やけにピリピリしてるじゃないか」

「ピリピリだと！」ロッジはひとかけらのユーモアもない、邪《よこしま》にさえ見える笑みを浮かべた。「毎日毎日、二、三人ずつ、作業員を縊《くび》り殺されてみろ、ピリピリもするさ！」

ジュリック船長はすっと目をすがめた。

「そんなにひどい状況なのか？」

そして、距離を隔ててそそりたつ、ふたつの巨大な岩柱を見あげ――岩柱はそれぞれが、採鉱地A、採鉱地Bと呼ばれている――両者の高い絶壁のふもとに密集する、質素なバラックや機械工場を眺めやった。

「うわさはスターポートにもとどいていたが、まさか、そこまでとは――」

いいかけて、その先は尻すぼみに消えた。それから、語をついで、

「犯人の見当、多少はついているのか？」

「まるっきり、ついていない。殺人狂であることはまちがいないが、正体をつきとめたかと思うと、そのたびにまた殺人が起こる。採掘キャンプ全体の士気はガタ落ちだよ。どの鉱夫も日当分の働きをしない。スケジュールには一カ月の遅れが出てる。それで、二週間前、TCIに連絡したんだ」

ジュリック船長は乗降口の奥にあごをしゃくった。

「ちゃんと乗ってきてるぞ、あんたの待ち人」

ロッジは半歩前に歩みだしかけ、そこで立ちどまり、目をしばたたいた。乗降口の傾斜路を降りて

きたのは、中肉中背の、すくなからず中年を過ぎた男だったからだ。頭も白髪なら、刈りととのえたあごひげもみごとに白い。鼻筋は繊細で、すっと通っている。

ロッジはジュリック船長にちらりと視線を向けた。船長はおどけて肩をすくめてみせた。ロッジは老人に視線をもどした。老人はいま、灰色の砂がきらめく浜辺を悠然とした態度で見わたし、陽光に輝く白い海を眺めわたしている。

ロッジは伸ばしていた首を骨ばった肩のあいだにもどし、老人の前に進み出ていって、かすれ声であいさつした。

「あ――おれはジェイムズ・ロッジ。ここの現場監督だ」

老人はロッジに向きなおり、顔に視線をすえた。

そこにロッジが見たものは、大きなブルーの目だった。

「わたしの名はマグナス・リドルフ」と老人はいった。「お困りごと《トラブル》だそうですな?」

「そうなんだ」ロッジはあとずさり、値踏みをする目でマグナス・リドルフをじろじろと見まわした。「てっきり、TCIの――地球情報庁《テレストリアル・コー・オブ・インテリジェンス》のエージェントがくるものとばかり思ってたんだが」

マグナス・リドルフはうなずいた。

「偶然、スターポートに立ち寄ったおり、情報庁長官にここへいってやってくれと頼まれましてね。いまの時点では、わたしは情報庁と公式のつながりを持っておりませんが、できるだけのお手伝いはさせていただきますよ」

ロッジは歯がみし、海を眺めやった。やっとのことで気持ちを沈め、老人に視線をもどす。

「状況を説明しよう。うちの作業員たちがつぎつぎに殺されている。犯人の見当はまったくつかない。

いまでは採鉱キャンプ全体が無力感にとらわれているありさまだ。どこへいくにも、かならずふたりひと組で行動しろと全員に通達しているんだが――それでも被害はあとを断たない！」

マグナス・リドルフは、浜辺から丘陵地帯へと視線を移した。なだらかな丘の連なりは光沢のある植物でおおいつくされている。葉の色は黒、灰色、白が基本で、さまざまなバリエーションがあった。

「キャンプの周辺を見せていただけますかな」とマグナス・リドルフはいった。

ロッジはためらい、たずねた。

「いいのか？――いますぐ案内しても？　まず旅の疲れをとったほうがいいんじゃないか？」

「休まなくてもだいじょうぶですよ」

ロッジは船長に顔をもどした。

「じゃあ、夕食のとき、またな、ジュリック。もっとも、キャンプまでくる気があればの話だが」

ジュリック船長はすこしためらってから、

「ちょっと待っててくれ。相方に上陸すると伝えてくるから」

と答え、傾斜路を昇っていった。

マグナス・リドルフは、ゆっくりとうねる乳白色の海に視線を転じ、悠然と眺めわたした。海面が光っているのは、海中に発光物が存在するためだろう。

老人がたずねた。

「発光性のプランクトンですか？」

ロッジはうなずき、答えた。

「かなり強い光を出す。夜になると海が光って、まるで灼熱の熔岩みたいだ」

マグナス・リドルフはうなずきながら、

「ここは非常に美しい惑星です。地球に似ていながら、配色が奇妙で、異質な美しさに満ちている」

「そのとおりだよ」ロッジは答えた。「あの丘を見るたびに、おそろしく複雑な鋼板彫刻を見ている気分になる。灰色の葉にしても、一枚一枚の色調が微妙にちがう」

「動物相はどんなぐあいです？　ああ、動物が存在するとすればですが」

「いまのところ、発見された動物は数種類しかいない。ヒョウに似た動物のほか、四本腕の大ザルが相当数。齧歯類が山ほどいる」

「知的な先住生物は？」

ロッジはかぶりをふった。

「おれたちにわかっているかぎり――いない。そしてこの惑星は、かなりの範囲が調査ずみだ」

「採鉱キャンプに起居する人間の数は？」

「千百人――だいたいそんなところだ。採鉱地Aに八百、採鉱地Bに三百。殺人が頻発しているのはBのほうでな。やむをえず、しばらくBを閉鎖しようと思ってる」

マグナス・リドルフはあごひごを引っぱった。

「殺人はBだけ？　作業員は入れ替えてみましたか？」

ロッジはうなずき、巨大な鉱石の岩柱――採鉱地Bをにらんだ。

「Bの人員はひとり残らず入れ替えた。それでも殺人はあとを絶たない。密室で、シャワールームで、トイレで――どこであれ、ほんの一、二分、ひとりきりになった人間が殺される」

「目には見えない土地の守護神でも怒らせてしまったかのようですな、まるで」

ロッジは鼻を鳴らした。

「その守護神が〝幽霊〟という意味なら、おれも同じ気持ちだよ。〝幽霊〟のしわざだとするのは、いまのおれに残されたただひとつの説明だ。なにしろ、せいぜい四インチ四方の換気口しか開口部がない密室で、これまでに四度、鉱夫が殺されたんだからな。換気口にはむろん、格子がついている。おれたちは掬《すく》い網を持って現場の室内に入り、一立方フィートもあますことなく徹底的に調べあげた。が、怪しいものはいっさい見つからなかった」

ここで、ジュリック船長が傾斜路を降りてきて、ロッジとマグナス・リドルフに合流した。三人はブルドーザーかなにかで押し固められたらしい灰色の砂浜を歩き、採鉱地Aに向かって歩きだした。なだらかに起伏する丘陵から鋭く突きだして天を衝《つ》く巨大な岩柱——それがAだ。

「Aの鉱脈は」ロッジがいった。「あのでかい岩柱全体を占めている。採掘するには、上のほうから岩石を削って、ブルドーザーで浜辺まで押していくだけでいい。鉱脈を掘りつくしたら、あの岩柱はすっかり平坦になって、小さな湾ひとつが廃石で埋まっているだろう」

「採鉱地Bも同じような状況ですか?」マグナス・リドルフはたずねた。「ここから見るかぎりでは、そっくりに見えますが」

「ああ、だいたい同じだな。どちらも古い火山岩頸《がんけい》だから。火山にはマグマが噴きだす通り道がある。その通り道に熔岩が詰まって固まったあと、周囲の火山が浸食で削れて、円柱状の岩が残るんだが、これを火山岩頸というんだ。

ただ、BではAとちがって、削った廃石を丘と丘の狭間の浅い峡谷に押しこんでいる。Bの鉱脈を掘りつくしたあとには——こんな状況で掘りつくせるなら——峡谷は一マイルほども奥まで埋め立てられているだろう。そうやってできた平地をもとに、町を建設する予定もある」

三人は砂浜をあとにし、岩柱にうがたれた、傾斜した斜面を登りはじめた。ロッジはふたりを五十フィート離れた森のはずれへ導いていった。

「いいものを見せてやろう」ロッジがいった。「こんなフルーツ、いままで見たこともないはずだ」

ロッジは光沢のある黒い幹の前で足をとめ、手のとどく位置にぶらさがっている赤くて丸い果実をひとつもぐと、

「まあ、ためしてみてくれ」

といって、果皮のやわらかな果実をひとくちかじった。

マグナス・リドルフは、船長ともども、おそるおそる果実をもぎ、口に運んでみた。

「おお、なるほど。これは美味」

「この樹木、Bには生えない」ロッジは苦い顔でいった。「このあたりにだけ生える。採鉱地Bは、プロジェクト全体でもなにかと呪われた場所なのさ。ヒョウと大ザルに襲われて、たびたび人死にが出たのもBだしな。おかげで外周部にスティールの電気柵を立てざるをえなくなった。それに対してこのAには、まわりに特殊な下生えが密生していて、猛獣どもの侵入を防いでくれている。下生えはトゲだらけなんだ」

ここでロッジが、葉むらをかきわけるガサガサという音を聞きつけ、首を伸ばしてそちらを見た。

「見ろ！　あそこに一匹——大ザルだ！」

マグナス・リドルフと船長はロッジが指さす方向を見た。太くて黒い怪物的な胴体と——真っ赤な目を持ち、口には牙を生やした、恐ろしい顔が見えた。

大ザルは三人をにらみすえ、フーッと低く威嚇の声をあげて、挑みかかるように一歩を踏みだした。

マグナス・リドルフと船長があとずさる。が、ロッジは笑って、

「だいじょうぶさ。見ているがいい」といった。

巨猿が突進してきた。が、途中で驚いたように吠え、立ちどまった。宙に大きな腕の片方を伸ばし、

もういちど吠える。ふたたび突進しかけ、すぐにまた不快そうな吠え声を発して立ちどまり、結局、すごすごと森の奥へ引きあげていった。下生えのトゲがよほど痛かったのだろう。

ロッジはその背中に果実の種を投げつけた。

「ここがBだったら、おれたち三人とも、殺されていたところだ」

つぶやくようにそういうと、葉むらのあいだに目をこらし、大ザルの背中に叫んだ。

「けッ！　とっととどっかにいっちまえ、この醜いけだもの野郎！」

叫んですぐに、さっと頭を低くし、森から飛んできた長い樹の枝をかわした。

それを見て、マグナス・リドルフは感想を述べた。

「あの生物——比較的高い知能を持っているようですね」

「ふふん」ロッジはうなるように答えた。「ま、そうかもしれん。Bで一頭を殺したときは、ほかの二頭が樹の下に墓を掘って埋めていたからな。おれたちの見ている前でだ」

マグナス・リドルフは冷静な面持ちで森の奥を見つめた。

「連続殺人をとめる方法ですが——たぶん、教えてさしあげられますよ」

ロッジはマグナス・リドルフにさっと顔をふりむけた。

「どうするんだ？」

「まずは周囲に緩衝地帯を設けてください。採鉱地AとB双方のまわりに、奥行一マイルの範囲で。緩衝地帯の外周には高圧電流を流したスティールの防柵を張りめぐらします。そののち、防柵内部の植物を一掃してしまえばよろしい」

ロッジはいいかけた。

「しかし、どうやって——」

そのとき、ベルトの無線が鳴った。ロッジが無線機をはずし、スイッチを入れる。

「ロッジ監督！」緊迫した声が叫んだ。

「どうした！」ロッジの声も自然と大きくなっている。

「ジェルスン鋳造主任がやられました！」

ロッジはジュリック船長とマグナス・リドルフに向きなおった。

「いっしょにきてくれ。状況を見せる」


十分後、三人は現場に立ち、ジェルスン主任の全裸絞殺死体を見おろしていた。シャワーを浴びていたのだろう、からだがまだ濡れている。首のまわりには赤と青の痣ができていた。目は大きく飛びだして、舌がだらんと口の横にたれた状態だ。

「おれら、この更衣室にすわってたんでさ」赤毛の機械工は、泡を食った顔で報告した。「なーんもいなかったのに。ジェルスンがシャワールームに入ってったと思ったら――急にじたばた暴れる音がして。あわててカーテンあけたら――こんなことになってたんで！」

ロッジはマグナス・リドルフに顔を向けた。

「見たか？　こんなことがずっとつづいてるんだ。これでもまだ、外周に防柵を立てたら殺人事件が収まるというのか？」

白鬚《はくしゅ》をなでなで、マグナス・リドルフは考えた。

「もしもわたしの読みがはずれていなければ――今夜、採鉱地Aでも殺人が試みられるでしょう」

ロッジの口がいったんがくんと開き、すぐにぱくんと閉じた。背後からは赤毛の機械工がしゃくりあげる声が聞こえている。

「採鉱地……Aで？　どうやって？　なぜそんなことがわかる？」

「むろん、だれも殺されなければいいと願ってはいます。じっさい、わたしがまちがっているのかもしれません。現時点の仮説は、さまざまな可能性を十二分に検討して得たものではありませんからね。しかし――Aにいて命を狙われるのは、おそらくこのわたしである可能性が高い。もちろん、それは少々考えすぎなのかもしれませんが」マグナス・リドルフは考えこんだ顔で死体を見つめた。「たぶんわたしは、殺人者の理解力と能力を過大評価しているのでしょう」

　ロッジはうしろに向きなおり、

「医者を呼べ！」

と、咬みつかんばかりの口調で機械工に命じた。


　一行はジープで採鉱地Aまで移動した。到着後、ロッジはジュリック船長とマグナス・リドルフを自分の居室に連れていき、夕食をふるまった。

「周辺地域から植物を一掃するのはたやすい」料理を食べながら、ロッジはいった。「しかし、なぜそんなことをするのか、おれにはさっぱりわからん」

　マグナス・リドルフはゆっくりとほほえんだ。

「代案もあります」

「どうするんだ？」

「全作業員の首に鋼鉄の首輪をつけることです」

　ロッジは鼻を鳴らした。

「そんなまねをしたところで、なにが変わる。殺人鬼は犠牲者の頭をカチ割るかもしれんし、毒薬を盛るかもしれんのだぞ」

「頭を強打する線は低いでしょう。しかし、毒の線はありかもしれませんな」マグナス・リドルフは巨大な紫色のブドウに手を伸ばした。「たとえば、フルーツに毒を仕込むのはごく簡単です」

「だが、なぜだ――なぜ殺す！」ロッジは叫んだ。「毎晩毎晩、おれは頭を絞っていろんな可能性を考えてきた。どれだけ考えても、殺人狂のしわざとしか思えん！」

マグナス・リドルフはかぶりをふり、ほほえみを浮かべた。

「わたしはそうは思いません。この一連の殺人には、明白かつ単純明快な目的が背後にあるはずです。あまりにも単純すぎて、あなたが見過ごしている目的がね」

ロッジはうめき、老人の温顔をにらんだ。

「今夜、あんたが殺されたら――どうなる？」

「その場合、わたしの提案が問題の適切な分析の上に成りたっていたことがわかります。ですから、あとは申しあげたとおりになさればよろしい」

ロッジはふたたびうめいた。しばしの沈黙が訪れた。

ややあって、マグナス・リドルフはおだやかな声でたずねた。

「監督は、こちらにこられてどのくらいです？」

ロッジは苦い顔を窓に向け、灰色、黒、白の鬱蒼とした葉むらごしに、遠い水平線を眺めやった。乳白色の海とダークブルーの空はくっきりと分かたれて、まるで鋭利な刃物ですっぱり断ち切られたように見える。

「七カ月になる。契約期間は五年の予定だが――ただしそれは、問題が起こらなかったらの話でな。あと一週間も殺人がつづけば、おれの契約は打ち切られてしまうだろう」

　ジュリック船長がのどの奥で笑った。ロッジは黒い目できっと船長を見すえた。

「すでにもう――」と、ジュリック船長はいった。「スターポートにもどりたいという人間が二十人ほど船を訪ねてきた。いずれもつっぱねたがね」

「契約破棄して逃げる気か！」ロッジは鼻を鳴らした。「そんな不届き者はどいつだ？　教えてくれ、問答無用で契約を守らせてやる！」

　ジュリック船長は笑い、かぶりをふるばかりだった。

　ここですっと、マグナス・リドルフは立ちあがった。

「部屋を教えていただければ、そろそろ引きとって休憩したいのですが」

　ロッジはコールボタンを押し、客の接待係を呼ぶと、白鬚《はくしゅ》の賢者にうかがうような視線を向けた。

「まだ思っているのか？――自分が殺されるかもしれないと？」

「用心が足りなければ、殺されるでしょうな」マグナス・リドルフは冷静に答えた。

「いままで採鉱地Aで殺人が起きたことはない」

「わたしの仮説が正しければ、ですが――それにはしかるべき理由があるのですよ。あえていわせていただくなら、理の当然ともいうべき理由がね」

　ロッジは椅子の背もたれに背中をあずけ、唇を険しい形に引き結んだ。

「いまのところ、おれにはまるっきり心当たりがない。採鉱地Bにはじめて掘削装置を入れて以来、ずっとこの問題を考えてきたというのにだ」

「もしかすると、あなたは問題に近すぎるのかもしれませんな。なにはともあれ、ここが惑星・地球ではないことを思いだしてもらわねば。そしてここの状況が、心理学的側面でも生物学的側面でも、さらには――」と、マグナス・リドルフはごく冷静な視線をロッジに向けて、「――基本的な論理の側面においても、われわれが慣れ親しんでいるものとはまるで異質であることを認識してもらわねばなりません」

それだけいうと、マグナス・リドルフは部屋を出ていった。

ロッジは立ちあがり、室内をいったりきたりしながら、右手のこぶしを左の手のひらに押しつけ、ぐりぐりと動かし、歯がみしつつ憤懣をぶちまけた。

「老いぼれヤギのくせして、えらそうに!」

ついでロッジは、ジュリック船長に燃える眼差しを向けた。船長はにやにや笑いを浮かべたまま、リキュールのグラスを片手に持ち、静かにすわっている。

「見たことがあるか、ああも尊大な態度を? ここに着任して七カ月、その間、おれは夜も昼もこの問題と取り組んできた。それなのに、やつときたら、ここへ着くが早いか、せいぜい一時間程度で、さも真実を見ぬいたような口ぶりでご高説をのたまう。聞いたことがあるか、あんな言いぐさを? いますぐにでもスターポートに通信を入れて文句をいってやる! 情報庁の長官とは顔なじみなんだ。おれが頼んだのは情報庁の有能なエージェントであって、観光客なんかじゃない!」

ロッジがドアへ向かいだした。

ジュリック船長はあわてて立ちあがり、ロッジの背中に声をかけた。

「これはきみのためにいうんだが、監督――」

だが、そのときにはもう、ロッジは部屋を出ていったあとだった。

急いであとを追いかけ、廊下に出る。背が高く肩幅の広い男の姿はもう見えない。だが、ロッジが向かった先は通信室にちがいない。ジュリック船長は急いで通信室にたどりつき、ドアをノックした。返事がないので、そうっとドアをあけてみた。

見ると、ロッジがテレスクリーンにわめいていた。長距離通信のため、イメージがすこしぼやけているが、画面に映っているのはまぎれもなく、地球情報庁《TCI》の長官そのひとだった。

「――さっさと寝にいってしまった」ロッジはがなりつづけた。「そのうえ、よこしたアドバイスといえば、電気柵を立てろということだけだ！」

短い遅延があった。これはメッセージが準即時通信でスターポートに到達し、返事がもどってくるまでのタイムラグだ。

「ロッジ監督」やっとのことで、情報庁長官の答えが返ってきた。「悪いことはいわん、マグナス・リドルフのアドバイスにしたがうよう強く勧める。わたしの見解では、彼の助力を得られて、きみはたいへんに運がいい」

それだけいって、イメージは消えた。ロッジは愕然とした表情で、ゆっくりとドアに向きなおった。その顔はジュリック船長のほうを向いているが、目は船長を見ていない。

ジュリック船長は歩みより、力づけるようにして、ロッジのこわばった腕をそっとたたいた。

「わたしに振られていたら――やはり同じように答えていただろうな」

ロッジはさっと船長の顔を見た。

「マグナス・リドルフという男のなにがそんなに特殊なんだ？　あれはいったい何者なんだ？」

ジュリック船長は安心させるようなしぐさをしながら、

「著名な数学者さ」と答えた。

「数学者なんかがＴＣＩとどう関係してくる？」ロッジは苦虫をかみつぶしたような顔になっていた。

「数学者がこの件とどうかかわってくる？　いくら数学ができたって、連続殺人はとめられないぞ」

ジュリック船長はほほえんだ。

「あれは名だたる切れ者だ。頭の中にコンピュータを持ち運んでいるという話もある」

ロッジは船長の横をすりぬけ、のろのろと通信室をあとにした。

「いったいなんだって、情報庁の長官ともあろう者が、あんな男を——数学者なんかをよこすんだ」

ジュリックは肩をすくめた。

「どうやら、情報庁の非公式コンサルタントらしい。そういう話だ」

ロッジは長くて白い指をぐっと曲げた。

「もしもあの男のいうとおりだったら？　今夜、あの男が殺されてしまったら？」

そのとき、事務員のひとりが歩みよってきて、ロッジに新たなる悲報を耳打ちした。ロッジは顔をしかめ、薄い唇をかみしめた。

「そうだな……ここはもう、あの男の好きにさせてみるか」

ロッジとジュリック船長は居住区画に引き返した。


ロッジたちと別れたのち、マグナス・リドルフは与えられた部屋に赴き、ドアに鍵をかけ、室内を徹底的に調べた。壁の一面は全面ガラスの窓になっており、窓のすぐ外側には、両脇を縁どる形で、二本の高木がそびえていた。高木の枝に茂るコントラストの強い灰色と黒の葉むらごしに見えるのは、浜辺までなだらかに連なった丘の斜面と、ぼうっと発光する乳白色の海だ。

すっかり夜のとばりが降り、宵の空が星ひとつない夜空に変わってしまうと、その暗黒との対比で、おだやかに光る海がいっそう明るさを増して見えた。まるでランプの光に照らされた羊皮紙のようだ。

マグナス・リドルフは窓に背を向け、部屋のほかの部分を調べはじめた。自分以外にだれもいないことはまちがいない。右手にはベッドがある。正面にはバスルームのドアがあって、開かれたままになっており、その戸口を通して光沢のあるタイルが見える。

とりあえず、バスルームのドアを閉じた。ついで、背後のガラス窓を偏光モードにして不可視にし、コールボタンを押して世話係を呼んだ。

「大至急、三つの品物を持ってきてくれませんか。小型バッテリーを一台、発熱クロムのワイヤーを二十フィート、厚手の断熱テープを三巻き」

接待係はまじまじとマグナス・リドルフを見つめてから、

「わかりました」

と答え、ドアを閉めた。

マグナス・リドルフはドアに背を向け、考えをめぐらしながら、それぞれの壁を見つめた。

じきに、頼んだ品が運ばれてきた。接待係が引きあげるのを待って、マグナス・リドルフは上着をぬぎ——ふと気になって、各々の板壁に顔を近づけ、つぶさに調べた。なるほど……。

それからまた上着をはおり、あらためて接待係を呼んだ。

「この建物の中に、壁もドアもすべて金属でできた部屋は？」

接待係は目をしばたたいた。

「それだと、冷蔵室しかありませんが」

マグナス・リドルフはうなずいた。

「そこへ連れていってくれますか」

しばらくして、マグナス・リドルフは自室にもどってきた。歩きかたがぎくしゃくしているのは、両腕と両脚全体に断熱テープをしっかりと巻いてあるからだ。部屋に入り、ガラス壁の偏光モードを解除する。ついで、海からの淡い乳白光をたよりに、椅子を一脚選び、腰を落ちつけて待った。

そうやって一時間もたったころ、まぶたが重くなってきて、うとうととまどろみだした。しばらくのち、はっと目覚めた。だが、どこにも異状はなさそうだ。軽い失望をおぼえた。自分の読みははずれたのだろうか。これでは、せっかく用意した自衛手段が——。

念のため、全身の感覚を研ぎ澄まし、耳をすませ、椅子にすわったままゆっくりと上体をひねって、ドアをあけっぱなしにしてあるバスルームを覗きこんだ。怪しいものは見あたらない。安堵と失意のないまぜになった思いで、全身の力がぬけた。

ひもが巻きついてきたのはそのときだった。ケーブルのような細いひもだ。それが足首に、胸に、のどにからみついてきて、容赦なくぐいぐいと絞めつけだす。

マグナス・リドルフは即座に反応した。一瞬、原初的な恐怖でじたばたともがいたものの、すぐに脳の理性的な部分が全身を掌握し、かねて予定していたとおり、足の親指に指示を出して、靴の中に仕込んでおいたスイッチをぐっと押しつけさせる。即座に、腕や脚に取りつけてあった発熱クロムのワイヤーが加熱された。ワイヤーの上から上着を着ているので、外からこの仕掛けはまず見えない。だが、青白く白熱したワイヤーは剃刀のように上着を斬り裂き、その光で明るく壁面を照らしだした。

腕と脚にからみついていたひもが切れると、すかさずベルトのナイフを引き抜き、首にからみつくひもをつかんで、顔から五インチほどの位置に切りつけた。ひもに首を絞められ、全身の力が脱けていくのをおぼえながら、それでも何度も切りつけては削り、切りつけては削りをくりかえすうちに、ナイフの刃先を通じて、ひもの力が弱くなりだすのが感じられた。

ついにひもがブツッと切れ、絞縄《こうじょう》がゆるんだ。マグナス・リドルフは大きくあえいだ。ふらふらとあとずさり、壁にもたれかかって、殺人犯の正体を見つめる。

それから、コールボタンを押して接待係を呼んだ。

「――ただちに、ロッジをここへ」

不承不承のようすで、ロッジが廊下を小走りにやってきた。

「どうしたんだ？　なにがあった？」

マグナス・リドルフは殺人犯を指さした。

「ごらんなさい」

ロッジは指さされたものを凝視し、ついで床にかがみこむと、切断されたひもを拾いあげた。

「わけがわからんが……」ロッジの声はかすれている。

「きわめて明白なことですよ」とマグナス・リドルフは答えた。「じっさい、論理的必然でさえある。秩序だてて思考を整理しさえすれば、あなた自身も正解にたどりついたはずです」

ロッジは目に怒りをくすぶらせ、マグナス・リドルフをにらんだ。

「この件について、いったいなにがどうなっているのか、わかりやすく説明してもらえると――」と、そこからはこわばった声で、「非常にありがたいんだがな」

「喜んでご説明しましょう」マグナス・リドルフは答えた。「まず明らかなのは、採鉱地Bにおける連続殺人犯の真の目的が、殺人そのものではないということです。全鉱夫を入れ替えてもなお殺人がつづいているからには、殺人狂のしわざでない。であれば、連続殺人によって採鉱地Bを放棄させることこそ、犯人の目的とは考えられないか？　そこでわたしは自問しました。採鉱地Bが放棄されて得をする者、それはだれか？　採鉱地Aが殺人犯の眼中にないのは明らかです。Aでは順調に採鉱が行なわれているわけですから。では、両採鉱地の明白なちがいとはなにか？

一見するかぎりでは、両者のちがいはほとんどないように見えます。ともに火山岩頸《がんけい》であり、鉱物以外は不毛な岩の塊であって、大きさもほぼ同じ。ちがいはただひとつ、廃石の処理方法のみです。

採鉱地Aの廃石が海に捨てられるのに対して、採鉱地Bの廃石は樹々におおわれた峡谷に捨てられる。とすれば――ね？」

マグナス・リドルフは、険しい顔で自分をにらんでいるロッジを見つめ、語をついだ。

「以上の事実は、この問題を解き明かす光明である――そうは思いませんか？」

ロッジは唇をかんだ。

「そこでわたしは、さらにこう自問しました」マグナス・リドルフはおだやかな声で先をつづけた。「採鉱地Bで不利益をこうむり、採鉱地Aでは不利益をこうむらないもの――もしくは得をするもの、それはだれか？　この問いかけに対する答えは即座に浮かんできました。樹木です」

「じゅ――樹木？」ロッジは素っ頓狂な声を出した。

マグナス・リドルフはこくりとうなずいた。

「以上の観点から、わたしはこの状況を見なおしてみました。採鉱地Aでは、樹々は果実を提供し、みずからが猛獣に対する防壁となっている。かたや採鉱地Bの樹々は、果実を実らせもしなければ、防壁になろうともしない。つまり樹々は、採鉱地Aに肩入れしている。なぜなら、あなたがたがAにおいて、火山岩頸を取り崩し、廃石を海に捨て、海を埋め立てているからですよ。樹々にしてみれば、それで生育圏が広がるだけでなく、陽の光をさえぎる巨体な障害までもが取り除かれるのですから、ありがたいことずくめでしょう」

「ということは……樹木に知能があるということか？　そういっているのか？」

「もちろんですとも」とマグナス・リドルフは答えた。「ほかの可能性が考えられますか？　最初にちゃんと警告したではありませんか、地球の常識でこの惑星を判断してはいけないと。大ザルたちが樹の根元に仲間の遺体を埋めるところを目撃した、とあなたはいいましたね？　それはまぎれもなく、大ザルたちが樹々にそう誘導されていたからです。そのように説得され、誘導され、強制されていたからです。熟考してみさえすれば、当然の結論ですよ。そうすることによって、土壌は肥沃になり、樹々は得をするのですから。ここの樹々が、人類文明に触れてからわずか七カ月で人間の隙をつき、人間を殺せるようになったのなら、人間の言語を理解できるようになっている可能性も高い。そこでわたしは、一本の樹の前で、広範囲におよぶ伐採処置を提言しました。いわば樹木の大量虐殺です。当然ながら、わたしは脅威として——取り除くべき人間として、樹々にマークされる。そして、今宵、予想どおり、わたしを殺す試みが実行に移されたというわけです」

「しかし、どうやって？　樹が歩いて建物の中に侵入してくることなんかできないし、人の首に縄をかけて絞めることもできないぞ！」

「たしかに」マグナス・リドルフはうなずいた。「ですが、樹木には根というものがあり、採鉱地のあらゆる部屋には、排水口や換気口のように、なんらかの小さな開口部がある。さらに、どの部屋の壁にも例外なく板材が用いられていますが、思うにあのなかには、スパイ細胞が——いわば、小さな目や耳が組みこまれているのではないでしょうか。そこらじゅうに目と耳があっては、人間のどんな行動も見落とされるはずはありません。そして、いまこの瞬間にも、樹々はわたしたちふたりを殺す準備をしているような気が強くします。殺害手段は毒ガスかもしれないし、あるいは——」

だしぬけに、ベキベキッと板が割れる音が響き、床板の一部が裂け、ぱっくりとあいた黒い穴から、くすんだ暗褐色の太索《ふとづな》に似た物体が伸びだしてきた。太索は宙を横切り、うねうねとくねりながら、左右に大きく振れつつ、ロッジとマグナス・リドルフのほうへ近づいてくる。おそろしいほど極太の根だった。

「お待ちなさい」極太の根に向かって、マグナス・リドルフは冷静に声をかけた。「お待ちなさい。

あなたがたは知性生物だ。しばし待って、わたしの話を聞きなさい。あなたがたには、いわなければならないことがあります」

それにかまわず、極太の根はふたりに向かってきた。ためらうようすはまったくない。

「お待ちなさい」マグナス・リドルフは落ちつきはらってくりかえした。「伐採処理など、いっさい行なったりはしません。廃石はすべて海に捨てましょう。採鉱地Bから出る廃石もです」

ここではじめて、根はためらいを見せ、空中でゆらいだ。

「な、なんと怪物じみた生きものだ！」ロッジがあえぐようにいった。

「そんなことはありません」マグナス・リドルフはただちに否定した。「彼らはたんに、自分たちの生存権を守ろうとしている一惑星の住民にすぎません。ここで協調しておけば、かならずおたがいの利益になります」

マグナス・リドルフは極太の根に向きなおり、語をついだ。

「以後、もしもあなたがたが採鉱地Bに野獣を寄せつけず、あの地の周囲にも果実を実らせてくれるなら、人間はけっして樹々に危害を加えたりはしません。また、すべての廃石は海に捨て、埋立地を増やしましょう。さらに、あとからほかの人間がおおぜいやってきて、あなたがたの要求を聞き取り、かつ人間側の要求を伝えます。そうすることで、双方の種にとって有益な協調関係が築かれることになるはずです。人間には灌漑といって、水を引いて土地を潤すことができますし、痩せた土壌を肥えさせることもできます。あなたがたは人間のために鉱脈の位置を教え、複雑な有機化合物を合成し、果実を実らせてくれればよろしい」

そこでいったん、ことばを切った。極太の根は威嚇的なしぐさをやめ、割れた床の上におとなしく横たわった。

「あなたがたがいまの内容を理解し、肯定するのであれば、この根を引っこめてください」

根は打ち震え、くねり、のたうち――床の穴にずるずると引っこんで、やがて完全に姿を消した。

呆然と凍りついている監督に向きなおり、マグナス・リドルフはいった。

「……というわけです。今後はもう、トラブルはありません」

ロッジはわれに返りつつあった。割れた床にちらりと目を向ける。

「しかし、連続殺人は？　殺人に対して、なんの懲罰もなしか？　何カ月もつづいたおれの苦しみは――」

マグナス・リドルフは冷ややかな蔑みの視線をロッジに向けた。

「あなたの部下たちも、たくさんの樹々を伐り殺した――そうではありませんか？」

「それはそうだが……」ロッジはかぶりをふった。「Bの廃石を海まで持っていけば、コストが嵩む。それで採鉱地Bがペイするものかどうか。だいたい、そんなしちめんどくさいことをしなくたって、焼却チューブ二本にブルドーザーを何台か投入すれば、あのへんを一掃するくらい、わけは――」

そこでロッジは、マグナス・リドルフの刺すような視線に気がついた。

「わたしの見るところ」とマグナス・リドルフはいった。「あなたは近視眼的であり、加えて無情な人物のようだ。それに、法をないがしろにしてもいる。じっさいの話、このプロジェクトの管理者としては不適格でしょう」

ロッジは眉根を寄せた。

「おれがどんな法をないがしろにしているというんだ？」

「三十年以上前に定められた、友好的先住生物の保護と助成に関する制定法にです」

ロッジは無言だった。

「無条件で協力なさい。でないと、あなたの罷免を要求せざるをえなくなりますよ」

ロッジは目をそらし、つぶやいた。

「……たぶん、あんたのいうとおりなんだろうな」

そのとき、ふたりの耳がかすかな音をとらえた。

ふたり同時にふりかえり、床の穴に目をやった。裂け目がみるみる消えていきつつある。見ているうちにも、めくれあがっていた裂け目は奇妙な柔軟さを発揮してもとの形にもどり、たがいにからみあって傷を修復し、裂ける前のように光沢のある表面を形成した。

しかも、それまで穴があいていたところには、ぽつんとひとつ、きらきら光る小さな物体が置いてあった。

マグナス・リドルフは物体に歩みより、拾いあげ、無言でロッジに見せた。複雑な結晶体だった。炎と見まがうばかりの、血のように真っ赤な結晶は、全体に完璧な形状をしているのに、一面だけは平坦だ。まるで、どこかの基質から切りとってきたあとのように。

「これは――ルビーですな」

マグナス・リドルフはそういって、ちらりと監督に目をやった。

そして、ふたたび手元に目を移し、冷静に宝石を鑑定しはじめた。

数学を少々

酒井昭伸訳

Sanatoris Short-cut

賭けごと《ギャンブル》とは、つきつめれば、人の性質の受動的、服従的、無責任な側面に訴求するものだ。ギャンブラーとは、運命の女神の気まぐれに媚びへつらって、服従のしるしに仰向けになり、腹を見せる、追従屋の中でも下等種の謂《いい》にほかならない。翻《ひるがえ》って、意志が強く行動的な人物に目を向けてみよう。彼は運命に流されたりしない。決定されたコースを突き進み、さまざまな変数を操作し、他者からあてがわれた人生に安住するかわりに、みずから設計した人生を歩む。

——マグナス・リドルフ

マグナス・リドルフは、しばしば金欠に陥る。日常の支出が大きいくせに、これといった定収入がないのに加えて、日々の仕事に努めることをせず、そのくせどんなルーティーン・ワークも好まない質《たち》なので、どうしても手元不如意になりやすい。そのため、ときどき収支バランスを改善する必要にせまられる。じつはこの方式は、彼の性格にもっとも見あう収支の調整法だった。彼の脳の中には、きわめて精密な論理機構に加えて、無限の時空をカンバスに見たてられる投影能力が存在している。この天賦の才を、数学から事実への変換や、事実から数学への変換のみならず、収支の改善手段にも用いれば、良好な経済状態をなんなく維持できるのである。

長い年月をかけて、マグナス・リドルフは多種多様な殖財テクニックを編みだしてきた。いちばん最初に身につけたテクニックは、このうえなくシンプルなものだった。周囲の世界をじっと観察していれば、やがて世界の綻《ほころ》びや不完全さが見えてくる。すこし考えれば、その修復策をひねりだすのはたやすい。そして、マグナス・リドルフはふだん、そういった綻びの修復策を、自分の収支バランス改善のために提供している。

しかし、とくに金が入用でないときは、非公式の依頼に応え、もっぱら問題解決のために修復策を提供することもある。典型的なのは、折にふれてTCIに依頼される、非公式エージェントとしての活動だ。この種の活動では、白髪、きちんと刈りそろえた白鬚《はくしゅ》、冷静で感情をすべて排した眼差し、おだやかな顔だちなどが大きくものをいう。

　ときどき、連邦のあちこちの惑星に点在する賭博リゾートを訪ねることもある。金持ちとして訪れ、スカンピンになって帰っていく観光客にまぎれこみ、ひたすら目だたぬよう、地味に訪問するのは、純然たる収支バランスの改善が目的だからだ。彼の訪問は、収税吏が納税者のもとを訪ねるのと同様、感情とはまったく縁がない。もっとも、当世のギャングどもから問答無用で容赦なく金をかすめとる行為に対し、歪んだ満足感をおぼえるのは、否定しがたい事実ではあった。

　歓楽惑星であるファンは、明確な連邦境界のやや外にあるが、TCI——地球情報庁《テレストリアル・コー・オブ・インテリジェンス》の権威がおよばないほどの辺境でもない。今回、マグナス・リドルフがこの惑星ファンを訪ねたのは、テレパシーによる意思疎通の研究計画で資金が底をついたためだった。ファンの首都の名でもあり、宇宙港の名でもあるミリッタは、惑星ファンの温帯に位置する肥沃な半島の先端全域を占めており、大型カジノ〈不確かな運命の殿堂〉もここにある。経営者はアッコ・メイ。これはほかにも、数々の小規模カジノ、娼館、酒場、レストラン、劇場、アーケード、ホテルを経営している人物だ。

　この街にきて三日め、マグナス・リドルフは小ぶりのブリーフケース片手に、ぶらりと〈不確かな運命の殿堂〉を訪ねた。表玄関の巨大なガラス扉を通りぬけて、ロビーに入っていく。静かで広々としたロビーは、すべての壁にワウ・ケマ式の意匠が採用されていた。茶色と青で描いた木の葉《リーフ》模様は、当地の先住部族に伝わる模様のなかでも典型的な柄《がら》のひとつだ。まっすぐ前方には、暗緑色の碧玉《へきぎょく》で造った柱が柱廊をなしている。その柱廊ごしに見える幅百フィートの走路《トラック》は、小型競争馬のレース場らしい。ロビーの左右にはそれぞれに広大なホールが広がって、技術、運、演出が支配する、数々のゲームを提供していた。

マグナス・リドルフは、競馬にはちらりと目をやっただけで、右手側の大ホールに入っていった。手前のほうはカード・テーブルが中心らしい。ポーカー、プラネッタ、ブラックジャック、ボンチ、ルンボと、行なわれているカードゲームはさまざまだ。ポーカー・テーブルの前で足をとめたものの、すぐに通りすぎた。ポーカーで勝とうと思えば、長丁場を覚悟しなくてはならない。忍耐力がいるし、統計を注意深く観察する必要もある。

こんどはダイス・ゲームのエリアに差しかかった。チャッカラッカのテーブルには、皮肉な視線を向けただけで通過した。クラップス・テーブルの前もだ。なおも歩くうちに、十台強のルーレットが軽快な回転音を響かせ、反射光をふりまくエリアに差しかかった。

（赤と黒か）ルーレット・テーブルを眺めながら、マグナス・リドルフは思った。（緑のフェルトと、それに映える赤と黒。十八世紀以来、ギャンブルで用いられる伝統の配色だ）

おもむろにホール全体を見まわし、一千もの豊富な色彩と音を楽しんだ。上を見あげれば、全面が磨りガラスになった天井には、怪物的サイズの萬華鏡から投影された多様なパターンが燦然《さんぜん》と輝いている。息を呑むほど複雑で、絶えず変化する無数のパターンは、プラズマイエロー、鮮烈なブルー、深みのある濃緑色、灼熱の赤と、色もとりどりなら、絢爛たるオレンジ色の円花模様《ロゼット》、波状に広がる青紫のきらめき、先端のとがった星々と、形状も変化に富んだものだ。それらが炸裂してはぼやけ、融けあい、膨張する円、棒、帯へと変化するあでやかさたるや、華美の一語につきた。

天井に花咲く色彩の洪水とは対照的に、カーペットは地味なダークグレイながらしみひとつなく、かなり高級なしろものだった。その上等なカーペットの上を悠然と行きかう、鳩血色《ピジョンブラッド》、海の深みのブルーグリーン、黒などの、見るからに高価で豪華な装いで着飾った男女たち。はるか向こうの壁の高みには三つのバルコニーが連なり、それぞれの上には小人数の男女がいて、一階大ホールの活況を眺めながら、酒肴《しゅこう》を口に運び、グラスをかたむけている。

マグナス・リドルフは広大なホールを隅から隅まで見わたして、ここを埋めつくす無数のテーブルから生みだされる利益はいかばかりだろうと考えた。それはきわめて莫大な額にのぼるにちがいない。あちこちのテーブルでは、ギャンブル客たちが顔を紅潮させ、あるいは固唾を呑みながら、一喜一憂している。これだけの客が落とす金が、すべてアッコ・メイのふところに収まるのだ。連邦のありとあらゆる場所で恐れられ、ありとあらゆる犯罪に手を染めているとうわさされる男、アッコ・メイ。だが、アッコ・メイがどのような犯罪を犯そうとも、やっとのことで捜査が行なわれるとき、当局の手がとどく範囲に当人はおらず、確たる証拠はどこにも残っていない……。

まあ、それはいい。マグナス・リドルフは当面の問題に意識を集中させた。ルーレットのひとつを注意深く観察して、ホイールの回転速度を見きわめ、ボールの質量とホイールに投じられる山なりのラインを推測し、心の中にいくつかの計算結果を書きつけて――ああ、これはむりだと背を向けた。ボールが落ちる場所を計算で絞りこめる可能性はなきに等しい。これではいちかばちかで賭けるのも同然だ。

きた道を逆に歩いて、競馬トラックのそばを通りすぎ――ダークブラウンの小型馬が数頭、一瞬のうちにトラックを駆け抜けていった――ロビーを隔てて反対側にある大ホールに入った。さらにもう何台かのルーレットの前を通りすぎ、回転する円盤状の歯車が嚙みあった装置の前を通りすぎたのち、大きな球体の前で足をとめる。球体の内部は液体で満たされていて、球体の回転にともなって液体が渦を巻き、その液体の中に浮かんだ色とりどりのボールが渦に巻きこまれ、勢いよく回転していた。この球体はボールを攪拌《かくはん》するための道具らしい。当地のホールではロランゴとして知られるゲームだそうだ。

見ているうちに、攪拌球の回転が急停止した。それとともに、ボールの動きが鈍くなり、押しあいながら攪拌球の上部まで浮かびあがっていって、ピラミッドを形成した。ボールの配置は、最上段に一個、二段めに三個、三段めに七個、四段めに十三個という構成だ。ぜんぶで二十四個のボールは、下からの光を浴びて、どれも宝石のように光り輝いている。

　攪拌球を操作しているディーラーは長身の若い男で、つややかなブロンドの髪と動物じみた茶色の細い目を持ち、この〈殿堂〉独特の、緑と白を組みあわせた制服を着用していた。

　ボールの位置が確定したのを見定めて、ディーラーは上位の段を占めたカラーをアナウンスした。カラーの呼称は、鉱物や宝石の名になぞらえたものが多いようだ。

「最上段――白銀《シルバー》。第二段――銀朱《ヴァーミリオン》、青玉《サファイア》、炎色《フレイム》。第三段――黄金《ゴールド》、花紺青《ロイヤル》、黄玉《トパーズ》、黒縞瑪瑙《ゼブラ》、蛋白石《オパール》、翠玉《エメラルド》、黒玉《ジェット》」

　マグナス・リドルフは攪拌球に近づいた。最上段のボールのカラーを当てれば賭け金《ベット》の二十四倍の、第二段のボールのカラーを当てれば八倍の、第三段の場合は三倍の配当金が得られる仕組みだった。もちろん、ベットももどってくる。一見、公正な配当のようだが、第三段についてはさほどでもない。胴元側《ハウス》にやや有利な率になっている。しかも、よく見ると、小さな文字でこんな注意書きが付されていた。

〈白玉《ホワイト》のボールが最上段にきた場合、ベットはすべてハウスの総取りとさせていただきます。ただし、白玉《ホワイト》に対するお客さまのベットは除きます〉

「さあさあ、ベットをどうぞ」

ブロンドのディーラーが客たちに呼びかけ、ボタンを押した。大きな攪拌球が高速で回転しだす。

「ベットを締めきります」

攪拌球の回転が急に停まった。中の液体はなおも渦を巻き、二十四個のボールも勢いよく回転しているが、じきに減速して上部に浮かびあがり、ピラミッドを形成した。

ディーラーが大声で結果を報告した。

「最上段——青藍《インディゴ》です。第二段——黒玉《ジェット》、琥珀《フォーン》、紅玉《ルビー》。第三段——七宝《ハーレクイン》、閃緑岩《ダイアライト》、水宝玉《アクア》、象牙《アイボリー》、紫水晶《アメシスト》、暗青緑《ティール》、橄欖石《オリビン》」

メダル《チップ》がつぎつぎに手わたされた。

「さあ、ベットをどうぞ」

ディーラーが呼びかけた。マグナス・リドルフはポケットからストップウォッチを取りだした。

「ベットを締めきります」

攪拌球が回転し、最高速に達したところで急停止した。が、液体は渦巻き、ボールはめまぐるしく回転をつづけている。攪拌球が停止したところで、マグナス・リドルフはストップウォッチを見た。一〇・二三秒。やがてボールが浮上し、上部でピラミッドを形成した。この時点で三二・〇一秒。

「最上段——白玉《ホワイト》」ディーラーが結果を報告した。「白玉《ホワイト》に対するお客さまのベットを除きまして、ベットはすべてハウスの総取りとなります」

マグナス・リドルフはもう何度か攪拌球の動きを計測し、黒表紙の手帳に結果を書きこんだ。

つづいて、攪拌球に注意をもどし、ブリーフケースのカメラを取りだして、攪拌球の回転開始から結果判明までの手順を三度撮影した。

そこでカメラをしまいこみ、ほかに必要な情報はなんだろうと考えた。液体は十中八九、水だろう。撮影したデータを分析すればボールの上昇速度はわかるし、この惑星の重力がおよぼす影響もわかる。各ボールと攪拌球の寸法はもとより、攪拌球の曲率もはじきだせる。

だが、それだけでは算出しようのない物理量がまだ残っていた。水につかった状態での、ボールの表面同士やボールと攪拌球内壁との摩擦係数、相互にぶつかった場合の弾性率、攪拌球の回転速度と加速度などだ。さらに、惑星の回転がもたらす遠心力や、惑星の公転に起因する各種の変数、攪拌にともなう水温の変化、こういった要素も考慮して補整をかけてやらねばならない。重力場や電磁場の、不自然かつ大きな変動がなかったかどうかも調べておく必要がある。

ブリーフケースを開き、持ってきた装置の表示パネルを見ながら攪拌球の周囲をひとまわりして、データの変動状況をチェックした。それから、ケースをぱたんと閉じ、ブロンドのディーラーに歩みよった。

「あのカラフルなボールの材質はなにかな?」

長身のディーラーは両の眉を吊りあげ、マグナス・リドルフを見おろした。

「強化ガラスですよ、中空の」

「では、攪拌球のほうは?」

「これも強化ガラスです」

ディーラーはほかの客たちに顔を向けた。

「さ、みなさん、ベットをどうぞ」

(こまかいことをきいてもむだだろうな)とマグナス・リドルフは思った。(ディーラーが攪拌球の正確な回転速度を知っているとも思えない)

電源コードの位置を確認してから、当面の調査は打ちきり、攪拌球に背を向けた。見ただけでは、モーターの効率までわかるはずもない。そこはやはり、ちゃんと計測しておく必要がある。

マグナス・リドルフはゆっくりと歩いて、いったん建物の外に出ると、最寄りのドラッグストアに入り、店員に注文した。

「粉末蛍光塗料を一グラムたのむ。それから、パン＝アングの高速撮影用カードを二枚」

買った商品を持ってホールにもどり、蛍光塗料の粉末をひとつまみ、攪拌球の表面にそっとつけ、もう三巡、回転開始から結果判明までを撮影した。つぎにもう一回、攪拌球の回転周期を計測した。変化はない。攪拌球の回転開始から停止までは一〇・二三秒、ボールが上部でピラミッドを形成するまでが三二・〇一秒。

それを確認したうえで、マグナス・リドルフは〈不確かな運命の殿堂〉をあとにし、モカレマーカ遊歩道をのんびりと歩いてホテルにもどった。

翌日、携帯コンピュータで計算をすませた。満足のいく結果に、思わず顔がほころんだ。これなら予想がはずれる確率は充分に小さい。

さっそく〈不確かな運命の殿堂〉に赴き、両替窓口でチップ一万ミュニットぶんと交換してから、ロビー左手のホールに入り、ロランゴのエリアへ向かった。

ロランゴの攪拌球内では、二十四個のボールが渦に乗って舞いながら、めまぐるしく回転していた。一見、無秩序な動きのようだが、最終的には攪拌球の上部でピラミッドの配列を決定するにいたる、さまざまな法則に支配されている。

マグナス・リドルフはその諸法則を徹底的に解析し、各ボールのふるまいを精密に計算した結果、二十四個あるボールのそれぞれがピラミッドのどの位置につくかを、かなりの確率でつきとめられるようになっていた。

いちどに四色を賭ければ、最上段と第二段、合わせて四個のボールのうち、ひとつのカラーを当てられる確率は六二パーセントになる。いいかえれば、最低でも八倍、うまくすれば二十四倍の配当を得られる確率が六二パーセントはあるということだ。したがって、長い目で見れば元手が減ることはない。かならず増える。

ベットの前に、もういちど一回の手順にかかる時間を計測した。やはり変わりはない。満足して、象牙《アイボリー》、暗青緑《ティール》、金剛石《ダイヤモンド》、青藍《インディゴ》の各色にチップを賭けた。まずは一枚ずつだ。攪拌球が回転を開始し、二十四個のボールが渦に巻きこまれ、透明の流体内を勢いよく踊りだす。

「最上段――象牙《アイボリー》」ブロンドのディーラーが告げた。「第二段――青藍《インディゴ》、銀朱《ヴァーミリオン》、黒玉《ジェット》。第三段――白銀《シルバー》、萌黄《ライム》、琥珀《フォーン》、閃緑岩《ダイアライト》、黄玉《トパーズ》、黒縞瑪瑙《ゼブラ》、蛋白石《オパール》」

最上段の象牙《アイボリー》と、第二段の青藍《インディゴ》が当たった。マグナス・リドルフはこの二色に賭けた元チップに加えて、配当分のチップを受けとった。一チップは百ミュニットなので、ぜんぶで三千ミュニットのプラスとなった。

つぎに、攪拌球にちらと目をやってから、紅玉《ルビー》、白玉《ホワイト》、紫水晶《アメシスト》、橄欖石《オリビン》に三チップずつ賭けた。

攪拌球が回転する。

「最上段――白玉《ホワイト》。白玉《ホワイト》へのベットを除きまして、すべてのベットはハウスの総取りとなります」

かくしてマグナス・リドルフの前には、総数百九十三枚のチップが積み重ねられることになった。

つぎに彼は、黒玉《ジェット》、水宝玉《アクア》、閃緑岩《ダイアライト》、翠玉《エメラルド》の四色に加え、五番めの色として、上の段にくる確率がもっとも低く、したがって配当の見こめない色、黄金《ゴールド》を選び、それぞれに十チップずつ賭けた。

結果はすべて、はずれ。

これでだれかがマグナス・リドルフの賭けパターンを分析しようとしてもむずかしくなるだろう。

つぎのプレイでは、琥珀《フォーン》、黒玉《ジェット》、花紺青《ロイヤル》、紅玉《ルビー》に十チップずつ賭けた。

「最上段——黒玉《ジェット》」ディーラーがいった。

それ以外はみなはずれた。配当チップ数は二百四十枚なので、黒玉《ジェット》に賭けた十枚、それから手元に残っていた百三枚を合わせ、この時点でのチップ総数は三百五十三枚となった。

マグナス・リドルフは冷静な顔で、これだけの枚数を目の前に積みあげた。背後にはギャラリーが集まりだしているが、そちらには目もくれず、つぎは四つの色に各々五十チップずつ賭ける。青玉《サファイア》、萌黄《ライム》、黄玉《トパーズ》、銀朱《ヴァーミリオン》だ。攪拌球が回転した。ディーラーは結果をたしかめると、無言で眉をひそめ、マグナス・リドルフにちらりと目をやった。

「最上段——青玉《サファイア》」

配当は千二百チップになった。

この配当で目の前に大量のチップが山をなしたので、マグナス・リドルフは両替カートに合図し、チップのほとんどを一枚一万ミュニットの大メダル《トークン》と交換した。これによって目の前のスタックは、一万ミュニットのトークンが十四枚、百ミュニットのチップが三枚となった。

ここで勝負のペースを変えるため、百ミュニット・チップ三枚を当たる確率の低いボールに賭け、わざと三枚とも失った。これでもう、残りはすべて一万ミュニット・トークンだ。

そのトークンを一枚ずつ、翠玉《エメラルド》、橄欖石《オリビン》、琥珀《フォーン》、白銀《シルバー》に賭ける。

ディーラーは躊躇したものの、攪拌球を回転させた。そして、安堵の笑みを浮かべた。

「最上段——紅玉《ルビー》です」

賭けた色はいずれもはずれた。マグナス・リドルフはつづけて、銀朱《ヴァーミリオン》、蛋白石《オパール》、七宝《ハーレクイン》、黄金《ゴールド》に各一枚ずつ、一万ミュニット・トークンを賭けた。

攪拌球が回転した。宝石のようなボールが渦を描き、下から光をあてられた液体の中を踊りだす。

「最上段——蛋白石《オパール》！」

背後のギャラリーがどよめいた。

いまやマグナス・リドルフの眼前に積みあげられたトークンは三十一枚——三十一万ミュニットに達した。ディーラーはネコを思わせる不気味に細めた目で、じっとこちらを見つめている。

マグナス・リドルフはつぎに、萌黄《ライム》、閃緑岩《ダイアライト》、炎色《フレイム》、白銀《シルバー》に五トークンずつ賭けた。

ディーラーはかぶりをふった。

「申しわけありません、お客さまのペットには制限を設けさせていただきます」

マグナス・リドルフは冷静な目でディーラーを見すえた。

「はて……この〈殿堂〉でのプレイは無制限だと理解していたのだがね」

ブロンドのディーラーは唇をなめて、

「おっしゃるとおりです、たいていの場合はそうですが、しかし——」

「支配人を呼んでくれたまえ」

ディーラーはマグナス・リドルフの凝視から目をそらした。

「それが、ちょうどいま、留守にしております。この惑星にはいないんです、ビジネスで出張しているものですから」

「では、いまの責任者は？」

ディーラーはマグナス・リドルフの頭ごしに目を泳がせ——そこではっと、壁のドアのほうへ目的ありげに歩いていく人物に気がついた。

「あ、ミスター・メイが！　もどってらしたんだ！　ミスター・メイ！」

アッコ・メイは、歩みの途中でぴたりと立ちどまり、青白い三角形の顔をディーラーにふりむけた。

メイはほっそりとした中背の男で、顔は強面《こわもて》なりにととのってはいるが、口を険しく引き結んでいる。

両の眉は気むずかしそうな弧を描き、耳はひどく小さくて、耳殻が黒髪の頭にへばりついているかのようだ。

「どうした、ホルへ？　なにかトラブルか？」

「こちらの紳士が、立てつづけに何度も勝っておられまして。もしや、システムになんらかの細工を施されたのではないかと」

アッコ・メイはマグナス・リドルフに向きなおり、じろじろと見まわした。控えめな身なりをした白髪白鬚《はくしゅ》の老紳士は、いかにも人品いやしからず、とてもイカサマをする人物には見えない。

「ばかばかしい」アッコ・メイは否定した。「ロランンゴにイカサマを仕掛ける余地などあるものか。磁石のたぐいはもちろん、そのほかのどんな手段を使おうともボールを不正操作することはできない。当カジノは無制限のプレイが決まりだ。続きをプレイさせてさしあげなさい」

そこでことばを切り、マグナス・リドルフの賭けっぷりを見て両眉を吊りあげた。萌黄《ライム》、閃緑岩《ダイアライト》、炎色《フレイム》、白銀《シルバー》、この各色のボールに対し、老人はなんと、一万ミュニット・トークンを五枚ずつ賭けていたのである。

攪拌球が回転し、ボールが渦を描く。まもなく減速し、浮上して、ピラミッドを形作った。

「最上段——萌黄《ライム》！」

ハウス側が配当を用意するあいだ、すこしの間があった。ようやく渡されたトークンの多さを見て、ギャラリーのあいだからどよめきが湧き起こった。配当はじつに、トークン百二十枚——すなわち、キャッシュで百二十万ミュニットに達していたからである。

アッコ・メイはディーラーに代わって操作台に乗り、攪拌球を調べ、すっと目を細めてマグナス・リドルフを見すえると、鋭い声でうながした。

「ベットをどうぞ」

マグナス・リドルフは攪拌球をじっと見つめてから、紫水晶《アメシスト》、黒縞瑪瑙《ゼブラ》、白玉《ホワイト》、琥珀《フォーン》に賭けた――それぞれ二十トークンずつをだ。

攪拌球が回転し、やがてボールが静止する。

「最上段、紅玉《ルビー》！」

アッコ・メイの陰気な口もとが歪み、嘲笑を形作った。

「さあ、つぎのベットを」

マグナス・リドルフは、翠玉《エメラルド》、銀朱《ヴァーミリオン》、七宝《ハーレクイン》、水宝玉《アクア》に十トークンずつを賭けた。

「最上段、銀朱《ヴァーミリオン》！」

アッコ・メイが唇をかむ。ディーラーがなにごとかを耳打ちした。

「両替デスクに人をやれ」メイが命じた。

ややあって、メッセンジャーが息を切らしてもどってきて、メイに小さな黒い革袋を手わたした。

メイは帯封を巻いた連邦紙幣の札束、二十四束を取りだした。一束が十万ミュニットだ。

「これが配当です、お客さま。たいへんな大儲けですな」

メイはすこし上目遣いになり、険悪な視線をマグナス・リドルフに向けている。

マグナス・リドルフはためらうふりを装いつつ、目の前に積まれたチップをもてあそんだ。

「まだおつづけになりますか？」メイがたずねた。

　マグナス・リドルフは攪拌球をじっと見つめた、そして、一万ミュニット・トークンを一枚ずつ、勝つ確率の低いボールに賭け、負けた。同じ要領でもういちど賭け、これも負けた。アッコ・メイの肩からすこし力が抜けた。

　マグナス・リドルフは攪拌球を眺めてから、いとも自然なしぐさで札束を五つずつ数え、こんどは金剛石《ダイヤモンド》、黒玉《ジェット》、暗青緑《ティール》、黒縞瑪瑙《ゼブラ》に賭けた。アッコ・メイは前に身を乗りだし、各五十万ミュニット、都合二百万ミュニットの札束を食いいるように凝視すると、攪拌球に目をやり、内部のようすを調べ、マグナス・リドルフに目をもどし、ぐっと背筋を伸ばして制御装置に向きなおり、ボタンを押した。

　いまやギャラリーは百人ほどに膨れあがり、固唾を呑んでボールを見まもっている。攪拌球が停止した。回転していたボールが減速しだす。やがて浮かびあがったボールは――最上段が黒玉《ジェット》だった。

「一千二百万ミュニットの配当です」

　食いしばった歯のあいだから、アッコ・メイがいった。ついで、ブロンドのディーラーに顔を向け、

「マシンを閉めろ。マクナットを呼んで検査するようにいえ」

と命じると、ゆっくりとマグナス・リドルフに向きなおった。

「恐縮ですが、わたしのオフィスまできていただけませんか？　ホールにはそれだけのキャッシュの用意がありませんので」

　マグナス・リドルフは冷静な表情のまま、思いつめたような三角形の顔を観察した。

「いやなに、小切手を切ってくだされればそれでよろしい。わたしはここで待っています」

　アッコ・メイはくるりと背を向け、歩み去った。十分が経過して、ロランゴの周囲に集まっていたギャラリーがばらばらに散ったころ、アッコ・メイがもどってきて、マグナス・リドルフに小切手を差しだした。

「どうか三日間は換金なさらぬよう。うちの口座の残高が二、三百万、不足してしまいますので」

マグナス・リドルフは鷹揚にうなずいた。

「けっこう、けっこう、喜んで待ちますとも」

アッコ・メイは射すくめるような視線をマグナス・リドルフにすえると、顔をぐっと近づけてきて、耳もとにささやいた。

「どんな手を使ったんだ、兄弟？　なにを使ってこのゲームの裏をかいた？」

マグナス・リドルフは唇をひくつかせ、笑いをこらえながら答えた。

「数学を少々」

「ばかをいえ！」

アッコ・メイは声を荒《あら》らげ、吐き捨てるようにいった。

マグナス・リドルフは肩をすくめて、

「宇宙のあらゆる事象は数学で説明できるものです。あなたの攪拌球のようにシンプルな装置がその例外たりうる——そう思えるほうが不思議でしかたありませんな」

アッコ・メイの口もとがいっそう険しくなった。

「おれは数学者じゃない、兄弟。賭博場の経営者だ。ここから先はおまえのゲームにふけっていろ。おれはおれのゲームに没頭する。いいかえれば——二度とくるなということだ」

マグナス・リドルフは思案顔になり、老いた唇をすぼめてみせた。

「たしかに——法的にいえば、あなたには自分の資産からわたしを締めだす権利がある」

アッコ・メイはうなずいた。

「おれのいわんとすることがちゃんと把握できているようだな。もっとも、法的な権利うんぬんは、おれは口にしていないぞ」

「法律とは、社会的なふるまいにおいて、数学的な立ち位置にあるものです」マグナス・リドルフは答えた。「確率論における数学と同じほどに、絶対的なものといってよいでしょう」

アッコ・メイは蔑みの冷笑を浮かべ、顔をそむけた。

「好きにたわごとをほざいているがいい、教授先生。いいな、おれのいったことを忘れるなよ」

マグナス・リドルフは手もとに残っていたトークン十八万ミュニットぶんをキャッシュに両替し、これに札束九つを合わせ、締めて百八万ミュニットと小切手を持って〈殿堂〉をあとにした。

キャッシュはアジア＝アフリカ＝連邦銀行の口座に預金した。が、小切手はまだ入れずにおいた。銀行を出て午後の陽光のもとに立ち、ひとまず右に曲がって、両脇をハイビスカスの植栽に彩られたケアリハヌ・アヴェニューをぶらぶらと散策し、〈創立者の森〉を通りぬけ、海を一望する遊歩道に出る。そこでニュース・ベンダーに立ちよって、情報紙〈連邦の現状および社会学的事件〉を出力し、あいているベンチを見つけて腰をかけ、白泡の立つ砕け波の音を聞きながら、ニュースにざっと目を通した。

読みはじめてまもなく、すっと立ちあがった。まだ昼食を食べていなかったことを思いだしたのだ。遊歩道をのんびりと歩いてコーラル・ガーデン・ホテルに引き返す。エレベーターに乗って二十階にあがり、大きなバルコニー全体を占領するレストランに入った。バルコニーからは、首都ミリッタの広大なパノラマが一望のもとに見わたせた。白い壁に囲まれ、青と赤の屋根をいただく家々。首都の陸側には木々におおわれた谷があり、ホテルの正面には青海原《あおうなばら》が広がる。そんな景観を楽しみながら、マグナス・リドルフはゆっくりと昼食をとった。

食後のコーヒーを飲みながら、ふたたびニュースシートに目を通すうちに、〈犯罪活動〉の面で、こんな記事に遭遇した。

海賊による〈カルフーン〉襲撃事件
当局、捜査失敗を認める

マグナス・リドルフは白髪頭を紙面に近づけ、記事に目を通し、そういえばこんな事件もあったな、と概略を思いだした。保税貨物千二百トンを積んだ貨物船〈ジョン・カルフーン〉が、宇宙航路上で待ち伏せされ、武装海賊に乗りこまれたうえ、クルーに四名の死者を出すにいたり、生存者が各自の船室に閉じこめられたという事件だ。

ようやく生存者が解放されたとき、船倉はすでにからっぽで、無線機は破壊され、機関もまともに動けない状態にされていたらしい。貨物船がやっとのことで最寄りの宇宙観測ステーションにたどりつき、生存者が地球情報庁《TCI》に連絡したのは、襲撃後だいぶたってからのことだった。

マグナス・リドルフはコーヒーを飲み干し、椅子の背もたれに背中をあずけ、葉巻をくゆらした。ふと横を見ると、うろんな視線が注意を引いた。何者かがちらちらとこちらを見ている。視線の主は近くのテーブルにすわり、無言で〈神の血《サン・ド・デュー》〉をちびちびと飲んでいる三人の男だった。

悪意などひとかけらもない、澄んだブルーの目を三人の背後にただよわせ、マグナス・リドルフはいっそうくつろいだ姿勢で椅子の背あてにもたれかかった。そうやって冷静にすわりつづけるうちに、オレンジ色の太陽は海へと近づいていき、羽がふわりと落ちるように、音もなく水平線の下に消えた。日はまたたく間に蒼然と暮れて、バルコニーは心地よいぬくもりと薄暮の闇に呑みこまれた。光源といえるのは、そこここに灯されて踊る蠟燭の炎だけだ。

ここでマグナス・リドルフは、バルコニーの手すりに危惧の目を向けた。手すりは腰の高さほどで、材質はなめらかに磨きあげられた現地産の硬木だ。二百フィート下にはコンクリートの舗装が広がり、途中にはなにもない。横手には三人の男がすわり、こちらの動きを注視している。うちひとりは布のフードを目深に引きかぶっていて、そのフードの下に一瞬、なめらかなブロンドの髪と長い動物的な目が見えた。

マグナス・リドルフは思案した。三人はおそらく、こちらが手すりに近づくのを待っているだろう。へたに近づこうものなら、うしろからどんと押されて、たちまちこの世からおさらばするはめになる。あたりは騒然として、なにがあったのかを憶えている目撃者はまずいまい。目撃者らの証言は重要な点でことごとく食いちがうはずだ。そういった状況では、足がつく恐れもなく、簡単に人を殺せる。たとえ悶着なくバルコニーを去れたとしても、ケアリハヌ・アヴェニューの警察本部へたどりつくには、遊歩道を百ヤードほど歩いていかねばならない。

そのとき、給仕長が若いカップルを案内してきた。薄暮のもと、眼下に広がる幻想的な晩景を堪能してもらうため、手すりのそばのテーブルへ連れていこうとしている。

マグナス・リドルフは立ちあがった。目の隅で、三人がさっと身がまえるのが見えた。おもむろに、まだ半分ほどコーヒーが残っているカップを右手に、水のグラスを左手に持つと、つかつかと三人に歩み寄っていき、手首のバネをきかせ、コーヒーと水をぶっかけた。ついで、テーブルの端をぐっとつかみ、勢いよくひっくり返して、悲鳴をあげている三人にたたきつけた。

給仕長が両手をふりまわし、すごい形相ですっ飛んできた。

「な、なんということを！　気でも狂ったんですか！」

わめきながら、マグナス・リドルフの肩をつかむ。が、肩をつかまれる寸前、白鬚《はくしゅ》の老人は、床に伸びているブロンドの男に向かって、燃える蠟燭を投げつけていた。

「アントーン！　アーサー！　ポール！」

給仕長の呼び声に応えて、三人の給仕が駆けつけてきた。

「この狂人を取り押さえろ、廊下に連れ出せ！　わたしは警察を呼ぶ。なんということだ、こんどはこいつ、なにをやらかす気だ？」

給仕長はテーブルをもどし、三人のギャングが椅子にすわるのに手を貸した。

「申しわけございません、お客さま、この〈カフェ・ヴェンティーク〉でこのような不祥事が起こるとは……。あらためて、お飲みもののご用意をさせていただきます」

マグナス・リドルフは給仕たちに店の外へつまみだされ、駆けつけてきた警官たちに拘束された。給仕長はことの顚末をまくしたて、こんなやつは厳罰に処してくれと語気荒く要望した。そのあいだ、マグナス・リドルフはすこしもあわてることなく会計デスクにもたれかかり、例の三人がこわばった顔で目の前を歩み去るのを見まもっていた。

ミリッタ警察本部に連行されたマグナス・リドルフは、そこで地球情報庁《TCI》のミリッタ支部に連絡を入れ、支部長のエフレムを呼びだした。

「マグナス・リドルフ！」テレスクリーンに映った老人の温顔を凝視して、支部長は驚き声をあげた。

「いったいなぜ留置場などに？」

「乱暴を働いたかどで拘引されてね」

「なんですって？」支部長は眉根を寄せた。「この件、警察の担当者はだれです？　ただちにそこへ出向いて、本部長に話をつけます。即刻、心得ちがいをわからせてやりますとも」

一時間後、マグナス・リドルフはゆったりと椅子に腰かけ、エフレム支部長に事情を説明していた。

支部長は小柄で細身の男で、浅黒い顔はかなり細く、鋤のようにとがったあごの持ち主だった。

「そうでしたか……。われわれのほうも、ようやくアッコ・メイの尻尾をつかんだところでしてね」

ひととおり事情を聞かされたのち、支部長はいった。「いま、〈カルフーン〉襲撃事件とあの男を結びつけようと躍起になっているところなんですよ。クルーに写真を見せたところ、まぎれもなくやつがいたとの証言を何人かから得ているんですが、どうにもアリバイが固い状況でして。なにしろ、襲撃事件が発生したサナトリスβ星は三百八十光年の距離なのに、あの事件が起きたのは——ええと——ちょうど十二日半前なんです」

つづけて支部長は、こう述べた。超空間を移動できる最高速の船でも、一日に四十二・五光年しか進めない。そのため現地までは丸九日かかる。加えて、超空間に遷移するには、最短でも加速に二日、減速に二日かかってしまう——。

「以上を総合すれば、どれだけ急いでも、ここから現地まで、最短で十三日かかる計算になります」と支部長はいった。「それなのに、アッコ・メイはきょうの午前中に宇宙から帰ってきた。これでは一日早すぎる。やつが〈カルフーン〉襲撃に加わっていたとしたら、どんなに早くとも、帰ってくるのは今夜になるはずなんですよ」

マグナス・リドルフはゆっくりと白鬚《はくしゅ》をなでた。

「ひとつ整理してみよう。最短で十三日かかる場所で犯罪が行なわれた——きみの見解では、犯人のひとりは、その犯罪が行なわれて十二日後に帰ってきた男だ——とすると、可能性は四つ考えられる。

第一は、犯罪発生日の記録がまちがっている可能性」

「それはありえません、その日に起こったことはたしかです」

「第二は、メイの海賊船が超空間航法よりも速く動ける可能性。しかし、これはまずありえない。

第三は、アッコ・メイが当該海賊行為に加担していない可能性」

エフレム支部長はすわったまますっと背筋を伸ばし、デスクの上で両手を握りしめた。それから、ためいきをつき、ゆっくりと肩の力をぬいて、煙草に火をつけた。

「残念ながら、そう結論するしかないでしょう。アッコ・メイはたぶん、海賊行為に加わっていない。しかし、あの男が無数の犯罪に手を染めていることはまちがいないんです。ポート・ミランダの住民虐殺のほか、殺人事件も十件以上、それに、女性売買、麻薬密売、密輸——事実上、あの男はありとあらゆる重罪を犯しているんですよ」

「そのリストには殺人教唆《きょうさ》も加えてくれんかね。殺せと指示した対象は、このわたしだ」マグナス・リドルフは両の目を大きく見開き、自分の胸に重々しく触れてみせた。「なんとまあ、このわたしを殺そうとしたんだよ！」

エフレム支部長はにやりと笑った。

「それは……きついお仕置きをしてやる、ということですか？」

マグナス・リドルフは指先で椅子の肘かけを軽くたたきながら、こう答えた。

「〝復讐の酒ほど甘美な美酒はない〟。復讐とは、本質的に利己的な欲求の充足であって、あまり好むところではないのだがね。アッコ・メイの犯罪リストが人に耐えうる長さを超えている点については、わたしもまったく同感だ」

エフレム支部長は真顔でうなずいた。ただし、その薄い唇にはかすかな笑みが浮かんでいた。

「要するに、いいかえれば——やはり、きついお仕置きをしてやるということですな」

その晩は、念のため警察に泊まり、翌朝、本部をあとにして、ふたたび〈不確かな運命の殿堂〉を訪ねたマグナス・リドルフは、ロランゴの攪拌球に寄りたい誘惑をぐっとこらえ、かわりにアーチをくぐって、アッコ・メイのオフィスの手前にある秘書室を訪れた。

「マグナス・リドルフという者だが、アッコ・メイにお会いしたい旨、お伝えねがえますか」

女性秘書がインターカムで取りついでいるあいだ、マグナス・リドルフは白いあごひげをなでなで、じっと待っていた。やがて、お通ししろという指示を受け、女性秘書は壁の一角を指し示した。壁は硬木のダークパネル張りだが、そこだけが白いパネルになっている。マグナス・リドルフがそばまで近づくと、パネルは自動的に開き、革張りの豪華なソファーに掛けて脚を組む、アッコ・メイの姿が見えるようになった。アッコ・メイは顔をあげ、室内にあごをしゃくり、入ってこい、とマグナス・リドルフにうながした。

「すわるがいい」

マグナス・リドルフはいわれたとおりにした。

「ご来臨の栄誉にあずかった理由をお教えねがおうか」

マグナス・リドルフは無表情でアッコ・メイを見つめたまま、こう答えた。

「わたしはね、あなたが貨物船〈ジョン・カルフーン〉襲撃事件の実行犯であることを証明しようとしているんですよ」

アッコ・メイは鼻を鳴らし、心から愉快そうに笑った。

「ありえんな。おれはもう何年も、サナトリスの付近になど近づいたことがない」

「そのことを証明できますか？〈カルフーン〉の生存者らは、あなたの写真を見て、まちがいなく海賊の中にいたと証言していますよ？」

アッコ・メイは肩をすくめた。

「それはそいつらの勘ちがいさ。おれはそこにいなかった」

「しかし、海賊行為が行なわれたとき、あなたはたしかに、この惑星にはいなかった。では、どこにいたのでしょう?」

アッコ・メイの口もとが険しくなった。

「おまえになんの関係がある?」

「いま現在、わたしは地球情報庁の代表としてここにきていましてね」

マグナス・リドルフは、そういって前に身を乗りだし、アッコ・メイに名刺を手わたした。メイは名刺にちらりと目をやると、嘲り顔でつっかえした。

「ほんとうにしつっこいやつらだな、きさまらは。いくらボンクラの集団でも、いいかげん、真実を見すえたらどうだ。おれはこのミリッタで地道に商売している、しがないビジネスマンでしかない。ほかのまっとうな商売人と同様、あこぎではしこい連中の食いものにされている。きのうもまんまと、千二百万ミュニットを巻きあげられた」

マグナス・リドルフはゆっくりと、アッコ・メイの指に目を向けた。指の一本にはめてある指輪の意匠は、まぎれもなく古代火星のスカラベをあしらったものだった。

「あなたがつけているその指輪――それには見覚えがあります。わたしの旧友リマー・ヴォーゲルがつけていた稀少な指輪にそっくりだ。そのリマーは、乗っていたスペースヨットを海賊に襲撃されて、殺されてしまったのですがね」

「こいつはフロッグ・ジャンクションで手に入れたんだ」と、アッコ・メイは答えた。「売っていたカエル属《フロッゴ》は、遺跡から掘りだしてきたばかりだといっていたぞ」

マグナス・リドルフはうなずいた。

「なるほど。人間の品性は持ちものに表われるといいますが、いいえて妙だ。それが盗掘品とすれば、たしかにあなたにはふさわしい」

アッコ・メイはものうげにデスクの横へグラスを差しだし、ウォータークーラーから水をついだ。

「話をもどそう。おまえがきたのは海賊事件のからみか？　〈カルフーン〉襲撃がおれのしわざだと難くせをつけるためか？　考えてもみろ、犯人がおれであるはずがない。サナトリスからここまで、片道で二週間かそれ以上はかかるんだ。おれが帰ってきたのは、ついきのうだぞ。事件があったのは二週間前よりもあとだろうが」

「それはなんの証明にもなっていませんよ。現地からここまで、十二日あればこられるのだから」

アッコ・メイは目をすがめ、宇宙航行年鑑に手を伸ばし、インデックスを開いてぱらぱらめくってから、目的のページを読み、いくつかの数字を書きつけた。ついで、かぶりをふると、歪んだ笑みを浮かべた。

「おまえもどうかしているな、じいさん。じっさいに要する航行期間は十三日だ。十二日でここまでもどってこようとしたら、強烈なGで確実に死ぬ——c^3の超光速ビーム《アルラド》に乗りでもしないかぎりはな。ま、そんなことは不可能だが」

「ビームになど頼るまでもありません」とマグナス・リドルフはいった。「あなたが乗ってきたのは、ごくふつうのスペースボートでしょう？」

アッコ・メイはいっそう大きな笑みを浮かべ、ソファの上で背筋を伸ばした。

「ひとつ、ささやかな賭けをしようじゃないか。おれの記憶がたしかならば、おまえはまだ、おれの振りだした一千二百万ミュニットの小切手を持っているはずだ。そうだろう？」

マグナス・リドルフは熟考した。

「いいでしょう。ある種の賭けになら、乗ってあげてもよろしい。ただし、ただ金を賭けるだけではつまりません。いま条件をいいますから、自筆で書きとめてください。いいですね？」

「なんだと？」

「〝ある案件が証明されたとき、わたしは以下のことが事実であると認める。ひとつ、貨物船〈ジョン・カルフーン〉に乗りこみ、略奪を働いたこと――〟」

アッコ・メイはマグナス・リドルフに鋭い目を向けた。

「いきなり、なにをいいだす？」

「〝――ひとつ、同船のクルー数人を殺害したこと。

右の証明されるべき案件とは、スペースボートを用い、惑星ファンのミリッタからサナトリスβの宇宙観測ステーションまで、十二日以下の日数で到達できるとする仮定である。

この条件付罪状自白書を作成するための対価、一千二百万ミュニットは、マグナス・リドルフより正に領収済であり、この書面をもって領収書とする〟」

アッコ・メイは、長いあいだマグナス・リドルフを凝視していたが、唐突に、宇宙航行年鑑へ顔を向けた。口もとがひくついている。

「おれがその自白書を書けば小切手を返す――そういうことか？」

「まさしく」マグナス・リドルフはうなずいた。

「証明のため、サナトリスにいくのはだれだ？」

「このわたしです」

「どの船に乗っていく？」

「TCI制式の巡視艇に」

アッコ・メイはまたもや年鑑にちらと目をやった。

「十二日ではむりだぞ」

「それをためす権利を得るために、一千二百万、喜んで差しだそうというのです」

アッコ・メイは狡猾そうな笑みを浮かべた。

「むりだ。いけっこない」

「であれば、条件付自白書を書きますね？」

アッコ・メイは一瞬だけためらってから、

「よかろう。書こう」といった。

「あなたのテレスクリーンを使ってもいいですか？」マグナス・リドルフはたずねた。「これ以後のやりとりは、公証人の面前で行なっておきたいので」

「かまわんよ」とアッコ・メイは答えた。


赤ら顔、もつれて脂じみた黒髪、宇宙船の船内服。そんな風体の大男が、数時間前までマグナス・リドルフがすわっていた椅子に腰かけていた。アッコ・メイは右手でこぶしを作り、左の手のひらにぐりぐりと押しつけて、室内をうろうろ歩きまわっている。

「あの老いぼれヤギは信用できん」メイがいった。「あのじじい、なにかを袖に隠し持ってやがる」

「小切手はよこしたんだな？」

「ああ」アッコ・メイの声には皮肉がこもっていた。「引き替えに、おれの自白書を持っていった。もちろん、十二日で三百八十光年を踏破できるはずはない」

「しかしおまえは、十二日でもどってきたんだろう？」

「そんなはずがあるか！」アッコ・メイは声を荒《あら》らげた。「あれはな、フェイクのイメージで到着を装ったんだ。宇宙港にはおれの影武者役の子分を待機させておいて、偽造パスポートで入星ゲートを通過させた――予定よりも一日早く。加えて、あとで入星検査官をふたり買収して、たしかにおれが入星するところを見たと偽証もさせた。リドルフでさえ、具体的なからくりまでは読みきれていまい。あの仕掛けがばれるはずはないんだ」

「賢い処置だ」大男はうなずいた。「すると、リドルフはおまえのアリバイを疑っていないのか？」

「いいや、疑っているとも――だからこそ、おれのオフィスまで出向いてきやがったんだ」アッコ・メイはいまいましげな声を出した。「むろん、どうあがこうと犯行を証明できるわけはない。やつが今回の条件を持ちだしたのはそのためだ。しかし、いくら十二日で踏破できるはずがないとはいえ、やつを生かしてここに到着させる危険は冒せん。そこでおまえの出番となる。ハーブ、コルヴィエ、ストイベンに連絡して、各自の船を出させろ。サナトリスにいく航路上に三隻を待ち伏せさせておけ。おまえも自分の船で航路に出張り、一隻が仕留めそこなっても、かならずほかの船がやつの巡視艇を破壊するよう監督するんだ。失敗はゆるさんぞ！　いいな？」

大男はのそりと立ちあがった。

「まかせておけ」

「ただちに出航しろ。やつが出発するのは、きょうの真夜中と聞いた」

「心配するな。航路上で待ち伏せて、通りかかったら確実に仕留めてやる」

「みなに伝えておけ――やつを仕留めた船には百万ミュニットの報賞を出すとな」

翌日の午後三時、大男がふたたびアッコ・メイのオフィスに入ってきた。目は血走り、頬はこけ、足どりも重く、極度に疲れきったようすをしている。

「なんだ、そのざまは」アッコ・メイは険しい声でたずねた。「首尾は？」

大男はどっかりと椅子にすわりこんだ。

「取り逃がした」

アッコ・メイは血相を変えて立ちあがった。

「取り逃がしただと……？　いったいいなぜそんなことが？　四隻もいて、どうやったら取り逃がすというんだ！」

大柄な宇宙船乗りはかぶりをふった。

「おまえ、あいつがサナトリスβに向かうといったな。そうじゃなかったか？」

「いったとも。きさまら、こんな仕事も満足にできんのか、このボンクラが！」

激昂するメイを、大男はむっとした顔でにらみつけた。

「おれたちは相互に距離をとって、航路上に長く展開していた。恒星間旅客船のように、まっすぐな直線を描いてな。そのうち、やつが出発するのをとらえた。全員、それは確認している。ところが、やつはおれたちの方向へはこなかった。飛びたった方向はアルシオーネ方面のようだった」

アッコ・メイは唇をかんだ。

「なるほど……所定の航路に乗らなかったのなら、逃げるのはたやすい……よし、わかった、ロック。おまえに落ち度はなさそうだ。やつはちがう航路に乗った——そういうことだな？」

「ああ、あさっての方向に向かっていきやがった」と船乗りロックは答えた。

アッコ・メイは口を歪めてほくそえんだ。

「これほど簡単に千二百万ミュニットが手に入るとは思わなかった。じっさい、プレゼントされたといってもいいくらいだ」

判事が以下の判決文を読みあげたのは、数カ月後のことだった。

「海賊行為、重窃盗、略奪、殺人――以上の犯罪を働いた旨をみずから認める、本人自書の自白書に基づいて、被告人に対し、広範囲にわたる脳矯正、および五年の厳重な観察処分を宣告する。なにか申し立てることはあるか？」

アッコ・メイは糸のように細めた猛虎の目で判事をにらみつけ、ひとこと答えた。

「ない」

執行官二名が進み出てきた。アッコ・メイは、傍聴席に威儀を正してすわるマグナス・リドルフに顔を向け、執行官の手をふりはらった。

「ちょっと待て。あそこにすわっている老いぼれの悪魔に話がある」

ふたりの執行官はためらい、許可していいものかどうか判断を仰ごうと、判事に目を向けた。が、判事はすでに、法廷を出ていこうとしていた。

やっかいな事態を解消するため、マグナス・リドルフはみずからアッコ・メイに歩みよっていった。

「わたしにお話があるそうですが？」

「ある。おれがアッコ・メイでいられるのは、あと二時間ほどでしかない。そのあとは、おれに似た男が、おれの服を着て歩きまわるだけにすぎん。そのまえに、どうやってサナトリスβまで十二日でいけたのか、そのトリックを知りたい」

マグナス・リドルフは両の眉を吊りあげた。

「はて、適切な航路をとっただけのことですが」

アッコ・メイはじれったそうなしぐさをした。

「もういい、そらとぼけはもういいから。具体的にはどうやった？」

ここでマグナス・リドルフは、アッコ・メイの指にはめられた、古代火星スカラベの指輪に視線をただよわせた。

「あなたのその指輪が――ああ、たしかカエル属《フロッグマン》から買ったといっていましたね――正直なところ、どうにもそれが気になってしかたがないのです。なにしろ、旧友のリマー・ヴォーゲルがつけていたものと、あまりにもそっくりなもので」

アッコ・メイは獰猛な笑みを浮かべ、自分の指から指輪を抜きとった。

「見返りなくして種明かしなしか？　いいだろう、駄賃だ。さあ、手の内を見せろ」

マグナス・リドルフは、どう説明したものかというしぐさをした。

「といわれても、ごくふつうの航法を用いただけで、それ以上のことはしていません。ひとつだけ、ふつうでないところがあるとすれば、わたしが加えたささやかな改善でしょうか」

「どんな改善だ？」

「メルカトル図法で投影した地図――たとえば惑星地球の地図をごらんになったことは？」

「もちろん、ある」

「メルカトル図法で投影された地図において、任意の二地点間の最短距離は、直線ではなく、曲線で表わされる。その二地点が経線上にある場合は別ですが。そうですね？」

「ああ」

「むかしから使われている航宙図というものは――」マグナス・リドルフは先をつづけた。「いわばメルカトル図法で作られているのですよ。惑星の投影図の場合、経線と緯線はつねに相互に直交する直線となる。経線同士と緯線同士は、ともに無限の彼方まで完全に平行するのです。このシステムは、短距離の移動には最適といえるでしょう。メルカトル図法にしたがってロングアイランド水道を通過するさい、誤差はいっさい発生しません。

ところが、長期にわたる航海では、地球が球面であることを考慮して、湾曲がもたらす誤差を計算しながら航海せねばなりません。似たようなことは、もっと大きな規模ながら、宇宙空間に対してもあてはまります。巨大な重力場の付近では、宇宙空間もまた湾曲しているのです。古典的航宙図には、その湾曲が反映されていませんから、歪みがもたらす誤差を計算し、コースを修正してやることで、航行時間をかなり短縮できます。しかるべく算出したこの修正データを、古典的な航宙図では十三日かかる航路に適用してやれば――」

マグナス・リドルフはことばを切り、悪意のないブルーの目でアッコ・メイを見つめた。

「――航行期間を十二日に圧縮できる道理です。もっとも、そういった事情を知らない者の目には、その船がまったく見当ちがいの方向へ飛んでいったように見えるかもしれませんな」

アッコ・メイは、マグナス・リドルフに背を向けた。その口は逆Vの字形に曲げられている。

「おれを連れていけ」執行官たちに向かって、メイはつぶやくようにいった。「新しいおれはもっと賢くなっているかもしれん。もしも賢くなっていたら、こんどこそあの老いぼれヤギを追いつめて、おれをコケにした報いをきっと受けさせてやる」

「いいから、とっとと歩け」執行官がうながした。

もっと気のきいた反応を期待していたマグナス・リドルフは、失望の目でアッコ・メイを見送った。ついで、自分の手に視線をおろし、古代火星スカラベをあしらった指輪をじっくりと眺めてから――はーっと息を吐きかけ、服の袖で磨きはじめた。

訳者あとがき

酒井昭伸

いや、まさかこんな日がこようとは。好事家が泣いて喜ぶ、しかし日本では実現不可能と思われていた禁断の企画〈ジャック・ヴァンス・トレジャリー〉、ここに堂々の刊行開始である。二〇一三年に亡くなったヴァンスさんも、二〇一〇年に亡くなった浅倉さんも、草葉の陰でお喜びだろう。

第一弾として、ヴァンスのもっとも有名なキャラクターのひとり、宇宙探偵マグナス・リドルフの活躍を連作短篇の形で描いた、愉快痛快奇々怪々な宇宙ミステリをお届けする。

この本を手にとられるような方は、ヴァンス＝異境ＳＦ／ファンタジーの書き手というイメージをお持ちだろう。もちろん、それはそのとおり。奇妙だがリアルな異世界を舞台に、奇天烈な異種族とクセの強い人間たちが織りなす物語には、独特のヒネた味わいがあり、一般読者はもとより、著名な作家たちの中にも熱烈なファンを生みだしてきた（作風や経歴等、くわしいことは国書刊行会既刊、『奇跡なす者たち』の解説をごらんいただきたい）。

しかし、一九六一年にエドガー賞処女長篇賞を受賞し、エラリー・クイーンのゴーストライターのひとりを務めたことからもわかるように、ヴァンスは好んでミステリも書いていた。初期のＳＦにはミステリ仕立てのものが多い。その代表例が、このマグナス・リドルフ・シリーズである。

おなじミステリ仕立てでも、アシモフなどのそれと大きく異なるのは、(おそらく意図せずして)〝ミステリのパロディ〟的要素が濃厚なことだろう。たとえば本書には、ミステリの結構はきちんと整っているのに、登場人物は魑魅魍魎のごとき異星人ばかりというお話が入っている。その奇っ怪な姿が姿だけに、せっかくのまっとうなミステリも——いや、むしろミステリ要素がまっとうであればあるほど——なんともいえない可笑しさをかもしだす。

主役を務めるわれらがマグナス・リドルフは、日本では宇宙探偵とされることが多いが、原文ではトラブルメ……もとい、トラブルシューターと呼ばれる、宇宙の揉め事処理・問題解決のプロである。ただし、その解決法たるや、毎度唖然とさせられるものばかり。たしかに問題を解明し、解決してはみせるものの、彼に関わった者はみな、依頼主も含めて悲惨な目に遭うものと相場が決まっている。見た目こそ温厚な白髪白鬚《はくしゅ》の老紳士ながら、馬鹿と悪党には微塵も容赦がない。その脳細胞に天啓が閃くとき、ペテン師はカモられ、悪党はケツの毛までむしられて、しまいには悪役のほうが気の毒に思えてくる。しかも本人は——いや、ヴァンスは、というべきか——はなはだアモラルな人間なので、ひどいことをしているという自覚がまったくない。そこがピカレスクものと本質的にちがう点であり、それだけに、いっそう人でなしぶりがきわだつという寸法だ。

シリーズは全十作。内容はフーダニットからファンタジー、秘境探険に海洋冒険、さらにはハードSFにいたるまで、バラエティに富む。十作の初出はすべて雑誌で、以下にあげる順番で発表された。○つきの数字は発表順、( )つきの数字は原書と本書の収録順、その下の数字はヴァンスの全作品の通し番号である。中短篇を網羅する全作品リストについては〈ジャック・ヴァンス・トレジャリー〉次回配本の第二巻をごらんいただきたい。

①（9）05「呪われた鉱脈」　一九四八年七月
②（10）06「数学を少々」　一九四八年九月
③（2）07「禁断のマッキンチ」　一九四八年十一月
④（7）08「ユダのサーディン」　一九四九年一月
⑤（3）09「蛩鬼《キョウキ》乱舞」　一九四九年三月
⑥（4）10「盗人《ぬすびと》の王」　一九四九年十一月
⑦（5）18「馨《かぐわ》しき保養地《スパ》」　一九五〇年七月
⑧（8）20「暗黒神降臨」　一九五〇年九月
⑨（1）42「ココドの戦士」　一九五二年十月
⑩（6）67「とどめの一撃《クー・ド・グラース》」　一九五八年二月

リアルタイムでこれらをすべて読んでいた読者は、もはや英米でもかなりレアだろう。ほとんどは一九四八年から一九五〇年にかけて雑誌掲載されたもので、一九四五年デビューのヴァンスとしては最初期の作品群となる。はじめて短篇集の形にまとまったのは、第一作発表から二十年ちかくを経た一九六六年。遅咲きのヴァンスが抬頭したのは六〇年代からなので、やっと短篇集を出してもらえるようになったということだろう。このとき収録された六作に二作を足して、一九八〇年の増補版では八作を収録。ついに全十作を収めた完全版のハードカバーが出たのは、一九八五年のことだった。というわけで、世に出たマグナス・リドルフの短篇集はぜんぶで三種（版違いを入れると四種）。収録作は次ページのような過程で追加されていった。頭の数字はヴァンスの全著書の通し番号を示す。通し番号は、これも『奇跡なす者たち』の解説を参照されたい。

29 *The Many Worlds of Magnus Ridolph*（1966）ペーパーバック（エース・ダブル）。28 *The Brains of Earth* とペア。

「ココドの戦士」以下、「禁断のマッキンチ」、「蛩鬼《キョウキ》乱舞」、「盗人の王」、「馨《かぐわ》しき保養地《スパ》」、「とどめの一撃《クー・ド・グラース》」をこの順で収録。表紙絵と本篇のイラスト七点はジャック・ゴーハンの描き下ろし。

53 *The Many Worlds of Magnus Ridolph*（1977）英国版ハードカバー（デニス・ドブソン）。

ヴァンスの本としてはまだ稀だったハードカバー。刊行前には短篇集初収録作を含むとのうわさがあったが、ふたをあけてみたら中身も配列も29と同じで、版下までも同じ、29のイラストもそのまま同じだった。ただし表紙だけは、リチャード・ウィーヴァーの抽象イラストに替えられていた。

66 *The Many Worlds of Magnus Ridolph*（1980）ペーパーバック（DAW）。

29（同題）に「ユダのサーディン」と「暗黒神降臨」二篇をこの順で追加。表紙はデイヴィッド・ラッセル。一点、子供が描いたようなイラストが載っているが、だれの筆かはわからない。

81 *The Complete Magnus Ridolph*（1985）ハードカバー（アンダーウッド＝ミラー）。

66に「呪われた鉱脈」と「数学を少々」の二篇をこの順で追加したもの。本書の作者あとがき――いや、なかがきによると、二作品とも意にそわない出来で、三十五年間、なかったことにしていたが、〝ティム・アンダーウッドのたび重なる懇願と脅迫に屈し、完全版という形で全作をまとめるため〟、恥をしのんで陽のもとにさらしたのだという。なお、この二作品以外は、各話のタイトル・フォントだけを変更して66の版下を流用している。ただし、表紙とイラストはヴァージル・フィンレイ。

本書の作品配列は、当初、発表順にしようかと思ったりもしたのだが、原書の収録順がとてもよく考えられているので、そっくり踏襲することにした。

しょっぱなは、ヴァンスの代表作のひとつである「ココドの戦士」でガツンと一発。そのあとは、佳作凡作をバランスよく配し、六六年版ではトリに「とどめの一撃《クー・ド・グラース》」を持ってきてきれいにまとめ、八〇年版では締めに「暗黒神降臨」をすえてヴァンスの人の悪さをきわだたせている。

八〇年版までつきあってきた読者なら、「幻のマグナス・リドルフ作品も読みたい！」と思うのが人情だろう。そんな読者の渇望に応えて、八五年版ではとうとう蔵出しの二作が追加された。これはまさに長年の渇を癒す至福のボーナス・トラックだった。たとえ駄作だろうと（それほどひどいとも思わないのだが）作者が黒歴史にしたかろうと、そんなことはどうでもいい。マグナス・リドルフが出てきてなにかする——それだけで読者は嬉しいのである。アンダーウッド＝ミラーよ、ヴァンスを〝脅迫〟してくれてありがとう！

マグナス・リドルフものは、ヴァンスの作品でも、ひときわ愛されているシリーズのひとつである。ヴァンスに私淑するジョージ・R・R・マーティンにいたっては、愛するあまり、単行本一冊ぶん、自分なりの〝マグナス・リドルフ〟をものしてしまったほどだ。

その経緯はマーティン自身が語ってくれている。ダウリング＆ストローアンが二〇〇七年に選んだヴァンスの中短篇傑作選、*The Jack Vance Treasury*（Subterranean Press）にマーティンが寄せた序文より、抜粋をごらんいただこう。

「ジャック・ヴァンスは、ぼくが意識して模倣を試みた、あとにも先にも、たったふたりの作家のうちのひとりだ（いちおう付言しておくと、もうひとりの作家はH・P・ラブクラフトである）。七〇年代なかば、駆けだしの若手作家だったぼくは、短篇を二十篇ほど発表してはいたが、もっともっと腕を磨こうと研鑽を重ねていた。雑誌や本を入手するたびに、全作を熟読し、感銘を与えた作品を分析して、自分のレパートリーに取りこめそうなテクニックを探しもとめる日々。しかし、ヴァンスほど感銘を与えてくれた作家はほかに見つからなかった。そこでぼくは、ある日のこと、ヴァンス風の作品に挑戦しようと思いたった。そんな経緯で書きあげたのが、「魔獣売ります」という、のちにシリーズ化される中篇である。その主人公であるハヴィランド・タフの人物造形には、ヴァンス描くマグナス・リドルフの影響をすくなからず受けている。同中篇は雑誌に売れ、タフ・シリーズはのちのちまでも長く書きつづけられて成功を見ることになるのだが、この実験を通じてひとつ思い知らされたことがあった。ジャック・ヴァンス本人以外、だれもジャック・ヴァンスのようには書けないということだ」

さすが、わかってらっしゃる（笑）。十一歳からヴァンスのファンで、いまでも折にふれて旧作を読み返すという、マーティンならではの讃歌といえよう。ちなみに、両キャラクターの最大の違いは、宇宙探偵マグナス・リドルフがアモラリストなのに対して、一見冷たい宇宙商人タフがモラリストであり、内に葛藤と情熱を秘めている点にある。両者ともに、みごとなほど作者の投影ではないか！

同じ作家の引用で恐縮だが、ついでに右の一文に続く段落も引用させていただきたい。じつはこれ、『奇跡なす者たち』の解説用に訳したが尺に収まらず、フレッド・アステア好きの編集者氏に因果を含めてカットした部分。つぎの機会にはきっと載せると約束したので、ここに収録するしだいです。

「ジャック・ヴァンスは文芸のフレッド・アステアといえる。アステアは独特の華麗なスタイルでいとも軽々とダンスをこなしているように見せるが、ヴァンスが小説でやってみせるのも、まさにそれと同じ芸当である。われながら言いえて妙の譬えだと思う。ヴァンスがよく、〝SF界屈指のスタイリスト〟と呼ばれるのもむべなるかな。その物語世界では、一千の文明が興隆しては滅亡し、科学が衰退するなかで、魔法と迷信が勢いを取りもどす。すこしクラーク・アシュトン・スミスのゾティークものに影響を受けているふしもあるにはあるが、基本的にそれは、ヴァンスならではのきわめて独創的世界だ。ヒルマンから出た最初の短篇集は（訳注：『終末期の赤い地球』のこと）、ヴァンスの筆になる作品の中でもひときわ豪華絢爛、凝りに凝った作品のひとつで、魅力あふれるキャラクターたちがつぎつぎに登場する。この本をはじめて読んだのはハイスクール（中等学校）時代だったが、そのキャラクターたちはいまなお、ぼくの心に息づいている」

このあと、ゲーム〈ダンジョンズ・アンド・ドラゴンズ〉の魔法システムも同書の二番煎じで……と、全文を訳したくなるようなことが書いてあるのだが、いまはここまで。

さて、そろそろ解題に移ろう。自伝を読むと、この時期の作品には、けっこう作者の実体験が詰めこまれていることがわかる。農場、鉱山、缶詰工場、ホテルと、どれも作者が働いたことのある現場ばかり。やはりヴァンスも人の子、恨みつらみを小説で晴らしていたのかと感慨をいだくいっぽうで、それにしてはあまり怨念めいたものが感じられず、なにかこう、楽しげにも見えることからすると、じつは〝しめしめ、得がたい経験をした〟くらいに思っていたのかもしれない。

1「ココドの戦士」The Kokod Warriors　スリリング・ワンダー・ストーリーズ一九五二年十月号

この中篇にはヴァンスのすべてが詰まっている。独創的な異星人、その奇習、妙な異文化。それにたかる強欲な人間と身勝手な観光客を、痛快無比の形で容赦なくたたきのめすマグナス・リドルフのトリックスターぶり！　これがおもしろくなければ本書を読む意味はないだろう。

ＤＡＷ版ではカバーストーリーを務め、その表紙が脳内に刷りこまれていたせいか、ココドの戦士にはもっと昆虫っぽいイメージを持っていたが、再読したらわりと人間に近い姿で驚いた。各部族の城のようなものの原文はtumble——すなわち、〝雑然となにかを積み重ねた山〟のこと。ここでは〝土石を積み重ねて作った砦〟の意味を持つ〝塁〟の字をあててみた（土塁の塁です）。

既訳に米村秀雄訳があり（ＳＦマガジン一九八九年二月号）、「薇坂《びはん》衆」「貝礁《かいしょう》衆」などという訳語が当時話題を呼んだ。それ風にしたい誘惑にも駆られたが、真似になっちゃうもんなあ。

2「禁断のマッキンチ」The Unspeakable McInch　スタートリング・ストーリーズ一九四八年十一月号

フーダニットもののミステリ。さりげなく描写される異星の陽光、風景、街並み、生活感の描写は、とても四〇年代の作品とは思えない。まだまだ浅いとはいえ、すでにヴァンスの十八番《おはこ》である特異な異星人描写の萌芽も見られる。異星人というか——魑魅魍魎《ちみもうりょう》ですな、こりゃ。見よ、「最後の城」の巨鳥たちにもあい通じる、イエローバードのいかれっぷりを！　こんなのが市長なんですよ？　締めくくりは定番のラウンジ・シーンで、「犯人は……あなただ！」「ギクッ！」が披露されるわけだが、これをヴァンスの異星人たちがやるだけで、こうも抱腹絶倒になるとは……！

3「蛩鬼《キヨウキ》乱舞」The Howling Bounders　スタートリング・ストーリーズ一九四九年三月号
途中まではウィアード・テールズ的なホラー風味の異星怪物譚。情景描写に状況設定、怪物が登場するまでのタメにいたるまで、いい雰囲気で話が進む。が、よもやクライマックスであいうネタの披露におよぼうとは……電撃ネットワークの南部虎弾もびっくりだ。ここで早くも、ヴァンスは秘技〝シリアスとギャグの重ねあわせ〟を体得している。一極にあるのは、世界や人物や精緻な作りこみ、服装や色遣いへのこだわり、渋さ、迫力、カッコよさ。その対極にあるのは、この至芸をある意味で一挙に〝だいなし〟にしてしまうヒネたユーモアとタブー破りだ。落差の大きなこの両極が収斂するとき、そこには新鮮な驚きと積木崩し的な快感が生まれる。ヴァンスならではのこの痛快さ、どうぞ腹をかかえて楽しんでいただきたい。
なお、「蛩」はコオロギ、キリギリス、イナゴ、および中国の跳ねる妖怪（「蛩蛩」とも）の意味。こんな説明が必要なのはへボ訳語の証拠だが、むしろ不親切なくらいがヴァンスらしいかなとも思う。

4「盗人《ぬすびと》の王」The King of Thieves　スタートリング・ストーリーズ一九四九年十一月号
泥棒王国を舞台とする一種の白波物（笑）。泥棒といっても枕探しや掏摸《スリ》の類いで、悪事としてはささやかな部類に属し、あまり邪悪な感じはしない。本物の犯罪者はむしろ主人公のほうなのだが、はたして本人にその自覚があるのかどうか……。ともあれ、泥棒種属のメン＝メンは、盗みは働いても強盗はせず、盗みは村の中で完結させ、掟も序列も守るなど、セコいわりにそれなりの規範を持っている。盗みの腕前に最上位の価値を置き、一種求道者的に村をあげて盗み芸を文化にまで昇華させるというアホなことを、大真面目に、しかしたぶん、にやにやしながら築きあげるあたりは、ヴァンスならでは。この延長線上に、のちの作品に登場する竜匠や陶匠がいるわけだ。

5「馨《かぐわ》しき保養地《スパ》」The Spa of the Stars　スタートリング・ストーリーズ一九五〇年七月号

秘境探険もの。のちの作品で定番と化す迫真的な密林行の萌芽が見られる。ホテルが舞台なのは、大学に入る前の作者が、祖父も経営に関わっていた伝統あるアスレチック・クラブ〈オリンピック・クラブ〉でボーイをしていたことと関係があるのかもしれない。ネタの一部は、ハリー・ハリスンの『死の世界』とかぶるが、発表は本作のほうが十年早いことを付言しておこう。後半、異星人が登場してからは、余人にはまねできない、まごうかたなきヴァンス節が花開く。五感にかかわるオチは、いまでこそ驚くほどのものではないが、日本では「買物ブギ」が流行っていた時代の作品であることを思えば、ただただ驚嘆するばかり。

6「とどめの一撃《クー・ド・グラース》」Coup de Grace　スーパー・サイエンス・フィクション一九五八年二月号（初出時のタイトルはWorlds of Origin)

最後のマグナス・リドルフ作品。〝異文化見本市〟でミスリードを誘うのは、唯一ヴァンスにのみ可能な芸当といえよう。雑誌に掲載ののちは、フーダニットものSFミステリとして、アシモフ編の『SF九つの犯罪』（翻訳は一九八一年八月、新潮文庫刊）に再録された。初訳は同書の浅倉久志訳。この本でもそれを収録させてもらっている。本作のマグナス・リドルフが他の作品より少々立派な人物に見えるのは、ひとつ前の作品、「ココドの戦士」から六年の歳月を経て、作風に変化が生じたせいもあるのだろうが……やっぱり翻訳者の品格の差だろうなあ。

念のため補足しておくと、「とどめの一撃」は「情けの一撃」の意。介錯と同じで、苦しむ相手を楽にしてやる慈悲深い行為のことである。これでオチの意味はだいじょうぶですね？

7「ユダのサーディン」The Sub-standard Sardines　スターリング・ストーリーズ一九四九年一月号

海洋冒険ミステリ。のちに十八番のひとつになる海洋冒険ものの萌芽が見られる。霧深い地上から一転、色彩豊かな海中の美しさ！　食へのこだわりもすでに顔を覗かせている。設定には缶詰工場で働いた経験が活かされているようだ。異種間コミュニケーションの佳作でもあるのだが、意思疎通の仕方とその相手が妙に可笑しい。微妙に不条理で、寓話風になるかと思えばけっしてそうはならず、やりようによっては感動作にもなりそうな芽を孕みながら、ああいう方向へオチをつけてしまうのがヴァンスという作家なのだろう。主役も異種側も、いろいろとひどい。いくら相手が悪党とはいえ、オチであんなことをしてしまいそうな主人公というと、ほかには……半田溶助くらい？

8「暗黒神降臨」To B or Not to C or to D　スターリング・ストーリーズ一九五〇年九月号（初出時のタイトルはCosmic Hotfoot）

ヴァンス唯一のハードSF——かもしれない。大気のない荒涼とした世界を舞台に、ホラー風味もただよわせつつ、しごくまっとうな謎解き過程が描かれていき、おお、いつものマグナス・リドルフものとはひと味ちがうぞと思いきや、最後にアレですよ。ほんとにもう、ひどいじいさんだ。それにしても、人を食ったタイトルに改題されたものである。タイトル変更の理由は出オチだったからとも考えられるが、ヴァンスは初期から長くて変なタイトルを好み、編集者に変えられていたふしがあるので、じつは変更後が作者のつけたかったタイトルで、たんに元にもどしただけなのかもしれない。なお、本作をもって、このシリーズは約二年にわたるスターリング誌での不定期〝連載〟をおえ、最後の二作（1と6）はそのつど掲載誌を変えて、暫定的に復活することになる。

9「呪われた鉱脈」Hard Luck Diggings　スタートリング・ストーリーズ一九四八年七月号

記念すべき第一作。キャラクター紹介的な話で、このときは数学者という設定だった。性格もまだ定まってはおらず、マグナス・リドルフが人品いやしからぬ名トラブルシューターに見える。舞台が土木がらみなのは、作者が一時期、その手の仕事をしていたからか。第二作以降ほどらしくはないが、そのぶん『トワイライト・ゾーン』のエピソードとしても通用しそうな、破綻も過不足もない佳作に仕あがっている。それが幸いしてか、本作には映画化話が舞いこんだ。当時としては、目新しい内容だったのかもしれない。結局、この映画化話はポシャってしまうのだが、まとまった金が入ったのを機に、ヴァンスと奥さんは初の長期海外旅行（自転車でイギリス縦断）に出かける。巷間伝わる話とちがい、ヴァンスの本格的異境めぐりがはじまるのは、船員時代ではなく、このときからである。

10「数学を少々」Sanatoris Short-cut　スタートリング・ストーリーズ一九四八年九月号

第一作と同様、数学者の設定だが、（屈折した）ギャンブル好きという設定は本作に固有のもの。量産型の作家になろうと一念発起したヴァンスは、第一作と本作を二日で書きあげた。両者の作風がずいぶん異なるのは、即成だからか、パイロット版として編集者の意見を仰ぎたかったからか……。いずれにしても、量産型の執筆方式はヴァンスの性に合わず、以後は彫心鏤骨《ちょうしんるこつ》型に復帰する。

本作の前半はカジノでカモるハスラーもの。豪華絢爛なカジノの描写が秀逸で、とくにロランゴは、どこか縁日的なカラーリングといい、なさそでありそな凝った仕組みといい、なんとも味わい深い。このロランゴ攻略で示される数学の才を繋ぎに、後半は宇宙海賊がらみのクライム・フィクションとなり、（多少おかしな面もあるが）カタルシス満点のいかにもマグナス・リドルフ的な結末を迎える。本書の掉尾を飾る作品として、なかなか痛快な読後感をもたらすのではあるまいか。

というわけで、以上、珍奇なる十篇、お楽しみいただけましたら幸いです。

さて、今回はこれで幕引きとさせていただくが、そのまえに――。末筆ながら、この場を借りて、編集部の樽本周馬氏に深甚の謝意を捧げたい。『奇跡なす者たち』を出してくれたばかりか、こんな企画までも立ちあげてくれて、ありがたいやら、だいじょうぶかと心配になるやら……。願わくは、このコレクションが一部の好事家だけでなく、広く一般の読者に受けいれられんことを。

え？　ちょっと食いたりない？　そんな奇特なお客さま、どうぞご安心を。次回配本ではいよいよ真打ちの登場、〈滅びゆく地球〉のシリーズより、国書刊行会が自信を持ってお送りする連作短篇集、『天界の眼――切れ者キューゲルの冒険』をお届けいたします。中村融先生が斎戒沐浴して訳したという逸品中のこの逸品、表題作は既訳を全面改稿、そのほかはすべて訳しおろし！　しかもですね、詳細な解説をおつけして、さらにさらに全中短篇リストまでおつけして、なんと、お値段据え置き！でのご提供（予定）です。

このつぎはモアベターよ！

著者　ジャック・ヴァンス　Jack Vance
1916年、サンフランシスコ生まれ。カリフォルニア大学バークリー校を卒業後、商船員の職につき航海中に小説を執筆、45年短篇〝The World-Thinker〟でデビュー。その後、世界中を旅しながら作品を発表、奇怪な世界と異様な文化を活写する唯一無比な作風で息の長い活動を続け、80冊以上の著書がある。主な作品に『終末期の赤い地球』(50)、『竜を駆る種族』(63、ヒューゴー賞受賞)、〈魔王子〉シリーズなど。ミステリ作家としても『檻の中の人間』(60) でエドガー賞新人長篇賞を受賞。84年には世界幻想文学大賞生涯功労賞、97年にはアメリカSF・ファンタジー協会が授与するグランド・マスター賞を受賞、殿堂入りを果たしている。2013年逝去。

訳者　浅倉久志（あさくら　ひさし）
1930年生まれ。大阪外国語大学卒。英米文学翻訳家。訳書にディック『アンドロイドは電気羊の夢を見るか？』、ラファティ『九百人のお祖母さん』、ティプトリー・ジュニア『たったひとつの冴えたやりかた』（以上早川書房）など多数。著書に『ぼくがカンガルーに出会ったころ』（国書刊行会）がある。2010年逝去。

酒井昭伸（さかい　あきのぶ）
1956年生まれ。早稲田大学政経学部卒。英米文学翻訳家。訳書にクライトン『ジュラシック・パーク』ほか、シモンズ〈ハイペリオン〉四部作、〈イリアム〉二部作、ブリン〈知性化〉シリーズ、マーティン〈一千世界〉〈氷と炎の歌〉シリーズ（以上早川書房）、シェフィールド『マッカンドルー航宙記』（創元推理文庫）などがある

〈ジャック・ヴァンス・トレジャリー〉

宇宙探偵《うちゅうたんてい》マグナス・リドルフ

2016年6月25日初版第1刷発行

著者　ジャック・ヴァンス
訳者　浅倉久志・酒井昭伸
発行者　佐藤今朝夫
発行所　株式会社国書刊行会
〒174-0056　東京都板橋区志村1-13-15
電話03-5970-7421　ファックス03-5970-7427
http://www.kokusho.co.jp
印刷製本所　中央精版印刷株式会社
装幀　鈴木一誌＋桜井雄一郎
装画　石黒正数

ISBN978-4-336-05920-8
落丁・乱丁本はお取り替えいたします。